# Les larmes de Maguelone

**Du même auteur :**

*Les enfants perdus de Saint-Félix, 2015,* TDO éditions.

*Au Messager de Montpellier*, 2014, Éditions 3D.

*Le Vaisseau céleste*, 2013, Éditions 3D.

*L'Ambassadeur d'Hippocrate*, 2012, Éditions 3D.

*Les Larmes de Maguelone*, 2011, Éditions 3D.

*Meurtres à l'école de Police*, 2009, Transit éditeur.

*Folies Meurtrières*, 2008, Éditions Stock.

*Le Pont du Diable*, 2006, Éditions 3D.
Réédition en format poche en janvier 2015 chez TDO éditions.


**www.tdo-editions.fr**
ISBN : 978-2-36652-140-5

Couverture réalisée à partir d'un crédit photographique :
Didier Almon / ImagoAdGraphicum

Yves Desmazes

# Les larmes de Maguelone

Poche

## Avertissement

Ce roman n'est pas un roman historique. C'est un roman dont une partie se situe dans un contexte historique et dont certains faits ont été volontairement modifiés ou interprétés.

Les événements ainsi que les propos, les sentiments et les comportements des divers protagonistes n'ont aucun lien avec la réalité et ont été forgés de toutes pièces pour les besoins de l'intrigue.

# 1

En short, Kevin courait à petites foulées sur la digue de sable conduisant de Palavas à l'église de Maguelone, soit une quinzaine de kilomètres depuis Montpellier. Ses foulées étaient longues et souples, sa respiration régulière. Tout dans son comportement transpirait le sportif accompli. Son sac à dos, bien que fermement sanglé sur ses épaules, ballottait à droite et à gauche et les bretelles lui sciaient maintenant les côtes. Mais il en avait besoin pour transporter vêtements propres, serviette de bain, bouteille d'eau et barre de céréales. Il salua d'un sourire quelques joggers croisés au fil de sa course. Il en connaissait, de vue, quelques-uns. Arrivé à destination, il descendit de la digue et se dirigea vers la plage. En cette mi-juin le soleil avait déjà attiré son lot d'adeptes du bronzage. Il déposa son sac, ôta ses baskets, fit passer par-dessus ses épaules son tee-shirt trempé de sueur et courut vers la mer. L'eau n'était pas très chaude, dix-huit degrés environ, pas plus, mais elle eut immédiatement sur lui un effet régénérant. Il venait d'enchaîner une heure trente de karaté dans la salle de sport de l'hôtel de police de Montpellier et une heure trente de course à pied. Il serait bientôt prêt pour participer au prochain triathlon qui se déroulait chaque année à La Grande-Motte, la ville voisine.

Tout en faisant maintenant la planche, son regard se porta vers l'église de Maguelone, dont seul le clocher émergeait au-dessus des arbres qui l'entouraient en un écrin de verdure. Il réalisa que malgré une certaine désaffection, notamment par rapport aux heures de gloire qui avaient été les siennes au Moyen Âge, elle en imposait toujours aux visiteurs. Ils étaient d'ailleurs nombreux tout au long de l'année à venir contempler cette église forteresse qui tel un immense vaisseau de pierre semblait s'être échouée entre la mer et les étangs. Quel étrange destin pour celle qui fut pendant un millénaire le siège d'un évêché fameux, un fief pontifical et même un refuge pour plusieurs papes, avant d'être la proie de pillages et de sombrer dans la ruine et l'abandon. « Abandon » n'était toutefois pas le terme exact. Des fouilles avaient débuté il y a quelques années et se poursuivaient toujours. Des concerts attiraient ponctuellement vers le sanctuaire une nouvelle catégorie de personnes, moins séduites il est vrai par le spirituel que par la musique et les qualités acoustiques de l'édifice. Mais il fallait bien vivre avec son temps. Rien n'était perdu pour autant et Kevin Normand s'enorgueillissait de contribuer, certes modestement, à redonner un semblant de vie spirituelle à ce splendide monument.

Il porta les yeux vers sa montre. Déjà ! Il n'était plus temps de rêvasser. En quelques mouvements souples et puissants de crawl, il regagna la plage. Il se sécha rapidement en faisant jouer ses muscles sous la serviette chaude, déroula le Levi's et le tee-shirt propre tenus enserrés dans son sac à dos, leur redonna un semblant de forme, puis se dirigea à pas lents vers le prestigieux lieu de culte. Chemin faisant il se remémora ce qui justifiait sa présence ici.

Ce samedi matin, alors qu'il venait juste de se lever, il avait reçu un appel du vicaire général lui demandant s'il pouvait dire la messe à Maguelone à la place du prêtre, souffrant. Il avait acquiescé. Si sa qualité de diacre lui permettait de célébrer certains offices, il ne pouvait cependant consacrer les hosties ; ces dernières préalablement bénies seraient tenues à sa disposition dans la petite chapelle servant entre autres de sacristie.

Il était de tradition que tous les samedis, du mois de juin à la fin août, un office religieux soit célébré sur l'autel de l'église à 17 h 30 au bénéfice des compagnons de Maguelone qui travaillaient au quotidien sur place, de ceux qui participaient aux fouilles et des visiteurs qui le désiraient. Il s'agissait d'une cérémonie relativement modeste, d'une trentaine de minutes, qui ne réunissait généralement pas plus d'une vingtaine de personnes. Si Kevin avait déjà eu l'occasion d'officier seul, jamais il n'avait eu l'opportunité de le faire au sein d'un édifice aussi exceptionnel. Il lui faudrait d'ailleurs faire vite après l'office, car il savait que juste après devait se tenir les répétitions d'un concert de musique sacrée. Chaque année, l'évêché acceptait la tenue de telles festivités dont l'organisation était confiée aux compagnons de Maguelone, association à laquelle le diocèse avait délégué la gestion temporelle du site. Cette autorisation n'avait pas été aisée à obtenir et faisait encore l'objet de vives polémiques au cours des réunions organisées par certains croyants.

Le diacre pénétra alors dans la grande salle d'accueil située face au parking. Établie dans un bâtiment moderne, elle était destinée à la réception du public et on pouvait tout à la fois y étancher sa soif de culture, par l'achat de diverses brochures historiques, et sa soif tout court. Il demanda la clef de la chapelle Saint-Blaise, dans laquelle le prêtre en charge de la paroisse déposait les objets et vêtements liturgiques, à la personne se trouvant derrière le comptoir.

— C'est pour quoi ? questionna cette dernière.

Kevin savait qu'à l'énoncé de sa qualité de diacre son interlocutrice manifesterait un certain étonnement, pour ne pas dire plus.

— L'évêché a dû y laisser à mon attention certaines affaires, dont mon étole diaconale…

Après une première réaction de surprise, la jeune femme se fendit d'un léger sourire, puis se pencha derrière le comptoir et sans un mot lui tendit la clef.

Kevin Normand remercia et se dirigea vers la sortie. Il mit un point d'honneur à ne pas se retourner, sentant le regard de l'employée fixé sur son dos. Et encore, se dit-il, si tu savais que je suis également flic !

Même s'il était de facture relativement récente puisque reconstruit au XIX^e^, le petit édifice tout en pierres s'intégrait parfaitement dans l'écrin de verdure entourant ce qui restait de l'ancienne cathédrale. Normand ouvrit la porte massive qui donnait sur un hall d'entrée permettant d'accéder à trois pièces de dimensions modestes. Les compagnons de Maguelone les utilisaient en règle générale comme salles d'archives et les avaient vidées, pour la circonstance, de tout leur contenu. En effet, s'y trouvait déjà tout un ensemble d'instruments de musique : trompettes, violons et violoncelles dans leurs étuis, chevalets, lutrins, ainsi que de nombreuses partitions. Un petit espace avait toutefois été dégagé et Kevin y récupéra ce dont il allait avoir besoin pour dire la messe. Il passa sur son Levi's et son tee-shirt la dalmatique en forme de poncho et ajusta l'étole diaconale verte, qu'il portait en écharpe. Puis, il prit le ciboire en argent laissé là à son attention par l'évêché, ôta le couvercle et vérifia la présence des hosties consacrées. Il se saisit également de l'extrait de l'Évangile selon saint Jean dont il ferait la lecture. Il referma la porte et rejoignit l'église, utilisant non pas l'entrée principale mais la porte latérale, fermée au public, donnant directement à l'intérieur de la nef dans la chapelle Sainte-Marie, à proximité de l'autel.

Bien qu'assez familier des lieux – après chaque footing, pratiqué régulièrement tout au long de l'année, il ne pouvait résister à l'envie de venir s'y recueillir – Kevin était toujours sous le charme de la puissance dégagée par cette église romane construite comme une forteresse, et dont la lumière du jour ne rentrait que chichement à travers quelques rares ouvertures. À chacune de ses visites, le poids des siècles l'écrasait. Il se sentait vraiment tout petit, et être ce jour-là seul officiant, debout derrière l'autel, accroissait cette impression. Une violente émotion s'empara de lui. Il se reprit rapidement. Son regard balaya l'assistance.

Dans l'optique des prochains concerts, quelques bancs avaient déjà été installés face à l'autel. Il faudrait accueillir prochainement près de deux cents personnes. Celles qui se trouvaient alors assises devant lui, une fois n'est pas coutume, n'étaient pas d'un âge trop avancé comme il le constatait régulièrement ailleurs. Ici, il avait affaire à des membres actifs des Compagnons de Maguelone, quelques archéologues et, s'il se basait sur leur tenue, plusieurs touristes. Si les fidèles furent étonnés – ils ne devaient pas avoir l'habitude d'entendre dire la messe par quelqu'un de son âge, car à trente ans il était le plus jeune diacre du diocèse – il n'y eut pas même un murmure de surprise.

Il commença la célébration par un accueil de l'assemblée et la prière d'ouverture. Puis il lut le chapitre VI de l'Évangile selon saint Jean et enfin arriva à la liturgie de l'eucharistie. Ses paroles résonnaient dans l'immensité de la nef, se propageant vers le transept, lui conférant une tout autre dimension, avec une rare solennité. Rien d'étonnant, réalisa-t-il, à ce que les édifices religieux soient de plus en plus recherchés pour certains concerts. Une nouvelle fois l'émotion le submergea. Il avait véritablement l'impression que ses propos transcendaient l'espace et le temps, et imaginait sans peine, assise devant lui, la foule de ceux qui, au cours des siècles passés, se retrouvaient ici même pour assister aux célébrations présidées par l'évêque en charge du diocèse. Le charme fut brutalement rompu par l'arrivée bruyante d'une quinzaine de touristes accompagnés de leur guide. Il remarqua le courroux d'une de ses ouailles – le secrétaire général de l'association, comme il l'apprendrait par la suite. Ce dernier se leva, se dirigea vers le groupe d'importuns et les tança vertement, avant de reprendre sa place une fois le silence revenu.

Seules une quinzaine de personnes se présentèrent devant le diacre pour recevoir la communion.

Malgré le petit nombre de fidèles, la parole de Dieu avait été donnée, et reçue espérait-il, avec une émotion qu'il espérait partagée. La cérémonie terminée, il regagna la sacristie, se changea, referma soigneusement la porte et alla restituer les clefs à l'accueil. Il lança un « Bonne soirée à la cantonade ! », avant de filer vers le centre d'aide par le travail. Ainsi qu'il en avait été convenu, un contremaître l'attendait à la fin de l'office pour le raccompagner à Montpellier.

Une fois en ville, il se dirigea vers son appartement situé au centre de l'Écusson et grimpa quatre à quatre les escaliers. Ses prouesses physiques commençaient à faire sentir leurs effets. Conjuguées à l'émotion ressentie pendant l'office, il était tout simplement vanné. Avisant la pile de bouquins posée sur son bureau, il décida de passer une soirée au calme consacrée à la lecture et à la méditation. Il rangea ses vêtements sacerdotaux à côté de son uniforme de lieutenant de police. Il se souvint soudain que le lendemain matin il était attendu à 5 heures au SRPJ. Une interpellation dans un camp de gens du voyage était en effet programmée. Du mouvement en perspective, se dit-il en s'installant confortablement dans son fauteuil en cuir, les pieds posés sur une petite table basse.

La matinée, la journée en réalité, fut dense et l'opération fructueuse. Pas moins de quinze interpellations. Étrangement, on ne déplorait qu'une fuite, celle d'un véhicule BMW avec un seul conducteur à son bord. Les policiers espérait que ce loupé n'avait pas paru trop suspect aux yeux des habitants du camp, sinon il y avait peu de chance de retrouver celui qui les avait balancé. Du moins vivant, même si ce dernier connaissait les règles du jeu.

Le lendemain, dès 8 heures, Kevin était en train de superviser la rédaction du procès-verbal de perquisition de son groupe lorsque le téléphone sonna.

— Oui ! J'arrive, monsieur le directeur.

Il laissa ses deux collègues finir leur compte rendu et fila dans le bureau du commissaire divisionnaire Rességuier. Surnommé « monsieur cent mille volts », de petite taille, très nerveux, le grand patron faisait des allées et retour d'un pas rapide. Il ne tenait pas en place.

— Asseyez-vous, Normand. Vous êtes sur quoi, actuellement ?

— On travaille sur le dossier des gens du voyage.

— Bon, laissez tomber. J'ai quelque chose de plus dans vos cordes. Le procureur vient de me téléphoner. La PJ est saisie d'une affaire d'empoisonnement.

Il s'éclaircit la voix avant de reprendre :

— La particularité c'est que, apparemment, l'empoisonnement serait dû à l'ingestion… d'une hostie.

Il laissa passer quelques instants de silence devant la surprise affichée par son subordonné, dont il connaissait les activités sacerdotales, puis poursuivit :

— Oui, j'ai bien dit une hostie.

Le lieutenant Kevin Normand prit place sur une

des deux chaises situées face au bureau de son chef. Le commissaire Rességuier prit un air particulièrement soucieux, s'assit lui aussi et poursuivit :

— C'est une affaire un peu spéciale que nous avons là et c'est pour cela que je vous confie l'enquête. Voilà, dit-il en lui tendant le dossier.

Et il crut bon de préciser :

— Le milieu dans lequel vous évoluerez est très différent de nos terrains d'action traditionnels, du moins pour le commun des enquêteurs du service… Je compte sur la connaissance que vous en avez et sur votre doigté. Je pense que cela facilitera les choses. Mais n'oubliez pas que vous dépendez de moi en dernier ressort. C'est clair ?

Kevin ne répondit pas et regagna son antre. Il se plongea immédiatement dans la lecture des premiers feuillets de cette nouvelle affaire. Le SAMU était intervenu l'avant-veille à… il en déglutit d'émotion, l'église de Maguelone. Au cours de la répétition du concert de musique sacrée, un des participants, étudiant en archéologie, s'était trouvé mal. Le médecin urgentiste appelé n'avait pu que constater la mort à son arrivée à 18 h 30. Il avait refusé de signer le certificat de décès. Il s'en était suivi l'habituelle saisine des services de police, ceux du commissariat de Lattes dépendant de Montpellier. Le parquet avait demandé une autopsie pour recherche des causes de la mort. Coup de chance, elle avait pu être effectuée immédiatement par les médecins légistes, un cadavre leur ayant fait faux bond pour des questions de non-respect de certaines formalités administratives. Conclusion : mort consécutive à un empoisonnement. Empoisonnement d'une hostie, précisait le pré-rapport des toubibs, par du cyanure !

Blême, Kevin se leva de son siège. Il n'y avait aucune ambiguïté possible. Les faits dataient de deux jours auparavant. Il s'agissait bien de la cérémonie qu'il avait présidée et au cours de laquelle il avait distribué les hosties. Il ne connaissait pas les personnes présentes ce jour-là, mais le cliché du mort pris sur la table d'autopsie par les policiers de l'identité judiciaire ne laissait subsister aucun doute. Il se rappelait cette physionomie, celle du nommé Laurent Corrado.

Normand passa ses deux mains sur son visage comme pour vérifier qu'il ne rêvait pas, espérant que ce mouvement chasserait son angoisse et les images qui se télescopaient déjà dans sa tête.

Que devait-il faire ? Sa première réaction de flic fut de penser qu'il n'avait pas lui-même consacré les hosties, n'en ayant pas le pouvoir. Ouf ! Il le prouverait. Il poussa une sorte de grognement. Dans quelle galère s'était-il fourré ? Comment son patron prendrait-il ses aveux ? Car il ne voyait pas comment les éviter… Il s'évertuait en règle générale à faire en sorte qu'il n'y ait aucune interpénétration entre ses deux activités, mais le sort s'acharnait parfois contre lui. Et l'évêché ? Quelle serait sa réaction ? Si la presse était informée, et il n'y avait aucune raison qu'elle ne le soit pas, les médias en feraient leurs choux gras. Il se leva donc, pour aller frapper à la porte du bureau de son supérieur.

Après que celui-ci lui eut avoué sa participation à la cérémonie et précisé qu'il avait lui-même remis l'hostie litigieuse – il avait du mal à prononcer le terme « empoisonnée » – au fidèle concerné, le directeur du SRPJ regarda longuement son vis-à-vis et se carra dans son fauteuil. Il savait que le lieutenant Normand était un de ses meilleurs, si ce n'était son meilleur enquêteur. Ses états de service le prouvaient. Il sentait confusément qu'il ne pouvait lui retirer cette affaire. Et en matière d'intuition, il s'y connaissait. Personne d'autre que Kevin n'aurait la capacité de la mener à son terme. Seul bémol, il allait falloir le surveiller de près afin qu'il n'oublie pas qui le payait et pouvait lui obtenir une promotion. Le bâton et la carotte, les seuls instruments du pouvoir à sa disposition. Après un long moment de réflexion, il demanda :

— Pouvez-vous prouver que les hosties ont été déposées à votre attention ?

— Sans aucun problème, souffla Kevin. Mon statut de diacre m'interdit de les consacrer.

— J'appelle le procureur et je vous fais part de ma décision.

Une demi-heure plus tard, le lieutenant Kevin

Normand se voyait maintenu à la tête de l'enquête. La hiérarchie lui faisait confiance et il avait été décrété en haut lieu qu'il était vraiment le mieux placé pour éclaircir cette histoire. Le directeur du SRPJ avait une nouvelle fois fait état d'une promotion à venir, si... Kevin avait coupé court, remercié et quitté le bureau de son supérieur.

Il était encore sous le coup de l'émotion. Il lui fallait en avoir le coeur net. Il organiserait rapidement une reconstitution. Il devait comprendre ce qui s'était passé. Mais il ne devait pas pour autant perdre son sang-froid et s'affranchir des règles. Il ne devait pas travailler seul. Sinon on le lui reprocherait.

Il réunit dans son bureau les deux collègues de son groupe. La brigadière-chef Patricia Bonnaud, la trentaine sportive au caractère cyclothymique était du genre à ne pas s'en laisser compter. C'était une excellente enquêtrice même si elle avait du mal à prendre de la hauteur par rapport aux événements. Minutieuse et méthodique, elle apportait une touche féminine aux investigations. Quant au brigadier Bernard Roset, gaillard râblé d'un mètre soixante-quinze au corps épais surmonté d'une grosse tête, il avait un regard dont l'intensité pouvait parfois être pétrifiante, surtout lorsqu'il était en colère. La quarantaine légèrement enrobée, épicurien à ses heures, avec un léger penchant pour la bouteille, c'était un coriace, féru d'informatique et de nouvelles technologies. Peu d'imagination, mais quelqu'un de sûr. Un bon collègue.

Plutôt que de leur faire un résumé de la situation, Kevin leur abandonna le dossier.

— Je comprends pourquoi vous n'avez pu venir prendre un verre avec nous avant hier, lâcha Patricia tout en essayant de discipliner ses cheveux châtains coupés à la garçonne. Vous aviez mieux à faire !

Bernard se contenta d'un laconique :

— Je pense qu'il nous faut aller sur place.

Une certaine effervescence régnait dans la salle de réception du site de Maguelone. Un ruban de sécurité jaune et noir portant l'inscription « police nationale, scène de crime, interdiction de passer » prohibait toute progression en direction de l'église. Les visiteurs, badauds et curieux en nombre, étaient cantonnés au niveau de l'accueil. Les commentaires allaient bon train.

— On voudrait rencontrer un responsable, s'enquit le lieutenant Normand, après s'être présenté auprès d'un quidam qui, les bras chargés de paquets, sortait d'un bâtiment.

— Suivez-moi.

Deux personnes accueillirent les policiers de la PJ.

— Prenez place, les invita celui qui, ils allaient l'apprendre, était le président du conseil d'administration et se nommait Antoine Hernandez.

Il présenta son voisin de droite, Quentin Martial, comme étant le secrétaire général de l'association et sa véritable cheville ouvrière. Kevin reconnut immédiatement en lui la personne qui avait manifesté son mécontentement aux touristes deux jours auparavant.

Normand déclina sa qualité et celle de ses deux collègues. Si tout le monde devinait que l'enquête de la PJ était diligentée suite à l'empoisonnement du nommé Corrado, personne n'avait en sa possession d'éléments plus détaillés. Et le policier n'avait aucune intention d'en fournir. Après toute une série de questions d'ordre général, il se fit plus précis.

— Qui dispose de la clef donnant accès à la chapelle Saint-Blaise ?

Estimant que sa fonction lui permettait d'en apprendre davantage, le président, avant même de répondre, questionna à son tour son interlocuteur.

— Le médecin urgentiste a parlé d'empoisonnement, s'agit-il des suites du déjeuner pris ici avec les autres archéologues ?

Et devant le mutisme du policier, il insista :

— Nous devons le savoir, des coquillages ont été consommés.

Normand comprit qu'il ne pouvait s'en tirer sans satisfaire un tant soit peu ses interrogations et inquiétudes. Il s'en sortit par une pirouette.

— Ce n'est pas impossible mais il est trop tôt pour vous répondre de façon précise…

Et il poursuivit en reformulant la même question.

— En réalité beaucoup de gens peuvent l'avoir

car nous avons opté pour un passe-partout général permettant l'accès à toutes les pièces ou locaux munis d'une serrure. Mais il est exact qu'une partie de la nourriture consommée avait été entreposée dans la chapelle, déclara le responsable, voyant dans cette précision les véritables motivations de la question. Il y a même un petit frigo que nous installons pendant les fouilles.

— Combien y a-t-il de passe au total ? insista Patricia Bonnaud qui voulait une réponse plus précise, et se garda bien de confirmer ou d'infirmer les suppositions du représentant de l'association.

Monsieur Hernandez se tourna vers son voisin, apparemment plus à même d'exaucer ce type de demande.

— Seules une quinzaine de personnes théoriquement sont détentrices du passe…

Bernard Roset ouvrit de grands yeux.

— Pourquoi « théoriquement » ?

— Parce que, si l'on a réussi à limiter le nombre de clefs, les gens se les passent entre eux, ce qui est normal, et elles sont parfois perdues… et donc refaites.

— En clair, intervint Kevin, il y en a dans la nature ?

— Oui, déplora le président en haussant les épaules dans un geste d'impuissance. Mais nous n'avons rien de vraiment précieux ou de valeur et nous avons toute confiance dans nos membres. Nous n'avons jamais eu d'incident, enfin, jusqu'à présent. Venez, nous allons vous conduire à la chapelle. Le prêtre qui a…

Tout en se levant, Kevin interrompit son interlocuteur.

— Ce n'était pas un prêtre, mais un diacre.

— Vous en êtes sûr ? demanda, étonné, le secrétaire.

— D'autant plus certain que j'étais moi même l'officiant. Allez-y, je vous suis, ajouta-t-il face aux mines stupéfaites des responsables, qui se concertèrent discrètement du regard.

Devant la porte de la chapelle Saint-Blaise, Bernard examina attentivement le chambranle, fit jouer la clef dans la serrure à plusieurs reprises, avant de conclure :

— Il n'y a aucune trace d'effraction.

Patricia, quant à elle, prenait des notes sur son calepin. Elle demanda :

— Qui a déposé dans ce local le paquet renfermant les vêtements sacerdotaux, remis le matin même par un émissaire de l'évêché ?

— C'est la serveuse du bar, je crois… déclara Quentin Martial.

Avant de préciser après un instant de réflexion :

— En fait j'en suis sûr. Je me rappelle que quand le représentant du diocèse est arrivé elle lui a pris le colis des mains, et l'a remisé ici même.

Et il indiqua un endroit bien précis.

— C'est effectivement à cet endroit que je l'ai

récupéré, constata Kevin. Combien de personnes ont eu accès à la chapelle depuis ce matin ?

— Il est impossible de vous répondre avec précision. Les membres de notre association, les archéologues… fit-il d'un air évasif. On ne peut vous en dire plus, reprit le secrétaire. Mais, nous sommes à votre disposition.

Profitant de cette bonne volonté apparente, le policier annonça un peu abruptement :

— Je veux effectuer une sorte de reconstitution. Pouvez-vous réunir dès aujourd'hui toutes les personnes présentes lors de la messe ainsi que tous les musiciens ?

Quentin Martial écarquilla brièvement les yeux et son visage se ferma. Kevin n'aurait su dire si c'était le ton employé ou la difficulté de faire droit à sa requête qui motiva la réponse prononcée sur le même registre :

— Impossible, absolument impossible.

Négation qu'il doubla d'un geste éloquent de la main droite pour la rendre plus catégorique.

— Il s'agit de personnes qui ne demeurent pas toutes dans la région et il me faut un certain temps pour les contacter.

L'officier réitéra alors sa requête de façon moins abrupte.

— Je compte sur vous pour les réunir le plus rapidement possible.

L'entretien leur semblant terminé, les deux

responsables s'éloignaient lorsque le président de l'association se retourna brusquement.

— Une dernière question : L'accès au site sera-t-il interdit longtemps ? Parce que, vous comprenez, avec les touristes et les festivités à venir…

— Nous attendons nos collègues de l'identité judiciaire. Ils doivent procéder à certaines vérifications et on vous libérera ensuite de toutes contraintes. Au fait, il nous faudrait la liste de tout le personnel ainsi que des renseignements sur la personne qui est décédée. J'ai appris qu'il effectuait des fouilles au pied de l'église, est-ce vrai ?

— Tout à fait. D'ailleurs, son équipe va arriver d'ici peu, vous pourrez vous entretenir avec l'archéologue en chef qui supervise les travaux.

Le brigadier Roset attendit que les deux compagnons se soient éloignés avant de lancer, narquois :

— On dirait Laurel et Hardy, vous ne trouvez pas ?

Ses deux collègues sourirent à cette remarque.

Effectivement, la comparaison était judicieuse, pensa Kevin. Autant le président était de forte corpulence – la face barrée d'une imposante moustache, le geste large et la voix tonitruante –, autant le secrétaire général, lui, avait l'allure étriquée. Mince et vêtu d'un costume clair avec cravate, il était économe de tous mouvements ou paroles superflus. Son visage, aux traits fins, était empreint de gravité et une ride courait sur toute la largeur de son front, comme sous le fruit d'une intense et permanente réflexion. Il se tenait en outre très droit, comme le font souvent les gens de petite taille. Mais pouvait-on lui reprocher, dans de telles circonstances, son austérité ? Peut-être connaissait-il intimement le défunt ?

Les enquêteurs de la PJ étaient en train de faire le pied de grue devant la porte de la chapelle Saint-Blaise lorsque, en fin de matinée, deux fonctionnaires de l'identité judiciaire se manifestèrent. Le lieutenant Claire Fonola et son coéquipier saluèrent leurs collègues. Puis ils s'équipèrent : combinaison blanche et surbottes.

— Ce ne sont pas les traces qui manquent, observa Claire en faisant une moue dubitative.

Après avoir pulvérisé de la poudre d'alumine sur tous les supports possibles, elle utilisait maintenant un kit de transfert. L'empreinte ainsi obtenue serait analysée par la suite au labo et des comparaisons effectuées. Puis, se tournant vers Kevin, elle déclara :

— Il nous faudra la liste des personnes qui ont accès au lieu pour faciliter nos recherches.

— D'accord. On te communiquera les noms. Je viendrai te voir pour que tu relèves mes paluches également...

— Pourquoi, tu as manipulé quelque chose ? s'enquit, surprise, la spécialiste de l'identité judiciaire.

Elle connaissait le professionnalisme de son collègue, et les consignes à observer par les enquêteurs sur le respect de la scène de crime étaient draconiennes.

— Je suis passé dans cette pièce avant-hier. Je t'expliquerai, éluda Kevin.

L'assistant de Claire, qui jusque-là ne s'était pas manifesté, intervint soudain :

— Elle est vraiment particulière, cette affaire. Un empoisonnement avec une hostie ! J'arrive de Paris, j'ai vu pas mal de choses, mais là !

Les cinq policiers gagnèrent ensuite l'église. Ils se sentirent comme perdus devant l'immensité de la nef.

— Je veux bien essayer de chercher des empreintes, mais compte tenu des va-et-vient permanents des visiteurs… Bon, reprit-elle en regardant son collègue, on fera ce qu'on pourra.

Au terme d'une heure de travail, quelques traces avaient pu être relevées. Mais la mine de l'officier de l'IJ indiquait clairement que leur exploitation serait de peu d'intérêt. Des centaines de personnes, essentiellement des touristes, dont pas mal d'étrangers, circulaient ici tous les jours.

Les techniciens de la scène du crime quittèrent les lieux tandis que les trois enquêteurs prenaient, eux, la direction des bureaux des compagnons. Ils avaient décidé de se partager la tâche. Pendant que Kevin discuterait avec le secrétaire général, Patricia récupérerait les listings du personnel et Bernard irait sur le terrain, dont la partie administrative constituait l'épicentre, commencer l'enquête de voisinage. Il vérifierait l'emploi du temps de Corrado. Avec qui avait-il discuté ce jour-là ? En compagnie de qui avait-il été vu ? Etc. Enfin, la routine quoi.

# 2

Quentin Martial se leva à l'arrivée de l'officier de la PJ. Avec une extrême courtoisie il invita le policier à s'asseoir, puis referma la porte derrière lui. Le bureau était plutôt petit, mais particulièrement bien rangé. Je ferais bien de m'en inspirer, s'avisa Kevin. Après avoir repris sa place, le secrétaire général, les mains à plat sur son sous-main, fixa l'enquêteur dans les yeux de derrière ses fines lunettes cerclées.

— Je suis à votre disposition.

— Pouvez-vous me présenter votre association ?

— Le domaine appartient en totalité à l'évêché qui en a hérité de la famille Fabrège. Le don à l'église était soumis à une condition : qu'une activité sociale s'y déroule. Le diocèse a alors confié la gestion temporelle du site aux Compagnons de Maguelone.

Le lieutenant Kevin acquiesça de la tête. Comme tout Montpelliérain, il connaissait de nom cette association. Il invita son interlocuteur à poursuivre.

— Nous avons créé un centre d'aide par le travail et développé une palette de services pour mettre en situation professionnelle les personnes handicapées : viticulture, aquaculture dans les étangs à proximité, conditionnement de produits pour la vente et diverses prestations en atelier.

— À quel titre monsieur Corrado se trouvait-il là ? intervint Kevin qui ne voulait pas trop s'éloigner de son sujet.

Peu satisfait d'avoir été interrompu dans ses propos, monsieur Martial étouffa un soupir avant de répondre à son interlocuteur.

— J'allais y venir. Laurent Corrado était un étudiant de 3e cycle en égyptologie et travaillait sur les fouilles effectuées depuis quelques années de l'autre côté de l'église. L'accès est interdit au public, mais je vous y conduirai. Il est aussi… était, se reprit-il, musicien, un bon musicien, et à ce titre devait participer au festival de musique sacrée qui se déroule en juillet. Au fait, s'enquit le secrétaire de l'association soudain inquiet, cet… incident remet-il en cause les festivités à venir ?

Le lieutenant de la PJ ne voyait pas pourquoi il en serait ainsi.

— A priori, non. Où demeurait Laurent Corrado ? Avait-il des amis, lui connaissait-on des ennemis ?

— Il habitait à Palavas, mais nous avons mis un placard attenant au bureau à la disposition des archéologues dans lequel il entreposait certaines affaires. Je vous communiquerai son adresse exacte. En ce qui concerne ses relations, vous devriez vous adresser aux membres de l'équipe.

Puis, avec une moue empreinte de scepticisme, il ajouta :

— Je ne lui vois pas d'ennemis, du moins susceptibles d'en arriver à de telles extrémités.

Quentin Martial, manifestement gêné, tripotait son noeud de cravate.

— Vous le connaissiez ? interrogea alors Kevin.

— Oui, un peu. Je prends part aux fouilles, j'ai donc eu l'occasion de passer du temps à ses côtés. Mais nous ne nous fréquentions pas à titre privé. Nous n'avions pas le même âge.

— Beaucoup de gens participent à ces fouilles ?

— C'est très variable. Quelquefois cinq à six personnes, parfois une vingtaine si l'on a des renforts du site archéologique de Lattes… mais l'archéologue en chef Capucine Vitulin pourra vous en parler plus précisément. Il se pencha vers la fenêtre et déclara :

— Justement, la voilà qui arrive.

Et ils sortirent sur le parking pour aller à sa rencontre.

— Capucine ! Je vous présente le policier chargé de l'enquête suite au décès de Laurent.

Âgée d'une quarantaine d'années, la responsable des fouilles était un petit bout de femme, mince, le visage buriné par le soleil, l'oeil espiègle. Une véritable boule d'énergie, le geste vif et la parole tranchante. Elle portait ce jour-là un tee-shirt, un pantalon de l'armée et une paire de rangers. Sans conteste la meilleure tenue pour passer son temps à genoux ou à quatre pattes. Elle serra la main du policier avec force et le regarda droit dans les yeux.

— J'ai du mal à croire ce que j'ai appris. Il aurait été empoisonné... C'est incroyable ! C'était un type formidable.

— Vous le connaissiez bien ?

Elle hésita un instant.

— Oui, assez, il devait présenter prochainement une thèse et, depuis trois ans, chaque année il participait pendant deux mois aux fouilles. Je préfère vous avouer que nous avons été très liés pendant quelque temps. Mais il avait un sale caractère. Remarquez, tout le monde vous dira la même chose du mien. Donc nos relations étaient orageuses et on a décidé d'un commun accord de se contenter de rapports purement professionnels.

— Vous lui connaissiez des ennemis ?

L'archéologue regarda le secrétaire général tout en secouant la tête de droite à gauche, avant de répondre :

— Susceptibles de le tuer ? Pas du tout. Mais il avait tendance, notamment lorsqu'il avait bu, à se mettre en colère facilement. On ne compte plus le nombre de fois où il s'est battu. Pour des peccadilles, mais il n'arrivait pas à se contrôler.

Quentin Martial toussota pour attirer l'attention.

— Excusez-moi, le travail m'appelle, mais n'hésitez pas si vous avez besoin de quoi que ce soit, vous me trouverez à mon bureau.

Le secrétaire général laissa le policier et la responsable des fouilles à leur conversation, mais se retourna à plusieurs reprises pour examiner le lieutenant Normand : la trentaine, grand, athlétique, il portait un costume en toile claire sur une chemise marron dont le col bâillait en l'absence de cravate. Il secoua légèrement la tête. Dire qu'on en est réduit à faire appel à des gens comme ça pour dire la messe ! Nous sommes tombés bien bas. Un policier… Un policier en guise de prêtre ! Décidément, tout allait à vau-l'eau. Il était temps d'intervenir et de frapper un grand coup. Il redressa le buste, plus que jamais renforcé dans ses convictions.

— Peut-on accéder aux fouilles situées de l'autre côté de l'église ? demanda Capucine Vitulin.

Kevin n'avait pas encore le feu vert de l'identité judiciaire, mais il l'anticipa.

— Oui, pas de problème.

L'officier de police nota que même si elle en parlait avec une certaine décontraction l'archéologue paraissait affectée par le décès de Laurent Corrado. Plus qu'elle ne souhaitait le laisser croire, lui sembla-t-il. D'un air décidé, elle récupéra le sac déposé à ses pieds et fonça en direction de l'église.

Normand la suivit. Au lieu de pénétrer dans l'édifice, elle bifurqua sur la gauche et se dirigea vers un portail dont elle déverrouilla la serrure. Puis elle se retourna vers lui.

— Faites attention, il y a des trous partout et les chutes de pierres sont fréquentes.

Curieux de savoir dans quel cadre ces travaux s'effectuaient, Kevin la questionna.

— Il s'agit de fouilles entreprises il y a plusieurs années et qui correspondent donc à un programme bien précis. Pour ma part je suis chercheur au CNRS à l'unité mixte de recherche de Lattes.

Capucine Vitulin sortit alors de sa poche un paquet de tabac et des feuilles à rouler sous l'oeil inquiet de son interlocuteur.

Elle n'aurait quand même pas le culot de se rouler un joint devant moi ? se demanda le policier.

— Vous en voulez une ? lui lança-t-elle comme si elle avait deviné sa question, y répondant à sa façon.

Normand apprécia l'emploi du féminin et déclina l'invitation.

— Vous êtes nombreux à travailler ici même ?

Capucine s'octroya le temps de tirer quelques bouffées de sa clope, sortit de son sac une truelle de petite taille et descendit dans une sorte de grande cavité récemment creusée, semblait-il, avant de préciser :

— Cinq ou six en règle générale. Nous sommes

deux archéologues professionnels, il y a un ou deux étudiants qui préparent thèse ou mémoire de maîtrise, et quelques amateurs ou volontaires passionnés et éclairés, tint-elle à spécifier. Parfois aussi plusieurs autres personnes viennent des lieux de fouilles de Lattes.

— Vous parlez de celles situées à proximité du musée ?

— Oui. Si vous allez sur place vous verrez qu'ils sont une quarantaine et…

— Les recherches sont plus passionnantes qu'à Maguelone ?

— Aucun rapport. Nous ne travaillons pas sur les mêmes époques. Ici nous sommes en plein Moyen Âge, alors qu'eux s'occupent de protohistoire. Mais surtout leurs capacités d'hébergement et de transport suscitent davantage d'engouement, soupira Capucine tout en commençant à gratter la terre.

Ces dernières paroles avaient été avalées dans une sorte de sanglot et Normand remarqua qu'elle gardait la tête baissée. Il songea à lui poser des questions plus précises sur ses relations avec le défunt, mais préféra changer de registre.

— Vous disposez de moyens moins importants que ceux de vos confrères de Lattes ?

L'archéologue renifla, se releva, tira une ultime bouffée sur sa cigarette et jeta le mégot dans une poubelle en fer située à proximité.

— On fait comme vous…

Et devant l'incompréhension du policier, elle ajouta :

— On évite de polluer la scène de nos recherches, ou de notre enquête. Pour répondre à votre question, nous bénéficions de subventions de notre ministère de tutelle et de la direction régionale à l'action culturelle.

— Pas du conseil régional ?

— Non. Trop contraignant. C'est ce que je voulais dire, c'est qu'il faudrait, dans cette hypothèse, admettre le public. Si c'est pour voir défiler un tas de casse-pieds nous regarder comme des bêtes curieuses et piétiner notre travail, non merci.

— Et ce trou dans lequel vous êtes ? hasarda l'enquêteur de la PJ, espérant que le terme employé ne déclencherait pas l'ire de son interlocutrice.

— Ce trou, comme vous le nommez, était un réservoir. Un réservoir d'eau qui devait communiquer avec une des tours aujourd'hui disparues jouxtant l'église. Elle servait à alimenter en eau potable les ecclésiastiques.

Et, en historienne passionnée, elle se lança dans une série d'explications sur l'importance et le rayonnement de la cathédrale au Moyen Âge. Un peu honteux, le policier se promit de travailler lui aussi le sujet. Il détestait passer pour un béotien. Qui plus est l'expérience lui avait appris qu'il était délicat, voire même risqué, de dissocier totalement une scène de crime de son histoire.

Perdu dans ses pensées, Normand n'avait pas entendu ses deux collègues arriver derrière lui. Ils étaient accompagnés par quatre autres personnes à la mine sombre. Il s'agissait de ses collègues de travail, de Capucine Vitulin qu'elle présenta, sommairement.

— Le petit moustachu, Robert Lecerf, est le gestionnaire du musée de Lattes ; les deux autres sont des volontaires passionnés par les fouilles ; et la quatrième, Mélanie Cardonel, est une étudiante qui prépare une maîtrise sous ma direction.

L'officier fit de même pour ses coéquipiers.

— Il n'y a que moi qui bosse ici, lança l'archéologue en chef, histoire de détendre l'atmosphère.

Puis, fixant Kevin, elle ajouta :

— Nous ne fouillons que deux ou trois mois par an, alors il ne faut pas perdre de temps. D'ailleurs, Laurent ne l'aurait pas supporté.

Puis elle se détourna et sans plus de façons commença à discuter avec ses homologues, faisant fi de la présence des policiers.

Patricia lança un coup d'oeil furieux en direction de son supérieur. Normand la connaissait bien. Elle prenait facilement la mouche. Elle aurait été capable de leur déclarer vertement qu'un crime valait bien de leur part un peu plus de collaboration.

— Merci, on se reverra, s'empressa-t-il de dire, lançant le signal du départ, avant de se retirer avec ses collègues.

— N'oubliez pas de fermer le portail, leur lança l'archéologue en chef en guise d'au revoir.

— Sacré caractère, rigola le brigadier Roset. Elle ne doit pas être facile à vivre. Je comprends qu'elle ait été larguée par Corrado.

— Tu es gonflé, s'insurgea Patricia. Pour ce qu'on en sait, elle n'a pas été larguée, ils se sont séparés d'un commun accord. Et puis question caractère, tu m'excuseras, mais l'autre coco avait l'air d'un drôle de numéro. Buveur, coureur, bagarreur. Apparemment, lorsqu'il levait le coude, c'était plus fréquemment pour boire un coup que pour manier la truelle.

Kevin retint un sourire. Patricia, féministe jusqu'au bout des ongles, ne supportait pas le machisme, bien souvent volontairement provocateur, de son coéquipier.

— On a tous les pédigrées, ainsi que le listing, déclara Patricia Bonnaud en brandissant devant elle plusieurs feuillets recensant la totalité du personnel.

— Côté enquête de voisinage, je n'ai pas grand-chose à nous mettre sous la dent. Il y a pas moins de quatre-vingts personnes en vadrouille en permanence. Des salariés qui circulent sur le domaine de Maguelone, sans compter les visiteurs et les nombreux touristes.

— Et les musiciens ?

— J'ai tous les noms, chef. On les passera au fichier, mais cela m'étonnerait qu'il y en ait d'inscrits au grand banditisme, ironisa Patricia.

— OK. On convoquera tout le monde à la PJ pour les entendre.

Bernard Roset feuilleta le petit carnet qu'il tenait dans sa main.

— On tape la perquise chez Corrado ? J'ai son adresse. Il avait un logement à Palavas.

— L'IJ y est déjà allée ?

— Oui lieutenant, répondit Patricia. En partant d'ici, ils y ont fait un saut.

Les trois policiers n'avaient pas encore déjeuné et avaient tous l'estomac dans les talons. Ils s'arrêtèrent et avalèrent sur le pouce un kebab et un Coca dans le centre de la station balnéaire.

L'appartement était situé rive droite, au troisième étage d'un immeuble qui donnait directement sur la mer. Pas très loin de l'Institut Saint-Pierre, un hôpital pour enfants malades et handicapés. Les enquêteurs sollicitèrent le concierge et sa femme. Lors d'une perquisition, en l'absence du légitime occupant, la loi exigeait la présence de deux personnes. Ils s'exécutèrent, mais de mauvaise grâce, arguant qu'ils avaient énormément de travail. Patricia ouvrit la porte à l'aide de la clef récupérée dans le dossier. Elle constata :

— Il ne devait être que locataire, car un appartement de soixante-dix mètres carrés en bordure de la plage, cela devait dépasser les possibilités d'un étudiant, même attardé.

Bernard écarquilla les yeux.

— Pourquoi attardé ?

— Tu m'excuses mais, à trente-cinq balais, être toujours étudiant… Tu me diras, il avait, paraît-il, des parents fortunés. Ceci explique cela.

L'appartement, un trois-pièces, était très lumineux, la vue sur la mer époustouflante. La petite cuisine était encombrée de vaisselle non faite et de plusieurs cadavres, de bouteilles vides cette fois. Caractéristique d'un célibataire, releva Patricia. La pièce principale, équipée d'un canapé en cuir, d'une table en verre et de quatre chaises, comportait une imposante bibliothèque en teck qui occupait deux pans de mur. Les rayonnages étaient remplis de nombreux ouvrages. Kevin nota pêle-mêle la présence de revues ayant trait à l'archéologie, de pas mal de livres traitant d'ésotérisme, et de divers autres romans, historiques essentiellement.

Patricia prit des notes. Les magistrats ne se déplaçaient que très rarement sur les lieux d'une perquisition et appréciaient les descriptions assez précises. Il était important de pouvoir visualiser, depuis leur cabinet, la façon de vivre des individus qui défilaient devant eux ou de se les imaginer de leur vivant. Un bar, dont l'accès se faisait par l'ouverture d'un abattant, révéla une cave bien garnie. Aux murs, deux tableaux représentaient des marines. La pièce la plus intéressante, et pas que pour eux s'ils se basaient sur les traces de poudre d'alumine laissées par les techniciens de l'IJ, était sans conteste le bureau. Un ordinateur dernier cri trônait à côté d'une imprimante-scanner. De très nombreux CD-Rom jonchaient le sol derrière le fauteuil du maître des lieux. Bernard commença à débrancher l'unité centrale. Un examen plus attentif s'effectuerait dans le labo du service. Il récupéra également un ordinateur portable. Kevin parcourut un ensemble de feuillets qui trainaient sur le bureau. Apparemment un descriptif très détaillé des fouilles en cours à Maguelone. Il savait que, après deux à trois mois de recherche sur le site, les chercheurs passaient le reste de l'année à analyser leurs découvertes et à communiquer. Patricia était en train de fouiller dans le placard de la chambre, lorsqu'elle s'écria :

— Venez voir !

Ses deux collègues la rejoignirent. Elle tenait à bout de bras une sorte de grande robe de couleur noire, ainsi qu'une cagoule assortie.

— Dites, lieutenant, ce n'est pas une aube de diacre ? questionna-t-elle l'oeil pétillant de malice. Ou d'avocat, enchaîna-t-elle aussitôt, réalisant que sa remarque tombait à plat.

L'officier ignora la pique de sa collègue et lui demanda de fouiller les poches.

— Pas de poches, répondit-elle avec un haussement d'épaules.

Kevin Normand examina un instant le vêtement, le prit dans ses mains et le retroussa. Apparut alors une inscription en lettres rouge sang : « CDD ». Le flocage était localisé au niveau du coeur.

Surprise, la brigadière-chef le questionna :

— Vous en aviez déjà vu ?

— Non, répliqua l'officier, mais on distinguait nettement les coutures, elle était à l'envers.

Et il jeta un regard en coin à sa collègue.

Patricia serra les poings et ne releva pas. C'était tellement évident qu'elle se sentait un peu idiote de ne pas l'avoir remarqué. Une fois de plus, Kevin faisait la différence. Nul doute que cette découverte s'avérerait d'importance, même si elle-même pour le moment n'en saisissait pas la portée. C'étaient cet esprit de déduction, cette intuition qui faisaient de son supérieur un des meilleurs enquêteurs du service. Elle était régulièrement sollicitée pour intégrer d'autres groupes, et certains lui faisaient même miroiter une promotion plus rapide. Mais pas question d'y donner suite.

— Il était en contrat à durée déterminée, hasarda Bernard en rigolant, ou c'était peut-être son habit de carnaval ?

Et il se tourna vers le concierge qui avait assisté jusque-là sans piper mot aux investigations, pour quêter son avis.

— Il aimait faire la fête, c'était parfois une grande gueule, mais au-delà des apparences je peux vous dire qu'il était apprécié dans l'immeuble. Toujours prompt à rendre service. À accompagner l'un ou l'autre à Montpellier. Il conduisait même certaines personnes âgées en ville.

Normand décida de mettre fin à la perquisition.

— De toute façon, ce n'est pas interdit. Patricia, notez cette découverte. Bon, il n'y a plus rien d'intéressant, on rentre au siège.

Arrivés à l'hôtel de police les trois enquêteurs se réunirent dans le bureau de leur supérieur. Grade oblige, c'était le plus grand.

Normand se carra dans son fauteuil et entreprit de relater les informations communiquées par les responsables de l'association puis par Capucine Vitulin.

Quand il eut terminé, Patricia remarqua :

— Heureusement qu'elle a reconnu avoir eu des relations avec la victime, parce que ses collègues se sont montrés plus bavards. Tous louent leur professionnalisme, mais leur liaison débordait largement et régulièrement le seul cadre de leur vie privée. Cela en devenait pénible, paraît-il.

Et elle se tourna vers Bernard pour qu'il enchaîne.

— Oui, tout était prétexte à dispute, confirma ce dernier. La façon de travailler, d'exploiter les indices, d'explorer telle ou telle partie du terrain. Leur séparation a calmé le jeu. Mais j'ai l'impression que l'étudiante, Mélanie… je ne me rappelle plus son nom…

— Cardonel, lança Patricia en compulsant ses notes.

— Oui c'est ça, poursuivit Bernard, Mélanie Cardonel. À mon avis elle connaissait bien Corrado.

Il y eut un instant de silence.

— Se pourrait-il qu'on ait affaire à un empoisonnement sur fond de rivalité amoureuse ? suggéra Kevin.

Il se garda de préciser qu'un tel acte était souvent le signe d'une main féminine, d'après les statistiques tout du moins. Bernard, lui, ne s'embarrassa pas d'une telle précaution de langage.

— Un empoisonnement, c'est signé, c'est une femme...

— N'importe quoi !, réagit vivement sa collègue, qui n'avait pas vu le clin d'oeil de Bernard à son supérieur.

— De toute façon, il faut faire brancher tout le monde. Patricia, vous adressez les réquisitions aux télécoms. Il n'y a qu'un seul standard téléphonique pour les compagnons. Pensez également aux différents portables...

Il était primordial de faire vite. Après un tel événement, les langues se délieraient. Tous les protagonistes le commenteraient longuement avec leurs amis et connaissances diverses, et les enquêteurs en retireraient une « photo » extrêmement parlante des relations entre individus, soupçons éventuels, etc.

— J'ai noté tous les numéros, dit-elle, en tapotant sur son calepin.

— Vous avez obtenu d'autres infos auprès du personnel ?

Bernard fit une grimace d'insatisfaction.

— Pour l'instant, de simples banalités. Mais lorsqu'on les entendra, je suis certain qu'on recueillera des précisions sur les rivalités entre les uns et les autres. Il faut savoir que Laurent Corrado avait plus d'une corde à son arc. Archéologue, étudiant, musicien, il traînait également souvent avec les techniciens spécialistes de l'aquaculture.

— Il avait des moyens financiers importants ?

— J'ai posé la question. C'était un fort-en-thème peu pressé d'entrer dans la vie active, il se complaisait dans les études et profitait de la fortune de ses parents. Le style éternel étudiant, effectivement.

Normand regarda Patricia.

— Vérifiez auprès de sa banque s'il avait des problèmes de ce côté-là. Vérifiez également s'il était connu de nos services ou de ceux de la gendarmerie.

L'enquêtrice prit note et hocha la tête. Après un instant d'hésitation, elle demanda :

— Et pour les hosties, comment cela a-t-il pu se dérouler ?

Bernard, qui était resté debout, s'assit à califourchon sur une chaise et, curieux, attendit la réponse.

Le lieutenant s'était plus d'une fois remémoré les faits, essayant de découvrir une explication quelconque. Il s'éclaircit la voix.

— J'ai déjà réfléchi à la question, vous vous en

doutez. Voilà ce qui s'est passé : J'ai reçu un appel le matin même de l'évêché. Le prêtre devant officier était malade. On m'a sollicité, j'ai accepté. Tout avait été prévu. Les hosties se trouveraient dans le ciboire, le tout tenu à ma disposition dans la chapelle Saint-Blaise. En fait, l'ensemble a été remis en début de matinée entre les mains d'une employée et immédiatement entreposé à la chapelle.

— Donc, intervint Patricia sans s'arrêter de prendre des notes, « on » a eu toute la journée pour empoisonner les hosties ? Aussi bien à Maguelone qu'au siège de l'évêché, n'est-ce pas ?

— Une seule hostie, rectifia l'officier. J'ai servi la communion à quinze personnes et il n'y a eu qu'un mort.

Bernard écarquilla les yeux et jeta un regard déconcerté à son supérieur.

— Saviez-vous à qui vous les donneriez ? demanda-t-il, perplexe.

— Pas du tout, je les remets au fur et à mesure de la présentation des fidèles. Elles ne sont ni numérotées ni réservées, crut-il bon de préciser.

Personne ne pipa mot. Chacun cogitait. C'est Patricia qui, la première, tira la conclusion qui s'imposait.

— Mais alors, n'importe qui aurait pu être empoisonné ? C'est un acte gratuit qui ne visait pas obligatoirement Laurent Corrado ?

Le silence se fit.

— J'en suis également arrivé à cette conclusion.

Mais à qui profite le crime ? Va-t-on avoir des revendications ? Pas pour l'instant à ma connaissance, déclara l'officier.

— Attendez que la presse s'en mêle et elles vont vite arriver, pronostiqua Bernard.

Patricia revint à la charge.

— Et le ciboire, où est-il actuellement ? On pourrait relever des empreintes ? Il a bien fallu soulever le couvercle pour y déposer une hostie empoisonnée ?

Kevin se passa les deux mains sur le visage, se massa les tempes du bout des doigts et précisa :

— Je l'ai nettoyé après la communion. C'est l'usage, s'empressa-t-il de souligner.

La brigadière-chef haussa les sourcils en regardant Bernard.

— Heureusement que vous êtes de la maison, lieutenant. Vous donnez une hostie empoisonnée et vous effacez ensuite les traces présentes sur la scène de crime ! On en a embastillé pour moins que ça, conclut-elle, son sourire tempérant la gravité de ses reproches.

— Il faudrait interroger la personne qui a consacré les hosties, suggéra avec précaution Bernard.

Il avait noté que son supérieur n'avait pas répondu à l'hypothèse évoquée par Patricia : l'empoisonnement avait peut-être eu lieu au sein même de l'évêché.

— Je m'en occupe, s'empressa de répondre Kevin.

Il se voyait déjà posant des questions aux prêtres… Mais, auparavant, il devrait affronter monseigneur, lui expliquer ce qui s'était passé…

— Bon, au boulot. Je vais rendre compte au directeur et… j'irai à l'évêché ensuite.

# 3

*An de grâce 1282, île de Maguelone*

Eude de la Jugie se trouvait dans les sous-sols de la cathédrale qu'il semblait tout particulièrement affectionner ces temps derniers, mais à son corps défendant cette fois-ci. Lorsqu'il était passé, les bras entravés, encadré par deux sbires du prévôt, devant l'atelier du forgeron sorti sur le pas de sa porte, ce dernier lui avait craché au visage en lui promettant mille tourments. Il en frissonnait encore.

Il ne comprenait pas la soudaine alliance du feu et de l'eau à l'origine de son séjour en ces lieux.

Pourquoi le prévôt et l'archidiacre, deux personnages aussi dissemblables, en opposition permanente, avaient-ils fait taire leurs différends pour se liguer contre lui ?

Une seule réponse lui venait à l'esprit. Il touchait au but et les conséquences de ses découvertes auraient été terribles pour eux.

Il grelottait maintenant de froid et de peur sur la paille humide de son cachot et attendait, espérait était le mot juste.

Une question le taraudait. Comment le prévôt, son supérieur, avait-il pu se laisser aller à de tels errements ? Eude ne comprenait pas. Certes, il avait pu mesurer l'ampleur des responsabilités de son supérieur au sein du diocèse et des énormes moyens nécessaires pour y faire face. Il était responsable, de l'approvisionnement, en pain, en vin, et en aliments divers et variés pour la satisfaction des membres du chapitre, comme pour leurs visiteurs et hôtes qui venaient par dévotion ou curiosité ; responsable également du ravitaillement de l'hospice, de l'entretien de l'aumônerie, de la distribution des habits, par l'intermédiaire du lieutenant du vestiaire, à tous les ecclésiastiques, ainsi que de leur nettoyage régulier, et… il arrêta de faire le compte conscient que rien ne pouvait, en aucune façon, justifier son comportement.

Malgré son abattement, il gardait au fond de lui une petite lueur d'espoir. Seul monseigneur de Vezay pouvait l'aider. Il avait exigé un entretien avec lui. Il réfléchit un instant. Et s'il lui était refusé ? Il demanderait dans ce cas-là à être entendu en confession. Oui, voilà ce qu'il fallait faire. Il s'agissait d'un privilège appartenant aux officiers du prévôt et nul ne pouvait le lui contester. Sur cette mince espérance, Eude, épuisé, s'endormit sur sa pauvre paillasse.

Le lendemain après-midi, la porte de sa cellule fut ouverte. Derrière un des hommes de main de Tancrède de la Roche, le prisonnier vit une grande lueur. Auréolé par de multiples bougies, monseigneur de Vezay, évêque et comte de Maguelone, fit son apparition. De la Jugie trouva la force de se lever, débarrassa son surcot de la paille qui s'y était fourrée et baissa la tête. Il se réjouissait déjà. Sa requête avait été transmise. Il profiterait de sa confession pour tout avouer au prélat. Il avait prié pour cela toute la nuit. Sa prière était exaucée.

Drapé dans un pourpoint de couleur verte comme dans une cuirasse de certitude, Jean-Guillaume de Vezay regardait celui qui lui faisait face et venait de s'agenouiller après avoir baisé son anneau épiscopal. Il avait été prévenu par le prévôt des derniers événements. Il était inquiet lui aussi. Particulièrement inquiet. Surtout de la soudaine et incroyable connivence entre son adjoint et l'archidiacre, alors qu'il se réjouissait jusque-là de leur inimitié. Si ces deux-là s'entendaient maintenant comme larrons en foire, c'est que grande était leur crainte. Très grande était donc leur culpabilité. Il devait savoir laquelle et en obtenir les preuves. Depuis sa nomination, il ne s'était pas passé une seule journée sans qu'il ressente autour de lui une animosité de tous les instants de la part de ceux qui auraient postulé au bénéfice d'une charge dont ils étaient manifestement indignes.

— Parlez sans peur mon fils, dit-il en s'asseyant sur un escabeau qu'un frère convers venait d'apporter.

Eude regarda vers la porte de sa cellule, derrière laquelle se trouvaient agglutinés plusieurs chanoines. Le prélat suivit son regard et fit un geste destiné à chasser les dignitaires. Le prisonnier entama alors une relation très fidèle de ses découvertes et des faits mettant en cause aussi bien le prévôt que l'archidiacre. Il reconnut sans difficulté son passage nocturne à la bibliothèque pour s'assurer de l'existence et de la validité de la bulle épiscopale de Bérenger de Frédol, mais nia toute implication dans le moindre vol.

Le visage de monseigneur de Vezay se décomposait au fur et à mesure de la narration des turpitudes des deux plus importants chanoines de son diocèse. Il les savait conscients de ce qui se tramait. Il croyait que par faiblesse les dignitaires fermaient les yeux, mais n'avait jamais imaginé qu'ils puissent être eux-mêmes à l'origine de telles scélératesses.

— Et, en ce qui concerne les… – il n'osait pas prononcer le mot qui sentait le soufre – avez-vous gardé la preuve ?

Eude mit un instant à réaliser ce que lui demandait son évêque. Puis il plongea la main dans sa chausse droite et en extirpa l'objet de toutes les convoitises. Il le frotta sur sa cote avant de le présenter à son illustre visiteur. Monseigneur soupira.

Enfin un élément concret. Sans douter des propos du jeune officier, il ne voyait pas comment il aurait pu sanctionner des dignitaires du chapitre sur ses seules accusations orales.

Jean-Guillaume de Vezay éleva l'objet, le rapprocha de la lueur d'une des chandelles, l'examina attentivement et se signa. Son visage se détendit, une expression de grande sérénité envahit ses traits.

Eude attendait la réaction de l'évêque qui semblait perdu dans ses pensées. Après un long instant de silence, il demanda à communier, conscient que cette occasion ne lui serait peut-être plus accordée. Monseigneur se leva, entrouvrit la porte close par lui-même et ordonna qu'on aille lui chercher des hosties.

Dix minutes passèrent sans qu'un mot de plus ne soit échangé tant le prélat paraissait troublé par les révélations obtenues. Il serrait toujours précieusement dans la paume de sa main ce qui venait de lui être remis. Il échafaudait des hypothèses. Lorsque le sacristain lui apporta le ciboire, il consacra plusieurs hosties et en remit une à Eude de la Jugie.

— Ne craignez rien mon fils, lança-t-il à haute voix en se retirant. Dieu sait reconnaître les siens. Et il repartit avec le bien qui lui avait été présenté.

Eude s'agenouilla et, seul à nouveau dans sa cellule, il remercia Dieu de sa miséricorde.

Une fois dans ses appartements et avant de s'isoler, monseigneur de Vezay convoqua son prévôt.

— Je célébrerai demain matin à la tribune une messe en présence de tous, je dis bien de tous les membres du chapitre. Vous connaîtrez mes décisions par la suite. Dieu m'inspirera. Faites exécuter mon ordre, exigea-t-il.

Lorsque Tancrède de la Roche voulut baiser l'anneau épiscopal, le prélat lui en refusa la possibilité et le congédia de la main. Terrifié, ce dernier fonça vers les appartements de l'archidiacre.

Au terme de la cérémonie qui se déroula, le lendemain, dans le plus grand apparat, en la seule présence des membres du chapitre, chacun était persuadé de l'imminence de graves événements. Jamais monseigneur de Vezay n'avait officié avec une telle solennité, jamais ses paroles n'avaient été aussi dures, notamment celles prononcées lors de son homélie. Elles stigmatisaient le comportement de ceux, indignes d'être des gens d'Église, contre qui les foudres de l'excommunication allaient s'abattre.

Tout l'auditoire tremblait. Les membres du chapitre avaient perdu de leur superbe. C'est dans le plus grand silence qu'Audouin Saumade, sacristain de son état, présenta le ciboire à monseigneur de Vezay. Ce dernier prit une hostie entre ses mains, l'éleva au-dessus de sa tête et la porta enfin à sa bouche. Quelques secondes après, à la stupéfaction générale, il s'écroulait foudroyé. Il avait été empoisonné.

Ignorant tout, pour l'instant, de ces derniers événements, Eude de la Jugie s'interrogeait. Comment avait-il pu en arriver là ? Il ferma les yeux et ses pensées s'envolèrent quelques semaines plus tôt. Il se remémora l'enchaînement des faits qui l'avaient conduit de façon inexorable dans ce cul de basse-fosse.

Arrivant de Montpellier, il avait chevauché par l'île d'Esclavon située au nord de Maguelone. Le vent étant violent, il jugea plus prudent de tenir sa mule par la bride pour franchir le pont de un kilomètre cinq qui donnait accès à la cathédrale. Il était seul à cheminer sur cet ouvrage gigantesque érigé quelque deux siècles plus tôt par l'évêque Arnaud, surnommé le Grand Arnaud. Il soupira. Cette jetée, constituée en partie basse par une large chaussée en maçonnerie utilisée pour les gros attelages, était doublée d'une passerelle pour les piétons. Bien que sous la responsabilité directe d'un chanoine du chapitre dit « pontonnier », elle menaçait de s'écrouler par endroits. Évidemment, le préposé comme la plupart de ses confrères se désintéressait de ses fonctions et du bien dont il avait la responsabilité, déplora l'officier. Il en toucherait deux mots au prévôt – deuxième personnage après l'évêque, chargé lui des questions temporelles – mais sans en espérer un résultat. Il y avait trop d'antagonismes entre monseigneur, responsable du spirituel, et son second, chargé de l'intendance.

Chemin faisant, il maudissait le sort qui avait fait de lui un cadet. Son frère aîné disposait du titre familial, quand lui avait dû s'exiler, il y avait un an de cela, et entrer au service de l'évêque en qualité de laïc. Il n'aimait ni la chaleur étouffante qui régnait dans l'île, ni ses miasmes et les fièvres qui s'y développaient. Mais il espérait. Il espérait un jour pouvoir quitter ce diocèse et être nommé, pourquoi pas, prévôt, ailleurs. En attendant, il devait obéir et plaire à Tancrède de la Roche, de qui il tenait directement ses ordres.

La tâche était ardue, mais il y déployait tout le zèle nécessaire. Et il en fallait ! Se soumettre au prévôt, ne pas s'attirer l'inimitié du chapitre, fort de plus de quarante chanoines, et ne pas encourir les foudres de monseigneur de Vezay relevait de l'exploit.

À dire vrai, la situation à Maguelone était singulière. Respectant le droit canon à la lettre – le précédent titulaire de la charge étant décédé alors qu'il se trouvait auprès du pape – Sa Sainteté n'avait pas permis aux chanoines d'élire eux-mêmes leur évêque, comme cela se faisait jusque-là. Choisi parmi l'un des leurs, bien évidemment. C'était lui qui avait désigné Jean-Guillaume de Vezay, un de ses anciens chanceliers. Il s'en était suivi une fronde larvée avec les membres du chapitre.

Tout à ses pensées Eude n'avait pas senti arriver une forte bourrasque de vent. Sa monture fit un écart et le poussa violemment. Il faillit tomber à l'eau. Il jura, regarda rapidement à droite et à gauche afin de vérifier qu'il n'avait pu être entendu, resserra la bride dans sa main et passa devant sa mule. Si elle doit choir dans l'eau glauque, qu'elle soit la seule, pesta-t-il.

Il était chargé d'une mission difficile. Le nouvel évêque qui portait également le titre de comte de Melgueil – depuis que le comte de Toulouse soupçonné d'hérésie cathare avait été dépossédé de l'ensemble de ses fiefs en 1215 – s'évertuait à ramener à des habitudes plus austères la majorité de ses chanoines. Monseigneur avait été surpris. Dès son installation il avait réalisé que, alors que le chapitre possédait les plus riches prieurés du diocèse, il était criblé de dettes. Depuis longtemps, il est vrai, ses membres pensaient plus à leurs intérêts qu'à ceux de leur communauté. Ils s'absentaient sans raison pour le seul agrément de vagabonder et de chercher le plaisir de jouissances plus mondaines. Plusieurs bulles papales avaient reproché cet état de fait et tenté de rappeler mais en vain, les ecclésiastiques à leurs engagements.

En 1252 le pape Innocent IV avait même recouru à des moyens extrêmes. Une bulle avait énoncé que toute dette contractée serait déclarée nulle s'il n'était prouvé que ce fut à l'avantage de la communauté.

Eude soupira, se remémorant les raisons de sa mission. Monseigneur avait vertement tancé le prévôt, l'invitant à remplir plus scrupuleusement les devoirs de sa charge. Les objets du culte, victime de simonie[1], disparaissaient les uns après les autres. Des dépenses inconsidérées étaient toujours affectées à la charge des deniers du chapitre sans aucune justification sérieuse. Responsable des entrées et des sorties de l'île, sa capacité à assurer les fonctions lui incombant était mise en cause. Eude était chargé d'enquêter. Qui subtilisait et vendait les biens de l'Église, à qui, combien ? La tâche était ingrate et difficile. S'il ne parvenait à découvrir le ou les coupables, le prévôt lui en attribuerait la responsabilité. S'il les démasquait, les chanoines qui avaient la mémoire vengeresse – et étaient, du moins pour certains d'entre eux, les fautifs – ne le lui pardonneraient pas. Et l'un d'eux, à n'en pas douter, serait un jour le futur évêque. L'officier était bien persuadé que les manants, de leur propre chef, auraient eu bien trop peur de dérober quoi que ce soit appartenant à l'Église, de crainte d'encourir les foudres de Dieu. Il n'ignorait pas également que son succès démontrerait de façon éclatante la négligence de son supérieur, alors que par de véhémentes dénégations ce dernier avait assuré le responsable du diocèse de l'efficacité avec laquelle il remplissait ses fonctions. En bref, quel que soit le résultat obtenu, il en subirait les conséquences.

1. Simonie : commerce coupable d'objets sacrés.

Il avait longuement prié et en était arrivé à la conclusion que Dieu l'éprouvait. Il ferait donc son travail, ce qu'on lui demandait de faire, de son mieux.

La traversée terminée il remit son cheval au préposé aux écuries, érigées à côté de la maison attenante au pont, et passa sous le portique destiné à abriter les pauvres venus quêter soins et nourriture. Ils étaient nombreux. Il rejoignit la première enceinte dite « des portes de bois » que l'on franchissait par le portail fortifié « de Villeneuve ». Il était déjà dans un autre monde. Fini le contact avec la populace qui grouillait en ville. Il poussa un soupir de soulagement.

Sa quatrième incursion au centre de Montpellier s'était avérée instructive. Il avait traîné ses chausses aux alentours de l'église Notre-Dame-des-Tables, ainsi nommée en raison de la présence de « tables des changeurs » ou comptoirs placés par les banques à proximité pour servir au commerce particulier des échanges. Il n'était pas de meilleur endroit que cette place, avait-il réalisé, pour écouler discrètement les biens dérobés. Rapidement les butins en tous genres changeaient alors de propriétaires et de lieux. Il avait pu observer certaines transactions faites sous le manteau. Mais, même s'il mettait la main sur un objet soustrait à Maguelone, ça ne lui suffirait pas à démasquer le voleur. Comment ce qui avait été subtilisé avait-il réussi à quitter la double enceinte, trompant la vigilance du prévôt et de ses gardes ? Donc la sienne, quelque part. Il devait remonter à la source. Ne pas se presser. Interroger les membres du chapitre ? Il ne fallait même pas y penser. Il lui incombait de délier les langues, scruter, observer, déduire et prendre la main dans le sac.

Les chanoines – eux seuls avaient un accès régulier aux objets du culte, et il restait persuadé que rien ne pouvait se faire sans leur accord – avaient nécessairement besoin de complices. Ces derniers devaient donc se trouver ici dans cette enceinte parmi les laïcs comme lui, les frères convers[2] ou les oblats[3]. Et ils étaient nombreux à s'occuper de l'hospice, de l'infirmerie, de la buanderie, de la paneterie, du four, du puits, etc. Leur nombre était tel qu'il en avait le vertige. Il faudrait les visiter tous. Grâce à Dieu, cela ne posait pas de problème protocolaire. Tout ce personnel faisait partie de l'intendance dont la gouvernance incombait au prévôt.

Et si cela ne suffisait pas, il enquêterait à l'intérieur de l'enceinte canoniale dite « des portes de fer ». Elle renfermait les bâtiments conventuels ordonnés autour du cloître rectangulaire : salle capitulaire, réfectoire, dortoir, cuisine et cellier destiné aux chanoines. Là résiderait la véritable difficulté. Il

2. Se dit d'une personne qui, dans un monastère, un couvent ou une enceinte ecclésiastique, est chargée des travaux domestiques.

3. Laïque qui se joint à une communauté religieuse sans prononcer les voeux.

se trouverait véritablement en territoire ennemi et, pour être accepté, il faudrait que sa présence soit éminemment justifiée. Il serait en permanence sous le regard inquisiteur des membres du chapitre.

Cadet d'une famille de petite noblesse, sans fortune particulière, il savait qu'il ne devrait sa condition future qu'à lui-même. De taille modeste, la jambe courte, la tête rentrée dans les épaules, ses traits gardaient l'empreinte d'une maladie mal soignée. Il avait pour lui une mémoire exceptionnelle, une capacité de déduction sans pareille et une obstination dont il était parfois victime.

Il se dirigea vers l'infirmerie située au nord-est. Le prévôt devait y entretenir, pour les soins d'hygiène, un barbier suffisamment habile à raser et à soigner ainsi que des garçons pour laver les pieds aux chanoines. L'infirmier quant à lui devait fournir les médicaments et avait à ses côtés un bayle. S'agissant d'un officier comme lui, mais de bien plus modeste extraction, il espérait son aide. Encore que, à force de côtoyer les membres du chapitre, il pouvait avoir été… circonvenu. Il s'en méfierait donc.

À son arrivée plusieurs lits étaient occupés. Trois par des chanoines d'un âge certain, dont deux étaient étrangers à l'île de Maguelone. Sur deux autres gisaient des novices grelottant sous l'effet de fièvres transmises par les marais avoisinants. Deux aides ôtaient les draps souillés. Ils seraient remis au frère convers chargé de la buanderie qui attendait au seuil de l'infirmerie. Il n'était pas seul, à côté de lui se trouvait également l'aide-cuisinier venu prendre les commandes des dignitaires religieux.

Eude de la Jugie se gratta la tête. Il s'était placé dans un coin et regardait tout ce petit monde vaquer à ses occupations. De temps à autre il surprenait des regards lancés dans sa direction ou des échanges de paroles à voix basse. Sur sa personne assurément. Pouvait-il en déduire qu'il y avait là quelque chose d'anormal ? La seule chose anormale consistait en réalité à la durée de sa présence, en ces lieux. En règle générale, il n'y faisait qu'un bref passage. Il réalisa que des membres malintentionnés du chapitre pouvaient fort bien remettre divers objets à tous ceux qui à différents titres pouvaient ou devaient, la nuit tombée, quitter l'enceinte de la cathédrale. Et pourtant, ses gens fouillaient tout le monde. Il se résolut à doubler la garde et à accentuer les contrôles inopinés. Il y participerait également. Cela montrerait à tous, au prévôt et à monseigneur de Vezay, qu'il mettait du coeur à l'ouvrage.

Il abandonna l'infirmerie et hésita un instant. Devait-il se rendre sur-le-champ aux cuisines ? Ces dernières se trouvaient abritées par les remparts de l'enceinte canoniale, tant leur importance était grande. Là-bas, en territoire hostile, le moindre de ses gestes serait épié, commenté, interprété et dénaturé, pour être enfin livré en pâture à l'évêque. Il tergiversa un instant. On lui reprocherait sans aucun doute de s'attaquer tout de suite au chapitre, avant même d'avoir enquêté ailleurs. Il décida de différer cette visite.

En regagnant ses quartiers, il rencontra plusieurs aides du cellérier[4]. Ils étaient en train de couper et d'enlever les herbes éparses sur les chemins parcourus par les chanoines, soit vers les ponts, soit autour de l'île, soit dans les cimetières et qui pouvaient salir ou déchirer leur soutane.

Voilà des gens disposant pareillement de toute facilité pour quitter l'enceinte de la cathédrale. À surveiller également de près, se dit-il.

Il allait installer tout autour de l'île un filet dont les mailles ne permettraient au moindre poisson de se faufiler.

4. Religieux chargé de l'administration matérielle d'un monastère. Adjoint direct du prévôt.

## 4

Patricia conduisait en ruminant. Elle devait à tout prix effacer sa boulette. Ne pas avoir réalisé que le vêtement était à l'envers sur le cintre ! La seule femme du groupe ! Elle avait décidé de gagner son bureau très tôt pour mettre les bouchées doubles et prouver sa valeur à Kevin. Aussi quelle ne fut pas sa surprise de croiser le secrétaire général au volant de sa C5. Elle consulta brièvement sa montre. 6 h 30. Elle jeta un coup d'oeil dans le rétroviseur. Elle ne se trompait pas, il est bien matinal pour quelqu'un qui a dû se coucher très tard, se dit-elle. Surtout qu'il était à la retraite. Quelle urgence pouvait justifier cette balade ? Une petite musique résonna dans sa tête. Elle fit immédiatement un demi-tour et se lança à sa poursuite. La circulation relativement fluide à cette heure de la matinée lui imposa de ralentir pour ne pas se faire repérer. Elle sourit en son for intérieur, imaginant difficilement Quentin Martial inquiet à la pensée d'être filé. Il prend la route de Carnon, constata-t-elle. S'il allait à Maguelone, il aurait dû obliquer vers celle de Palavas.

Elle fantasma à l'idée de pouvoir apporter un élément crucial à l'enquête. S'il pouvait faire quelque chose de particulier ! Elle en salivait d'émotion, mais savait qu'elle devait rester calme. Qui ne tente rien n'a rien, songea-t-elle, pleine d'espoir malgré tout.

Alors qu'elle arrivait non loin d'un grand rond-point, elle fut brutalement assaillie par un doute. Et si, au lieu de continuer tout droit, il faisait demi-tour, ça ce serait suspect... Tu rêves ma fille, se dit-elle, tu prends tes désirs pour des réalités ! Mais ce fut plus fort qu'elle, elle se déporta brusquement sur la droite pour s'engager sur l'aire d'une station essence. Elle stationna sa voiture à proximité d'une pompe et attendit. Au pire elle accélérerait et avec un peu de chance rattraperait le véhicule. Elle ne quitta pas le rond-point des yeux.

Bon Dieu, jura-t-elle en réalisant que la Citroën avait fait un tour complet. Elle en ouvrit la bouche toute grande de surprise. Il s'était peut-être tout simplement trompé. Ses doigts se crispèrent sur le volant. Elle bloqua sa respiration et attendit. Elle poussa un nouveau cri en constatant que le responsable des compagnons venait de faire un deuxième passage et repartait maintenant en sens inverse. Elle en était blême d'émotion et se cala au fond de son siège. Non, il ne peut pas me voir, se rassura-t-elle.

Si elle n'avait pas suivi son intuition, elle l'aurait eu juste en face, il n'aurait pas pu ne pas la remarquer.

Elle cogita. Ce comportement était celui des truands lorsqu'ils voulaient s'assurer qu'ils n'étaient pas filochés. Cela sous-entendait un rendez-vous important. Elle tapa sur le volant de sa 307. Et dire qu'elle le prenait pour un gros naïf ! Elle en aurait le coeur net. S'il s'agissait d'une véritable manoeuvre destinée à protéger ses arrières, il allait revenir sur ses pas et elle le reverrait passer. Elle déglutit et attendit. Pas longtemps. La grosse berline reprenait la route du sud. Elle en était maintenant rouge d'émotion. Devait-elle appeler du renfort ? Ridicule, le temps qu'un dispositif se mette en place…

Elle décida de jouer le tout pour le tout, de se débrouiller seule et d'en recueillir les lauriers. Elle quitta l'aire de la station-service et s'engagea sur la quatre voies. Elle tremblait. De si loin, pourrait-elle se rendre compte de la direction prise ? Palavas ou La Grande-Motte ? Tant pis, les dés étaient jetés.

La Grande-Motte ! s'exclama-t-elle peu de temps après en accélérant. Elle ralentit lorsqu'elle se trouva sur la longue ligne droite y conduisant. Allait-il s'y arrêter ? Elle retint sa respiration une nouvelle fois et souffla bruyamment en apercevant au loin l'éclat du clignotant. Oui. Maintenant le plus difficile restait à faire. Ne pas le quitter des yeux, sans se faire remarquer. Dur, dur. Elle accéléra brusquement, espérant pour une fois une circulation conséquente.

— Merde ! hurla-t-elle, constatant l'absence de la C5 en passant devant le panneau indiquant l'entrée de l'agglomération.

Elle stoppa au feu rouge, hésita, bifurqua à droite et s'engagea dans la cité. Peine perdue, au bout de quelques minutes elle réalisa la vanité de ses recherches. Il pouvait avoir regagné un des nombreux lotissements, un des multiples immeubles ou pyramides, avoir pris la direction des quartiers du Ponant ou du Couchant. Elle s'arrêta et réfléchit. La station balnéaire accueillait un des principaux ports de plaisance de la côte. Se pouvait-il qu'il s'y rende ? De toute façon, elle n'avait plus rien à perdre. Elle quitta son véhicule et allongea le pas vers le quai d'Honneur. Les plus beaux voiliers y étaient accostés.

Elle retint un nouveau cri et se jeta brutalement en arrière, percutant un touriste. Elle s'excusa et feignit d'avoir trébuché. Quentin Martial, une sacoche à la main, fonçait en direction d'un des plus gros yachts. Elle se dissimula derrière un présentoir de vêtements et le vit porter son téléphone à l'oreille. Quelques secondes s'écoulèrent et un homme fit son apparition sur le pont du bateau. Martial franchit la passerelle, se dirigea vers lui, ôta ses chaussures et disparut à la suite de son hôte.

Fébrile, Patricia avait saisi son portable et utilisé la fonction « appareil photo » pour immortaliser la rencontre, espérant que le zoom rendrait le cliché exploitable. Elle nota l'heure du contact. L'entretien fut bref, puisque quelques minutes après elle vit le secrétaire général réapparaître, et enfiler ses souliers avant de quitter le navire sous l'oeil impassible de celui qui l'avait accueilli. Pas d'effusions particulières, réalisa-t-elle, relevant le teint mat de l'interlocuteur de Martial et l'absence de sacoche entre les mains de ce dernier. Ainsi, il était venu lui donner, ou lui vendre plus vraisemblablement, quelque chose. Mais quoi exactement ? De la came ? Les questions se télescopaient dans sa tête. Elle n'essaya même pas de reprendre sa filature. Sa mission accomplie il regagnerait Montpellier. Elle attendit quelques minutes et passa à proximité du bateau pour prendre discrètement en photo son immatriculation.

Elle jubilait maintenant, ne doutant pas un instant de l'importance de sa découverte. Elle apportait là un indice décisif à l'enquête, une orientation différente. Elle hésita et décida d'aller jusqu'au bout de sa démarche. Elle se présenta quelques minutes après à la capitainerie.

— Ah ! oui, déclara un des officiers de permanence en regardant l'écran de son téléphone.

Puis il feuilleta son registre et précisa :

— Le navire est immatriculé au nom d'une compagnie battant pavillon des îles Caïmans. Il appartient à l'« International Export Compagny ». Vous pouvez noter l'adresse du siège.

Patricia s'exécuta puis demanda :

— Vous connaissez le propriétaire ? Il vient souvent ?

Son interlocuteur s'entretint avec plusieurs autres membres de la capitainerie et interrogea une banque de données sur son ordinateur avant de répondre.

— Ils sont très discrets, mais je pense qu'il s'agit de citoyens des Émirats arabes unis. En deux ans, ils ont accosté ici à quatre reprises déjà, pour affaires ont-ils déclaré. Voilà, c'est tout ce que je peux vous dire. Je suppose que vous les soupçonnez...

— Non, pas du tout, objecta l'enquêtrice avec toute la conviction possible. Une simple vérification de routine.

Elle remercia, et en dansant sur un pied regagna son service.

Quentin Martial lui aussi était satisfait. À plus d'un titre. Il était content d'avoir à mettre en pratique les techniques utilisées par les policiers ou les truands dans les films – certes cela relevait d'un petit jeu, mais pas si désagréable que ça après tout ; content de la somme obtenue lors de sa dernière transaction – il sentait les liasses de billets de cinq cents euros dans les poches de sa veste ; content enfin de l'utilisation à venir de cette somme. Il en riait intérieurement. Quelle meilleure vengeance que de pouvoir acheter de quoi appeler les fidèles à la prière avec l'argent… d'un infidèle. Non, vraiment, il pouvait être particulièrement fier de lui.

Le prince Abdul ibn Saada, représentant d'une des plus puissantes familles d'Abu Dhabi – un des sept États appartenant aux Émirats arabes unis – n'attendit pas que le mécréant ait quitté la station balnéaire pour donner l'ordre au pilote de lever l'ancre. Pour quelques heures seulement, car il ne fallait pas éveiller les soupçons des autorités locales, dans la mesure où il avait laissé entendre que sa présence était motivée par d'importants rendez-vous d'affaires. Mais il était impatient de se débarrasser de ce qui venait de lui être remis. Il y allait de son salut. Dès que les côtes ne furent plus qu'une mince ligne à l'horizon et les moteurs du navire, arrêtés – il avait demandé au pilote de se positionner face à celle qui, alors une île, avait porté le nom de « Port Sarrazin » – il sortit le coffret acheté à son visiteur, l'ouvrit et en fit une dernière fois tinter le contenu, avant de le jeter à la mer. Le prix à payer était certes élevé, mais faible malgré tout en regard des conséquences de son utilisation par les infidèles. Rien qu'à cette idée, il en frémit de dégoût. Il s'agenouilla en direction de La Mecque et pria.

Charlotte Dumoulin retouchait le papier présenté à son rédacteur en chef. Trop long, lui avait-il dit. Pas assez concis. Elle fulminait mais n'avait pas eu le choix. Elle avait obtempéré. Son regard se porta ensuite sur les faits divers. Pas grand-chose à se mettre sous la dent en ce mois de juin. Elle devait dénicher quelque chose, un événement sur lequel ses autres collègues de la presse écrite ne planchaient pas déjà. En clair, il lui fallait se singulariser. De l'originalité, et avant les autres, lui cornait régulièrement son chef, Robert. Elle eut une idée. Une de ses amies était infirmière à l'hôpital Lapeyronnie. Aux urgences, même. Elle l'appela. De toute façon, elles devaient se rencontrer prochainement.

Elles se mirent d'accord sur les lieux et la date de leur prochain rendez-vous et innocemment elle questionna Magali.

— Pas trop de travail, en ce moment ?

— Ce ne sont pas les urgences pour rien, tu vois ce que je veux dire ! D'ailleurs, je ne peux pas te parler trop longtemps. On se spécialise ces jours-ci dans les lavages d'estomac. Je ne comprends pas pourquoi, il fait beau pourtant, non ?

Elles échangèrent encore deux ou trois mots puis raccrochèrent.

Pour Charlotte, « lavage d'estomac » signifiait tentative de suicide par absorption de substances médicamenteuses. C'était comme cela que les flics, lorsqu'ils intervenaient avec les pompiers, libellaient en règle générale leur rapport. Elle le savait, car ses deux frères étaient policiers en région parisienne. Depuis son embauche au Midi libre, trois ans auparavant, elle couvrait les faits divers, et le jargon utilisé n'avait plus de secret pour elle. Elle farfouilla au milieu de la masse de documents qui jonchaient son bureau. Elle avait lu quelque chose… Ah ! oui. Les policiers de Lattes étaient intervenus à Villeneuve-lès-Maguelone pour… un malaise… Rien de folichon dans tout cela, pas de quoi fantasmer. Elle réfléchit en tapotant de la main droite sur le téléphone. Elle s'empara du combiné et appela une autre amie.

Justine, dont elle avait fait la connaissance par l'intermédiaire de Magali, travaillait dans la plus grande société d'ambulances de Montpellier. C'était une mine d'informations. Charlotte savait que les forces de l'ordre faisaient souvent appel à ses services en raison d'une disponibilité 24h/24, jours fériés compris. Elle soupira. Depuis que les flics utilisaient leur système de transmission codé, il n'était plus utile de passer son temps à écouter leurs messages radio. Plus d'infos en direct, il avait fallu diversifier les sources.

— On se voit bientôt avec Magali, à notre resto habituel, tu te joins à nous ?

— Volontiers ! Mais pas trop tôt, car en ce moment nous avons du boulot.

— Au fait, c'est vous qui êtes intervenus pour le transport du corps de Villeneuve ?

— Ne m'en parle pas, la réquisition pour l'enlèvement de la victime est signée par le commissariat, et maintenant la PJ ne veut pas la transmettre à la justice.

Charlotte redressa le buste. La PJ pour une affaire de suicide ? Bizarre ! Une personnalité seraitelle en cause ? Une petite lueur d'espoir naquit dans sa tête.

— Pourquoi ce serait à la PJ de le faire ? demanda ingénument la journaliste.

— C'est la même affaire, non ? Et puis ce sera ce service qui rédigera l'autre réquisition pour le transport du défunt à l'institut médico-légal. Il est plus simple de tout réunir dans un seul dossier, sinon ce n'est pas demain la veille que la justice nous réglera notre intervention et c'est encore moi que le patron engueulera.

Charlotte se frotta les mains. Une autopsie du domaine de la PJ ! Elle regarda l'ensemble des messages en provenance du chargé de com' du SRPJ. Rien n'évoquait cette affaire. Nada. Son flair de journaliste lui disait qu'elle tenait là quelque chose d'intéressant. À creuser. Elle réfléchit un instant et composa un autre numéro.

— Commissariat de Lattes, à qui ai-je l'honneur ? lui répondit une voix bourrue.

— Je travaille pour les ambulances Dubosc. Il me faut quelques informations sur le patient qu'on est venus chercher, sur votre demande. C'est pour établir notre facture, déclara-t-elle en manipulant devant le combiné quelques feuilles qu'elle froissa.

Voilà, j'y suis. Je voudrais vérifier l'heure, le lieu, et l'orthographe exacte du nom de la personne transportée, sinon le service des frais de justice nous renvoie systématiquement notre formulaire. Vous savez ce que c'est, laissa-t-elle tomber d'une voix agacée.

— Vous avez de la chance, j'étais sur place. L'individu s'appelle Laurent Corrado… Quel est le problème ?

— Le chauffeur avait noté Corado avec un « r », c'est bien cela ?

— Non, deux « r ».

— Vous en êtes sûr ?

Ce à quoi le policier lui rétorqua qu'il connaissait son travail. Charlotte décida de ne pas en faire trop. Si son interlocuteur prenait la mouche, il était capable de lui demander un courrier.

— L'heure exacte, c'est… ?

Et elle attendit la réponse tout en manipulant à nouveau une liasse de documents, comme si ses informations étaient mal classées.

— C'est 18 h 30…

— Oui, c'est ça, j'ai trouvé, et le lieu exact…

Et elle recommença son manège.

— L'église de Maguelone, lâcha, excédé, le fonctionnaire, avant de l'informer qu'on le demandait à la radio et de raccrocher.

Charlotte fit un bond. Un malaise ? Pourquoi une autopsie s'il s'agit d'un simple malaise ? Son imagination fit le reste. Et s'il s'agissait d'un empoisonnement perpétré dans un édifice religieux ? Cela expliquerait que l'affaire soit confiée à la PJ... Intéressant. Elle avait une petite idée sur l'identité de celui à qui incomberaient les investigations. Son ami Kevin. Enfin, ami, cela dépendait des jours. De la même promotion qu'un de ses frères, elle avait eu l'occasion de couvrir à plusieurs reprises des faits divers sur lesquels il enquêtait. Drôle de policier ! Flic et diacre. Mais il avait du charme et si elle l'appréciait vraiment ce n'était pas dans le but de lui soutirer un maximum d'informations. Du moins pas uniquement, rectifia-t-elle pour elle-même.

Elle réfléchit quelques instants, se leva de son siège et se posta près de la fenêtre du grand bureau qu'elle occupait avec deux de ses confrères. Sur la droite la vue donnait en direction de la mer, même si elle ne la voyait pas, et au pied du bâtiment les files de voitures tournaient autour d'un immense rond-point constellé de drapeaux en une noria incessante. L'heure n'était pas à laisser son esprit vagabonder. Elle regagna sa table de travail et se concentra. Elle devait à tout prix vérifier et recouper les informations obtenues. Et en trouver davantage. Elle appela le siège des Compagnons de Maguelone. Elle n'ignorait pas qu'ils avaient en charge la gestion du domaine et se fit passer cette fois pour une employée de la morgue. Un quart d'heure après elle savait tout. Elle se mit à danser de joie derrière sa chaise. Bien joué ! se félicita-t-elle. Un scoop en perspective ! Un archéologue joueur de trompette qui meurt victime d'un empoisonnement, au sein même de l'église ! Elle voyait déjà le titre d'appel de son article en première page. Son rédac chef ne pourrait le lui refuser. Surtout compte tenu de l'indigence de l'actualité. Il fallait faire vite. Si les flics décidaient de faire un communiqué à la presse, ce ne serait plus un scoop et les félicitations se transformeraient en récriminations.

Mais elle devait obtenir le maximum de précisions. Elle tenta le tout pour le tout et appela la morgue de l'hôpital. Arriverait-elle à connaître le résultat de l'autopsie ? Peu de chance, réalisa-t-elle, mais qui ne tente rien n'a rien. À nouveau elle se fit passer pour la secrétaire des ambulances Dubosc.

— Bonjour, je voudrais savoir si vous avez bien récupéré tous les vêtements et papiers d'identité que les policiers de Lattes nous ont remis lorsque nous sommes allés chercher le corps du nommé Laurent Corrado.

Et elle épela le nom et le prénom, espérant que devant l'avalanche d'informations confidentielles son interlocuteur ne mettrait pas en doute sa qualité.

— La famille nous les demande et on a oublié de vous faire signer la décharge, rajouta-t-elle pour faire bon poids.

— Un instant, obtint-elle pour toute réponse.

Elle fit la grimace. Peu bavard le lascar, se dit-elle.

Elle avait peu de chance d'obtenir gain de cause. Il lui fallait être prudente. Ce n'était pas la première fois qu'elle utilisait ce stratagème et, si elle ne voulait pas qu'il soit éventé…

— Si. Le bon de décharge est bien signé, affirma le préposé de la morgue.

Charlotte ne se démonta pas.

— Ouf, tant mieux, je vous envoie la famille pour prendre possession des effets personnels…

— Ce n'est pas possible, lui retourna son interlocuteur. La PJ nous a téléphoné, ils vont venir les chercher.

Charlotte remercia et raccrocha.

Elle se leva d'un bond, enfila son blouson en cuir, récupéra son casque et descendit quatre à quatre les escaliers de l'immeuble. Direction l'hôpital Lapeyronnie.

Arrivée sur place, elle gara sa 600 cm3 sur le parking de l'institut médico-légal et regarda les voitures déjà stationnées. Tout le monde n'avait pas accès à ce parking-là, mais en moto elle se jouait des barrières et interdits de tous ordres. Elle glissa deux doigts dans la poche intérieure de son vêtement, en extirpa un petit calepin et visualisa les numéros d'immatriculation des principaux véhicules de la PJ. Elle entendait encore son frère déplorer que les truands relèvent les plaques d'immatriculation de leurs moyens de locomotion de façon à éventer toute filature ou planque. L'information n'avait pas été perdue. Elle aussi, mais certains de ces collègues également, faisait de même, la présence d'un ou de plusieurs véhicules de la PJ étant parfois révélatrice d'affaires intéressantes.

— Banco ! s'exclama-t-elle. Ils sont déjà là.

Elle descendit de sa machine et retira son casque. Elle se passa un coup de peigne rapide, et commença à attendre. Pas longtemps.

Quinze minutes ne s'étaient pas écoulées qu'elle vit apparaître Kevin. Seul.

Tant mieux, pensa-t-elle. S'il avait eu sa collègue avec lui, la partie aurait été plus difficile. Rivalité féminine, méfiance envers sa corporation, elle ne savait pas exactement… mais elle sentait les réticences de la policière à son égard.

— Bonjour, lança-t-elle d'un ton enjoué en s'approchant du policier, qu'elle embrassa sur les joues. Vous allez bien ? C'est vous qui êtes chargé de l'affaire de Villeneuve ? s'enquit-elle l'air de rien.

Et elle balança toutes les indications dont elle disposait.

Kevin fut surpris. Normalement aucune info n'avait encore été communiquée à la presse. Officiellement du moins. Mais bon, les journalistes avaient eux aussi leurs indics. Charlotte avait l'air d'en savoir pas mal sur l'affaire. Mais elle ignorait certaines choses. Ce n'était pas à lui d'en dire plus.

Charlotte Dumoulin, fine mouche, savait le policier en train de cogiter sur la conduite à tenir. Ils se connaissaient bien, assez bien du moins.

Elle fit quelques pas à côté de l'enquêteur de la PJ et revint à la charge.

— C'est assez inhabituel comme empoisonnement, vous ne trouvez pas ?

Elle ne m'aura pas sur ce coup-là, se dit l'officier de la PJ. Le résultat exact de l'autopsie n'était connu que des deux légistes et il était sûr de leur mutisme. Cette particularité, liée à la nature même de l'empoisonnement alors que même les amis du défunt l'ignoraient, revêtait une grande importance. En cas de revendications ou d'aveux, il faudrait que celui qui revendique le crime l'évoque sans ambigüité pour être crédible.

Kevin haussa les épaules et, négligemment, laissa tomber :

— Comme tous les empoisonnements, répondit-il en s'évertuant à garder le ton le plus neutre possible. Peut-être les coquillages...

Charlotte sourit en regardant le policier d'un air goguenard.

— Et l'affaire serait confiée à la PJ ?

— Pourquoi pas ?! Si la préfecture prend un arrêté d'interdiction de consommation des coquillages, cela fera du bruit. Des manifs en perspective. Vous ne croyez pas ?

Et devant le scepticisme de la journaliste, il poursuivit :

— Maintenant nous sommes saisis de plus en

plus souvent. Dès qu'un conflit social d'envergure menace ou est susceptible de faire la une de l'actualité, la PJ est sur la brèche. Vous le savez bien, non ?

Il se fiche de moi, pensa Charlotte. Elle ne répondit pas, et se contenta de fixer son interlocuteur d'un air narquois.

Il la regarda du coin de l'oeil. Elle avait toujours de magnifiques yeux verts, et un dynamisme à toute épreuve se dégageait de sa mince silhouette. Vraiment très sympathique. Il regrettait presque qu'elle soit journaliste. Pour ainsi dire dans le camp ennemi. Quoique, si tous ses ennemis possédaient son charme, il en aurait bien voulu davantage. Il ne souhaitait pas lui mentir, du moins pas en faire trop, sachant pertinemment que tôt ou tard elle aurait connaissance des faits exacts. Ils évoquèrent donc quelques banalités sur l'enquête à venir.

Charlotte n'insista pas. Elle rejoint sa moto. Elle n'avait rien appris de nouveau, mais était sûre que les informations engrangées et maintenant recoupées étaient correctes. Elle était persuadée que, si elle s'était plantée, Kevin lui en aurait fait la remarque. Sans lui donner pour autant la bonne version des faits. Et elle avait renoué des liens avec l'enquêteur. Cela lui faciliterait les choses, à l'avenir. Elle n'était pas venue pour rien.

Le lieutenant Normand avait récupéré les divers objets personnels de Laurent Corrado. Il lui fallait maintenant rendre visite à l'évêque. Oh, ce n'était pas une obligation que sa qualité de diacre lui imposait. Monseigneur Roncevot ne l'appellerait sûrement pas. Mais il était judicieux pour lui de faire le premier pas. Sans donner trop de détails, toutefois. Encore que, s'il voulait en savoir plus sur la consécration des hosties, il allait devoir lui en parler et l'interroger. Il déglutit. En qualité de policier, cette fois. Le mélange des genres agaçait Kevin, le mettait mal à l'aise et le perturbait parfois. Mais comment faire autrement ?

Il se dirigea vers l'avenue Saint-Lazare, siège de la nouvelle maison diocésaine. Il réalisa que par un étrange coup du sort le nom de la bâtisse était « Villa Maguelone » et que… oui… la radio de l'évêché, dont la responsabilité était confiée à un diacre, son ami André, se nommait également « Radio Maguelone ». L'importance de l'ancienne cathédrale se manifestait donc toujours plus de dix siècles après sa création. Il se rappela alors qu'il s'était promis de potasser le sujet.

Les locaux du nouvel archevêché ne porteraient pas, eux, témoignage pendant autant de temps. Ils étaient réunis dans une construction moderne ajourée par de grandes baies vitrées. L'alliance du béton et du verre. À titre personnel Kevin regrettait le charme de la bâtisse située rue Lallemand. Mais les finances du diocèse et la réorganisation des divers services avaient imposé une telle décision. Mais, plutôt que de vendre tous les biens, n'aurait-on pas pu en garder certains et avec l'argent de la vente d'un seul, restaurer les autres ? Enfin, personne ne lui avait demandé son avis.

Il poussa la porte du rez-de-chaussée qui donnait sur un grand hall d'entrée. À droite se trouvait la librairie, à gauche l'accueil. Il y fonça et salua la bénévole qui dirigeait les visiteurs et répondait au téléphone. Il n'eut pas besoin de se présenter, on le connaissait. Il grimpa directement au troisième étage. Là se trouvaient le secrétariat de la curie, la chancellerie et le cabinet de monseigneur. Il sollicita une audience. Et fut rapidement reçu.

L'évêque de Montpellier était un personnage tout en rondeur, du moins en apparence. Une main de fer dans un gant de velours, songea Kevin en baisant l'anneau épiscopal. Il se présentait en qualité de diacre. S'il en avait été autrement, il aurait dû préciser à l'accueil qu'un policier du SRPJ désirait un entretien.

— Prenez un siège, Kevin, l'invita le prélat.

Normand s'exécuta. Les relations avec son supérieur n'étaient pas toujours faciles. On lui reprochait pêle-mêle de jouer au franc-tireur, d'avoir un comportement peu en rapport avec ce que l'on attendait de quelqu'un de sa condition et d'être remuant à l'excès. En quelques mots, trop singulier, pas assez réfléchi et discipliné. Peut-être que son jeune âge, la trentaine, n'y était pas pour rien. Les cinq autres diacres de l'évêché avaient facilement vingt ans de plus.

Monseigneur Roncevot avait des défauts, mais il savait écouter. Il laissa donc son interlocuteur lui dérouler par le menu ce qui s'était passé à l'église de Maguelone.

— Nous vous remercions d'avoir accepté, au pied levé, de vous substituer au père Grégoire.

Et avant que le diacre ne cède la place au policier, le prélat continua :

— Les hosties ont été consacrées par le vicaire général, comme cela se fait régulièrement, et déposées dans le ciboire. Normalement, il aurait dû être emporté par le prêtre, mais j'ai demandé à un laïc de remettre le tout, c'est-à-dire avec votre aube diaconale, à l'accueil du domaine de Maguelone.

Et alors même que le lieutenant de police allait ouvrir la bouche pour obtenir plus de précisions, l'évêque les lui donna.

— C'est monsieur Siberger, qui se trouve actuellement à la librairie, qui est venu à Maguelone.

Le prélat se leva. Kevin en fit autant. La cinquantaine, de petite taille, le visage poupin et le cheveu rare, il s'exprimait d'une voix onctueuse. Il se dégageait de sa personne une aura de puissance à laquelle personne ne pouvait rester indifférent. Il en impose toujours autant, réalisa Kevin.

— Et vous êtes sûr que l'empoisonnement est consécutif à l'ingestion de… ?

L'ecclésiastique avait du mal à prononcer le mot.

— L'autopsie et l'analyse toxicologique ne laissent planer aucun doute, déplora le policier en baissant la voix.

— C'est fâcheux. Lorsque la presse s'emparera de l'affaire… Nous n'avons pas besoin de ce genre de publicité.

Et il riva ses yeux à ceux de l'enquêteur.

— Pour le moment, les médias ne sont pas informés de cette particularité. Mais tôt ou tard elle tombera dans le domaine public, effectivement, répondit Normand.

— Bien, je vous remercie d'être venu me voir. Il s'est passé dans cette église quelque chose qui demande l'attention d'un homme clairvoyant. Faites votre travail, mais vous savez que nous comptons sur vous. L'église a besoin de tous les siens pour faire face à l'adversité. N'est-ce pas ? Et sans attendre vraiment de réponse, monseigneur tendit son anneau épiscopal à Kevin. Il s'agenouilla et le baisa à nouveau. L'entretien était terminé.

Normand descendit au premier étage, où se trouvait la bibliothèque. Elle était aux mains de l'archiviste diocésain, le père Turgot, un érudit que le policier appréciait pour son ouverture d'esprit et la qualité de son accueil. Il voulait emprunter quelques ouvrages sur Maguelone. Manque de chance le prêtre était absent et personne ne se serait aventuré à se substituer à lui. Quant à prendre un document sans son accord... c'était risquer l'excommunication. Il descendit d'un étage et se dirigea vers la librairie. Monsieur Siberger était en train de ranger des revues sur les rayonnages. Ils se connaissaient, et Kevin alla directement lui parler.

— Je vous remercie d'avoir apporté mon aube et le ciboire, dit-il tout en s'emparant d'une pile de magazines qu'il tint à la disposition du bénévole. Cela ne vous a pas posé trop de problèmes ?

— Pensez-vous, aucun. Le vicaire général avait tout regroupé dans un sac de voyage, je l'ai récupéré et l'ai remis à la personne présente à l'accueil. En tout et pour tout, cela m'a pris une demi-heure.

— Vous étiez seul ?

Le bénévole savait que Kevin était également policier. Il s'apprêtait à déposer un ouvrage sur un rayonnage, mais interrompit son geste et le fixa.

— Y a-t-il un problème ? Manquait-il quelque chose ?

— Non, pas du tout, le rassura l'officier de police.

— J'étais seul.

Il n'est au courant de rien, se dit Normand.

Le vicaire général fit son entrée à ce moment-là, interrompant la conversation des deux hommes. Kevin allait en profiter pour avoir un rapide tête-à-tête avec le numéro deux de l'évêché.

— Monseigneur m'a informé de ce qui s'est passé, laissa tomber d'un air chagrin Étienne Darbeau. J'ai consacré moi-même une vingtaine d'hosties que j'ai déposées dans le ciboire. C'est tout. Normalement c'est le prêtre chargé de la cérémonie qui le fait, mais comme c'était pour vous... Le problème n'a pu avoir lieu que plus tard. Si j'ai bien compris, le sac que j'avais confié à notre préposé à la librairie est resté une partie de la journée au sein de la chapelle ?

Il va un peu vite en besogne, constata le policier. Pourquoi cela n'aurait-il pu se produire ici dans ces locaux ? Mais il se fit violence et acquiesça du bout des lèvres.

— Oui.

Il remercia le vicaire général et, soucieux, s'en retourna. Dans le bureau du directeur du SRPJ, il relata son entrevue à l'évêché. Il fut décidé qu'on se contenterait de la rédaction d'un rapport. On n'imposerait pas un interrogatoire aux membres du clergé. Pour l'instant.

Patricia et Bernard le rejoignirent dans son bureau. C'était déjà la fin de l'après-midi. Il nota tout de suite que sa collègue avait les yeux pétillants et le sourire aux lèvres. Tant mieux, se réjouit-il, connaissant son caractère rancunier. Elle prit immédiatement la parole et relata par le menu ses investigations.

Elle récolta un silence, qui plus que de bruyantes acclamations lui alla droit au coeur.

— Super boulot, Patricia ! la félicita Normand.

Bernard y alla même de quelques applaudissements, avant d'ajouter :

— Dommage que ce ne soit pas plus souvent ! avec un clin d'oeil en direction de son supérieur.

Et il se baissa juste à temps pour éviter de recevoir en pleine figure la gomme que sa collègue venait de lui balancer.

— Si on tapait une perquise sur le bateau ? suggéra-t-il, en se redressant.

Kevin haussa les sourcils. Une ouverture d'information venait d'être requise par le parquet et un magistrat instructeur nommé. Les enquêteurs travaillaient maintenant sur commission rogatoire. Le juge était connu comme quelqu'un de strict, ne s'écartant pas d'un iota du code de procédure pénale.

— Degas n'autorisera jamais une perquisition sans preuve concrète. La remise d'une sacoche, dont on ignore le contenu, à un quidam, le fera rire. Enfin, façon de parler, reprit Kevin, personne n'ignorant que le magistrat ne rigolait pas souvent. Nous devons bétonner le dossier avant d'aller le trouver. Sinon, on se discréditera à ses yeux. Voilà ce qu'on va faire… Premièrement, Bernard, vous allez installer une balise sur la C5 de Martial. Deuxièmement, Patricia, vous, vous rédigerez une demande pour Interpol. Il nous faut plus d'infos sur la société en question, ses propriétaires ou actionnaires, etc. Faites en sorte que le bureau central national de la PJ la transmette à Lyon dans la journée. OK ? Allez, au boulot !

Le secrétaire général des Compagnons de Maguelone réfléchissait. Debout face à la fenêtre de son bureau, il contemplait celle qui à ses yeux restait toujours la cathédrale de Maguelone et non pas une simple église. Même si elle avait perdu ce titre depuis 1536 au bénéfice de celle de Montpellier. Il tapota du bout des doigts son passe-partout, ferma sa porte et y porta ses pas. Personne, pas de touristes en vue, c'était comme cela qu'il la préférait plutôt que de la voir envahie par une foule de mécréants, en tee-shirt et sandales, cornet de glace à la main et grossièretés à la bouche. Là, elle était rien qu'à lui. C'était l'oeuvre de sa vie et il n'aurait de cesse de lui restituer son lustre d'antan. Il faisait et ferait tout ce qu'il pouvait dans ce sens. Et peu importait la gravité de ses actes. Il n'avait qu'un seul but : la gloire de Dieu. Nul ne pouvait lui en tenir rigueur. Il se signa et en passant à côté de l'autel situé à la tribune effleura de la main le couvercle du sarcophage de l'évêque Jean de Montlaur, utilisé comme table par l'ancien propriétaire, monsieur Fabrège.

Il était fier de concourir à cet ambitieux projet dont il était à l'origine. Il n'était pas seul à le partager, heureusement. Il y avait toujours quelques hommes et quelques femmes, de véritables croyants comme lui, qui oeuvraient à ses côtés. Sa contribution personnelle se matérialisait par une participation physique et par de généreux dons d'argent. Il ne regrettait rien et espérait que de prochaines découvertes d'importance attireraient à nouveau la foule des pratiquants. D'ailleurs, il analysait comme un signe divin le résultat des toutes récentes fouilles. Mais il fallait davantage, oui… un coup d'éclat pour que Maguelone brille encore de tous ses feux. Il y pourvoirait. Il rentrerait lui aussi dans l'histoire de ceux qui avaient tout fait pour que revive ce joyau érigé à la gloire du Seigneur.

Il regagna le rez-de-chaussée et se dirigea vers la chapelle Saint-Augustin. C'était sa préférée, la plus ancienne de la cathédrale. Avant de s'agenouiller pour prier comme il le faisait tous les jours, il songea à Jean de Montlaur, à qui il vouait une véritable adoration. C'était un évêque qui avait su en des temps difficiles, bien des siècles auparavant, ramener un semblant d'ordre au sein du diocèse. Il avait partagé cet intérêt avec un jeune archéologue. Hélas leurs avis divergeaient. Ce dernier ne réalisait pas pleinement l'importance de l'action du prélat, qui avait reconstruit la nef de la cathédrale menaçant ruine et renforcé sa défense en l'entourant d'une deuxième enceinte, aujourd'hui disparue, celle des « portes de bois ». Le chercheur soutenait mordicus que quelles que soient ses qualités, il avait plus vécu en gentilhomme qu'en ministre de Dieu. Quelle hérésie ! Dire cela d'un des plus éminents évêques du XII^e^ siècle ! À cette pensée des gouttes de sueur perlèrent sur son front.

Puis, il songea à cet étrange policier chargé de

l'enquête. Quelle malchance que ce soit lui qui ait officié ce soir-là ! Sa fonction de diacre lui ouvrait pas mal de portes. Pourraitil aboutir ? Non, il n'avait commis aucune erreur, comme d'habitude. Il devait faire confiance à Dieu. On le mettait à l'épreuve. Il poursuivrait sa tâche. Elle n'était pas terminée. Tous ceux qui se trouveraient en travers de son chemin subiraient le même sort. Comme Laurent. Il y avait vu la main du Seigneur. N'avait-il pas utilisé pour pénétrer dans la nef la porte située à côté de la chapelle Sainte-Marie ? Autrefois dénommée « la porte des morts » à cause de son accès direct sur le cimetière. Lui ne la franchissait jamais. Il s'agenouilla et s'abîma dans la prière. Tout de suite, il fut envahi par un bonheur indicible. Oui, il était dans le vrai, tous les moyens étaient bons quand on combattait pour Sa gloire.

La journée touchait à sa fin et Kevin Normand décida d'aller saluer sa famille à Baillargues. Son frère Victor lui sauta au cou dès son arrivée. Fort heureusement, il n'avait gardé aucune séquelle de son enlèvement perpétré lors de sa présence à l'école de police de Nîmes[5]. Mais depuis ce tragique épisode, ses parents ne consentaient plus à le placer, même momentanément, dans des centres d'aide par le travail.

5. Voir *Meurtres à l'école de police.*

Ils se mirent tous autour de la table et firent ensemble une courte prière. Victor, que la trisomie 21 avait privé d'une grande partie de ses facultés, y participait également. À sa façon.

Tout en dînant, la conversation roula sur les activités d'agent d'assurances de son père. Les temps étaient difficiles et les contrats se faisaient rares. Les particuliers tout comme les sociétés les revoyaient à la baisse, quand ils ne les supprimaient pas tout simplement.

Kevin eut toutes les peines du monde à terminer son repas avec ses parents. Victor le tirait par le bras. Il voulait jouer avec lui. De guerre lasse, et malgré tout heureux de lui accorder un peu de son temps, il abdiqua.

Victor referma la porte de sa chambre. Il n'aimait pas partager son frère et détestait qu'on vienne les interrompre. Immédiatement il toucha du doigt une des nombreuses photos que leurs parents avaient punaisées au mur, sur un tableau de liège. Chaque cliché correspondait à une chanson.

— Chanter, chanter ! cria-t-il en tapant dans les mains.

Kevin regarda son cadet, âgé de quelques années de moins que lui. Le bonheur irradiait son visage lorsqu'il fredonna « À la claire fontaine ».

23 heures. Victor dormait enfin. Kevin embrassa son père et sa mère, puis reprit la route, en direction de Montpellier et de son appartement.

## 5

Kevin Normand passa une mauvaise nuit. Quelle que soit sa non-responsabilité sur le plan juridique, il n'en restait pas moins qu'il avait donné la mort. Ce qui, pour un policier ou un diacre, était à éviter. Peu en rapport avec ses deux activités. Même s'il la côtoyait souvent, il faisait en sorte de ne pas arriver à de telles extrémités. Il avait gambergé toute la nuit. L'hostie était-elle réellement destinée à Laurent Corrado ? Il fallait en avoir le coeur net. Si tel n'était pas le cas, inutile de foncer tête baissée sur une piste conduisant à une impasse. Il était impatient de connaître les résultats de la réunion qu'il avait organisée. Elle était fixée en fin d'après-midi à l'église de Maguelone même. Il envisageait une reconstitution. Certes pas officielle car du domaine exclusif d'un magistrat instructeur, mais il avait besoin de comprendre.

En attendant, il décida de retourner sur place afin de humer l'air, de prendre ses repères, d'imaginer ce qui avait pu se passer. Il devait se familiariser, avec l'oeil d'un flic cette fois, avec cet environnement. Il fallait échafauder toutes sortes d'hypothèses et il aimait réfléchir seul, en paix.

Il fut comblé. Il n'y avait personne compte tenu de l'heure matinale et il ne fut interrompu dans ses réflexions que par les criaillements des paons qui avaient élu domicile dans les bosquets entourant l'église.

Vers 11 heures il se dirigea enfin vers le lieu occupé par les fouilles. Personne. Avisant un membre des Compagnons de Maguelone il le héla et demanda où se trouvaient les archéologues.

— Je viens de les apercevoir, de l'autre côté, et il fit un geste de la main. Ils sont près des étangs.

Le policier était curieux de connaître dans le détail la façon d'opérer des chercheurs. Comme l'avait indiqué Capucine Vitulin elle procédait elle aussi à des enquêtes, mais dans le temps, et se devait de protéger les lieux de ses recherches pour ne pas les souiller et éviter aux traces de disparaître. Beaucoup de similitudes, donc, avec son métier, songea-t-il. Un seul avantage, mais d'importance, les scientifiques n'étaient pas soumis à la pression de leur hiérarchie, des médias, etc.

Il contourna par la droite la chapelle Saint-Blaise et suivit un petit sentier qui descendait en pente douce vers les étangs, en direction de la clôture sud de l'enceinte de Maguelone. Toute la propriété était actuellement entourée par un grillage de façon à éviter que les touristes ne coupent à travers champs pour rejoindre l'église. Il regretta de ne pas avoir enfilé un jean et une paire de baskets, car l'herbe qu'il foulait maintenant était haute et le sol gorgé d'eau saumâtre. Il se dirigea vers l'archéologue en chef. Elle était en compagnie de Mélanie Cardonel, son étudiante en maîtrise, et d'un nommé Luca Chiccone, un jeune étudiant italien. Kevin se rendit compte immédiatement qu'ils étaient tous surexcités.

— Que se passe-t-il ? s'enquit-il, inquiet.

Avant de répondre, Capucine Vitulin s'accroupit et cria en direction d'une sorte de tunnel qui s'enfonçait sous terre :

— Ça va ? Tu peux avancer sans problème ? Ne prends pas de risques !

Puis elle se releva et s'adressa à Kevin.

— Nous venons de mettre au jour une espèce de souterrain qui je crois communiquait directement avec le réservoir, celui que vous avez qualifié de trou la dernière fois. Je pense qu'il permettait l'évacuation des eaux usées au Moyen Âge.

— Et, personne ne l'avait découvert avant aujourd'hui ? Comment cela se fait-il ? Et comment pouvez-vous être sûre qu'il date de cette époque-là ?

Puis, conscient que cela faisait beaucoup d'interrogations, il se tut pour la laisser répondre.

L'archéologue en chef lança un regard en biais en direction de ses deux assistants comme pour les prendre à témoin du peu de pertinence de la question, avant d'y répondre en se redressant.

— Comme vous pouvez le voir, et de la main elle indiqua plusieurs tas de terre résultats de nombreux sondages, l'entrée de l'égout n'était pas visible. Ce n'est que lorsque nous avons mis à nu le réservoir d'eau et constaté l'existence d'un conduit d'écoulement que nous avons pensé qu'inévitablement il devait se jeter sur la partie la plus basse du terrain. Nous avons donc conclu qu'il devait arriver par ici. Cela fait plus d'une semaine que nous effectuons des prospections et nous venons juste de réaliser qu'il s'agissait effectivement du canal en lien avec la citerne. Une seule façon de s'en assurer, le remonter jusqu'au bout.

Même s'il ne mettait pas en doute le bien-fondé des déclarations de la scientifique, le policier insista.

— Il n'y a pas d'autres preuves ?

Elle haussa les épaules, légèrement irritée.

— Bien sûr que si. La datation médiévale repose sur la présence de marques laissées par les tailleurs de pierre de l'époque, notamment sur certains moellons qui composent l'appareil de cette construction. Ces marques sont des signes distinctifs. Chaque équipe avait le sien et cela permettait d'identifier le travail, d'en assumer la responsabilité et d'en exiger le paiement.

— Une sorte d'étiquette. Un système de traçabilité avant l'heure quoi !

— Vous ne croyez pas si bien dire. C'est exactement cela. Nous n'avons rien inventé, vous savez. Les signes affectent des formes diverses : triangles, équerres, symbole pi, lettres, etc. Elles font une dizaine de centimètres, du moins celles que j'ai pu voir tout à l'heure. Or, ces marques sont identiques à celles qui figurent sur certains ouvrages de maçonnerie de la cathédrale. Lorsque vous y retournerez, munissez-vous d'une lampe torche et faites jouer une lumière rasante sur la voûte de la première travée, tout de suite après le portail, vous pourrez les apercevoir. N'hésitez pas à modifier l'ouverture de la porte pour en changer l'éclairage.

— Capucine !

La voix qui provenait de l'intérieur du boyau s'ouvrant au pied de Kevin avait quelque chose d'inquiétant. L'archéologue s'inclina vers l'orifice et cria :

— Un problème, Robert ?

Seul le silence répondit à cette interrogation.

— Robert ! s'époumona cette fois Capucine Vitulin alors que tous se penchaient à ses côtés.

— Ça va, j'arrive !

Après une poignée de secondes le gestionnaire du musée Henri Prades de Lattes fit son apparition en rampant. Il avait la tête et le reste du corps recouverts de terre. Il s'ébroua littéralement.

— Que s'est-il passé ? questionna l'archéologue en chef.

— Le conduit s'élargit de façon importante jusqu'à se diviser en trois embranchements, mais une partie du souterrain s'est effondrée sur moi lorsque j'ai voulu avancer en empruntant celui le plus à droite. Mais…

Et il marqua un temps d'hésitation, en regardant le policier.

— Oui ? s'enquit fiévreusement Capucine.

— J'ai pu apercevoir un squelette.

— Un squelette ! reprirent en choeur les scientifiques.

Avant de répondre, Robert but une longue rasade d'eau fraîche. Il avait la face toute rouge. L'émotion le disputait, semblait-il, à la peur qu'il venait d'éprouver. Pour un peu il finissait également enseveli.

— Oui, un squelette. Il n'y a que les os.

Les membres de l'équipe se consultèrent du regard. La mise au jour de tels ossements dans un conduit dont la datation médiévale était établie avec certitude pouvait déboucher sur une découverte majeure.

Ce fut une explosion de joie, de paroles, de supputations, d'interjections diverses et de cris. Chacun se félicitait déjà d'être présent à ce moment historique.

Capucine fut la première à reprendre ses esprits. Elle calma ses troupes et fit le point.

— Ne nous affolons pas. La datation est certaine, mais une telle présence ne veut rien dire. Il faut l'examiner. Ne vendons pas la peau de l'ours avant de l'avoir tué. On va appeler des renforts. Nous étayerons le conduit pour éviter qu'il ne s'effondre comme ça a été le cas avec Robert.

Pris par cette passion communicative le policier décida de rester sur place. Il comprenait aisément ce que pouvaient ressentir les archéologues face à un moment aussi fort. Un peu comme lui lorsqu'il sentait une enquête sur le point d'aboutir.

En peu de temps un fourgon, puis deux arrivèrent avec une dizaine d'autres chercheurs. L'importance d'une pareille nouvelle avait mobilisé rapidement ceux qui fouillaient sur le site de Lattes. Tous voulaient prendre part à cette découverte. Ce n'était pas tous les jours que le travail était ainsi récompensé. L'excitation était à son comble.

Moins de deux heures furent nécessaires pour étayer le souterrain.

Capucine Vitulin, à tout seigneur tout honneur, donna le top pour que le squelette soit ramené avec les plus grandes précautions, et dans un silence religieux, à l'air libre. Puis, une fois à ses pieds, elle se pencha longuement dessus. Chacun retenait son souffle, la machine à remonter le temps était en marche. Tous étaient suspendus à sa déclaration. Kevin, rejeté à l'extérieur du cercle des initiés, sentit la joie initiale laisser place, petit à petit, à une certaine perplexité. Il trépignait derrière le mur de dos et d'épaules qui l'empêchaient de voir quoi que ce soit. Il finit par demander :

— Que se passe-t-il ? On dirait que votre exaltation n'est plus la même ?

L'archéologue en chef ne répondit pas. Puis elle se releva, regarda ses confrères et fit la moue.

Frustré, Kevin posa à nouveau sa question.

Excédée, Capucine leva les yeux vers lui et lâcha :

— Ne soyez donc pas si pressé, patientez quelques instants. D'ailleurs… et elle fronça les sourcils, cela tombe bien que vous soyez là.

Normand dut jouer des coudes pour se faire une petite place aux avant-postes.

Dans le plus grand silence, Capucine s'assit sur ses talons auprès de la tête du squelette. L'enquêteur du SRPJ put voir qu'elle manipulait la boîte crânienne et notamment la mâchoire. En lui tournant le dos elle lui ôtait toute possibilité de participer directement à son examen. Tous les participants poussèrent alors un oh de déconvenue dont Kevin ne comprit pas tout de suite le motif. Capucine se redressa et c'est le visage fermé qu'elle s'adressa à lui.

— C'est une découverte qui relève de votre domaine de compétence.

Puis, devant l'incompréhension de son interlocuteur, elle prit Kevin par le coude, s'accroupit à nouveau, et l'invita à examiner attentivement la dentition du squelette. Une magnifique dent couronnée luisait sur la mâchoire supérieure.

— Je ne crois pas qu'au Moyen Âge on utilisait déjà ce type de procédé.

La tension de tous était retombée. Les propos étaient à présent désabusés. C'était trop beau. Les Lattois se regroupèrent et laissèrent l'équipe de Capucine face à leur désappointement. La balle était maintenant dans le camp du policier. Kevin réfléchissait. Rien n'indiquait que cette découverte ait un lien avec l'affaire qui lui avait été confiée. Bien au contraire. Il fallait donc aviser le parquet, et le procureur saisirait peut-être le commissariat. Auparavant le lieutenant se devait d'obtenir le maximum de précisions.

— Pensez-vous que le corps se trouve là depuis longtemps ? Compte tenu de son état, peut-être depuis des dizaines d'années, non ?

Capucine Vitulin prit le temps de la réflexion avant de répondre. Elle alluma une cigarette, tira quelques bouffées et recracha de la fumée en une multitude de petits ronds concentriques, fruit manifeste d'une longue expérience. Alors que Kevin allait réitérer sa question, elle lui fit part de son sentiment.

— Rien n'est moins évident. Nous sommes en bordure d'un étang et nous avons dû chasser de nombreux rats et autres rongeurs lorsque nous avons commencé à explorer ce canal. Ils sont capables de nettoyer un squelette en quelques semaines vous savez ! D'ailleurs, et elle en indiqua de la main plusieurs se faufilant à travers les hautes herbes en direction des plans d'eau, vous pouvez vous en rendre compte vous-même.

Normand acquiesça de la tête et s'éloigna pour composer sur son portable le numéro de téléphone de son directeur. Il lui exposa rapidement les faits. Ils partageaient la même opinion.

À l'évidence, l'individu n'était pas venu s'enterrer tout seul en prenant la précaution de reboucher le souterrain, ou conduit, derrière lui et de se dévêtir dans le but de rendre impossible, ou tout au moins très difficile, son identification. Il s'agissait sans conteste d'un homicide. On avait dissimulé le corps, partant du principe bien connu qu'il ne pouvait y avoir de crime, et donc de criminel et de sanction, sans cadavre. Ce n'était pas, malgré tout, pratique courante dans le milieu du grand banditisme. Les exécuteurs préféraient que la presse fasse état de leurs actions, ne serait-ce que pour que leurs commanditaires soient assurés de la bonne exécution du contrat, et les donneurs d'ordres ne rechignaient pas non plus à un peu de publicité. À titre d'exemple tout simplement... Ce type de message avait généralement plus de poids qu'un long discours ou de vaines menaces. Non, l'auteur du crime avait souhaité que cette disparition demeure inconnue. Craignait-il que l'identification du cadavre ne conduise à le soupçonner ? C'était déjà un indice. Ténu, mais un indice quand même. La deuxième indication qui permettrait aux investigations de faire un grand pas serait la capacité des enquêteurs à découvrir le nom de celui qui avait été gommé du monde des vivants. Le fichier national des personnes disparues, celui de celles recherchées et même le fichier national automatisé des empreintes génétiques allaient être sollicités.

— Restez sur place, Normand. Je contacte le procureur et je vous rappelle.

Quelques minutes passèrent, après lesquelles monsieur Rességuier recontacta Kevin et lui confirma la saisine du SRPJ.

— C'est un crime manifestement, donc même s'il n'y a aucun lien direct avec votre affaire le chef du parquet a estimé qu'il nous sera plus facile de traiter les deux enquêtes que de les confier à deux services différents. Je vous envoie l'identité judiciaire et des renforts, déclara le commissaire divisionnaire, avant de mettre fin à la conversation.

Sans être un spécialiste des techniques relevant du domaine de ses collègues de l'IJ, Kevin savait qu'ils voudraient passer au peigne fin toute la zone. Il pressentait quelques frictions à venir avec l'archéologue en chef qui ne supporterait pas le moindre chamboulement de son terrain d'action.

Il n'eut pas à attendre longtemps. Plusieurs véhicules de la PJ firent irruption. À la queue leu leu – le sentier qui conduisait du parvis de l'église vers le lieu de découverte du cadavre ne permettait pas un autre mode de cheminement – les policiers techniciens de la scène de crime arrivèrent.

Le lieutenant Claire Fonola, en voyant le squelette

étendu aux pieds de son collègue, entra directement dans le vif du sujet :

— Il n'y avait pas de vêtements, pas de bijoux, pas de montre ?

Normand écarta les bras, en signe d'impuissance.

— Rien de tel. Les ossements ont été découverts lors de l'exploration d'un conduit supposé relier une citerne à l'étang. Je n'ai touché à rien. Je ne suis même pas allé à l'endroit où il a été mis à jour.

Il indiqua du geste en s'accroupissant l'orifice par lequel les archéologues étaient sortis.

— Je m'en doute, répondit Claire d'un air goguenard en jetant un bref coup d'oeil à son collègue, vêtu d'un ensemble bleu clair.

Tout le monde au service connaissait les habitudes vestimentaires du chef de groupe de la crim. Le seul à porter la cravate. Il s'en était visiblement abstenu, remarqua-t-elle, probablement à cause de la chaleur de l'été.

— Mais vous auriez dû laisser le corps sur place. Tu n'ignores rien des consignes, non ?

Capucine Vitulin intervint.

— Je ne veux pas me mêler de vos affaires, mais lors de cette découverte tout nous permettait de penser qu'il pouvait s'agir des restes d'un cadavre en lien avec le Moyen Âge. Celui d'un compagnon bâtisseur, par exemple.

— Ouais, grinça l'officier de l'IJ qui enfilait déjà, tout comme ses collègues, une combinaison blanche.

Nous allons sur place, nous tamiserons la terre dans l'espoir de trouver d'autres éléments. Puis il faudra, et elle marqua un temps d'hésitation, vérifier si d'autres corps n'ont pas été enterrés à proximité. On peut avoir affaire au lieu de sépulture d'un serial killer, pourquoi pas ! Ouais, continua-t-elle comme pour elle-même, en enfilant ses gants, on fera venir une pelle mécanique et...

— Pas question ! s'exclama l'archéologue en chef. Il s'agit d'un site historique et personne ne bouleversera quoi que ce soit.

Claire Fonola se contenta de regarder son collègue en coin. Kevin avait confirmation des problèmes qu'il pressentait. Dans un esprit d'apaisement, il déclara :

— Il appartiendra à la justice de trancher. Moins d'une demi-heure après Claire ressortit en rampant du conduit. Elle traînait avec elle plusieurs sachets remplis de terre. Elle se releva et épousseta de son mieux sa combinaison qui de blanche n'avait plus que le nom.

— Pas grand-chose à en tirer. Pas de vêtements, pas de bijoux, pas de cheveux. En revanche, nous avons découvert de nombreuses petites carcasses d'oiseaux. Apparemment les rongeurs en tout genre en avaient fait leur garde-manger. Après avoir été photographié sous toutes les coutures le squelette fut conditionné dans du papier kraft puis mis sous scellé dans un grand carton.

— Et maintenant ? interrogea Kevin.

— Le juge ou le proc saisira un service d'anthropologie médico-légale. Les anthropologues peuvent déterminer le sexe d'une victime, connaître sa race, évaluer son âge à la lecture des os. Tu sais, ce sont les archéologues du crime, précisa-t-elle en désignant du menton Capucine Vitulin demeurée sur place et bien décidée à ne pas supporter que la scène de ses recherches soit profanée par d'autres enquêteurs, flics ou pas. Je viens d'effectuer un stage de quinze jours au labo de police scientifique d'Écully sur ce thème-là justement. Un des sujets était la reconstitution, par le morphing, d'un individu. On avait un toubib de la fac de Lyon, membre de l'équipe d'anthropologie judiciaire d'identification. Mais tu vas bosser sur ce dossier également ?

— La crim est saisie, on s'en tient à la décision du big boss. Un autre groupe s'en occupera peut-être. Bien que…

— Oui ? s'enquit Fonola, qui finissait d'ôter sa combinaison.

— Deux affaires de meurtres dans un périmètre aussi restreint ! Drôle de coïncidence tout de même, tu ne crois pas ? chuchota-t-il.

— À chacun ses problèmes, c'est toi le limier de la PJ, non ? Maintenant la parole est au squelette.

Le lieutenant Normand vit alors arriver ses deux coéquipiers. Il regarda sa montre. Bon sang, déjà 17 heures ! Il n'avait pas vu le temps passer. Pas étonnant si son estomac criait famine.

Kevin briefa ses collègues sur les circonstances et la nature de cette découverte. Puis en leur compagnie il regagna l'église, lieu du rendez-vous.

Une fois dans la nef, il prit place devant l'autel, cette fois en civil. À ses côtés se tenaient Patricia et Bernard. Il compta rapidement les personnes présentes : les six archéologues – il employait ce terme pour tous ceux qui participaient aux fouilles, étudiants, chercheurs ou passionnés –, et sept membres de l'association des compagnons de Maguelone, dont leur secrétaire général. Il ne manquait que quatre ou cinq touristes, mais faute d'avoir pu les identifier on ferait sans.

— Je vous demande d'occuper les places qui étaient les vôtres ce soir-là.

Il ne voulait pas parler de communion en particulier. Si personne n'ignorait que le décès de Laurent était imputable à un empoisonnement, nul ne savait qu'il s'agissait de celui d'une hostie. L'hypothèse d'un acte criminel était même sujette à caution, tant elle apparaissait incroyable. Les rumeurs faisaient état de coquillages impropres à la consommation, comme c'était le cas épisodiquement dans la région. Le policier ne voyait aucune raison de détromper qui que ce soit.

Certains se levèrent et changèrent de siège.

— Où se trouvait Laurent Corrado ? s'enquit Kevin.

Plusieurs personnes pointèrent du doigt le premier rang à gauche de la travée.

— Ce n'est pas compliqué, intervint Mélanie Cardonel, un sanglot dans la voix. Il se tenait toujours là.

Et de la main elle indiqua l'endroit exact.

— Nous avions tous pris l'habitude d'occuper les mêmes places. Laurent, et elle en déglutit d'émotion en prononçant son nom, se levait invariablement le premier pour communier.

Normand jeta un bref coup d'oeil à ses deux collègues. Le renseignement était d'importance.

— Vous aviez déjà participé à ce type de liturgie ?

— Chaque semaine, intervint Quentin Martial. Soit environ six fois, pour cette année, depuis le début des fouilles.

Normand demanda au brigadier Roset de prendre la place du défunt et après de multiples autres questions, ils en arrivèrent au cérémonial de la communion.

— Laurent Corrado était-il souvent le premier à communier ? s'enquit Patricia Bonnaud, s'adressant indistinctement à tous.

Après un instant de flottement, ce fut l'archéologue en chef qui répondit.

— Je n'étais pas là la dernière fois, mais oui, il se trouvait toujours à la même place et était toujours le premier à se lever. Cela faisait partie de sa personnalité. Il voulait toujours être le premier en tout. Et chaque année c'était pareil. Le premier arrivé le matin, le premier à effectuer une découverte. Sa hantise était de ne pas être le premier quelque part. C'en était pénible.

— Ce n'est pas vrai ! Pas tout le temps, en tout cas… objecta Mélanie Cardonel.

Personne n'intervint dans l'église. Ni pour soutenir l'assertion de Capucine, ni pour contredire la déclaration de Mélanie. Les trois policiers se concertèrent à nouveau rapidement du regard.

Normand remercia les personnes présentes et les libéra. Il demanda à ses deux collègues de faire entrer maintenant les musiciens et il renouvela la même opération. Quand les premiers symptômes du malaise avaient-ils fait leur apparition ? Comment avaient-ils réagi, etc. Il devait donner le change et ne pas montrer que les enquêteurs se focalisaient sur la seule célébration religieuse.

— C'est clair, dit-il une fois qu'ils se retrouvèrent seuls dans le choeur. Personne n'ignorait qu'il était le premier à communier.

— Mais… intervint Patricia en rajustant le bandeau lui enserrant les cheveux.

Manifestement quelque chose la chagrinait.

— Le premier à recevoir le sacrement de l'eucharistie, n'est-ce pas le prêtre ?

Les deux gradés attendirent la réponse de leur supérieur.

— Si, mais l'hostie qui lui est réservée est bien plus grande, n'oubliez pas que lors de l'élévation elle doit être vue de tous les fidèles, précisa-t-il.

Nouveau silence. On pouvait presque entendre les policiers réfléchir.

— C'est clair, celui qui l'a empoisonnée visait bien Laurent Corrado. Il connaissait sa propension à être le premier à se lever, et n'ignorait rien des rites de l'église, souligna, songeur, l'officier.

— Cela signifie-t-il que le coupable était dans la salle ? interrogea Bernard Roset.

— Pas évident, le contra sa collègue après un moment de réflexion. Si pour une raison quelconque il n'avait pas été le premier, et c'était quand même à envisager, quelqu'un d'autre aurait succombé. Comme les divers participants ne respectaient, eux, aucun ordre particulier pour communier, n'importe qui aurait pu en être la victime. Y compris celui qui a empoisonné l'hostie s'il avait pris le risque d'être présent.

— Les deux hypothèses se tiennent, remarqua Kevin.

Après quoi il remercia ses collègues. Il désirait maintenant rester seul. Il devait réfléchir. Peut-être une prière l'y aiderait. Il fallait en profiter avant l'arrivée des touristes.

Alors que, dix minutes après environ, il se relevait, il entendit des pas dans l'escalier qui conduisait à la tribune du premier étage. Quelqu'un en descendait ! Présent depuis une heure environ, il n'avait vu personne s'y rendre. Et il n'y avait pas d'autre accès. Par réaction, il porta la main à son arme, puis réalisa le ridicule de la situation. Il attendit. Il blêmit et chancela lorsqu'il put mettre un nom sur la silhouette qui se matérialisait maintenant sous ses yeux.

# 6

*An de grâce 1282, île de Maguelone*

Eude de la Jugie se traîna plus qu'il ne se dirigea en direction de la tour de l'évêque. Ce dernier, bien qu'alité, l'avait mandé dans son logement. Il était inquiet et subodorait qu'il ne sortirait pas indemne de l'entretien. Il n'avait jamais eu l'occasion, après un an de présence à Maguelone, d'être convoqué par monseigneur Jean-Guillaume de Vezay dans ses appartements privés.

Eude quitta le bâtiment où il était très modestement logé avec les autres officiers – dans une petite partie de l'Hospice des pauvres clercs, juste face à la chapelle Saint-Blaise – puis traversa la cour de l'Aumônier et arriva devant l'entrée, très étroite, de la cathédrale. Il se signa. À droite s'élevait la tour Saint-Jean et à gauche celle de l'évêque. Là se trouvaient installés monseigneur, le prévôt, son adjoint direct le cellérier et les religieux. Il grimpa les trois étages et dut s'effacer à plusieurs reprises pour céder le passage à divers membres du chapitre. Les chanoines, drapés dans leurs privilèges et connaissant l'objet de sa mission, ne lui accordèrent pas le moindre regard. Deux d'entre eux le bousculèrent même. Volontairement, lui sembla-t-il. Il s'excusa avec déférence de l'obstruction occasionnée. S'agissait-il d'un avertissement destiné à lui rappeler qui il était et à qui il avait affaire ? Il n'en douta point. Un frisson lui parcourut l'échine. Tout cela était de très mauvais augure.

La pièce dans laquelle le prélat l'accueillit, non sans l'avoir laissé se morfondre dans une espèce d'antichambre un long moment, était de belle dimension et richement meublée, comme il sied pour un haut responsable de l'Église, comte de surcroît. Des boiseries et de grands tapis ornaient les murs. Pas moins d'une dizaine de cierges jetaient çà et là une lueur blafarde et vacillante sur les visages et donnaient une allure fantomatique à ceux qui entouraient le maître des lieux. Ils étaient nécessaires pour compenser la faiblesse des rayons de l'astre du jour qui n'arrivaient pas à s'insinuer à travers les trop minces fenêtres de la tour, tendues de parchemin huilé. La demeure du prélat avait été construite comme un véritable donjon, ultime refuge contre les pillards de tous ordres. Malgré la chaleur de ce mois d'été, un tronc de chêne entier brûlait dans une vaste cheminée.

Monseigneur de Vezay était assis sur une cathèdre sculptée dans du pin d'Orient au dossier damasquiné à l'or fin. Eude réalisa qu'il s'agissait là d'un des nombreux vestiges d'une époque maintenant révolue. Port Sarrazin, tel était le nom de cet endroit au VIIIe siècle car occupé par les Maures. Le commerce avait perduré avec eux pendant longtemps. Il survivait encore. Il s'approcha du prélat et à genoux baisa l'anneau épiscopal qui fut tendu puis retiré tout aussi vite comme si son contact était de nature à le souiller.

— Alors !

Eude recula à petits pas, pour se donner le temps de la réflexion.

— Alors, reprit en écho Tancrède de la Roche. Monseigneur vous demande où vous en êtes de votre enquête. Vous rêvez, ma parole ?

L'officier n'arrivait pas à s'exprimer. Il regarda devant lui ceux qui constituaient une sorte de tribunal avant l'heure. Jean-Guillaume de Vezay, le visage blême, la tête encapuchonnée d'un bonnet de feutre avait revêtu un bliaud fourré, en peaux de lapin et d'écureuil. Malgré la chaleur accablante, il grelottait. Sans doute les fièvres. Trois chanoines aux faces de gargouilles, dont l'archidiacre, Théobald de Verdale, et le sous-prieur, Enguerran de Vissec, dardaient vers lui leurs regards acérés, comme prêts à le déchiqueter. Ils se taisaient. Seul Guilhem de Conques, dont la piété était connue de tous, le regardait sans acrimonie aucune.

Les mots avaient toujours du mal à franchir la

gorge d'Eude de la Jugie. Il comprenait tout d'un coup à quoi, ou plus exactement à qui, il devait la position plus qu'inconfortable dans laquelle il se trouvait maintenant. De modeste origine, il devait sa nomination directe en qualité de 2e officier de Tancrède de la Roche à l'appui d'un lointain parent. Or, ce dernier venait de mourir. La faveur et la toute relative protection dont il jouissait disparaissaient avec lui. Sa charge faisait des envieux. Il fallait l'en éloigner. Peu importait le motif.

— Alors ? tempêta monseigneur de Vezay, prenant le mutisme de celui qui lui faisait face pour un refus de s'expliquer.

— Je n'ai pu aboutir, bredouilla-t-il finalement.

L'évêque toisa le laïc avec toute la morgue dont il était capable et reprit :

— De nouveaux vêtements ecclésiastiques, dont une magnifique chasuble tissée de fil d'or, ont disparu. Comment cela est-il possible ?

Et ce faisant il se tourna vers le prévôt. Ce dernier, désireux de se disculper, se fit menaçant envers son subordonné.

— Qu'avez-vous fait ? Toute latitude vous a été accordée pour vos recherches. Quels sont vos soupçons ? Allez vous parler, enfin !

— J'ai échoué. Pour l'instant, trouva le courage d'expliquer Eude en levant la tête. Toutes les personnes en partance de l'île, tous les chariots sont fouillés de fond en comble, sans résultat, avoua l'officier, penaud.

Il se garda de préciser que seuls les ecclésiastiques échappaient à cette règle.

Un silence se fit. Monseigneur de Vezay fixa longuement son prévôt. Il était manifeste qu'il le tenait pour responsable des actes de simonie qui contribuaient à appauvrir tous les jours un peu plus les ressources de son diocèse. Sous le regard brûlant de reproches non formulés, Tancrède de la Roche baissa la tête en jetant un oeil chargé de haine à son officier. Nul n'ignorait que la puissance de certains prévôts contrebalançait, parfois dangereusement, l'autorité de certains évêques, à telle enseigne que plusieurs d'entre eux avaient supprimé cette charge. Monseigneur de Vezay savait que Tancrède aurait pu être élu à son poste par le chapitre. Il devait donc se méfier de lui. En réalité de tous ceux qui faisaient obstruction à sa volonté de rétablir un semblant d'ordre et de dignité au sein de son diocèse. Puis, comme s'il quêtait une aide quelconque, il se tourna vers sa gauche, en direction des chanoines.

Théobald de Verdale, l'archidiacre, était de tous le plus cruel et le plus corrompu des ecclésiastiques. Arrogant, roué et agressif, il vouait une haine tenace à son évêque. Il estimait avoir été injustement dépossédé d'une charge lui revenant de droit. Il n'était donc pas fâché de voir dans quelles difficultés le protégé du pape se débattait. Quant au prévôt, chargé en théorie de la direction de la communauté des chanoines, c'était un concurrent dangereux. Tant mieux s'il était perçu comme le responsable des maux dont souffrait l'île de Maguelone. Il s'attirait déjà au quotidien l'inimitié des membres du chapitre, car incapable de satisfaire leurs exigences de plus en plus folles. Il songea, à part lui, qu'il n'était pas pour rien dans leurs sempiternelles et déraisonnables revendications. Théobald jugea donc contraire à ses intérêts toute intervention de sa part. Il se contenta de hocher lentement la tête et croisa les mains sous son menton comme s'il cherchait l'aide de l'inspiration divine.

Ce fut Guilhem de Conques, le plus âgé de tous les chanoines, le plus respecté et apprécié aussi, car nul n'ignorait sa piété ni surtout son manque d'ambition en dehors de celle consistant à aider son prochain, qui vint au secours de l'officier. Il y avait dans sa physionomie un je-ne-sais-quoi de douloureux qui conférait à son visage tout à la fois sévérité et douceur. Ses yeux étaient si intenses que d'un seul regard ils pénétraient le coeur des personnes sur lesquelles ils se posaient et semblaient lire leurs pensées les plus secrètes. Il proposa :

— Ces errements durent depuis longtemps monseigneur. Soyons charitables et accordons quelque délai au prévôt et à ses gens.

Jean-Guillaume de Vezay fut pris d'une quinte de toux. Personne n'aurait su dire s'il s'agissait d'une manifestation de son mécontentement à cette proposition ou un simple effet des fièvres qui sévissaient dans les marais tout proches. Il entérina la suggestion de Guilhem de Conques et congédia tout le monde d'une main sèche et nerveuse.

Eude descendit l'escalier en colimaçon. Il portait seul sur ses épaules le poids des récriminations de l'évêque et du prévôt. Il ne comprenait pas par quel miracle – il n'était pas loin de penser plus exactement à un sortilège, et il se signa immédiatement – le moindre objet pouvait encore quitter frauduleusement l'île. Ses aides se trouvaient partout et la consigne était sans appel. Personne ne s'éloignait de Maguelone sans avoir été fouillé minutieusement. Personne ? s'interrogea-t-il. Pas exactement. Seuls les ecclésiastiques bénéficiaient d'un passe-droit. Il était conscient que le temps lui faisait défaut. Ses recherches devaient aboutir, et rapidement. Une nouvelle convocation devant monseigneur de Vezay sonnerait le glas de ses espérances. Il risquait de finir ses jours dans un cachot.

Il poussa un long soupir. Il ne pouvait plus différer des investigations au sein même des portes de fer. Les chanoines pourraient témoigner. Il avait reçu l'ordre formel de poursuivre en tous lieux sa quête. Présent depuis peu dans l'île, il réalisait maintenant qu'il n'en connaissait que très imparfaitement les rouages, tant il avait été jusqu'ici pris par sa charge. Or, comment avoir une chance de mener à bien sa mission dans de telles conditions ? Si les vols perduraient malgré les multiples contrôles effectués au niveau du ponton et du port permettant de quitter Maguelone, il lui fallait opérer de manière différente. Et tout d'abord, il devait être instruit des possessions du diocèse, des objets du culte dignes d'intérêt donc susceptibles de disparaître, ainsi que de son fonctionnement au quotidien. Il s'arma de courage et se dirigea d'un pas décidé vers le scriptorium[6].

Objet de fierté pour Maguelone, cet endroit était sous l'autorité directe d'un docte chanoine bibliothécaire qui supervisait à la fois les copies manuscrites effectuées à la demande de monseigneur, la bibliothèque de l'évêché et les archives diocésaines. Véritablement retiré du monde, Lothaire de Canillac régnait sans partage aucun sur ces lieux. Il avait pour adjoint deux de ses pairs ainsi que des chanoines étudiants qui se destinaient à la vie religieuse. Seuls les chanoines de Maguelone ou ceux y ayant fait leurs études pouvaient aspirer aux plus prestigieuses dignités du diocèse. Les plus grandes familles de la région étaient donc heureuses d'y envoyer leurs derniers-nés. Il y avait toujours de nombreux postulants. Les pièces dévolues à ces activités étaient situées sous les appartements privés de l'évêque. Ce dernier pouvait s'y rendre par un

6. Atelier dans lequel les moines copistes ou certains ecclésiastiques réalisaient des copies manuscrites.

escalier dérobé dont il était le seul à avoir l'usage.

Bien que situées dans une tour fortifiée elles bénéficiaient d'ouvertures particulièrement importantes qui donnaient, exclusivement il est vrai, sur le cloître. La lumière y pénétrait à flots et de nombreuses chandelles y brûlaient en permanence.

Les meilleures places, les plus lumineuses, étaient réservées aux enlumineurs les plus experts et aux copistes. Chaque table disposait de tout le matériel nécessaire : cornes à encre, pierre ponce pour rendre lisse le parchemin et règles pour tracer les lignes ou coucher l'écriture. Certains avaient même des encres d'or, d'autres de couleur. Un épais silence régnait dans la salle dans laquelle pénétra le 2e officier. Seul le grattement des plumes sur le parchemin en troublait la quiétude. Plusieurs étudiants étaient penchés sur leurs ouvrages.

Lothaire de Canillac jeta un regard inquisiteur vers l'intrus. Eude s'immobilisa et n'osa faire un pas de plus. Il attendit. De haute taille, le visage maigre et pâle, le dos voûté et le nez aquilin, le chanoine bibliothécaire le toisa. Il y avait quelque chose d'inquiétant dans son aspect. Ses yeux gris et froids étaient capables de vous fixer sans expression aucune. Ils étaient parfois sillonnés d'éclairs équivoques. Il se déplaça vers lui dans le plus grand silence, comme s'il glissait sur les carreaux en terre cuite de la bibliothèque. Eude de la Jugie en ressentit un certain effroi. Hypnotisé par ce regard qui ne le quittait pas, il eut l'impression d'être une proie face à un serpent. Dans un murmure, la question fusa :

— Que désirez-vous ?

Eude s'arma de courage et redressa le buste. Au pire on le congédierait.

— Je voudrais connaître la liste des biens dérobés au détriment du diocèse, lâcha-t-il dans un souffle, tant sa demande lui paraissait maintenant impossible à satisfaire.

Le responsable des lieux ne répondit pas tout de suite et scruta longuement son vis-à-vis. Peut-être aurais-je dû expliciter ma demande, songea le jeune officier. Mais il devinait que tout en restant à l'écart des agitations temporelles le dignitaire n'en était pas pour autant coupé de toute information. Puis, sans un mot, le responsable de la bibliothèque s'éloigna. Indécis, Eude ne sut comment interpréter cette attitude. Lothaire de Canillac interrompit sa marche, se retourna, et d'un simple signe de tête l'invita à le suivre.

Au terme de deux heures d'entretien Eude de la Jugie avait désormais une vision complète de l'ampleur des vols commis aussi bien dans les prieurés dépendants du diocèse et à la tête desquels se trouvaient certains chanoines, qu'au sein même de l'île de Maguelone. En la présence constante du responsable, l'armarius[7] lui présenta les livres

7. L'armoirier.

entassés dans de grandes armoires. Les plus précieux étaient attachés avec de petites chaînes de fer sur des pupitres. C'était des ouvrages de théologie. Le 2e officier du prévôt était consterné. Il prenait mieux maintenant la mesure du préjudice subi et appréhendait à sa juste valeur le courroux de monseigneur de Vezay. À partir d'une bulle du pape Grégoire IX, datée du 12 juillet 1228, le chanoine bibliothécaire avait mis à jour une liste des possessions du diocèse.

Elle comprenait pêle-mêle : l'île de Maguelone avec son étang, son port, ses pêcheries, les églises de Maurin, de Lavérune, de Pignan, le bois d'Aresquiers, les châteaux de la Mosson, les domaines situés sur les paroisses de Notre-Dame-de-Castelnau, de Saint-Drézery, de Jacou, de Clapiers, les villas de Saint-Brès et de Saint-Sauveur-de-Pérols, etc. Il n'avait retenu que celles dont les noms lui étaient les plus familiers, tant la liste était interminable. Si les objets dérobés dans les prieurés extérieurs – calices, patène, ostensoirs, etc. – étaient plus nombreux, ceux disparus au détriment de la cathédrale, et donc quelque part sous sa responsabilité, étaient ceux qui avaient la plus grande valeur.

Il en avait profité pour consulter les statuts en cours de modification régissant la vie quotidienne à Maguelone. Puis Lothaire de Canillac, toujours aussi avare de ses propos, l'avait reconduit à la porte de la bibliothèque dont il avait refermé dans son dos, avec force bruits, le verrou à double tour. Le message était clair. Cet acte sonnait le glas de toute velléité de retour. Il savait ce qu'il lui restait à faire.

# 7

Quelle ne fut pas la stupéfaction du policier en reconnaissant Charlotte Dumoulin. Il en resta sans voix pendant quelques instants.

— Bonjour, bredouilla-t-elle, feignant une certaine confusion. J'étais ici bien avant votre arrivée. Je me recueillais.

Normand eut un bref étourdissement. Elle avait assisté à la reconstitution et aux apartés avec ses collègues ! Une journaliste !

Charlotte comprit tout de suite les tourments de l'enquêteur. À chacun ses problèmes, se dit-elle, calculant les profits à venir de ces nouvelles infos.

— Avant de faire un papier sur cette affaire, je voulais m'immerger complètement au sein de la scène de crime.

— Et… pour l'hostie ? bafouilla-t-il à son tour.

— Très intéressant. C'est un scoop. Cela va faire l'effet d'une bombe. Je vois déjà les gros titres de mon journal.

Et elle feignit de s'intéresser à l'architecture de la chapelle.

Kevin réfléchit rapidement. Si cette information était divulguée, n'importe qui pourrait revendiquer n'importe quoi sans que les policiers puissent vérifier l'authenticité ou le sérieux de ces demandes. Si jamais son directeur apprenait que la faute lui en incombait, il n'admettrait jamais le principe d'un acte non intentionnel. Plus grave, il mettrait en doute ses qualités d'enquêteur. Quant à monseigneur Roncevot, il y verrait là un total manque de discernement du diacre, voire une attaque délibérée contre l'Église. Malgré la relative fraîcheur de l'ancienne cathédrale, l'officier de police transpirait. Comment faire ?

Charlotte avait bien réfléchi. Elle pouvait certes tirer un profit énorme de cette découverte, mais rapidement elle aurait tous ses confrères de la presse écrite ou télévisée sur le dos, avec d'autres moyens. Il valait mieux investir sur l'avenir et avoir la certitude de couvrir toute l'enquête dont elle subodorait le retentissement à venir. Elle avait donc décidé de passer un marché avec l'enquêteur du SRPJ. Elle fit une proposition.

— Je prends le risque de taire cette information, à condition que vous me donniez l'exclusivité de vos recherches. À la fin des investigations, précisa-t-elle, consciente que le policier refuserait de lui dévoiler quoi que ce soit susceptible de nuire à leur déroulement.

Normand la regarda fixement. Pouvait-il lui faire confiance ? Avait-il le choix ? Que risquait-il ? Ça ne serait pas la première fois ; il arrivait que les enquêteurs passent des compromis avec les représentants des médias, avec des résultats très mitigés, il fallait l'avouer. Mais d'un autre côté, il connaissait Charlotte et espérait qu'elle jouerait franc-jeu.

— D'accord, lâcha-t-il du bout des lèvres. Mais cela reste entre nous.

— No problem, affirma, radieuse, la journaliste.

Et désireuse d'éprouver immédiatement le policier, elle s'enquit :

— Où en êtes-vous ?

Non sans une certaine réticence, Normand lui relata par le détail l'état des investigations en cours. Puis, gage de sa bonne volonté, il lui parla de la découverte du squelette. De toute façon, compte tenu du nombre de personnes ayant assisté à cet épisode, le secret ne serait pas gardé bien longtemps. Charlotte devait partager ce sentiment car elle n'attendit pas qu'il lui donne plus d'explications et quitta en courant le choeur de l'église.

En s'éloignant à son tour, le policier la vit récupérer sa moto cachée derrière les buissons. Il se jura de ne plus se laisser surprendre.

Le lendemain, Normand examinait les premiers résultats des réquisitions judiciaires adressées aux banques et aux opérateurs téléphoniques. Ces informations venaient de tomber sur le fax. Normand les vérifiait. Le compte bancaire de Laurent Corrado – l'examen portait sur les douze mois précédant son décès – faisait apparaître de nombreux mouvements. L'un d'entre eux attira tout particulièrement son attention. Une somme de vingt-cinq mille euros avait été virée sur un autre compte cinq mois plus tôt. À identifier, releva-t-il alors que Patricia Bonnaud faisait irruption dans son bureau. Elle vint le rejoindre derrière sa table de travail et en profita pour se coller tout contre lui.

— Des choses intéressantes ? s'enquit-elle, alors que son visage n'était qu'à quelques centimètres de celui de son supérieur.

Kevin voulut reculer son fauteuil à roulettes, mais l'un des pieds buta sur celui de la brigadière-chef, qui ne bougea pas. La porte s'ouvrit à nouveau et laissa apparaître Bernard Roset.

— Oh, excusez-moi ! lâcha-t-il, en fixant sa collègue. Je ne vous dérange pas ?

— Pas du tout, affirma Normand. Venez voir.

Bernard fit également le tour de la table de travail et ils se penchèrent tous les trois sur un des listings bancaires.

En se relevant le brigadier fit entendre un sifflement.

— Un versement d'une telle somme ! Il avait les moyens notre étudiant ! Cela corrobore ce que je vous avais dit. C'était un fils à papa…

Patricia le coupa de façon abrupte.

— Ce qui est intéressant c'est surtout de savoir à qui l'argent a été viré. Tiens, et elle prit délicatement le feuillet des mains de Kevin pour le remettre brutalement à son collègue, lui ordonnant d'un ton acerbe :

— Puisque tu n'as rien d'autre à faire, fais-en une photocopie et vérifie tout de suite au bénéfice de qui la somme a été versée.

Bernard plia en deux le document et alla s'asseoir à califourchon sur une des deux chaises, bien décidé à ne pas partir. Si Patricia voulait jouer au petit chef, il n'y avait pas de raison de lui faire plaisir en déguerpissant. Il attendit.

— Tu veux nous dire quelque chose ? s'enquit, rageuse, Patricia.

En guise de réponse il brandit sous le nez de ses collègues une liasse de feuillets puis s'expliqua :

— J'ai les listings téléphoniques de Corrado. Aussi bien celui de son domicile que celui de son portable. Le moins qu'on puisse dire c'est qu'il était bavard, le forfait de cinq heures de son mobile ne lui suffisait pas. Il avait souvent des dépassements. Ce qui est intéressant c'est que deux jours avant la messe… et il s'éclaircit la gorge, votre messe, lieutenant… il a reçu sept appels.

— Pourquoi, c'est interdit ? releva toujours hargneuse Patricia.

Bernard laissa la question sans réponse, se contentant de s'éventer avec les feuillets. Normand se décida à intervenir. Il savait que son collègue, notamment dans un domaine qui lui tenait à coeur, celui des nouvelles technologies, ne faisait pas les choses à moitié. S'il jouait au cabotin, il devait avoir des raisons.

— Je suppose que vous avez vérifié l'origine de ces appels, qui proviennent de… ?

Le brigadier se fendit d'un grand sourire en avançant la chaise sur laquelle il était toujours assis à cheval. Puis il tendit la main et agita l'ensemble de listings sous le nez de Patricia qui s'était rapprochée de lui. Elle essaya de s'en emparer d'un mouvement brusque mais Bernard les retira tout aussi rapidement.

— Gagné, lieutenant. Ils proviennent tous de… devinez ?

— Bon, arrête ta comédie, lui lança sa collègue, excédée.

— De notre archéologue en chef.

— Et alors, tu en déduis quoi ?

— Tu manques d'imagination ma vieille, répondit Bernard, goguenard. Sept appels en quelques minutes, avec ceci de particulier qu'ils ne durent que quelques secondes, ce qui signifie que celui qui les reçoit y met fin tout de suite, cela ressemble à du harcèlement, non ? Tu as en ta possession les relevés de Capucine, tu n'as pas été surprise par ces appels ?

Patricia se mordit la langue, serra les poings et ne

pipa mot. Il souhaitait la ridiculiser devant Kevin, elle ne l'oublierait pas. Bernard en profita pour avancer ses pions.

— Surtout qu'on se demande pourquoi Capucine Vitulin juge utile d'appeler son collègue alors qu'elle le voit régulièrement sur le site de leur lieu de fouille ! Sauf si elle veut lui dire quelque chose à l'abri des oreilles indiscrètes. Qu'en pensez-vous lieutenant ? Mon raisonnement tient la route, non ?

— Bien vu. Elle devra s'expliquer. Et les écoutes la concernant cela donne quelque chose ?

— Ses relevés confirment ce qu'elle nous a dit, répondit Patricia. De très nombreux appels en direction de Laurent pendant plusieurs mois, puis une nette diminution au fur et à mesure du refroidissement de leur relation.

Bernard toussota pour prendre la parole.

— En parallèle de la baisse de ces appels, on note une augmentation des contacts de Laurent avec Mélanie Cardonel. L'étudiante en maîtrise. Moi à sa place je serais inquiète pour mon futur diplôme. Chasser sur le terrain de son prof me paraît risqué, non ? Mais j'ai autre chose d'intéressant. Je viens de voir les collègues de la PTS. Ils sont en train de travailler sur le disque dur de l'ordinateur de Corrado, et je peux vous dire maintenant ce que signifie CDD.

Le plus grand silence se fit dans le bureau.

— « Confrérie du denier de Dieu », pas moins.

Et il regarda fixement son officier comme s'il attendait de lui une explication.

Nouveau silence.

Chacun digérait la nouvelle. Kevin fut le premier à réagir. Il ne pouvait pas répondre à la sollicitation muette de Bernard mais espéra que d'autres le pourraient. Il s'empara de son téléphone et composa un numéro. Coup de chance il eut directement en ligne son ami Christian, chef de groupe à la sous-direction de l'information générale. Ils se retrouvaient régulièrement à la salle de musculation de l'hôtel de police.

— Dis-moi, la confrérie du denier de Dieu, cela te parle ?

— Que dalle, c'est pas mon secteur. Mais je demande au collègue en charge des sectes, ne quitte pas je viens de le voir passer.

Quelques minutes après, l'officier de la PJ eut sa réponse.

— Ça y est. Je m'en souviens, c'est une sorte d'association, pas une secte, elle est même déclarée en préfecture. Comme son nom l'indique, le but avoué est la collecte de fonds dans le cadre de la rénovation d'édifices religieux, mais... tu connais, peut-être ?

— Non, pas du tout. Vous avez d'autres infos ?

— Lorsqu'on a appris son existence, on a planqué, tu vois ce que je veux dire. La routine. On a relevé les numéros des véhicules stationnés sur le parking du musée de Lattes, au siège social, et identifié les propriétaires. Puis on a laissé tomber.

Aucune activité illégale. En apparence du moins, se rattrapa Christian, inquiet du subit intérêt manifesté par la crim.

— Vous les avez branchés ?

Silence gêné de son interlocuteur – ce genre de question, même entre collègues, ne se posait jamais au téléphone – qui malgré tout répondit :

— Non, tu sais comme moi que seules les écoutes administratives pour des affaires en lien avec le terrorisme sont autorisées maintenant. Je te passerai ce que nous avons, membres déclarés, etc.

Puis aussi sec, comme si le combiné lui brulait les mains, il raccrocha.

La vitesse à laquelle Christian avait mis fin à la conversation fit rigoler les limiers de la crim. Nul doute que les RG d'alors avaient trouvé un rapport, ne serait-ce que momentané, avec une affaire de terrorisme pour arriver à leurs fins. Mais il ne l'avouerait sûrement pas. Surtout au téléphone.

Normand se leva.

— Venez, on va faire un tour au musée archéologique de Lattes. On en profitera pour discuter avec leur gestionnaire.

— Celui qui a failli être enseveli vivant ?

— Lui-même, Patricia. J'espère qu'il s'est remis de ses émotions.

Les enquêteurs furent accueillis par Robert Lecerf. Il ne gardait aucune séquelle des avatars de la veille, mais regrettait par contre que sa découverte n'en soit pas une. Sur le plan archéologique tout au moins. Son nom serait passé à la postérité. Enfin, il faisait bon coeur contre mauvaise fortune. Tel un Cicérone, il leur fit les honneurs de son domaine.

— Le musée de la ville de Lattes est un centre archéologique important comprenant un musée à proprement parler, des laboratoires de recherche, un centre de documentation et une maison de fouilles. Lattara est inscrit sur la liste des sites d'intérêt national, c'est une zone de rencontres et d'échanges scientifiques de renommée mondiale, mais également de formation. C'est un chantier-école, vous savez.

Et il fixa ses interlocuteurs pour s'assurer qu'ils étaient bien conscients de l'importance des lieux.

Kevin acquiesça, mais ne souhaitant pas que leur visite se limite à une promenade touristique, il intervint :

— Votre laboratoire sert à quoi exactement ?

— Suivez-moi, vous allez comprendre.

Ils se dirigèrent vers une grande salle encombrée de plusieurs tables d'imposantes dimensions supportant le poids de nombreux vases, pièces métalliques, monnaie, en clair tout ce qui avait été ou venait d'être découvert. Les experts ôteraient de leur gangue de boue tous les objets tirés de leur long sommeil. Puis ils les feraient parler.

— Je vous présente la chimiste responsable du labo.

Julie Auriol examinait un objet à l'aide d'un microscope binoculaire. Elle salua de la voix les nouveaux arrivants sans les regarder, toute occupée à manipuler de la main gauche les molettes lui permettant d'obtenir un grossissement satisfaisant et à dépoussiérer de la droite, au moyen d'un petit pinceau, un minuscule tas de terre. Après quelques instants d'examen attentif, elle soupira, se recula et observa d'un oeil curieux ses visiteurs.

Robert Lecerf fit les présentations.

La chimiste hocha la tête et ne put s'empêcher de demander :

— L'empoisonnement de Laurent est-il vraiment dû à une ingestion de coquillages, comme tout le monde l'affirme ?

L'officier de police regarda ses collègues et, bien décidé à ne rien dire de précis, se contenta de hausser les épaules. Avant qu'il ne réponde, elle ajouta :

— C'est quand même bizarre que la PJ s'occupe d'une telle affaire, non ?

— On attend le résultat d'analyses plus approfondies, éluda Kevin avant d'embrayer en désignant un ensemble de petits flacons. Ce sont des produits chimiques ?

Julie Auriol déplaça légèrement le bandeau qui retenait sur son front ses longs cheveux bruns, chaussa une paire de lunettes, et avec une rare perspicacité demanda :

— Pourquoi ? Vous pensez à leur utilisation pour

un empoisonnement ? s'enquit-elle un sourire mi-figue mi-raisin ourlant ses lèvres, mettant en un clin d'oeil à nu la pensée de son interlocuteur.

Patricia fut la plus prompte à répondre à la question posée à son supérieur.

— Pas du tout, mentit-elle avec aplomb.

— Ils servent à quoi ? revint à la charge Bernard, affectant la plus grande décontraction, conscient que ne pas poursuivre sur cette voie accréditerait ses soupçons.

La spécialiste soupira.

— Nous avons de l'acide, des colles, des complexants, de l'ammoniaque, des solvants, une bonne quinzaine de produits toxiques différents. Ils permettent le nettoyage et la consolidation ou reconsolidation des pièces découvertes sur le chantier des fouilles. Elles nous sont apportées ici même et il nous appartient de leur redonner leur forme première, quand c'est possible. Pour ma part je suis chimiste, conservatrice et restauratrice en objets archéologiques.

Et elle expliqua :

— Regardez ce que j'étais en train de faire, avec de l'eau déminéralisée et de l'éthanol j'ôte les sédiments qui sont amalgamés sur cette pièce de monnaie. Puis j'élimine les oxydes de cuivre grâce à ce scalpel – elle joignit le geste à la parole – en m'aidant d'un complexant, c'est un produit chimique, puis je la plonge dans un bain et je la nettoie avec des compresses. Enfin, je me sers de benzotriazole qui stabilise les alliages cuivreux, car c'est un inhibiteur utilisé pour ce type de métal. En dernier lieu, je vernirai la pièce pour la protéger de l'air.

Même s'ils étaient subjugués par cette résurrection, Kevin ne perdait pas de vue le but de sa visite.

— Vous connaissiez Laurent Corrado ?

— Assez bien, oui. Nous avions le même âge, mais je connais aussi Capucine, Mélanie, et nous nous fréquentons tous, vous savez. On s'entraide généralement. Le monde de l'archéologie se réduit à un petit cercle. Nous ne nous retrouvons que pour un laps de temps très court. Cela resserre les liens. Il ne faut pas perdre de temps.

— Tout le monde vient vous aider, ici même, dans votre labo ?

Julie eut un moment d'hésitation. Manifestement elle comprenait les sous-entendus du policier.

— N'importe qui peut m'apporter les échantillons découverts, et il est vrai que je reçois l'aide de l'un ou de l'autre. Parfois je n'ai rien à faire pendant plusieurs heures, puis tout à coup les découvertes se multiplient et chacun veut une estimation la plus rapide possible de ce qu'il vient de mettre au jour.

Patricia avait fait le tour de la table de travail et tripotait de la main divers flacons. Elle demanda :

— Tous les produits sont rangés le soir ?

La chimiste réfléchit un long moment avant de répondre, consciente de la portée de ses propos.

— Pas toujours, il est vrai. Mais je n'ai jamais eu à déplorer le vol ou la disparition de la moindre fiole. Je ne garde dans un coffre que les substances vraiment dangereuses, arsenic, acide cyanhydrique, ou autres.

Kevin ne releva pas. Même s'il avait effectué des études plutôt juridiques il savait que l'acide cyanhydrique était appelé également cyanure. Il remercia Julie Auriol et se retourna vers leur guide.

— Venez, nous allons aller sur le site pour visiter, proposa Robert Lecerf.

Les fouilles s'étendaient sur plus de dix hectares. Une cinquantaine de personnes dont trente-cinq saisonniers s'activaient dans plusieurs excavations. À genoux ou accroupis, hommes et femmes, jeunes et moins jeunes travaillaient dans un concert de cris, de gloussements, d'interjections en diverses langues et de bonne humeur. Ils maniaient tamis, petites truelles et pinceaux avec dextérité et douceur. Seule la passion qui les animait et les soudait, au travers de leurs différences de nationalité, de culture ou de formation, expliquait leur infinie patience et la lueur qui brillait au fond de leurs yeux.

Le gestionnaire du musée présenta aux gens de la PJ les divers experts : des céramologues (spécialistes en céramique), des carpologues (spécialistes de l'étude des grains), des éthologues qui se consacraient à l'étude des poissons car il ne fallait pas oublier que Lattes avait été un port, des archéozoologues, des paléoenvironnementalistes, etc. Tout un ensemble de spécialités dont certaines relevaient de la découverte pour les enquêteurs.

La visite terminée, monsieur Lecerf les conduisit vers les locaux administratifs. Les policiers rencontrèrent à nouveau Quentin Martial. Il s'avéra qu'il cumulait les mêmes fonctions auprès du musée.

Kevin en fut surpris. Le secrétaire général, au sourcillement de son interlocuteur, avait saisi son étonnement. Il y répondit avant même qu'une question ne soit formulée.

— Le site de Lattes n'est véritablement en effervescence que pendant les fouilles qui ne durent que les mois d'été, vous savez. Et comme il en va de même avec celles de Maguelone cela ne me pose aucun problème.

L'officier de police acquiesça et ils suivirent une nouvelle fois leur guide qui leur présenta les salles d'exposition. Normand les avait visitées quelques années auparavant avec ses parents.

Kevin décida qu'ils en avaient assez vu. Ils prirent congé.

Lors du trajet vers l'hôtel de police, Patricia fut la première à rompre le silence.

— De quoi empoisonner un régiment. Nous n'avons que l'embarras du choix ! s'exclama-t-elle. Cinquante suspects ! Une paille, quoi !

— Cherchez la femme ! s'entêta Bernard. Il faut quand même un mobile pour passer à l'acte, non ?

Leur supérieur cogitait. En silence.

Le lieutenant quitta son service plus tôt que d'habitude. Mais il avait un rendez-vous avec ses amis musiciens. Il fonça à son appartement et se changea rapidement. Une tenue plus décontractée était de mise. Levi's et polo feraient l'affaire. Il chaussa des chaussures de ville, détestant porter des baskets en dehors de ses activités sportives.

Il dut pousser du pied Méphisto. Le siamois des voisins miaulait devant sa porte alors qu'il la refermait. En guise de représailles ce dernier lui lança deux coups de griffes rageurs sur le bas du pantalon avant de déguerpir pour éviter à son tour une mesure de rétorsion de la part de celui qui, en règle générale, n'était avare ni de caresses ni de croquettes.

Il était en retard. Il allait se faire chambrer par ses amis musiciens... Ils l'appelaient parfois par dérision « l'homme-orchestre » : flic, diacre et musicien.

Dès son plus jeune âge il avait suivi des cours de trompette. Il avait d'abord utilisé un modeste cornet en si bémol puis son père lui avait offert une véritable Selmer. Ce goût pour la musique lui avait été donné par ses parents. Son père jouait du trombone à coulisse, sa mère du piano. Même Victor participait en frappant de bon coeur sur une grosse caisse. On regrettait parfois de la lui avoir achetée car il ne savait pas s'arrêter et martyrisait allègrement les tympans de ses partenaires. Mais le bonheur affiché alors sur son visage compensait largement ces petits inconvénients. Ces moments de réunion, de communion même, étaient prisés de tous.

Il dégringola les quelques marches qui conduisaient à une grande salle située au deuxième sous-sol d'un immeuble de la place Candolle. Là, ils pouvaient s'en donner à coeur joie, ils ne dérangeaient personne.

Ils devaient répéter. Une répétition de jazz. En effet, avec Paul au trombone à coulisse, Vincent au saxo ou au banjo et Daniel à la batterie, leur groupe avait été retenu pour animer, avec d'autres bandes, la foire aux associations qui se déroulait en septembre en ville. Leur prestation était d'importance car un succès aurait pour conséquence un nouvel engagement pour le marché de Noël qui se tenait en fin d'année place de la Comédie. Si Kevin ne retirait aucun avantage financier de ce type de manifestations, il en allait tout autrement de deux de ses collègues. C'était l'essentiel de leur subsistance.

Ce fut plus d'une heure de plaisir, de délassement, de franche rigolade, mais de travail également. Tout en soufflant dans sa trompette, le policier ne pouvait s'empêcher de penser à Laurent Corrado. À telle enseigne qu'il se fit plusieurs fois vertement rappeler à l'ordre par Daniel. Après ça ils allèrent manger un morceau ensemble dans un bistrot du centre-ville où ils terminèrent la soirée.

Alors que Kevin dînait avec ses amis, Quentin Martial se trouvait devant l'entrée de la cathédrale de Maguelone. La nuit était tombée depuis longtemps et il attendait. Il attendait les membres dirigeants de la confrérie du denier de Dieu. Aujourd'hui était un jour d'une solennité particulière dans la mesure où ils accueillaient un nouveau disciple. En qualité de grand maître, il lui appartenait d'officier.

Le grand commandeur, le grand chancelier et enfin le grand argentier arrivèrent. Ils leur incombaient, et à eux seuls, d'introniser le novice au nombre des leurs. Ils n'étaient pas nombreux, une vingtaine tout au plus à donner de leur temps et surtout de leur denier pour éviter que les édifices religieux en général et Maguelone en particulier ne tombent en ruine.

Depuis cette maudite séparation de l'Église et de l'État, songea le grand maître, on assistait à l'effondrement des plus beaux joyaux de la chrétienté. Les budgets des diocèses ne suffisaient pas à leur restauration, et quêtes et offrandes des fidèles parvenaient tout juste à répondre aux besoins les plus courants.

Le respect du rituel leur faisait obligation de revêtir leur aube noire et d'enfiler leur cagoule. Quentin sortit de sa poche son passe-partout, l'utilisa, et l'un derrière l'autre, en procession, ils baissèrent la tête en signe d'humilité lorsqu'ils s'engagèrent sous le linteau surmontant la modeste entrée de la cathédrale. Modeste car il ne fallait pas oublier que cette entrée se trouvait à l'origine au fond d'un long et étroit passage entre la tour de l'Évêque et la tour Saint-Jean. Quentin y songeait chaque fois. Il y voyait toute une symbolique. Il n'oubliait pas que c'était dans un esprit défensif que cette ouverture, somme toute sans prétention, conditionnait l'accès à la cathédrale. Ce dispositif guerrier le confortait dans l'idée qu'il devait, lui aussi, mais dans un esprit offensif cette fois, oeuvrer pour redonner à son tour à la maison de Dieu l'importance qui avait été la sienne. Une lumière au sein des ténèbres. L'Église était toujours en guerre. Les ennemis étaient toujours présents. Différents, certes, mais plus redoutables encore dans la mesure où ils se tapissaient au sein même de la chrétienté.

Il s'y employait et y consacrait toute son énergie. Il ne s'arrêterait pas en si bonne voie. Un long chemin restait à parcourir. Mais il fallait agir vite.

La découverte du squelette allait accroître la pression policière autour de Maguelone, ce qui risquait de compliquer singulièrement sa tâche. Mais il ferait en sorte que la réalisation de son grand oeuvre ne soit pas compromise pour autant. Il ne put s'empêcher de penser un instant à celui avec qui il avait partagé un temps le même ravissement. Mais l'étudiant québécois avait une vision très restrictive, de mécréant en fait, de son cher Jean de Montlaur, et cela il n'avait pu le supporter. Tant pis pour lui s'il avait payé son manque de clairvoyance de sa vie.

La pénombre les enveloppait, mais une grande clarté n'était pas nécessaire pour se diriger dans des lieux dont ils connaissaient les moindres détails. La lumière qui brillait dans leur coeur y suffisait. Ils grimpèrent en silence les marches, utilisées bien des siècles auparavant par les plus grands dignitaires de l'Église, et arrivés au niveau de la tribune ils allumèrent deux chandeliers, dont les quatre bougies diffusaient un pâle halo vacillant. Le futur compagnon aurait, lui, besoin de cette lumière dont ils allaient lui transmettre la chaleur. Ils l'attendirent en récitant une première prière. C'était leur manière de communier entre eux, de façon bien plus efficace que la plus précise des discussions.

Le médecin à la retraite approcha. Ils pouvaient suivre sa progression à ses pas, lourds, qui résonnaient dans la cage d'escalier ainsi qu'à la lueur fantomatique de la flamme qui dansait entre les murs au rythme de son avancée.

Il était prêt pour le rite initiatique, pour la cérémonie de passage. Prêt à faire un immense pas en avant vers Lui. Il était également vêtu de noir.

À eux cinq ils entourèrent l'autel constitué par le couvercle du sarcophage de la pierre tombale de l'évêque Jean de Montlaur. Sur les quatre côtés était gravée en vers latins une longue épitaphe d'un grand intérêt. Les inscriptions évoquaient les mérites du prélat, autoritaire et tolérant, bâtisseur d'églises et fondateur d'écoles, mais faisaient également allusion à ses fautes. Mais, par-dessus tout, la première phrase avait une valeur hautement symbolique. « I HOC VASE IOANNIS, α ω » – *Dans ce tombeau, de Jean (de Montlaur), l'alpha et l'oméga.* Pour le grand maître ces deux lettres symbolisaient le commencement et la fin de tout, la mort étant dans une perspective chrétienne fin mais aussi commencement. Ce serait la première phrase qu'ils prononceraient tous ensemble.

Le secrétaire général des Compagnons de Maguelone n'avait pu trouver meilleur endroit pour entendre et recueillir le serment de ceux qui voulaient consacrer leur vie à poursuivre l'oeuvre initiée des siècles auparavant. Leur prière, prononcée d'une même voix, s'envola directement vers les cieux.

Ils étaient tous les cinq d'origines sociales très diverses, mais Quentin Martial savait que les titres ne signifiaient rien entre ces murs. Ici, ils étaient égaux. Des frères partageant un lien mystique, une crainte commune et un même espoir dans un avenir radieux. Ils étaient à Son service.

Il laissa les dernières paroles, lancées en latin et non pas en langue vulgaire comme l'avait permis Vatican II, se dissoudre dans l'éther. Un silence se fit. Il l'interrompit.

— Jurez-vous de consacrer toute votre énergie, tout votre temps à la défense de la vraie foi ainsi qu'à la restauration des édifices religieux ?

— Je promets, répondit le nouveau membre.

La cérémonie, qui se voulait sobre, se terminait toujours sur une prière.

Martial posa sa main droite sur l'épaule du grand commandeur. Il lui signifiait ainsi son souhait de s'entretenir avec lui. Ils laissèrent les autres participants s'éloigner. Il devait discuter de son projet. Encore que même s'il s'agissait du membre de la confrérie le plus en phase avec lui, il n'était pas absolument certain de pouvoir compter pleinement sur sa personne. Notamment pour mettre à exécution son dessein et le transformer en apothéose. Il s'en méfierait quand même. Le temps filait entre ses doigts. Plus qu'une dizaine de jours à attendre.

# 8

Charlotte contemplait avec satisfaction son article. Elle s'était présentée de bon matin à son bureau dans ce but, inquiète. Son rédacteur en chef lui avait dit qu'il se réservait le droit de modifier sa prose. Elle était soulagée. Peu de modifications. Son papier paraissait dans le 2e cahier en pages « Région » du Midi libre. La découverte du squelette était évoquée sous deux aspects : celui tout d'abord d'un vestige archéologique, ce qui aurait pu être le cas, puis, celui davantage en rapport avec la triste réalité, en lien avec une sombre affaire criminelle, et pourquoi pas comme un lieu de sépulture privilégié par un serial killer. Elle avait été obligée d'évoquer le décès de Laurent Corrado, en passant toutefois sous silence ce qui en faisait la particularité. Elle avait joué gros. Son rédacteur en chef n'était pas du tout convaincu que le policier tiendrait sa parole. Elle non plus d'ailleurs. Elle n'était pas dupe. Kevin, pour parer au plus pressé, avait promis plus qu'il ne pourrait tenir. Mais elle n'était pas née de la dernière pluie et il était hors de question de lui laisser la bride sur le cou.

À son grand soulagement, l'empoisonnement tel qu'il avait été évoqué par ses autres confrères de la presse écrite et radio faisait la part belle à une intoxication par ingestion d'huîtres. Tout le monde savait qu'il s'agissait d'un sujet sensible ; la préfecture pouvait se retrouver obligée de prendre des arrêtés portant interdiction de leur consommation, ce qui ne manquerait pas de mobiliser les puissants syndicats de conchyliculteurs. La saisine de la PJ se justifiait, pour eux, par l'éventuelle explosion de mécontentement pouvant découler d'un durcissement de l'action des pouvoirs publics. Il y avait des précédents… Ouf ! Elle était donc satisfaite. Son journal avait été le premier à évoquer cette découverte. Cela lui avait mis du baume au coeur, et avait calmé, pour un temps, l'impatience de son rédac chef. Il ne vivait que pour les scoops. Elle aussi d'ailleurs, mais elle savait qu'il fallait semer avant d'engranger.

Charlotte décida de faire des recherches sur les personnes disparues. Ce serait bien le diable si les archives de son quotidien ne faisaient état d'aucune absence ou fugue suspecte ! Sauf si la disparition avait un lien avec des faits commis très loin de la région. Mais elle avait bien réfléchi et décidé que ce n'était pas crédible. Pas crédible de transporter un corps sur des centaines de kilomètres en risquant à tout moment de tomber sur un contrôle de police. Non, l'affaire était régionale.

Mais la tâche s'avérait longue et fastidieuse. Il lui faudrait remonter sur plusieurs mois, voire plusieurs années puisqu'elle ne disposait d'aucune indication sur la date exacte de la mort. Si elle ne trouvait rien de satisfaisant, elle utiliserait un moteur de recherche sur le Net. Elle se leva de sa chaise, repoussa une mèche rebelle lui tombant sur les yeux et fila vers la machine à café. Elle pesta en constatant que ses collègues n'avaient pas jugé utile de veiller à ce que le pot à café soit rempli. Puis, elle se fit un jus. Elle nota dans sa tête d'aller faire un tour aux archives départementales pour se renseigner sur l'histoire de l'église de Maguelone. Un papier, même à connotation purement historique, intéresserait sans nul doute les lecteurs. La bâtisse était un des lieux les plus fréquentés de la région. Elle n'ignorait pas non plus sa prochaine utilisation dans le cadre d'un festival de musique sacrée. Du pain sur la planche en perspective, mais cela n'était pas fait pour lui déplaire.

Sans compter qu'elle éprouvait toujours une sorte de jubilation à l'idée de battre les policiers sur leur propre terrain. Cela justifiait peut-être l'affirmation de ses deux flics de frères : « Tu aurais dû entrer dans la police. » Certes elle y avait bien réfléchi, mais n'avait pas donné suite. Deux enfants sur trois, la famille avait largement versé son quota, pensa-t-elle en souriant. Elle rejeta au plus profond d'elle-même la pensée que cette enquête la conduirait à côtoyer Kevin. Aucun intérêt, se mentit-elle avec d'autant plus de conviction que l'idée se faisant lancinante.

Normand se dirigea vers les locaux de l'identité judiciaire. Il voulait savoir ce qu'il allait advenir du corps et à quel service son examen allait être confié. Il se rappelait que Claire lui avait dit avoir participé à un stage à Écully, maison mère de la police technique et scientifique. Il voulait en savoir plus.

Elle était en train d'effectuer des comparaisons d'empreintes digitales et leva la tête tout en fronçant les sourcils à son arrivée. Normand savait que les spécialistes de l'IJ n'aimaient pas trop voir débouler dans leur antre les limiers de la PJ. Perte de temps, déconcentration…

— Tu m'as bien dit avoir fait dernièrement un stage à la PTS ?

— Oui, et alors ?

— Je faisais allusion à notre dernière découverte. Conscient qu'il dérangeait, il se fit plus charmeur. Je sais que tu es la plus forte pour faire parler un cadavre, alors un squelette, je…

— Arrête ton char. Que veux-tu savoir ?

— Simplement comment on peut, à partir d'un tas d'os, tirer des conclusions, autant que possible pertinentes ?

Claire soupira. Mais elle parut malgré tout contente d'en remontrer à son collègue. Elle déplorait que les techniciens de la police scientifique soient peu souvent sous les feux de la rampe, contrairement à leur art, et il était bon que les enquêteurs le reconnaissent.

Elle s'assit sur le rebord de sa table de travail et entreprit l'édification de son collègue.

— Quand le mort est sans âge, sans nom et qu'il ne reste que des os, ce sont les anthropologues qui vont déterminer le sexe de la victime en examinant l'arête du front, par exemple, connaître sa race en étudiant la forme des pommettes, et évaluer son âge à la lecture d'un os. C'est pour cela que je t'ai dit la dernière fois qu'ils étaient les archéologues du crime. Cela a dû faire plaisir à Capucine Vitulin, non ?

Kevin ne dit mot. Il préféra laisser sa collègue aller au bout de son exposé avant qu'elle n'estime perdre son temps. Le téléphone sonna et elle prit tout son temps pour répondre à son interlocuteur, avant de se tourner de nouveau vers lui.

— Le premier tri consistera à dire s'il s'agit d'ossements humains ou pas. Ce qui ne va pas toujours de soi, même si dans ton affaire il n'y a pas photo. Il faudra ensuite procéder à deux types de datation. Rechercher l'âge au moment du décès et l'ancienneté du décès pour éviter de confondre le champ de la recherche historique, domaine de ton archéologue, et celui de l'enquête policière.

Et elle fixa Kevin pour s'assurer qu'il suivait bien. Le téléphone se mit à sonner et elle décrocha une nouvelle fois le combiné, levant les yeux au ciel en signe d'impuissance.

L'enquêteur avait décidé de s'acheter une conduite et préféra se contenter de sourire. Il réfréna son impatience.

— Le squelette adulte compte en moyenne deux cent six os, reprit Claire une fois sa conversation achevée, alors que celui du bébé en compte deux cent soixante-dix. Non, nous n'en perdons pas, précisa-t-elle, voyant la bouche de son vis-à-vis s'ouvrir. Simplement certains os fusionnent entre eux avec la croissance et deviennent plus denses et plus épais. On va donc utiliser une réaction chimique. L'expert coupe en rondelles un os long et l'imprègne de bleu du Nil. Plus l'os est vieux, plus le bleu est soutenu. Pour estimer l'intervalle post-mortem, on a recours à l'analyse en fluorescence ultraviolette. Cette fluorescence disparaît totalement quand on compte en siècles.

— Ce qui ne sera pas le cas, intervint imprudemment Kevin, à moins d'établir qu'à cette époque on utilisait des couronnes…

— Si ce que je te dis ne n'intéresse pas ! l'interrompit à son tour Claire.

— Si, si ! Je me parlais à moi-même… continue, c'est fascinant !

— En ce qui concerne le fait de savoir si on a affaire à un homme ou une femme, cela est vérifiable par les différences qui existent à la base du crâne, au front et à la mâchoire. Mais tu t'en doutes, c'est le bassin qui permet la meilleure différenciation. Celui de la femme, adapté à la grossesse, est beaucoup plus large. La taille de l'individu se calculera en fonction de la longueur des os des jambes et tout particulièrement du fémur. Voilà, je t'ai fait un briefing d'ordre général, simplifié toutefois.

Après quoi elle lui fit un petit signe de la main tout en lui tournant le dos.

Normand se dirigea vers le bureau du directeur du SRPJ. Il devait évoquer avec lui et ses deux collègues, qu'il retrouva devant la porte, la suite de l'enquête. Le commissaire Jérôme Ballotin, chef de la division criminelle, leur ouvrit et leur fit signe d'entrer de la tête. Le big boss étant au téléphone, ils attendirent quelques secondes l'invitation à s'asseoir. Enfin, Denis Rességuier raccrocha et vint les rejoindre autour de la table de conférence. L'ordre du jour portait sur le fait de savoir si les investigations consécutives à la découverte du squelette seraient confiées au groupe de Kevin ou à une autre équipe.

De façon péremptoire, le commissaire Ballotin, qui nourrissait peu d'estime pour son lieutenant, intervint :

— Il n'y a aucun rapport entre l'affaire de l'empoisonnement et cette nouvelle affaire. D'ailleurs, je me demande pourquoi on ne la laisserait pas au commissariat ! Ils sont compétents sur cette portion de territoire, non ? Il s'agit peut-être d'une mort naturelle !

— On n'a trouvé aucune trace de balle, ni de quoi que ce soit. Les premières recherches, même si elles débutent, ne font apparaître aucune disparition dans la région, crut judicieux de rajouter le brigadier Roset, qui voyait surtout dans cette nouvelle affaire un surcroît de travail.

Monsieur Rességuier porta son regard sur la brigadièrechef Patricia Bonnaud. Cette dernière était partagée. Mais il y avait une chose qu'elle savait : Kevin faisait preuve d'une rare intuition. C'était d'ailleurs pour cela que les enquêtes les plus difficiles lui étaient confiées. Fine mouche, elle savait que son directeur se fierait à ce qu'il dirait, au grand dam de son adjoint. Elle exprima donc une moue dubitative tout en regardant son officier, assis à côté d'elle.

Le lieutenant comprit qu'il avait la parole. Une fois de plus, il était en désaccord avec le chef de la division criminelle. Mais il n'allait tout de même pas abonder dans son sens pour le seul respect de l'ordre hiérarchique. Il se jeta à l'eau.

— Il vaudrait mieux que je garde l'enquête. Dans un premier temps, les investigations à effectuer sont limitées : recherche au fichier des personnes disparues et appel dans la presse. Puis la parole sera aux scientifiques. Tant qu'on ne parviendra pas à identifier le cadavre, on n'avancera pas…

— Vous vous basez sur quels faits précis, pour justifier vos dires ? le coupa Jérôme Ballotin, un brin goguenard.

Normand hésita un instant, leva la tête comme s'il cherchait l'inspiration divine et lâcha :

— L'expérience professionnelle nous prouve que deux homicides…

— Vous allez vite en besogne, l'interrompit à nouveau le commissaire. Dans les deux cas nous n'avons aucune preuve. Du moins pour l'instant…

Et il regarda de biais son directeur, quêtant, mais en vain, son approbation.

Normand ne releva pas et reprit sur le même ton :

— Deux cadavres dans un lieu aussi particulier, découverts pratiquement en même temps… mon intuition me dit que les deux affaires sont liées.

Sa réponse eut l'art de déclencher une franche rigolade chez le chef de la division criminelle.

— Votre intuition ! Laissez-moi rire, s'esclaffa-t-il en se levant de sa chaise. Demandez une ouverture d'information au chef du parquet en vous basant sur votre intuition et il vous rira au nez ! Nous serons la risée du palais !

Le directeur du SRPJ connaissait l'antagonisme profond qui existait entre l'officier et son adjoint.

Mais c'était un homme pragmatique. Kevin avait déjà montré ses compétences et bénéficiait d'une écoute très particulière auprès des magistrats du parquet. Pour preuve la question posée par le procureur de la République en personne lorsqu'il l'avait contacté : « Qu'en pense le lieutenant Normand ? » Après tout, si Normand estimait pouvoir faire face à un surcroît de travail, il serait toujours à temps de lui retirer l'affaire. Il s'était rendu une première fois à l'argumentation de Kevin, et le parquet avait abondé dans son sens. Pourquoi se déjuger maintenant ? Il se leva à son tour, signifiant ainsi la fin de l'entretien.

— Normand gardera l'enquête.

En compagnie de ses deux collègues Kevin regagna son antre. Il y avait donné rendez-vous à l'officier en charge de l'informatique et des traces technologiques. D'ailleurs, ce dernier l'attendait. Il tapota sur sa montre pour mettre en évidence un certain retard.

— On était dans le bureau du big boss, se justifia Bernard Roset.

Grand, mince, ne vivant que pour son job, Christophe ne souhaitait pas perdre son temps. Il entra directement dans le vif du sujet.

— Bon, nous avons analysé l'unité centrale de l'ordinateur appartenant à Laurent Corrado. Rien d'illégal sur son disque dur, mais deux choses sont dignes d'intérêt. Premièrement, il était membre d'une certaine association… déclara-t-il en cherchant dans ses notes.

— La confrérie du denier de Dieu ? avança Bernard.

— C'est ça. Je vous ai imprimé les dates de réunion de cette société dont les membres se retrouvent au centre archéologique de Lattes. J'ai aussi la liste des comptes rendus, des ordres du jour, des sujets évoqués, des projets à venir, etc. Deuxième chose plus intéressante : nous avons recherché tout ce qui avait été effacé du disque dur.

Normand savait que c'était effectivement la partie la plus parlante, sans jeu de mots. Celle qu'on ne souhaitait pas étaler au grand jour ou qu'on dissimulait. Heureusement, les experts arrivaient grâce à des logiciels bien spécifiques à faire remonter à la surface ce type de données. Christophe s'expliqua :

— Voilà les morceaux d'un puzzle, des mots contenus dans une phrase qu'on n'a malheureusement pas pu reconstituer entièrement. Vous notez ?

Il leva la tête des feuilles qu'il tenait entre les mains pour s'assurer de l'attention de tous. Kevin prit un stylo.

— Tuez, c'est apparemment le début de la phrase, Dieu… et… siens. Cela nous a semblé inquiétant dans la mesure où il pouvait s'agir d'une secte. On a essayé diverses combinaisons, mais sans succès. On vous passe le relais, d'accord ? D'autres questions ?… Non ?

Et pressé de retourner à ses occupations, Christophe déposa sur le bureau de Normand cinq documents, avant de s'éloigner.

Les trois enquêteurs planchèrent un moment sur les trois mots clefs. Patricia et Bernard attendaient la solution de leur chef. Le mot Dieu n'était-il pas de son domaine de compétence ?

Après s'être longuement penché sur ces quelques termes, Bernard suggéra :

— On devrait contacter la télé. Il y a souvent des gars super calés pour trouver des mots manquants, comme à l'émission « Des chiffres et des lettres », vous ne croyez pas ?

Patricia n'avait pas l'air convaincu. Elle le fit savoir.

— Ce serait une nouveauté ! Faire appel aux médias pour nous aider ? Tu as bu ? Demande au juge d'instruction son autorisation, tu seras bien reçu tu verras, poursuivit-elle en haussant les épaules.

Kevin regardait toujours les trois mots notés sur le bout de papier. Non, il n'avait aucune solution à proposer. À qui pouvait-il en parler ? Ses collègues diacres ?... Ils étaient comme lui, sans véritable culture religieuse. Si tant est qu'elle soit ici nécessaire à la reconstitution d'une ou de plusieurs phrases ! En ce qui le concernait, ce n'était pas l'unique année passée au séminaire qui pourrait l'aider. Et s'il demandait l'aide de l'évêché ? Oui, peut-être pourrait-il s'adresser au père Turgot, l'archiviste diocésain ? Le seul qui ne verrait pas immédiatement en lui le flic à la recherche d'une réponse ! Ce serait également l'occasion de lui emprunter des ouvrages sur l'église de Maguelone. Il s'était déjà promis de se pencher sur l'histoire de celle qui fut une cathédrale. Ne serait-ce que pour ses connaissances personnelles.

Mais quelque chose lui disait qu'il en retirerait un profit en lien direct avec son enquête. Il ne savait pas pourquoi, ni comment exactement, mais il devait suivre son intuition. Une espèce de sixième sens en fait. Il n'en parlait jamais à son entourage, mais il considérait cette faculté comme un don, une chance offerte par la providence. Il ne fallait pas la négliger. Il lui devait la résolution de plusieurs affaires. Mais il ne tablait jamais uniquement là-dessus. Aide-toi, le ciel t'aidera. Telle était sa doctrine.

Il prit une décision.

— En attendant, exploitons les éléments en notre possession. Je lis, et il tapota sur le feuillet remis par Christophe, que la confrérie du denier de Dieu devrait se réunir ce soir. Si je me fonde sur les tuyaux de la sous direction de l'information générale[8].

Bernard ébaucha un sourire en interrompant son supérieur :

8. Nouvelle appellation du service des renseignements généraux.

— On n'est pas sortis de l'auberge s'il faut se baser sur les infos des RG ou de la SDIG ! déclara-t-il.

— De toute façon, on n'a pas mieux. Ce soir on planquera. Bernard, vous prendrez le sous-marin, je viendrai avec vous…

— Et moi ?! demanda, interloquée, Patricia. Qu'est-ce que je fais ? Du tricot ?

Kevin leva les yeux au ciel en regardant la brigadière-chef. Le plus horripilant avec leur collègue c'étaient ses perpétuels sous-entendus. Si elle n'était pas sur une mission, le motif en était tout trouvé ! C'était fatigant, à la fin. Mais il tiendrait bon. Hors de question de passer plusieurs heures avec elle dans l'espace confiné du soum. Parce qu'elle était une femme, justement.

Ne se tenant pas pour battue, Patricia revint à la charge :

— Bernard a une femme et des enfants. Il n'a qu'à rester chez lui. Je suis libre, moi !

— Holà, je ne t'ai rien demandé !

Kevin sentit un vent de fronde poindre à l'horizon. Il coupa court.

— On fera ce que j'ai dit, c'est clair ! Allez récupérer les infos que nous a promises Christophe. Demain matin, on retourne à Maguelone. On interrogera Vitulin sur les nombreux appels passés le jour du décès à Laurent Corrado. Puis on questionnera également Mélanie Cardonel sur ses relations avec Laurent. On fera tout cela sur place, au vu et au su de tout le monde…

— Bonne idée, apprécia Bernard. Après un petit coup de pied dans la fourmilière, on aura peut-être quelque chose d'intéressant au niveau des écoutes.

— Patricia, passez en préfecture pour récupérer un double des documents déposés pour la création de l'association du denier de Dieu. Bon, Bernard, rendez-vous ce soir à 21 heures.

En grommelant, Patricia claqua la porte sur le nez de Bernard. Il fit un brusque saut en arrière pour éviter de prendre le battant en pleine figure. Il s'ensuivit quelques échanges de mots aigres-doux dont les échos s'estompèrent au fur et à mesure de l'éloignement des gradés.

Resté seul, Kevin réfléchit à obtenir d'autres infos. Notamment sur les dents du squelette. Il savait qu'elles constituaient, aux dires des spécialistes, un véritable coffre-fort d'informations. Après quelques instants de réflexion, il contacta un dentiste travaillant avec le service médico-légal. Coup de bol, il était disponible. Normand entra immédiatement dans le vif du sujet.

— J'ai vu l'article dans les journaux, je suppose que c'est pour cela que vous voulez les infos ? l'interrogea Rodolphe Boileau.

Et devant l'embarras manifesté par l'officier, il lui expliqua :

— Nos dents contiennent une sorte de carte

d'identité de notre organisme. En l'absence de toutes pistes elles peuvent parler et livrer des orientations fiables sur l'âge et l'habitude d'une victime. L'examen des soins apportés peut parfois donner d'importants renseignements...

— Comme l'existence d'une couronne...

— Tout à fait. La différence des techniques et des matériaux peut renseigner sur le pays d'origine. Les dents révèlent aussi ses comportements alimentaires. Elles peuvent même dévoiler la pratique d'un instrument de musique...

L'officier de police se demanda si le praticien n'en faisait pas trop. Il l'interrompit :

— Vous en êtes sûr ?! Comment cela ?

— C'est tout simple. Par la présence de microparticules de cuivre si le sujet jouait d'un instrument, à vent bien évidemment. Les dents des pâtissiers peuvent présenter, elles, des caries particulières causées par les émanations de sucre qui attaquent l'émail au niveau du collet. Les toxicomanes qui fument intensément du cannabis ont eux aussi des caries de collets. Les travailleurs du bâtiment se retrouvent exposés aux effluves de plâtre, lesquelles provoquent des microabrasions caractéristiques.

Normand dut endiguer le flot de paroles de son interlocuteur, qu'il remercia.

Il était perplexe. À entendre les explications des spécialistes, tout était toujours simple. À se demander comment avec cette pléthore d'experts on ne résolvait pas de nos jours toutes les affaires ! Mais lorsque le dossier serait évoqué devant le tribunal, d'autres scientifiques tout aussi diplômés et crédibles soutiendraient mordicus exactement le contraire. De quoi y perdre son latin. Mais il fallait en passer par là.

L'officier de police consulta sa montre. Il avait le temps d'aller s'entraîner. Il avait déjà été une fois vice-champion de France police, et s'était promis de concourir à nouveau cette année. Il se changea dans son bureau, et dégringola les marches conduisant au dojo situé à côté de la salle de musculation.

Quatre karatékas s'échauffaient. Après avoir salué, il les rejoignit sur le tatami. L'entraînement se faisait sous la houlette d'un 5e dan qui avait eu son heure de gloire en qualité de champion d'Europe. Il avait été affecté dans une unité d'élite de la police nationale à Paris puis, ayant demandé une mutation à Montpellier, il avait été nommé moniteur de sport.

Coups de pied et coups de poing s'enchaînèrent sans discontinuer, suivis de toute une série de katas. Au bout d'une heure, les participants crièrent grâce. Vidé, Kevin prit une longue douche. Il se sentait en forme. La pratique de cet art martial avait coupé court à de nombreuses moqueries de la part de certains de ses collègues. Le sobriquet dont il était affublé, « le curé », avait été complété par le terme « de combat ». Cela lui convenait.

Bernard lui fit un appel de phares. Normand

grimpa dans le C15 en utilisant la porte arrière. La camionnette sortit à la nuit noire de l'hôtel de police. Elle était garée au deuxième sous-sol pour éviter d'être repérée. Le brigadier n'avait pas changé le jeu de plaques d'immatriculation, mais n'était pas inquiet. Pour cette mission ils n'avaient pas affaire à des truands, mais à des citoyens lambda. Peu de chance donc de se faire détecter.

Bernard stationna le C15 à proximité de l'entrée du site de Lattara. Tous les véhicules qui se gareraient alentour passeraient devant eux. Il sortit, ferma à clef et s'éloigna tranquillement à pied en sifflotant. Quiconque aurait été surpris par l'arrivée nocturne de la camionnette serait rassuré. Un simple quidam à la recherche d'une place de stationnement. Cinq minutes après, il revint sur ses pas et s'engouffra en deux secondes, ni vu ni connu, dans l'utilitaire. Il avait connu des jours meilleurs et les côtés étaient couverts par la pub d'une société, fictive, de plomberie montpelliéraine. La cabine du conducteur était isolée du reste de l'habitacle par une porte coulissante.

À l'intérieur se trouvaient deux petits fauteuils en toile, une table de travail, et une commande électrique permettant d'actionner la ventilation. Cette dernière avait été bricolée par les experts du garage pour fonctionner de façon silencieuse. Elle était utile, en plein été, et surtout en hiver. Il fallait éviter que la buée générée par la respiration des occupants se pose sur les fenêtres et ne révèle la présence, dans une file de voitures aux vitres immaculées, d'un véhicule occupé. Les policiers y avaient ajouté un dispositif auquel les concepteurs n'avaient pas songé. Un entonnoir relié par un tuyau donnant sous le plancher. Il permettait d'uriner sans avoir à sortir.

Les deux enquêteurs avaient une vue sur l'extérieur grâce à des ouvertures camouflées, invisibles aux yeux des promeneurs. Un appareil photo pouvait même être utilisé.

— J'espère que nous n'allons pas y passer la nuit ? demanda Bernard à son supérieur en train de manipuler le téléobjectif d'un numérique.

Normand, tout occupé à faire des essais le rassura par une mimique appropriée, avant de souffler :

— Là…

Un premier véhicule arriva et stationna à quelques mètres du leur. Kevin prit un cliché, pendant que son collègue relevait la marque et la plaque d'immatriculation. Le conducteur s'étant garé juste sous un lampadaire, le résultat serait parfait. Pour les autres… on ferait pour le mieux. Mais une fois les propriétaires identifiés les policiers se procureraient un double de leur photo d'identité auprès des services du permis de conduire ou des passeports de la préfecture. Ils sélectionneraient le cliché le plus récent.

En moins de quinze minutes, pas moins de vingt-trois voitures vinrent stationner.

— 22 h 30, nota Kevin dans un souffle.

À l'intérieur de la grande salle de réunion du musée Henri Prades, les trente-quatre principaux membres de la confrérie du denier de Dieu discutaient. Ils avaient revêtu leur aube noire et leur cagoule. Même s'ils se connaissaient tous, cela conférait une sorte de solennité et de mystère à leurs réunions.

Une cinquantaine d'autres membres cotisaient, certes, et participaient, parfois du bout des lèvres, aux diverses célébrations, mais le grand maître ne leur concédait que peu d'estime. Pas assez engagés. Tièdes même, eu égard à son engagement personnel.

C'était Quentin qui avait eu l'idée de nommer ainsi l'association déclarée en préfecture. Il s'était inspiré du Secours du denier de Dieu, un pieux usage en vigueur dès le XI^e^ siècle. Il avait été instauré par l'évêque Arnaud dans le but de favoriser l'embellissement et l'agrandissement des églises. Notamment celle de Notre-Dame-des-Tables. Cet impôt avait, en ces temps-là, l'immense avantage que les motifs en étaient entièrement purs et que la cupidité publique n'était nullement mise en jeu. Uniquement inspiré par le sentiment religieux, le résultat en faisait une offrande à la gloire de Dieu.

Le secrétaire général souhaitait, lui aussi, recréer les conditions de la vie apostolique telle qu'elle se pratiquait en d'autres temps : fraternité, solidarité matérielle et spirituelle. Tels étaient ses maîtres mots. S'il n'avait rencontré, jusqu'alors, que peu d'échos favorables auprès de la hiérarchie de l'évêché, il ne désespérait pas pour autant. Le Saint-Père ne venait-il pas d'autoriser la messe en latin ! Ne venait-il pas de tendre une main secourable en direction des séminaristes d'Ancône ! Une nouvelle aube s'annonçait-elle ? Il souhaitait précipiter son avènement.

L'ordre du jour portait sur la prochaine utilisation de la cathédrale de Maguelone comme salle de concert. Même pour de la musique sacrée, tous les participants y voyaient un dévoiement de sa fonction première. Surtout que les membres du public étaient loin d'être tous de fervents chrétiens. Les membres de la confrérie enrageaient à cette idée. À leurs yeux une nouvelle félonie, et non des moindres. Que l'évêché ne se soit pas opposé à une telle entreprise les sidérait. De démission en renonciation, de reculade en abdication, bientôt, ce lieu sacré serait souillé et perdrait toute signification. Et dire qu'on les traitait d'intégristes !

Les débats étaient houleux. Les propos, vifs, stigmatisaient l'évêque de Montpellier pour son laxisme. Le grand maître partageait les avis de tous les membres réunis autour de lui. Enfin une belle unanimité. Il exultait.

Seule différence, il avait décidé, avec l'aide du grand commandeur, de ne pas se contenter de paroles. Il fallait agir, il devait agir. Tout était prêt. Plus que quelques jours avant la date du concert. Ce serait un moment d'exception, douloureux certes, mais il ferait face, tout comme Arnaud Amaury, le légat du pape Innocent III. Il ferait sienne la célèbre phrase qui l'avait fait passer à la postérité : « Tuez-les tous, Dieu reconnaîtra les siens. »

Il n'ignorait pas que les médias et tous les mécréants fustigeraient son action, mais il n'en avait cure. Il savait déjà comment sauver son âme.

S'il n'était pas certain de pouvoir s'appuyer jusqu'au bout sur la détermination du grand commandeur, il pouvait compter sur elle. Elle était en réalité la cheville ouvrière de tous ses agissements. Elle en partagerait tous les bénéfices.

Plus de deux heures après leur arrivée, les membres se séparèrent sur une dernière prière récitée en commun.

— La réunion a dû être houleuse, fit remarquer l'officier en notant l'agitation des premiers sortants.

Et en effet, une certaine excitation se faisait effectivement jour à travers les gesticulations des uns et des autres.

— On aurait dû planquer un micro, regretta Bernard, conscient lui aussi de l'importance des discussions.

# 9

*An de grâce 1282, île de Maguelone*

D'un pas décidé Eude de la Jugie dévala les escaliers de la tour de l'évêque et se retrouva devant le portail de la chambre du cellérier. Il hésita. Devait-il quitter immédiatement l'enceinte canoniale ? Non, décida-t-il. Il obliqua sur la droite et se dirigea vers la tour Saint-Jacques. Son accès était commandé pour ceux qui arrivaient de l'extérieur par un pont-levis tant son rôle était d'importance. Elle protégeait l'entrée aux bâtiments conventuels ordonnés autour du cloître rectangulaire : salle capitulaire, réfectoire, dortoir, cuisine et cellier destinés aux chanoines. Il grimpa rapidement vers son sommet. De ce point culminant, la vue portait en direction de l'ancien port sarrasin relié à la mer toute proche, et de l'autre côté vers l'intérieur des terres et l'île d'Esclavon. Un garde du chapitre, qui échappait donc totalement à son autorité, surnommé le « Bada », était chargé de surveiller la navigation tandis qu'un sonneur de trompe appelé le « Gacha » s'occupait lui de donner l'alerte et annonçait les heures de la nuit. Ils étaient à leur poste. Eude de la Jugie hésita. Devait-il solliciter leur aide ? Il décida qu'il n'avait pas le choix.

— N'avez-vous jamais perçu des mouvements suspects, de nuit, par exemple ?

Les deux compères, recrutés pour leur vue et leur ouïe perçantes et non pour leurs qualités intellectuelles, se consultèrent du regard.

— Non, répondirent-ils de concert, l'air buté.

Eude se retira. Il avait compris n'avoir rien à espérer de ces deux-là qui feraient immédiatement leur rapport au chanoine dont ils dépendaient. Il descendit à nouveau les étages et arrêta un plan.

De façon à se pénétrer pleinement de l'ensemble des activités de la cathédrale, il en épouserait le rythme de vie.

Après une rapide nuit peuplée de cauchemars, il se voyait soumis à la question à la demande de l'archidiacre, il se leva vers les 3 heures pour l'office des matines qui se déroulait au niveau de l'imposante tribune, dont la construction était toute récente. Si monseigneur, souffrant, était absent, la totalité des chanoines se présenta en une lente procession pour prendre place sur les stalles disposées contre les murs. Ils chantaient un cantique dont les notes s'élevant comme une offrande à Dieu étaient censées illuminer les ténèbres de leur puissance. Ils étaient vêtus de blanc et portaient froc, coqueluchon et robe de laine. Leurs silhouettes fantomatiques se mouvaient comme autant de taches claires dans une pénombre que n'atténuaient ni les rayons du soleil, pas encore levé, ni la pauvre lumière en provenance de deux simples chandelles déposées sur un grand trépied de bronze. Ils donnaient l'illusion de se déplacer sans toucher terre.

Bien que familier des offices, Eude était médusé. Il n'était jamais venu à la tribune, véritable église supérieure, dont la réalisation avait répondu à un souhait des membres du chapitre, désireux de s'isoler pour se recueillir, mais également d'éviter le froid et l'humidité de la partie basse de l'édifice. Il s'installa sur une espèce de banc en bois où quelques chanoines étudiants l'avaient précédé. L'archidiacre officia. À plusieurs reprises Eude sentit se poser sur lui le regard acéré de Théobald de Verdale et de quelques autres dignitaires. Il n'était pas à sa place et sa présence s'inscrivait clairement aux yeux de tous dans le cadre de son enquête. Elle constituait une offense pour tous les ecclésiastiques présents. Une véritable déclaration de guerre, même.

Il assista de même, aux aurores, à l'office de Laudes, et vers 7 heures à celui de Prime. Tous les chanoines sans exception aucune étaient à nouveau là. Nombre d'entre eux bâillaient plus qu'ils ne priaient. Rien ne peut se passer avant l'office de Prime, songea alors Eude de la Jugie. En effet, seuls les religieux étaient levés à cette heure-là. Mais une fois cet office terminé la vie reprenait dans toute l'île de Maguelone. À l'issue de la célébration, le 2e officier suivit les chanoines. Certains d'entre eux, les plus âgés ou les plus titrés, descendirent à dos de mulet les larges escaliers qui les conduisaient vers la nef. Bien éclairés, ils étaient aménagés dans l'épaisseur du mur. Puis ils obliquèrent en direction de leur réfectoire.

Eude ne partagerait aucune collation avec les dignitaires, mais il voulait satisfaire sa curiosité. Il ne pouvait cette fois-ci rester avec eux, aussi se dirigea-t-il immédiatement vers la cuisine attenante. Le repas pris en silence fut rapide et les membres du chapitre sortirent, toujours en procession, avant de se séparer. Chacun avait des obligations différentes.

Eude de la Jugie s'éloignait déjà lorsqu'en se retournant il assista à un bref échange entre un chanoine, il ne put deviner lequel car aperçu de dos, et un des aides du cuisinier. Son coeur fit un bond dans sa poitrine. Mais il s'obligea à analyser calmement ce qu'il avait vu. Un objet, apparemment une grosse miche de pain, venait d'être remis par un dignitaire à un marmiton. Rien d'extraordinaire en soi. Mais il eut du mal à calmer malgré tout les battements de son coeur. Qu'un chanoine prît la peine de restituer une miche de pain, même non utilisée, voilà qui était inouï. Une intuition lui disait de suivre cette piste. Il se cacha dans un recoin et attendit quelques minutes.

L'aide-cuisinier vaquait à ses occupations. Il préparait la nourriture qui tous les jours était distribuée aux pauvres se présentant au portail de l'Orme situé au niveau de l'enceinte des portes de bois. Contrastant avec la vie fastueuse de certains, un régime de grande hospitalité était conduit par un certain nombre d'ecclésiastiques. Tout d'abord pour respecter la règle de saint Augustin basée sur la charité et aussi parce que certains chanoines issus de la petite noblesse avaient connu les affres de la faim et avaient à coeur de mettre en pratique une partie des enseignements du saint patron de leur ordre.

Le marmiton se rendit en poussant son chariot au point de distribution quotidien. Une grande foule l'y attendait. L'ecclésiastique supervisant l'opération s'y trouvait déjà. Dans un premier temps, le 2e officier s'installa à l'écart. Par la suite il s'enhardit, s'approcha et fit en sorte d'identifier le membre du chapitre. « Guilhem de Conques ! » s'exclama-t-il à part lui. Se pouvait-il qu'il soit à l'origine de la remise de la miche de pain qui trônait encore sur un amoncellement de nourriture ? Il n'avait vu le personnage que de dos, et l'uniformité des vêtements des prélats ne lui avait pas permis de le reconnaître. Eude enrageait. Il se recula et assista aux opérations. Par un bref aller-retour, il s'assura que ses gens effectuaient tous les contrôles nécessaires plus loin, au pied de la jetée communiquant avec la terre ferme en direction de Montpellier.

Une heure plus tard, il restait toujours de la nourriture et notamment la fameuse miche de pain, dont il avait noté qu'elle faisait l'objet de toutes les convoitises. De nombreux mendiants l'avaient réclamée, mais en vain, pour nourrir leur progéniture. Elle était apparemment réservée. Un bruit de crécelle se fit entendre. Tous les quémandeurs refluèrent précipitamment.

Les chanoines faisaient bon accueil, non seulement aux juifs et aux Sarrasins – par esprit d'humanité, et aussi par espoir de leur conversion – mais également aux lépreux, malgré la terreur qu'ils inspiraient. De la Jugie, bien qu'éloigné de plusieurs dizaines de mètres, ne put s'empêcher d'avoir lui aussi un mouvement de recul. Une quinzaine d'entre eux, le visage et les membres cachés par de longs vêtements pour susciter moins de répulsion, étaient en train d'approcher. Difformes, la chair en décomposition, les paupières enflées, les yeux sanguinolents, ils ne parlaient pas. Ils couinaient. L'aide-cuisinier se recula. Guilhem de Conques officia à sa place. C'est ainsi qu'il remit la miche de pain lui étant présentée par le marmiton à l'un d'entre eux, qui sans le moindre remerciement vida les lieux. Le 2e officier du prévôt le suivit. Ses gens allaient-ils fouiller les lépreux ? Il en doutait. Quelques minutes s'écoulèrent. Plus de doute ! Les malheureux venaient d'emprunter à leur tour la jetée réservée aux piétons sans que les gardes aient fait mine de s'approcher d'eux. Bien au contraire.

Eude hésita à son tour. Puis, il décida de pister le groupe de loin.

Une fois l'île d'Esclavon dépassée, la petite troupe s'émietta. Quatre lépreux prirent le chemin de Montpellier. L'officier était satisfait d'avoir eu la présence d'esprit de passer un habit de pèlerin sur ses vêtements, qui l'auraient désigné comme un des sbires du prévôt. Il marchait sur les talons de l'heureux détenteur de la miche de pain lorsqu'il réalisa tout à coup que le comportement du manant se modifiait petit à petit. Ses pas se faisaient plus vifs, et l'homme se redressait insensiblement. Arrivé non loin de la première porte de la grande ville, ce dernier pénétra dans un fourré. Eude se cacha à son tour derrière le tronc d'un arbre et attendit.

Quelle ne fut pas sa surprise de voir apparaître celui qu'il suivait, sans la moindre crécelle cette fois-ci – elle avait éloigné de lui jusqu'à présent tous les vilains rencontrés – ni revêtu de l'ample mantel qui lui dissimulait la totalité du corps. L'homme était plus jeune que l'idée donnée volontairement de lui jusqu'alors. Il s'enfonçait maintenant résolument dans le lacis des vieilles rues du centre-ville. Au renflement visible sous sa cote, Eude devina qu'il serrait toujours contre lui la miche de pain. Le voleur, car pour Eude c'en était un – il avait feint une maladie et privé un véritable malade de subsistance – se retournait régulièrement comme pour s'assurer qu'il n'était pas suivi. Heureusement le déguisement auquel avait eu recours l'homme du prévôt et le nombre de chalands qui se déplaçaient autour d'eux ne lui permirent pas de percevoir la surveillance dont il était l'objet.

À maintes reprises, le 2e officier fut obligé de se frayer un passage au milieu des ruelles encombrées de mendiants et de pèlerins qui campaient dehors le jour et couchaient au pied des églises la nuit. Des domestiques sans maîtres, des vilains en tous genres étaient encore endormis. Les aventuriers côtoyaient les malandrins armés dans l'attente d'un mauvais coup sur quelque bourgeois fortuné. Il était sur ses gardes. Sa main droite reposait sur la garde d'une courte dague. Il était rassuré. Puis l'homme rentra dans un estaminet. Après un instant d'hésitation, l'officier le suivit. Il s'assit à l'autre bout de la pièce et put enfin apercevoir la physionomie de son lépreux. Mince, les traits d'une fouine et la face grêlée, mais sans aucune des affections d'un lépreux. Le voleur réclama un verre de vin. Il était clair qu'il attendait quelqu'un. Eude regretta de ne pas s'être fait accompagner d'un ou deux aides. Mais la rapidité de l'action ne lui avait pas permis d'anticiper ce genre de traque qui lui rappelait maintenant la chasse aux sangliers à laquelle il se livrait en compagnie de son père. Ses sempiternelles injonctions étaient : débusquer, suivre et occire. Il passa sa langue sur ses lèvres sèches et commanda un hanap de vin. Il n'eut pas à attendre longtemps. Un commerçant, de petite condition, mais un bourgeois quand même s'il en jugeait par sa vêture, pénétra dans la taverne et alla s'asseoir directement à côté de son suspect.

Leurs deux bustes penchés au-dessus de la table, la conversation s'engagea à voix basse et il ne put en saisir la moindre bribe. Manifestement les deux compères étaient en désaccord. Le bourgeois, la face rubiconde, suait et s'empourprait. Puis, il sortit de dessous son pourpoint une bourse qui changea rapidement de mains. Il se leva alors et s'éloigna en grommelant non sans avoir glissé promptement sous son surcot la miche de pain dont Eude apercevait maintenant une partie de la croûte mordorée.

L'officier du prévôt quitta son siège à son tour et entreprit de le suivre. Il en savait assez et il lui fallait arrêter immédiatement celui qu'il suivait. Mais comment faire ? Il suffirait au commerçant de crier au voleur et de s'enfuir. Il fit une courte prière et demanda au Seigneur de lui venir en aide. Sa supplique fut exaucée. Une patrouille du guet se présenta avec à sa tête un sergent de sa connaissance. Il le héla, se fit reconnaître, et le bourgeois fut promptement serré et conduit à la prison la plus proche. Tout à son contentement, Eude n'avait pas remarqué que son faux lépreux avait fait demi-tour, comme pris par quelque remords de ne pas avoir négocié avec suffisamment d'âpreté son bien, et avait assisté à l'interpellation.

Arrivé dans la petite pièce occupée par le sergent, le 2e officier du prévôt n'y tint plus. Il s'empara de la miche avec une telle rapidité qu'elle se scinda en deux. Elle avait été évidée de sa mie de pain et, en lieu et place de cette dernière, apparut sous les yeux éberlués de tous un magnifique crucifix ciselé d'argent et de vermeil. Eude de la Jugie poussa intérieurement un grand soupir de soulagement et se signa.

# 10

Kevin se leva tôt. Il repoussa les volets et ouvrit en grand les fenêtres de son appartement. Même si la vue donnait sur les toits, il appréciait la perspective offerte à ses yeux. Surtout le calme qui régnait sur le centre-ville, ce qui était loin d'être le cas dans la journée. Il consulta sa montre : 5 h 30. Il avait le temps de faire un footing. Il ne fallait pas qu'il se relâche. La pratique du karaté exigeait une discipline de fer et un entraînement intensif. La course était la meilleure activité pour l'endurance et le défoulement. Après une bonne suée il réussissait, en règle générale, à se débarrasser de ses soucis et inquiétudes. On ne faisait pas mieux comme exutoire. Ça, la musique et les actions liées à sa mission de diacre. Les pierres angulaires de sa vie. Il s'était acheté une conduite. Terminé le jeu, même s'il lui devait l'achat de l'appartement qu'il occupait.

Il partit en direction du boulevard Henri IV et suivit les voies du tram en petites foulées. Il n'était pas seul à se livrer à ce genre d'exercice de bon matin. Il arrivait même à reconnaître certains mordus, comme lui, et ils se saluaient d'un bref signe de tête. Il aimait ces moments où la ville appartenait aux lève-tôt. Peu de voitures, juste quelques promeneurs sortant leurs chiens. Arrivé au rond-point d'Alco, il fit demi-tour, suivant toujours la piste parfois engazonnée. Il en profita pour faire le point. Il filerait directement à l'évêché. Il se renseignerait sur l'histoire de Maguelone, emprunterait divers bouquins et poserait quelques questions sur la confrérie du denier de Dieu.

Le père Turgot était présent à son poste quand il pénétra dans la bibliothèque. Homme de communication, courtois, grand connaisseur de l'âme humaine, il fit bon accueil au policier. En qualité d'historien du diocèse, il lui conta longuement les vicissitudes de Maguelone et lui présenta son domaine. La bibliothèque occupait deux niveaux. Au premier, sur cent mètres carrés se trouvaient les ouvrages de théologie, de droit canon, de l'histoire de l'église, etc. Ils grimpèrent la volée de marches conduisant au deuxième étage. La salle était plus grande de moitié et les volumes en lien avec l'histoire régionale envahissaient la totalité de l'espace. C'était cette partie-là qui intéressait Kevin.

Le père Turgot manoeuvra le volant actionnant l'ouverture de la porte blindée.

— Il fait froid, frissonna son invité.

— Quinze degrés en moyenne et des humidificateurs pour obtenir un taux d'hygrométrie optimum sont indispensables à une bonne conservation de nos documents. Que cherchez-vous en particulier ?

Normand réfléchit un instant avant de répondre.

— Des ouvrages qui me permettent d'apprendre l'histoire de Maguelone, depuis ses origines jusqu'à maintenant.

Le père Turgot lui présenta de la main deux rangées contenant plus d'une centaine de publications de toutes sortes.

— Vous n'avez que l'embarras du choix.

L'officier de police jeta son dévolu sur L'Histoire de Maguelone, en deux tomes, par Frédéric Fabrèges, puis sélectionna Maguelone prisonnière des sables de Jean-Baptiste Rihet-Boismery, avant de s'emparer de plusieurs documents traitant de l'architecture à proprement parler de la cathédrale.

— Avez-vous des livres rares ou précieux ? Le prêtre hésita un instant.

— Nos ouvrages les plus anciens sont du XIV$^{e}$ siècle, ceux qui ont le plus de valeur sont détenus par les archives départementales.

Kevin manifesta une certaine surprise.

— Vous ne gardez aucune copie ?

— Si, bien sûr, répondit l'archiviste, un large sourire illuminant son visage. Nous avons des doubles de tout ce qui a été cédé au département, que ce soit des recueils ou des bullaires[9]. Nous sommes en train de numériser nos archives. Nous avons déjà mis sur informatique deux cent cinquante mille documents et dix-sept mille ouvrages. D'ailleurs, nous cherchons des bras. De gens qualifiés et sûrs, évidemment.

Normand sentit bien là un appel du pied.

— Pourquoi pas ! s'enthousiasma-t-il.

Le diacre y voyait également une opportunité pour approfondir ses connaissances même s'il avait eu l'occasion d'étudier de près les écrits de Gérard de Cholvy sur l'histoire des diocèses de France. Quant au policier, il savait que l'histoire du diocèse de sa ville épousait étroitement, notamment plus on remontait dans le temps, l'histoire tout court, et que sa parfaite maîtrise était un plus. Ses dernières enquêtes l'attestaient[10].

Une question le taraudait toutefois. L'archiviste avait omis d'évoquer la célèbre salle obscure, ainsi dénommée car démunie de toute fenêtre. Il arbora un grand sourire avant de demander :

— Et la salle obscure, que contient-elle ?

Le père Turgot leva les bras au ciel.

— Je m'y attendais. Elle intéresse tout le monde. Son accès est réservé à un très, très petit nombre de religieux. Je suis toutefois le seul à posséder le

9. Recueil de bulles pontificales.

10. Voir : *Le Pont du Diable*, *Folies Meurtrières*.

badge électronique en permettant l'ouverture.

L'officier de police revint à la charge.

— Mais vous ne m'avez toujours pas dit ce qu'elle contenait ?

L'archiviste soupira, en se frottant les mains.

— Rien de bien intéressant. Les dossiers des ecclésiastiques, la correspondance avec le Saint-Siège, les lettres de certains grands personnages comme le cardinal de Cabrières, saint François de Sales, Dom Bosco, enfin toute l'histoire de notre diocèse au travers des siècles.

Normand tenta le tout pour le tout.

— Les legs et les dons faits à l'Église aussi, non ?

Le père Turgot fronça le sourcil, enleva les lunettes qu'il venait de chausser, souffla sur les verres, les nettoya au moyen de son mouchoir et les déposa sur une table, en regardant à nouveau fixement Kevin.

Il joue la montre, pensa ce dernier, qui enfonça le coin.

— Ceux de la confrérie du denier de Dieu y sont également consignés ?

L'archiviste qui cheminait à ce moment-là devant lui s'arrêta brusquement et darda, pour la première fois, un regard suspicieux sur son interlocuteur.

— Qui pose la question ? Le diacre ou le policier ?

Normand sentit que le vent tournait. Il préféra battre en retraite, pour l'instant.

— J'ai dernièrement eu une réunion avec certains

prêtres et entendu qu'ils en parlaient, entre eux, mentit-il.

— Ce sont des gens pleins de bonne volonté, d'une piété à toute épreuve, mais… plus proches des idées de monseigneur Lefebvre que de celles prônées par le Vatican. Ils ne sont pas réellement en odeur de sainteté, ici.

Normand n'ignorait pas qu'évoquer le prélat à l'origine de la création du séminaire international d'Écône et excommunié en 1988 était le plus sûr moyen de s'attirer l'ire de monseigneur Roncevot. Il se félicita d'avoir posé la question au père Turgot. Mais il voulait en savoir plus.

— Comment leur participation aux activités de notre diocèse se concrétise-t-elle ?

L'archiviste soupira, se massa les yeux, se leva et tourna le dos à l'officier de police. Tout en contemplant le petit jardin de l'évêché, il avoua :

— Vous touchez là le noeud du problème. Leur concours, notamment financier, à la vie de notre communauté est d'importance. Trop important pour qu'on puisse s'en passer et l'occulter d'un revers de la main, et trop gênant pour qu'on puisse en faire état. Je ne peux toutefois vous en dire plus. Je ne suis pas dans le secret des dieux, dit-il en indiquant le bureau de leur évêque de la main.

Kevin se tint coi, ayant malgré tout deviné que le prêtre mourait d'envie de se confesser.

Le père Turgot laissa s'écouler un long moment

pendant lequel il ne parla plus. Puis, il se rapprocha du policier et continua ses explications.

— Ils sont d'une rare exigence, contestant toutes les décisions prises par l'évêché. Rappelez-vous lorsque monseigneur a nommé pour la première fois, il y a quelques années, une laïque au conseil épiscopal ! Ce fut une tempête ! Une revue hebdomadaire a même évoqué cet épisode dans une série d'articles consacrée au vrai pouvoir des catholiques à Montpellier.

Tempête dans un verre d'eau, pour ne pas dire dans un bénitier, songea en souriant le policier qui avait lu le dossier de l'Express. Mais il se garda bien d'intervenir.

— Tempête encore lorsqu'on a accordé la possibilité de réaliser des concerts de musique sacrée, tempête toujours… enfin, bref. Avec ces gens-là, l'horizon est toujours très couvert. Quentin Martial a repris à son compte toutes les idées professées par les intégristes ou fondamentalistes. Il critique la récente liberté religieuse, le nouvel oecuménisme et dénonce les dérives de l'Église vers le modernisme. Enfin, vous n'êtes pas sans connaître les opinions des émules de monseigneur Lefebvre ?

— Tout à fait.

— Ne respectant pas l'orthodoxie du Vatican, ils n'ont pu obtenir leur propre lieu de culte, aussi se réunissent-ils dans cette ancienne chapelle du couvent des dominicains située au centre-ville, l'église

Saint-Matthieu. La messe y est dite en latin. Attention, elle est occupée par des traditionalistes, tout à fait acceptés, eux, par l'Église. Mais ils estiment que ce sont les plus proches de leur mode de pensée.

Puis, jugeant avoir été trop bavard, il congédia gentiment mais fermement son visiteur.

Kevin regagna son service. La matinée ne faisait que commencer.

— Ah ! lieutenant, on vous attendait. Si on allait poser quelques questions à l'archéologue en chef ? Elle est sur le terrain. Tout le monde nous verra arriver. Je parie que cela jasera dans les chaumières. Du travail en perspective !

Et, ce faisant, il porta sa main gauche à l'oreille de manière significative, indiquant que les téléphones allaient chauffer. D'où des écoutes fructueuses.

— Bonne idée, Bernard, mais faisons d'abord le point.

Patricia s'éclaircit la voix avant de prendre la parole.

— J'ai préféré effectuer moi-même la recherche, la somme de vingt-cinq mille euros retirée cinq mois avant son décès par Corrado a été virée au bénéfice de Capucine Vitulin.

Elle marqua un temps de pause et regarda ses deux collègues.

— Plus ennuyeux pour elle, d'après les mouvements de son compte elle est souvent à découvert et n'a pu la restituer. Était-ce un prêt à long terme... ?

— Peut-être... à perte de vue, suggéra, malicieux, son collègue.

Patricia ignora sa repartie et poursuivit.

— C'est un motif plausible. Après la jalousie, une question de fric ! Cela fait beaucoup pour une seule personne, non ?

L'officier réfléchissait. Ces deux facteurs faisaient effectivement partie des sempiternels mobiles à l'origine de nombreux méfaits. Mais était-ce suffisant ? Il n'était pas encore convaincu.

— J'ai également le listing des identifications des véhicules dont vous avez relevé les numéros. Du beau monde, apparemment. Personne n'est connu au fichier, on pouvait s'en douter. Pas mal de notabilités. Bernard ira à la préfecture récupérer des photos, proposa-t-elle d'une voix ferme.

Bernard se leva d'un bond, éleva rapidement sa main droite en signe de salut à la casquette qu'il ne portait pas, et lança un retentissant :

— Oui, chef ! Au fait, nous avons commencé à entendre les musiciens, précisa-t-il en posant une fesse sur le coin de la table de travail de son supérieur. Laurent Corrado s'est trouvé mal presque dès le début de la répétition. Il a fait un malaise. Immédiatement l'un des instrumentistes a fait appel au SAMU. Ils ont cru à une intoxication alimentaire, Laurent était friand de coquillages.

— C'est la confirmation de ce que l'on savait déjà.

Ils étaient nombreux ?

— Quinze, répondit la brigadière-chef Bonnaud. Ils ont continué de jouer. Bien qu'inquiets ils n'ont pas du tout imaginé que sa vie était en danger. Le concert a lieu en juillet comme chaque année et rassemble des gens en provenance d'horizons différents, d'où l'absolue nécessité de plusieurs répétitions.

L'officier de police opina de la tête. Il était bien placé pour savoir que toute prestation en public nécessitait de nombreuses heures d'entraînement. Alors là, interpréter au coeur de l'église de Maguelone des partitions de musique sacrée, il imaginait aisément le travail à fournir et les inquiétudes des uns et des autres.

— Et les écoutes téléphoniques, Bernard ?

— C'est fait. Il faut attendre et... prier, railla-t-il, qu'elles portent leurs fruits. Pour le moment tout le monde parle à tort et à travers. L'empoisonnement à cause d'une huître tient la corde, heureusement. On y va ?

Les policiers se dirigèrent directement à Lattes où ils savaient trouver Capucine. Elle discutait avec la chimiste. Ils s'éloignèrent avec elle pendant que le silence s'établissait dans la grande salle. Les regards des six personnes présentes étaient braqués vers eux. Ils s'isolèrent. Normand tritura le noeud de sa cravate un instant, avant d'ouvrir le feu.

— Deux jours avant son décès, avez-vous eu une

altercation avec Laurent Corrado ?

L'archéologue en chef faillit en perdre le mégot pendu au bord de ses lèvres.

— Qui vous a dit ça ? Pas du tout.

— Vous lui avez téléphoné plusieurs fois, et il a raccroché aussi sec, ne vous laissant pas le temps de parler.

Capucine haussa le ton.

— C'est n'importe quoi, pourquoi voulez-vous que je lui téléphone alors que je le vois régulièrement ! Il est tous les jours à mes côtés ! Qui vous a raconté ça ?

Normand ne répondit pas tout de suite, puis expliqua :

— L'analyse de vos communications téléphoniques le prouve.

Il lui en présenta le listing. Vitulin lui arracha littéralement des mains le document et le parcourut du regard.

— Ah, si je comprends bien vous écoutez mes conversations maintenant.

— On se contente, pour l'instant, de vérifier les appels arrivés sur le portable de Corrado, mentit le policier.

— Quelle est votre explication ? intervint Patricia.

Capucine Vitulin avait l'air troublé. En qualité de scientifique elle ne pouvait contester une telle preuve. Perplexe, elle baissa le ton et affirma :

— Je ne comprends pas. Je ne comprends pas. Je

ne suis pas folle tout de même ! Pourquoi voulez-vous que j'appelle par téléphone quelqu'un qui se trouve à quelques mètres de moi ! Cela n'a pas de sens !

Bernard s'approcha à son tour d'elle et insista.

— Ce qui n'a pas de sens c'est que vous contestiez une telle preuve. Pour une scientifique de formation, ce n'est pas très malin.

Son interlocutrice le regarda fixement. Ses traits se durcirent. Elle serra les poings, avant de répondre :

— Pensez ce que vous voulez, je n'en ai rien à foutre !

— Laurent Corrado vous avait prêté de l'argent ? s'enquit Kevin.

Les épaules de Capucine Vitulin s'affaissèrent. Ses yeux furent noyés de larmes en un instant. Les policiers retinrent leur respiration. Allait-elle avouer ? Mais elle se reprit, essuya d'un geste rageur son visage, haussa le menton en direction de celui qui l'interrogeait et fit face.

— Oui, c'est vrai. Et alors, est-ce un crime ? J'avais besoin d'argent pour faire soigner mon fils aux États-Unis. Il me l'avait proposé depuis longtemps, j'avais toujours refusé, mais là… je n'avais plus le choix.

— Vous le lui avez rendu ? demanda Kevin.

— Vous savez bien que non.

— Et comment avez-vous pris ses relations avec… ? interrogea Bernard en indiquant d'un geste de la tête Mélanie Cardonel en train de discuter avec la chimiste.

Vitulin haussa les épaules, chassa à nouveau les quelques larmes éparses sur son visage et lâcha d'un ton menaçant :

— Vous n'allez quand même pas imaginer que je puisse être à l'origine de sa mort, tout de même ! C'est de la folie. Laurent était un coureur de jupons. Nous avons eu une relation, je ne l'ai jamais caché. Elle s'est terminée. Point barre.

Et elle ponctua son affirmation d'un violent geste de la main.

— Et pour l'histoire du téléphone, comment expliquez-vous les appels ?

— Je n'en sais rien, je vous le jure ! Je ne l'ai jamais harcelé ! objecta-t-elle avec véhémence.

Capucine se tut un instant avant de reprendre :

— Mon portable reste dans ma sacoche, à proximité de l'endroit où nous travaillons, et il m'arrive de m'éloigner, vous avez vu comment cela se passe, non ? Quelqu'un a pu l'utiliser, lieutenant. Je n'ai pas d'autre explication.

Normand remercia son interlocutrice, et en compagnie de ses collègues se dirigea vers Mélanie Cardonel. Ils s'enfermèrent avec elle dans un petit bureau sous les regards mécontents des personnes présentes qui réconfortaient déjà Capucine Vitulin.

L'étudiante était âgée de vingt-sept ans. Sans dire un mot, elle le regarda fixement. Ses yeux noirs brillaient, sa silhouette était longue, souple, mais sans fragilité. Ses épaules étaient assez larges, ses bras musclés, peut-être à force de gratter la terre et de soulever des poids, et son cou portait un beau visage. Nettement plus jeune que Capucine.

— Quelles étaient vos relations avec Laurent Corrado ?

Avant de répondre, son regard se fixa un bref instant de l'autre côté de la cloison vitrée qui les séparait de son maître de stage. Cette dernière était toujours très entourée. Puis elle fit face à son interlocuteur.

— Au départ, lieutenant, nos rapports se cantonnaient à de simples échanges de travail. Puis, plus tard, après qu'il eut rompu, nous sommes devenus plus intimes.

— Cela n'a occasionné aucun problème, avec madame Vitulin ?

L'étudiante haussa les épaules.

— Aucun, absolument aucun, vous pouvez me croire. Elle n'est pas du tout comme cela. Et puis, leur histoire était terminée. Mais j'ai une question à vous poser. La rumeur fait maintenant état d'un empoisonnement volontaire d'un coquillage. Est-ce exact ?

Normand jeta un regard en coin à ses deux collègues, avant de satisfaire la curiosité de l'étudiante.

— Effectivement. Sa mort est consécutive à un empoisonnement volontaire.

Et il ne s'étendit pas plus longuement.

— Laurent vous avait-il fait part de craintes, de menaces reçues ?

— Non, je vous l'assure, rien de tel. Mais nous ne vivions pas ensemble, je ne le connaissais pas très bien. Il avait un côté… secret, parfois.

— Qu'entendez-vous par secret ? questionna Patricia.

Mélanie hésita un instant.

— Je sais, il me l'avait dit, qu'il appartenait à une association qui comptait beaucoup pour lui. Il ne m'a jamais donné plus de précisions, mais elle lui tenait à coeur. D'ailleurs, et elle étouffa un sanglot, la veille de sa mort il m'a confié être sur le point de faire une très importante communication officielle. Je me demande même…

Elle hésitait à poursuivre.

— Allez-y, l'encouragea Patricia. Toutes les informations sont précieuses même celles d'apparence les plus anodines.

— Je pense à une découverte d'importance dont il différait simplement l'annonce.

— D'ordre archéologique ? questionna le brigadier Roset.

Surprise, l'étudiante se tourna vers le policier.

— Bien évidemment.

Et elle se mit à pleurer.

— Et dire qu'il ne devait pas être présent ce jour-là, précisa-t-elle, regardant l'officier entre deux sanglots.

— Ah bon ! Pourquoi ? s'enquit Kevin.

Mélanie essuya ses yeux avec un mouchoir en papier extirpé de sa poche avant de répondre :

— Capucine lui avait demandé de venir. Elle voulait lui parler. Mais elle était absente ce jour-là, précisa-t-elle, en haussant les épaules. Je n'en sais pas plus.

Les enquêteurs réalisèrent qu'ils n'obtiendraient plus rien d'elle. Aussi décidèrent-ils de se retirer.

La salle ne contenait maintenant pas moins d'une vingtaine de personnes. L'atmosphère était tendue et les reproches muets lancés en direction des trois limiers du SRPJ étaient palpables. Ils rejoignirent leur véhicule. Tout en prenant le volant et en faisant vrombir le moteur Bernard ne put s'empêcher de suggérer à son supérieur :

— On a des billes pour interpeller Capucine. La jalousie, la dette contractée, les appels téléphoniques pour lesquels elle donne une explication bidon... Et maintenant on sait qu'elle est à l'origine de la présence de Corrado le jour de son empoisonnement ! On devrait la serrer, chef, déclara-t-il en coupant le contact.

Normand réfléchissait. Effectivement, ces éléments justifiaient son interpellation. Seul bémol, mais de taille, elle était absente ce jour-là. Apparemment du moins. Il soupira. Oui, le juge d'instruction la mettrait même en examen. Là était le problème, justement. À partir de ce moment, ils ne pourraient plus l'interroger et son avocat aurait accès au dossier. Or, combien de fois les enquêteurs avaient-ils pâti de cette précipitation due à un emballement excessif ou à l'intervention de la hiérarchie désireuse de calmer la pression médiatique. Non, il valait mieux attendre. Elle ne prendrait pas la fuite. Sans répondre, il leva la main droite et indiqua la direction de Montpellier. En soupirant, Bernard obtempéra.

Kevin avait décidé de rendre compte à son supérieur et d'aller ensuite rencontrer le juge Degas. Il n'oubliait pas que, s'il était précieux pour les policiers de pouvoir interroger l'archéologue en chef, il n'en restait pas moins vrai que l'accumulation d'indices contre elle justifiait sa mise en examen. Ne pas le faire était de nature à violer les droits de la défense. Il soupira. Sa marge de manoeuvre était étroite. Le plus simple était de s'en remettre au magistrat. Susceptible, il aimait être informé régulièrement de l'avancée des enquêtes confiées à la PJ.

Charlotte avait les yeux rougis à force de scruter l'écran de son ordinateur. Elle avait passé en revue toutes les archives numérisées de son journal ainsi qu'une banque de données alimentée par plusieurs autres quotidiens. Elle regarda la liste des cinq noms sélectionnés. Elle était sceptique quant au résultat obtenu, mais elle ne pouvait rien faire de plus en l'absence de données sur le sexe et l'âge de la personne réduite à l'état de squelette.

Elle tambourina avec ses doigts sur sa table de travail. Elle contacterait Kevin. Il avait promis de la tuyauter. Mais elle doutait qu'en si peu de temps il ait pu recueillir beaucoup de précisions. Elle se concentra et eut une idée. Elle attrapa d'un geste vif le combiné de son téléphone et appela son flic de frère. Après tout, cette information ne lui coûterait rien. Quelques minutes après elle raccrochait en le remerciant. Après quoi elle se leva, et en chantonnant alla voir son rédacteur en chef pour lui proposer un reportage sur le morphing. Elle avait une petite idée.

En se frottant les mains, elle quitta son bureau. Le convaincre avait été un détail. En attendant de mettre son projet à exécution, elle décida de se rendre au département Occitanie de la médiathèque Émile Zola. Si elle ne possédait pas de plaque de police, elle savait que sa carte de presse pouvait se révéler un sésame tout aussi puissant.

Sur place, elle discuta longuement avec Guy, responsable du service et véritable encyclopédie vivante sur les sujets touchants à la région. Elle le quitta au bout d'une heure, emportant avec elle une dizaine d'ouvrages sur Maguelone.

## 11

Kevin avait mal dormi. La pratique du karaté le soir ne lui valait rien. Elle l'empêchait de trouver le sommeil. Il se leva et se regarda dans la glace. Il grimaça. Il n'avait pu éviter un coup de poing, trop appuyé, de son partenaire et il avait maintenant un magnifique coquard. Et douloureux en plus.

Il se remémora, en frémissant, la discussion de la veille avec le juge Degas. Pas question d'obtenir des surveillances téléphoniques pour les membres de la confrérie du denier de Dieu, association déclarée en préfecture, et il avait insisté sur ces mots. Le fait de se réunir ne constituait pas une infraction et il avait renvoyé l'officier de police à une lecture plus attentive du code de procédure pénale. Maigre compensation, il n'avait pas non plus jugé utile de mettre Capucine Vitulin en examen et n'était pas revenu sur sa décision d'autoriser les écoutes de Martial, mais en sa qualité de secrétaire général des Compagnons de Maguelone. Quant à l'étrange promenade de ce dernier et son rendez-vous avec un individu sur un magnifique yacht, Kevin l'avait relaté, en insistant sur la façon très particulière avec laquelle il avait déjoué une éventuelle filature. Du moins essayé. Le magistrat hocha la tête mais ne fit aucun commentaire particulier.

Mais la suite de leur conversation avait été plus grave de conséquences.

— Cette affaire doit trouver une issue rapide, avait ordonné, en le fixant, le juge.

Rien de nouveau sous le soleil, songea le lieutenant. Il était rare qu'il entende un autre son de cloche.

— Je ne sais pas si je me fais bien comprendre, monsieur Normand ?

L'officier le rassura.

— Si, si, tout à fait. Mais nous n'avons aucun suspect en vue.

Degas dévisageait toujours étrangement le limier de la PJ. Un petit sourire en coin ourla la commissure droite de ses lèvres lorsqu'il prononça en articulant :

— Moi, j'en ai un.

Et devant le froncement des sourcils de son interlocuteur, il précisa sa pensée.

— La personne qui a donné l'hostie alors qu'elle ne devait pas être présente ce jour-là, celle qui a soigneusement effacé les empreintes sur le ciboire, et celle à qui on a fort maladroitement, à mon avis, confié l'enquête.

Un long silence ponctua sa déclaration. Comment interpréter la remarque du magistrat ? Il savait ce dernier pince-sans-rire, mais ne pouvait occulter totalement le bien-fondé de son analyse. Il déglutit et sentit une boule se former au fond de son estomac.

Le juge d'instruction se leva, mettant ainsi un terme à leur entretien, tout en réitérant sa menace.

— C'est pour cela que l'enquête doit aboutir, et vite. Sinon je serai obligé de vous notifier une mise en examen.

Et il tendit la main au policier, le congédiant.

Vite, faire vite, trouver vite une conclusion, c'était toujours la même antienne. Surtout chez ceux qui passaient leur temps le cul sur leur chaise. Il soupira et prit un rapide petit déjeuner tout en laissant vagabonder son regard sur les toits des immeubles environnants. S'il ne pouvait distinguer l'église Saint-Matthieu, il devinait avec assez d'exactitude sa position. Il se promit d'y faire un saut, ne serait-ce qu'en simple fidèle désireux d'assister à la messe. Ce matin, à la demande de Degas, il allait à Lyon.

Dans le cadre de la découverte du squelette, le parquet avait finalement ouvert une information pour homicide volontaire et l'affaire avait été également confiée au même juge. Non pas par anticipation d'un dénominateur commun, mais tout simplement parce qu'il était de permanence cette semaine-là. Cela ne préjugeait en rien des suites à venir, mais la saisine d'un magistrat instructeur simplifiait les investigations à conduire. Celles diligentées suite à la procédure de recherche des causes de la mort limitaient singulièrement les pouvoirs des policiers.

L'ordonnance du juge avait saisi le L2AP ou laboratoire d'anthropologie anatomique et de paléopathologie de Lyon, qui s'était fait connaître comme un des pôles français de l'anthropologie judiciaire d'identification. Il était à l'origine de la première identification judiciaire en France par reconstitution du visage. Elle remontait à une vingtaine d'années.

Normand stationna son véhicule sur un parking à l'intérieur de l'université, grimpa les escaliers conduisant au quatrième étage de la faculté de médecine Rockefeller et suivit les indications portant la mention : EAJI (équipe d'anthropologie judiciaire d'identification ).

Il frappa à la porte du laboratoire et y pénétra sur l'invitation d'un puissant « Entrez ! » lancé depuis l'intérieur.

La pièce était de grande dimension et bien éclairée par une immense fenêtre dont l'aspect était en totale adéquation avec l'ancienneté du bâtiment universitaire où se situait le labo. Les murs, des deux côtés, présentaient un amoncellement hétéroclite de cartons allant du sol au plafond, portant chacun une indication quant au contenu (sépulture n°, une date, et une localisation). Manifestement, pensa Normand, le travail ne devait pas manquer !

Au centre, sur une longue table rectangulaire recouverte de mélamine blanche, et sous les faisceaux d'un important éclairage, il devina le squelette. Deux experts l'examinaient. Le docteur Louis Rousseau, la cinquantaine épanouie, de forte corpulence, chauve, s'avança et lui fit bon accueil. Son assistante lui tournait toujours le dos et prenait des notes.

— Bonjour lieutenant.

Et il marqua un temps d'hésitation en s'attardant brièvement sur l'oeil droit de son visiteur.

— Venez, rapprochez-vous de la table. Je vous attendais. Ah ! il faut que je vous présente…

L'officier de police n'entendit pas la suite des propos de l'expert judiciaire. Il était figé comme une statue, la bouche grande ouverte.

— Bon sang ! Il a dû couper son téléphone, râla Patricia en raccrochant rageusement.

Elle regarda Bernard en grimaçant. La balise positionnée sous la C5 du secrétaire général signalait le véhicule s'éloignant de Montpellier. Bernard avait paramétré le logiciel pour que son déplacement en dehors de l'agglomération soit annoncé par une succession de bips sur son téléphone. Heureusement, la technologie évoluait et les enquêteurs ne restaient plus coincés derrière l'écran de l'ordinateur afin de suivre toutes les évolutions des véhicules. Elles étaient enregistrées et consultables par la suite. On pouvait maintenant sélectionner plusieurs types d'alertes.

En accord avec Kevin le brigadier avait choisi d'être alerté immédiatement si le véhicule s'éloignait de plus de cinq kilomètres de la ville. Avec Patricia il s'était alors précipité dans la pièce dévolue aux écoutes. Une seule phrase était digne d'intérêt.

— « Bien, j'y vais. Je me servirai de la somme pour l'acheter. »

La conversation pour laconique qu'elle soit expliquait le départ. Pour les enquêteurs c'était l'occasion de connaître la nature des transactions de Quentin. Un grand pas en avant. Et tout cela, sous l'égide d'une association déclarée en préfecture, puisque l'interlocuteur avait été identifié comme l'adjoint du secrétaire général ! Pas mal. Décidément, il cachait bien son jeu, se dit Patricia.

Elle prit tout de suite sa décision et, son collègue au volant, ils s'engagèrent sur l'autoroute en direction de Nîmes. Même si la C5 avait de l'avance sur eux, pas moins de quarante kilomètres maintenant, ils avaient un avantage. Ils n'étaient pas assujettis aux limitations de vitesse. Très rapidement la Ford Mondéo réduisit l'écart.

La flèche sur l'écran de l'ordinateur posé sur les genoux de Patricia indiquait la C5 à moins de trois kilomètres à présent.

— Ralentis ! S'il refait le coup de l'autre fois il est capable de stopper au bord de la route et il nous verra passer.

Bernard obtempéra. Il ne se laisserait avoir par

ce gars. Même pas fiché au grand banditisme. Un comble.

— Attention ! Il quitte l'autoroute à Valence, pour filer en direction de Grenoble. Gaffe !

— Bon Dieu, il va nous conduire jusqu'où ? Il faut que je m'arrête pour prendre de l'essence, sinon on tombera en rade.

Patricia soupira, mais ne fit aucune remarque. Ils n'avaient pu anticiper la traque. Elle en profiterait pour changer les plaques d'immatriculation. Quelques minutes après elle en apposa un jeu en 69. Si jamais le secrétaire général les croisait son attention ne serait pas attirée par un véhicule en 34. Bernard reprit l'autoroute et rattrapa rapidement son retard.

— Pourvu qu'il n'aille pas en Suisse ! dit-il en se tournant vers sa collègue.

Patricia hésita un instant, puis lâcha :

— On le suit. On verra bien.

Quelques minutes après ils passaient sous le panneau indiquant « Aix-les-Bains, Annecy, Genève ». Patricia consulta sa montre. Plus de trois heures trente qu'ils avaient quitté Montpellier et parcouru pas loin de quatre cents kilomètres. Elle était inquiète et s'agitait sur son siège.

— Je te l'ai dit, il va en Suisse. Que fait-on ?

Patricia ôta le bandeau lui retenant les cheveux. Il lui comprimait le crâne et elle avait mal à la tête. Elle secoua sa courte chevelure comme pour se libérer de la douleur et haussa les épaules avant de répondre :

— Continue, on avisera.

Bernard hocha la tête. Après tout, il l'avait prévenue, puisqu'elle aimait jouer au chef, qu'elle prenne ses patins.

Tout à coup, elle nota un changement de direction.

— Il sort de l'autoroute. Il prend la sortie d'Annecy, constata-t-elle en poussant un long soupir de soulagement. Rapproche-toi maintenant, il ne faut pas le paumer.

Elle savait pouvoir retrouver la Citroën sans aucun problème grâce au traqueur, mais à quoi servait une filoche si on ne pouvait suivre le conducteur… !

— Attention, la voiture s'est arrêtée. Vas-y, fonce, fonce, on va le perdre !

— Là, cria Bernard en indiquant de la main Quentin Martial qui traversait une place.

Il se gara sur un trottoir et se lancèrent à sa poursuite. Faire quatre cents bornes et le paumer maintenant, pas question.

— Tu vois, grimaça Patricia en notant que Martial s'arrêtait à plusieurs reprises, revenait sur ses pas et repartait.

Ils marchaient heureusement de l'autre côté du trottoir, plusieurs mètres devant lui. La meilleure des filatures consistait à précéder sa cible. Évidemment, il fallait être plusieurs pour tenir la distance. Là, ils se débrouilleraient.

— Drôle d'oiseau, approuva son collègue. Ça, c'est le comportement de quelqu'un qui a quelque chose à se reprocher. Je me demande bien ce qu'il transporte dans sa mallette. Du pognon, tu ne crois pas ?

Il ne laissa pas à sa collègue le loisir de répondre.

— Attention !

Il la maintint par le bras et ils s'arrêtèrent devant une vitrine de vêtements pour enfants. Sans se retourner, dans le reflet de la vitre, ils virent le secrétaire général des Compagnons de Maguelone s'engouffrer dans un immeuble moderne.

Cinq minutes passèrent. Patricia pénétra seule dans le hall. Derrière la banque se trouvait un vigile qui ne la quittait pas des yeux. Elle se dirigea calmement vers les nombreuses plaques de sociétés apposées près des ascenseurs et prit quelques notes. Elle ressortit sous le regard curieux de l'employé de sécurité. Trop risqué de lui poser des questions immédiatement. Elle avait noté la présence de caméras. Elle briefa Bernard qui l'attendait de l'autre côté de l'avenue, puis prit son téléphone et appela ses collègues de l'antenne PJ d'Annecy pour solliciter leur aide.

Peu de temps après deux enquêteurs se présentèrent à eux. Elle leur expliqua brièvement le motif de leur présence.

— On veut savoir qui il a rencontré, s'il vient souvent, etc. Démerdez-vous, lança-t-elle, d'un ton lapidaire.

— OK, répondit le major.

— Surtout que personne ne sache que vous agissez à notre demande !

La discrétion conditionnait bien souvent le succès d'une enquête. On ne pouvait exclure que le vigile appointé par les sociétés s'empresse de faire part de la visite des flics. Donc, prudence.

Moins d'une heure après Quentin Martial ressortait. Il avait toujours son attaché-case à la main.

— C'est lui ! indiqua Bernard tout en se retournant pour ne pas se faire retapisser.

Les policiers d'Annecy regardèrent attentivement leur cible.

— On reste en stand-by pour l'instant. On laisse passer un quart d'heure et on rentre dans l'immeuble. Dès qu'on a l'info, on vous appelle.

Les enquêteurs montpelliérains reprirent leur filature, Quentin Martial ayant regagné sa voiture et roula en direction du sud.

Patricia avait une idée. Avant même de quitter Annecy, elle contacta les services de douane de Lyon. Elle se présenta et demanda à ce qu'un contrôle soit opéré sur la berline, au péage de Lyon. Il fallait laisser aux douaniers le temps de mettre en place le dispositif, qui devait à tout prix apparaître comme une opération de routine. L'interpellation ne s'effectuant ni à Montpellier ni à Annecy, celui qui en serait l'objet n'avait aucune raison de se sentir visé. Enfin, on pouvait l'espérer.

Un inconvénient toutefois. Si la fouille s'avérait

positive c'était la PJ de Lyon qui serait saisie. Et si l'affaire se révélait très importante, il y aurait des difficultés pour récupérer le dossier. Mais, ça, c'était le problème de son directeur, songea-t-elle. Il s'arrangerait avec son homologue, chef du SRPJ de Lyon.

Les douaniers avaient bien fait les choses. Seules trois gares de péage étaient ouvertes. Quand le véhicule piloté par Bernard se présenta, Quentin Martial était déjà à côté de sa C5, garé avec plusieurs autres automobilistes. Pour leur part ils continuèrent leur chemin, espérant un coup de fil. Il ne se fit pas attendre. Ils étaient stationnés sur la première aire de repos rencontrée lorsque le chef du contrôle les contacta.

— RAS. Il n'y avait absolument rien d'intéressant, avoua le gabelou à l'enquêtrice de la PJ.

Patricia secoua la tête de dépit.

— Et dans la mallette ?

— Des papiers, en fait des plans. Devinez de quoi ? Je vous le donne en mille… D'une cloche ! Voilà, désolé. On maintient le dispositif une petite heure encore et on se retire.

La brigadière-chef remercia son interlocuteur et referma rageusement le clapet de son téléphone. Mais était-ce vraiment un coup pour rien, comme le lui susurrait gentiment Bernard, lui faisant comprendre par là que s'il avait eu la responsabilité de l'opération il l'aurait fait contrôler avant son arrivée à destination ? Pas évident du tout. Elle cogitait. Et si, grâce au fric remis par un ressortissant de l'émirat d'Abu Dhabi, le responsable de la confrérie du denier de Dieu venait de commander une cloche ? Pourquoi pas ! Pourquoi rester dans l'optique d'un trafic de stups ou d'un blanchiment d'argent ? Parce que c'était leur domaine de prédilection ? Cette enquête était particulière à plus d'un titre et il n'y avait rien d'étonnant si les comportements des protagonistes sortaient de l'ordinaire. Une fois de plus elle regretta l'absence de son supérieur.

— C'est nouveau ça, lança goguenard son collègue à qui elle venait de confier son hypothèse. L'Église réduite à utiliser l'argent d'un musulman, pour acheter une cloche !

Patricia se contenta de hausser les épaules.

— On demandera à Kevin. Il aura peut-être une explication à nous fournir. Il est dans les petits papiers de l'évêché, non ?

Radieuse, Charlotte Dumoulin s'avança et lui tendit le bras. Kevin fit un gros effort pour se reprendre et masquer au mieux sa stupéfaction. Il serra la main offerte en se tournant vers le médecin.

— C'est une journaliste. Elle est chargée d'effectuer un reportage pour son journal.

Charlotte expliqua, tout en jetant, elle aussi, un rapide coup d'oeil aux magnifiques couleurs du coquard du limier de la PJ :

— Oui, l'agglomération de Montpellier a décidé de monter un colloque autour de la police scientifique et du roman policier, et mon rédacteur en chef m'a demandé de rédiger un papier sur le morphing.

Et, sans attendre de réaction du policier, elle lui tourna ostensiblement le dos, prenant des clichés photo.

Le spécialiste avait bien noté la surprise de l'officier de police. Il crut bon de lui préciser qu'absolument aucune indication permettant de localiser le lieu ou les circonstances de la découverte de l'objet de son étude n'avait été fournie.

Les présentations terminées, le docteur Rousseau ajusta sa blouse blanche, chaussa ses lunettes et commença ses explications.

— Voilà tout ce qui reste d'un individu.

Kevin ne releva pas, mais il n'était pas du tout convaincu que l'être humain se réduise à une simple addition d'os et de tissus. Mais l'heure n'était pas à la polémique et il laissa le maître des lieux poursuivre.

— L'ordonnance du magistrat instructeur nous demande de procéder à l'identification du cadavre. L'autopsie a déjà été réalisée par nos confrères de l'institut médico-légal, mais rien de particulier n'a été relevé. Aucune trace de projectile, un simple enfoncement de la boîte crânienne. C'est exactement le cas où l'examen anthropologique devient indispensable et en quelque sorte décisif pour les suites de votre enquête.

Il s'interrompit un instant, ajustant ses lunettes sur l'arête de son nez, avant de reprendre.

— Je vous parlais d'identification, c'est-à-dire de retrouver les références sociales, administratives qui permettent d'identifier le sujet de son vivant au sein du groupe auquel il appartenait.

Kevin, déjà briefé par Claire Fonola, avança.

— Recherche de la race, du sexe, de l'âge et de la taille, n'est-ce pas ?

— Tout à fait, reconnut le médecin.

Il ajouta aussitôt, en passant sa main droite sur son crâne comme pour en discipliner une chevelure depuis longtemps disparue :

— J'aurais une petite remarque à vous faire. Vous avez employé le terme de « race ». Il faut l'éviter, sous peine que des esprits chagrins, et Dieu sait qu'ils sont nombreux, vous traitent de raciste ! Depuis quelques années j'utilise le terme de « phénotype cutané », à la fois dans mes expertises et bien sûr dans mon enseignement.

Le scientifique secoua la tête de droite à gauche, regrettant manifestement le recours à des artifices de langage peu en rapport avec la science. Puis, il reprit.

— Pour en revenir à notre bonhomme nous ignorons complètement qui il est. Apparemment il ne se réclame d'aucuns sujets à l'identité connue et ayant disparus sans laisser de traces. C'est bien cela ?

Et il se tourna vers le policier le regardant par-dessus les verres de ses lunettes.

Bien que surpris de la formulation, Normand acquiesça de la tête.

— C'est pour cela que j'ai autorisé mademoiselle Dumoulin à être présente aujourd'hui. D'ailleurs, sa visite était programmée avant que vous ne me téléphoniez pour m'aviser de la vôtre, crut-il utile de préciser, ayant deviné l'embarras de l'enquêteur. Tout d'abord, examinons le crâne.

Il invita de la main ses élèves, car manifestement c'était l'enseignant qui parlait, à se rapprocher tout près de la table.

— Vous pouvez remarquer les bourrelets assez volumineux au-dessus des orbites, le frontal non bombé et les mastoïdes volumineuses. En ce qui concerne le reste du squelette, le bassin étroit, les fémurs longs et robustes – et il indiqua de son doigt ganté les parties évoquées – sont caractéristiques de celles d'un homme. Le squelette mesure… commença-t-il en portant son regard sur la règle incluse sur la droite de la table, un mètre soixante-dix-huit. Le sujet est leucoderme c'est-à-dire de race blanche, si on se base sur l'ouverture nasale étroite avec un rebord inférieur aigu, affirma-t-il d'un ton péremptoire, et son âge doit se situer autour de la trentaine, ainsi que semble l'indiquer la suture sagittale.

Puis il se tourna à nouveau vers ses interlocuteurs, pour leur asséner une évidence.

— C'est celle qui parcourt le sommet du crâne d'avant en arrière. Vous constatez aisément que par endroits elle commence à se souder !

Normand s'éclaircit la voix.

— Et le décès remonte à combien de temps ?

Le médecin se gratta la tête, leva les yeux au ciel pour se livrer à un rapide calcul que l'on put presque suivre sur ses lèvres.

— Je dirais à environ deux ans. En effet la surface des os est nette et les rares téguments qui y restent attachés sont très secs. Une particularité : il était gaucher.

Et il enleva ses lunettes en fixant ses interlocuteurs comme s'il attendait une confirmation à sa remarque.

Charlotte ouvrit grand les yeux en observant Kevin, qui ne put, à son tour, qu'exprimer une moue d'interrogation.

— Regardez, il est évident que les os de son poignet gauche sont légèrement plus gros.

Charlotte et Kevin se penchèrent et examinèrent avec plus d'attention ce qui paraissait être une évidence. Ils hochèrent la tête en signe d'assentiment, tout en se jetant un regard en coin. La différence n'était pas si probante que ça pour un néophyte.

— Cette différence de musculature est révélatrice d'un usage plus fréquent de cette main. La mort a été vraisemblablement consécutive à un enfoncement de la boîte crânienne, comme vous pouvez le noter. Aussi, nous avons reconstitué totalement sa courbure d'origine, grâce à un double système d'arceaux métalliques, et l'espace ainsi réalisé a alors été rempli de pâte. L'ouverture nasale a été affinée.

Il leva les yeux du squelette et regarda ses deux visiteurs afin de s'assurer qu'ils suivaient. Seul le crissement du stylo de Charlotte rompait le silence. Elle était trop occupée à prendre des notes pour répondre. Le policier, pour sa part, n'y voyait aucun intérêt, se sachant destinataire d'un compte rendu écrit bien plus précis.

— Les ouvertures orbitaires ont été également reconstituées avec plus de précision en fonction de leur base osseuse résiduelle.

Le docteur Rousseau attendit encore quelques secondes que la journaliste termine sa page d'écriture avant de lancer :

— Suivez-moi !

Ils se dirigèrent vers un ordinateur coincé dans un angle de la pièce, sur un bureau surchargé de documents.

L'expert s'éclaircit la voix, récupéra ses lunettes et joua avec en expliquant :

— Nous avons dressé des tables de mesure qui donnent la densité des tissus et des muscles, selon leur place sur le crâne, l'âge du sujet et sa race. Nous ne sommes pas à l'origine de ces travaux, crut-il bon de préciser par honnêteté intellectuelle, puisqu'ils datent de 1953, mais nous avons considérablement perfectionné la méthode. Jusqu'à présent la reconstitution en trois dimensions faisait appel à une technique de sculpture à base d'argile prenant en compte l'épaisseur moyenne des tissus. D'ailleurs, et il se tourna successivement vers ses deux invités, cette façon de faire n'est pas tout à fait abandonnée. Mais, les progrès de l'informatique sont tels qu'elle a pris le relais dans les années 90.

Louis Rousseau cliqua à plusieurs reprises sur les touches du clavier de son ordinateur, pesta une fois ou deux, car le téléchargement du programme informatique appelé ramait, puis respira bruyamment, soulagé.

— Nous avons créé un logiciel de reconstitution faciale. Il a mesuré la densité des tissus et des muscles sur douze points anatomiques du crâne à partir du scannage de soixante-quinze visages vivants, et élaboré des tables de calcul uniques en Europe.

Il prit du recul et laissa à ses visiteurs, notamment à Charlotte Dumoulin, le temps d'apprécier l'importance de la contribution de son équipe. Un peu de publicité était de nature à augmenter de façon significative les crédits trop chichement octroyés à ses yeux. Il ne devait rien négliger.

— Regardez bien. Je vais vous présenter les diverses étapes de notre démarche. Du moins un raccourci. Tout d'abord, nous avons numérisé le crâne en 2D et sur chaque point le logiciel positionne les tissus sur une épaisseur moyenne, et une maximale.

Kevin et Charlotte suivaient avec curiosité les nouvelles formes se matérialisant sur l'écran. À chaque clic de souris, un visage humain apparaissait, s'étirait, se tordait, se déformait pour épouser parfaitement le contour de la tête. Le lieutenant de police se passa instinctivement la main sur le visage comme s'il en ressentait une douleur.

— C'est la phase de morphing, précisa le chercheur. Il ne nous reste plus qu'à rajouter des éléments sociaux, cheveux, barbe, moustache. Nous avons donc établi six portraits-robots différents…

Et tel un magicien qui sort un lapin de son chapeau, il présenta à ses invités les documents en question. Kevin s'empara des feuillets et les consulta longuement. Il était conscient d'avoir assisté à une renaissance, conséquence fabuleuse du génie humain, mais en même temps le résultat obtenu le laissait perplexe. Pas d'humanité, il n'y avait aucune étincelle de vie. Cela le rasséréna. Non, un homme ne pouvait être réduit à une simple juxtaposition de pixels. Le médecin devina la déception du policier.

— La reconstitution faciale n'offre souvent qu'une représentation approximative, subjective et aléatoire, mais l'expérience prouve, je vous l'assure, et il insista, que nos travaux sont probants.

Il fit une pause, avant de poursuivre :

— Même un portrait a priori peu ressemblant peut proposer des expressions ou des signes familiers qui éveilleront l'attention des proches du disparu. Il ne vous reste plus qu'à demander une diffusion à la presse, suggéra-t-il en regardant la journaliste.

Cette dernière prit immédiatement la parole, afin de dissiper les craintes de l'enquêteur de la PJ.

— Je ne suis là que pour mon reportage.

Kevin en fut rassuré. Il avait toutefois une question sur le bout de la langue.

— Est-ce également le procédé employé pour accélérer les effets du vieillissement ?

— Tout à fait. Ces techniques informatiques sont régulièrement utilisées en sens chronologique inverse pour vieillir des visages et relancer des enquêtes.

La journaliste et le policier quittèrent ensemble le responsable du labo. Charlotte qui n'oubliait pas les promesses du policier, le questionna.

— Et l'enquête ?

Le lieutenant lui brossa un rapide compte rendu évoquant la mystérieuse confrérie du denier de Dieu, mais passa sous silence la visite du secrétaire général à La Grande-Motte. Il s'abstint de lui demander des précisions sur sa présence à Lyon, ne voulant pas lui faire ce plaisir, ayant deviné là la probable intervention d'un de ses frères. Peut-être même celle d'Alain, son collègue de promo.

— Vous ne me déposeriez pas à la gare ? Je suis venue en train…

Kevin lui répondit par l'affirmative, tout en lui proposant :

— Vous n'avez pas faim ? Il est 17 heures, et en ce qui me concerne je n'ai pas déjeuné.

— Moi non plus, mais... – et elle consulta sa montre – mon TGV part dans trente minutes.

Le lieutenant réfléchit un instant et proposa :

— Je peux vous ramener à Montpellier ? Sauf si vous avez un autre rendez-vous.

Charlotte n'hésita pas longtemps et accepta. Elle aurait ainsi le temps de le cuisiner plus longuement. Ils s'arrêtèrent à la sortie de Lyon dans un bistrot qui proposait des repas à toute heure. La conversation roula sur l'activité de Charlotte et son intégration à l'équipe de son journal. Elle ne manqua pas d'interroger Kevin sur son magnifique coquard et fut surprise de savoir qu'il avait été vice-champion de France police de karaté. Alors qu'ils terminaient leur collation, Kevin saisit son téléphone portable. Il avait la fâcheuse habitude de le couper et d'omettre de le rallumer. La sonnerie le fit sursauter. Il décrocha.

— Oui.

— C'est Alain.

Kevin se tourna vers sa voisine.

— Incroyable ! Je suis avec ta soeur.

— À Lyon ?

Normand esquissa un sourire. Ainsi, il ne s'était pas trompé, elle avait eu l'info par son frère.

— Oui, à Lyon.

Et il fixa Charlotte, qui devinant le nom de son

interlocuteur sourit à son tour. Les deux officiers étaient des collègues de promotion et se fréquentaient lorsque Normand avait débuté sa carrière à Paris au sein de la section courses et jeux appartenant alors aux renseignements généraux. Avec la réforme, ce service était passé sous la tutelle de la PJ. Alain avait choisi une affectation à la direction centrale du Renseignement intérieur[11]. Il était membre d'une unité s'occupant des affaires réservées ou sensibles.

— Je t'appelle suite à votre demande à Interpol.

Kevin serra les dents tout en regardant sa voisine de table. Zut, il n'avait pas parlé de cette piste à la soeur de ce dernier et craignait qu'au travers des propos qu'ils allaient échanger elle le devine. Charlotte nota l'embarras du policier et se leva, en précisant :

— Je vais aux toilettes et je reviens.

— Ce yacht a déjà attiré notre attention, poursuivait Alain. En réalité ce sont les Américains qui nous ont refilé l'info.

Normand savait que depuis les attentats contre les tours jumelles, la CIA multipliait les surveillances tous azimuts.

— L'International Export Compagny, société bidon, a son siège dans un paradis fiscal et est en

11. Service regroupant la DST (contre espionnage) et une partie de l'ancien service des renseignements généraux.

réalité aux mains de certains membres dissidents de la famille régnante d'Abu Dhabi. La dénomination à consonance anglo-saxonne est là juste pour noyer le poisson. Les Ricains soupçonnent les armateurs de participer au financement du terrorisme, d'être une des courroies de transmission d'Al-Qaida. Tu me suis ?

Normand suivait. Il réfléchissait à toute vitesse. Il y avait bel et bien un dénominateur commun entre la compagnie propriétaire du navire et Quentin Martial. La religion. Certes pas la même, loin de là, mais la religion quand même. Se pouvait-il qu'une alliance contre nature ait pu être établie ? Incroyable !

— Tu te doutes que ta demande nous intéresse ?

Kevin s'en doutait effectivement.

— Ton patron va recevoir un coup de fil du nôtre. On prend le relais sur cette affaire et, ajouta-t-il devinant les objections à venir de son ami, tu gardes ton enquête bien évidemment, elle ne nous concerne pas. Je descendrai bientôt voir ma frangine, tu le lui dis, je suis pressé. Salut.

Normand raccrocha. Il nota alors la présence de plusieurs appels en absence. Il les écouta. C'était Patricia lui indiquant qu'ils filochaient Martial. Il consulta sa montre et hésita. S'il l'appelait maintenant il n'aurait pas le temps de discuter, Charlotte allait revenir. Cela pouvait attendre. Il lui faisait confiance.

Le retour en voiture ne fut pas aussi chaleureux que prévu. Un autre service allait empiéter sur ses plates-bandes. Ce n'était jamais très bon. Des complications en perspective. Perdu dans ses pensées, il fut interrompu par Charlotte.

— Si vous me communiquez votre numéro de téléphone, je pourrais vous joindre ! lui proposa-t-elle, ironique.

Elle était quand même surprise. Pour que Kevin ne lui fasse pas la conversation, c'est qu'il devait être particulièrement préoccupé. Se pouvait-il que son frère lui ait donné une info d'importance ? Il n'y avait pas d'autre explication. Elle savait qu'il appartenait aux services secrets et redoutait son mutisme. Surtout si les renseignements transmis à la PJ étaient de son domaine de compétence.

Ce n'est qu'à proximité de Nîmes que l'officier arriva à s'extirper de ses préoccupations. Pour se faire pardonner d'avoir été un si piteux compagnon de voyage, il proposa un futur repas à Charlotte. En quittant la voiture, elle embrassa Kevin sur les deux joues et accepta.

Elle n'avait pas perdu son temps. Normand venait de lui remettre officiellement le portrait-robot qui ne serait communiqué à la presse que le lendemain. Elle avait donc l'opportunité de donner l'info avant le bouclage du journal et de court-circuiter ses autres confrères. Sans compter que la photo aurait comme support son article ! Elle salivait par avance. Son rédac chef serait peut-être satisfait pour une fois.

Il se faisait tard, mais Kevin passa à son bureau. Patricia était en train de rédiger le compte rendu de leur filature. Bernard avait déjà regagné son domicile, fatigué après huit heures de conduite.

À la vue de l'officier, le visage de la brigadière-chef s'illumina. Au moins, il réalise que je ne compte pas mes heures, pensa-t-elle avant de l'interroger.

— Voilà les portraits-robots établis par le labo.

Kevin se garda bien d'évoquer la présence de la journaliste.

Patricia s'empara des six clichés qu'elle contempla longuement. Puis elle se tourna vers son supérieur.

— Cela ne me dit pas grand-chose. Et vous ?

— Pas plus. D'après l'expert la mort remonte à deux ans environ, le sujet est de sexe masculin, de race blanche et devait avoir la trentaine. Il mesurait un mètre soixante-dix-huit. Ah ! j'allais oublier… Il devait être gaucher.

— Bien, je contacte tout de suite le fichier des personnes disparues et leur communique ces infos ainsi que les portraits. Au fait, il faudrait les passer à la presse, non ?

— C'est fait. J'ai obtenu l'accord du juge. Au fait, et votre filoche ?

Patricia lui relata sa journée.

— Il a essayé à nouveau de déjouer notre filoche.

Il a des connaissances, mais aucune pratique, rigola-t-elle.

— Bien vu pour l'interception par les douaniers, c'était une bonne idée. Au moins on a une certitude et des infos. Félicitation.

— Les collègues de l'antenne d'Annecy sont formels. Il est allé au siège social d'un fondeur de cloches. Je ne comprends rien à cette histoire ! La société sert-elle de paravent à un trafic de came ? S'occupe-t-elle, grâce à sa proximité avec la frontière suisse, du transfert d'argent sale ?

Normand fit sien le principe de simplicité d'Ockham, un frère franciscain du XIVe siècle. Il avait eu l'occasion de s'y intéresser lors de sa première et seule année au séminaire de Toulouse et l'avait adopté. Confronté à plusieurs hypothèses, il fallait choisir la plus simple. Cela lui avait jusqu'à présent réussi. Il en fit part à sa collègue.

— À mon avis, il est allé commander une nouvelle cloche pour l'église de Maguelone. Votre hypothèse, pour aussi farfelue qu'elle vous paraisse, est la bonne.

Patricia esquissa un sourire amusé, en haussant les sourcils de surprise, mais se retint d'en rire.

— Autre chose. La DCRI m'a contacté suite à notre télégramme à Interpol. Ils sont intéressés. Ils brancheront les membres de la confrérie, je suppose. Je n'ai pas plus d'infos. S'ils ont des tuyaux, ils nous les communiqueront.

La brigadière-chef fit la moue.

— Vous êtes optimiste. Avec eux, les renseignements, c'est toujours dans le même sens. On a rarement le retour !

— On verra bien. Je rentre. À demain.

— Je n'ai pas dîné, cela vous dit ?

Normand déclina l'invitation et abandonna sa collègue. Patricia pesta. Et dire que j'avais enfilé une robe pour l'occasion, se reprocha-t-elle.

# 12

*An de grâce 1282, île de Maguelone*

Eude de la Jugie passa la nuit à Montpellier. Bien que pressé de questions, le soi-disant bourgeois, en réalité un commerçant à l'aise qui tenait son office non loin de l'église de Notre-Dame-des-Tables, s'était cantonné dans un mutisme trahissant une grande terreur. Il ne connaissait celui qui lui avait remis la miche de pain que sous le sobriquet du « lépreux » et clamait haut et fort que c'était la première transaction de ce type qu'il faisait avec lui, jurant tout ignorer de l'origine frauduleuse de la croix. L'officier se rassura en pensant qu'après la « question ordinaire » il serait peut-être plus bavard lors de la « question extraordinaire ». Les plus endurcis ne résistaient que rarement à une bonne estrapade[12] répétée autant de fois que nécessaire.

12. Supplice qui consistait à attacher un condamné avec une corde, à le hisser à une certaine hauteur et à le faire tomber plusieurs fois au bout de sa corde, à quelques mètres du sol ou dans l'eau.

Dès l'aube il reprit le chemin de l'île de Maguelone. Arrivé sur place, il s'abandonna au vice de la vanité en faisant en sorte que la rumeur de son premier succès le précède et alla se changer. Puis assisté par deux aides il fila voir le coquinarius. Ce dernier, cuisinier en chef, était déjà à l'oeuvre. Il se mit à vitupérer lorsque l'officier lui demanda des nouvelles de son marmiton, en le lui décrivant. Il passa toutefois sous silence qu'il souhaitait obtenir des précisions sur la remise de la miche de pain.

— Ce pendard n'a pas pris son service ce matin. Il doit cuver son vin dans un bouge de la ville, lui lança d'un ton hargneux et avec force mouvements celui qui régnait en maître sur les fourneaux des dignitaires.

— Dès son retour, je veux le voir. Ordre du prévôt, tonna Eude.

Les éclats de voix attirèrent l'attention de deux chanoines qui, le visage chafouin, s'approchèrent. Eude ne pouvait prouver une quelconque complicité du coquinarius. Il jugea préférable de battre en retraite. Puis il emprunta le portail du chemin des moulins et fila directement vers la tour de l'évêque pour faire son rapport au prévôt.

Ce dernier s'apprêtait à quitter la cathédrale quand Eude était arrivé. Drapé dans un pourpoint grenat, le prélat mordait à présent à pleines dents un jeune perdreau cuit tout en écoutant attentivement son officier. Puis il se leva, posa ses deux mains ruisselantes de graisse sur les épaules de la Jugie et lui dit :

— Je n'en attendais pas moins de vous. Monseigneur doit réaliser que je mets tout en oeuvre pour éviter la dissipation des biens du diocèse.

Et il s'enquit avec force détails du signalement du chanoine ayant remis la miche de pain et demanda des précisions sur la mystérieuse disparition de l'aide du cuisinier. Il congédia ensuite son subordonné.

En regagnant ses quartiers Eude de la Jugie était songeur tant il avait eu la désagréable impression que son supérieur n'était pas fâché qu'il n'ait pu identifier le membre du chapitre coupable de simonie. Il fut félicité par plusieurs ecclésiastiques rencontrés sur son chemin. Les nouvelles se propageaient rapidement. Il décida de réitérer la technique qui lui avait si bien réussi : s'impliquer au maximum dans la vie quotidienne de l'île de Maguelone pour essayer d'en comprendre les rouages.

Le soir venu, il s'agissait d'un jour « d'extraordinaire », le cuisinier se surpassa. Cela tombait à point nommé. Eude en profita pour se relaxer de la tension nerveuse qui ne le quittait plus désormais. Il avait été convié à partager avec les autres officiers le repas des membres du chapitre : une purée avec du petit salé précéda une pièce de boeuf au poivre, des lapins en civet, des beignets, du fromage et des crêpes, le tout arrosé d'un vin sucré aromatisé appelé hypocras et accompagné d'un excellent pain de

Touzelle. La panse bien tendue, n'ayant plus tous ses esprits, Eude regagna en titubant son lit. Fort heureusement celui-ci, à l'instar de ceux confectionnés pour les chanoines étudiants, était constitué d'un bon matelas, d'un oreiller et d'une couverture. On était loin de celui à sangles réservé au confort des chanoines, mais très éloigné aussi de la simple paillasse occupée par les oblats ou convers. Il bénit le ciel que les ecclésiastiques, suivant en cela la règle de leur ordre, fassent maigre trois jours par semaine, outre les périodes de jeûne, de l'avent et du carême, avant de tomber comme une masse et de s'endormir.

L'esprit encore embrumé par les libations de la veille, il eut du mal à se lever. Il décida d'aller visiter le sacristain. Ce chanoine avait en charge la responsabilité du mobilier liturgique ainsi que la garde du trésor de la sacristie. Pour cela, Audouin Saumade était aidé dans son office par un sous-sacristain. L'une de leurs tâches les plus cruciales consistait en la fabrication et en la distribution de cierges et de chandelles dont il se faisait une grande consommation à Maguelone. Il en fallait pour la chambre de l'évêque, celle du prévôt, pour les chanoines et les différentes cérémonies. Une autre des importantes fonctions attachées à ce poste était de pourvoir aux funérailles des religieux souhaitant être inhumés dans le cimetière de la cathédrale. Cela conduisit le 2e officier à réaliser que certaines dépouilles étaient, elles, transportées hors les murs. Il devait y porter attention. L'exemple de ce qui se passait pour les lépreux avait été révélateur. Personne ne les contrôlait. Qu'en était-il des corps qui quittaient l'île pour leur dernier voyage ? Il était conscient du caractère particulièrement dangereux de cette idée. Toute tentative de vérification s'effectuerait à ses risques et périls. Et ils étaient grands. Inspecter un cercueil sentait l'hérésie. Il se signa pour se donner du courage et se dirigea vers la tour Saint-Jacques.

Elle faisait le pendant à celle de l'évêque, et elles contribuaient toutes les deux à protéger l'entrée de la cathédrale. Il descendit les deux niveaux qui menaient au sous-sol. L'escalier, étroit et humide, était glissant ; par lui on accédait à toute une série de corridors qui conduisaient dans autant de locaux, caves et autres resserres aux usages mal définis. Plusieurs cellules constituant autant de culs de basses-fosses s'y trouvaient également. C'est d'un geste incertain qu'Eude poussa la porte de l'atelier occupé par le sacristain. Ce dernier passait une large partie de son temps dans ces sous-sols peu éclairés et suintant d'humidité à superviser la confection des nombreuses bougies et à veiller au trésor de la sacristie dont les pièces les plus imposantes, même si elles n'étaient pas les plus précieuses, étaient entreposées ici.

À la vue de l'officier, le teint blafard du sacristain devint cramoisi. Son nez, long et busqué avec son arête aiguë comme une lame, lui donnait l'allure d'un oiseau de proie, prêt à bondir sur sa victime. Il darda ses petits yeux porcins vers le responsable des foudres qui venaient de s'abattre sur lui. Pour ne pas avoir su veiller sur le crucifix, la charge d'un prieuré qui lui revenait de droit et à la tête duquel il devait prochainement être nommé lui avait été retirée. Monseigneur de Vezay était désireux de faire un exemple.

Il devait donc se résigner pour de longues années encore à croupir au sous-sol de la cathédrale. Il tourna ostensiblement le dos à l'arrivant comme pour mieux lui signifier qu'il n'était pas le bienvenu. Son ressentiment contre l'évêque avait atteint son paroxysme. Et il mettait dans le même lot cet officier intrigant ne devant sa position qu'à l'intervention d'un lointain parent. Mais il n'avait pas dit son dernier mot.

Deux intrus, étrangers au chapitre, allaient-ils impunément pouvoir manoeuvrer et se jouer de tous les chanoines ? Il en doutait. Un vent de fronde grondait déjà, auquel il participerait, maintenant, sans plus aucune retenue.

Eude parcourut l'enfilade des pièces relevant du domaine du sacristain. Il caressa les chasse-mouches en plumes de paon utilisés par les prélats pour se défendre des moustiques qui pullulaient avec les étangs avoisinants, et soupesa l'un après l'autre les récipients renfermant les extraits de myrte, de romarin et de laurier. Ils seraient répandus à profusion la veille de Noël et de Pâques dans la cathédrale et les locaux abritant les différents dignitaires. Il eut soudainement l'impression d'un danger. Il se retourna. Le visage congestionné, le sacristain qui avait trouvé le concours de son aide, se tenait à quelques pas de lui. Il serrait dans sa main droite une sorte de pilon employé pour broyer dans un mortier certaines plantes et en retirer les essences les plus rares. Surpris, Eude recula et trébucha. Il s'ensuivit un grand charivari de pots glissant à terre.

— Que se passe-t-il ? lança-t-il, d'un ton qui se voulait assuré.

Il fut brusquement conscient que nul n'était informé de sa présence dans les sous-sols de la cathédrale et que sa disparition ne chagrinerait personne.

— Il se passe que vous avez commis des dégâts fort coûteux pour les finances du chapitre et que notre prévôt les retiendra sur vos gages, rétorqua d'une voix pleine de hargne, rictus aux lèvres, le chanoine.

Eude ne demanda pas son reste, il fit volte-face et regagna la sortie. Une nouvelle fois il entendit le claquement cinglant du battant d'une porte résonner dans son dos. Le bruit se répercuta telle une plainte le long du couloir. Il laissa les battements de son coeur se calmer et, se faisant violence, s'enfonça plus avant dans le dédale des corridors conduisant vers des lieux où il ne s'était jamais aventuré.

Il venait de gagner une première bataille et rien ni personne ne devait l'empêcher d'atteindre le but qu'il s'était fixé. Lui aussi, à sa façon, partageait les desseins de monseigneur de Vezay : restituer à cette cathédrale sa dignité d'antan. Il fut bientôt en présence d'une large porte cerclée de fer. Il essaya de l'ouvrir, mais en vain. Il utilisa le marteau situé en son centre et le fit résonner à plusieurs reprises. Un géant hirsute, la trogne en colère et le torse nu ouvrit brutalement la porte en criant :

— Oui, que voulez-vous ?

Manifestement le fait que son visiteur soit un adjoint du prévôt ne l'impressionnait pas. Eude se composa une mine sévère et sur le même ton s'enquit :

— Je suis le 2e officier de Tancrède de la Roche, que faites-vous là ?

Sans bouger d'un poil, lui interdisant par là même de s'avancer plus avant dans la pièce, et toisant son interlocuteur qu'il dominait d'une tête en faisant saillir ses biceps, le manant rétorqua, goguenard :

— Et moi je suis le forgeron du prévôt, je suis ici à sa demande et je ne dépends que de lui.

Estimant avoir donné assez d'explications, il referma brutalement la porte qui frôla dangereusement le nez de son vis-à-vis. Ce dernier ne dut son salut qu'à un brusque saut en arrière. Interloqué, Eude de la Jugie se demanda s'il devait insister puis prit conscience qu'il s'agissait effectivement du forgeron. Avec l'aide d'un orfèvre venu de la ville il avait en charge la confection de certaines pièces précieuses relevant de la liturgie : chandelier en argent et en or, crucifix, etc. Fort de l'importance de son office, du secret qui l'entourait et de l'appui du prévôt, l'artisan se permettait des libertés dont il n'aurait pu se prévaloir en d'autres temps. En rebroussant chemin, l'officier s'avisa alors qu'il entrait également dans les attributions de ce compagnon de frapper les sols melgoriens ; car monseigneur de Vezay, comte et évêque, pouvait battre monnaie. Il s'agissait d'un privilège acquis depuis le milieu du xᵉ siècle. S'il était de notoriété publique que l'atelier principal du fondeur se trouvait à Melgeuil, rien ne faisait obstacle à ce que ce type d'activité ait lieu dans le sein même du siège de l'évêché. D'ailleurs, la grande cheminée dont il avait entraperçu l'âtre fonctionnait avec régularité si l'on en jugeait par les immenses conduits noircis de suie la reliant à l'extérieur.

Eude se retira. Il n'en resterait pas là et s'interrogeait maintenant sur le rôle, les occupations et l'indépendance du forgeron. Manifestement à nouveau quelqu'un qui échappait à tout contrôle. Encore un suspect en puissance donc.

L'après-midi, il fut requis par le pontonnier. Ce dernier venait de découvrir le corps d'un homme baignant dans l'étang. Point n'était besoin d'être grand clerc pour reconnaître l'aide-cuisinier qui avait remis la miche de pain au faux lépreux.

— C'est mon marmiton ! s'exclama le coquinarius accouru après avoir été informé, on ne sait comment, de la découverte de son aide. Le vaurien devait être saoul et aura glissé. Avec la tempête d'hier soir, cela n'a rien d'étonnant, lâcha-t-il en guise d'épitaphe.

Si Eude de la Jugie n'ignorait rien des méfaits des bourrasques, il lui sembla que l'affreuse balafre parcourant le crâne et défigurant le visage du pauvre bougre n'avait qu'un lointain rapport avec la caresse, même trop pressante, du vent. Auraitil dû agir plus discrètement et ne pas exiger avec tant d'empressement à rencontrer le malheureux dès son retour ? Cette disparition semblait bien opportune et le privait d'exploiter plus avant son succès.

La dépouille fut emportée sans autre forme de procès. N'ayant aucune qualité pour être inhumé au sein des terres de l'île de Maguelone, le manant serait conduit par un chariot vers l'île d'Esclavon. Sa famille, si famille il y avait, prendrait soin de son corps. Eude décida de veiller particulièrement sur les conditions du départ de cette âme perdue.

L'archidiacre Théobald de Verdale tenait conseil en ses appartements situés non loin de ceux de l'évêque. Il avait réuni autour de lui les membres les plus influents du chapitre, ceux avec qui il partageait les mêmes ambitions, ceux qui avaient le plus à perdre de la volonté du responsable du diocèse de vouloir tout régenter et restreindre leurs prérogatives et privilèges. Après tout, n'était-il pas simplement le « primus inter pares », le premier d'entre ses pairs, avec pour seule supériorité que ses droits de spirituelle hiérarchie ?... Là était le problème. Il n'avait pas été élu parmi les membres du chapitre. De Verdale regarda les douze dignitaires installés à ses côtés. Certains, les chanoines prieurs, venaient de leurs prieurés qui dépendaient de la communauté, les autres, les chanoines claustraux, résidaient au sein même de l'île de Maguelone et n'avaient qu'un seul objectif : se voir confier un prieuré bien pourvu en terres et mener ainsi une vie plus agréable, loin des préceptes de la règle de saint Augustin.

Parmi tous ces membres, le sacristain, Audouin Saumade, était le plus remonté.

— Ce qui m'advient aujourd'hui sera votre lot demain, affirma-t-il, pour la dixième fois.

Un grand silence se fit. Tous les dignitaires tremblaient, terrifiés à l'idée de perdre leurs privilèges. Ils étaient conscients que Jean-Guillaume de Vezay avait l'oreille du pape et que dans sa volonté d'assainir les finances du royaume et de conduire les chanoines à adopter un comportement plus en rapport avec leur charge, il était capable d'en arriver aux pires extrémités. Il brandissait sans cesse les mêmes menaces proférées en son temps par Innocent IV, pour endiguer la dissipation des biens du diocèse, et parlait même d'excommunication pour mieux frapper les esprits.

Théobald de Verdale était silencieux. Massif, haut comme un chêne, il tournait le dos à ses alter ego et contemplait, par la fenêtre laissée ouverte, le domaine qui aurait pu être le sien. Il réfléchissait. L'inquiétude, l'angoisse même, ressentie par ses pairs le ravissait. Il ne pouvait la partager avec le prévôt en qui il voyait un véritable concurrent. Mais ce dernier, occupé par l'intendance et les jérémiades sans cesse renouvelées, à son instigation, par les membres du chapitre, n'était pas un adversaire très dangereux. En cas de vote des dignitaires, il savait pouvoir l'emporter. Oui, mais, songea-t-il en se caressant les mains, noueuses et capables de broyer n'importe quelle poigne normale, quand aura lieu la prochaine élection pour choisir le nouvel évêque ? Le plus tôt possible, décida-t-il. Il prit la parole.

— Et cet officier, Eude de la Jugie, il représente également une grande menace pour nous. Comment le neutraliser ?

Tous les conjurés, ils savaient maintenant que ce terme pouvait leur être appliqué, se regroupèrent et se concertèrent. Le problème que représentaient les agissements du représentant du prévôt, son bras armé, ou celui de l'évêque, n'en était pas véritablement un. Il ne fallait pas toutefois minorer le danger, les faits venaient de le prouver. Mais l'homme n'effrayait personne. Ils allaient l'enserrer dans les mailles d'un filet dont il ne sortirait pas indemne.

# 13

Dès son réveil le lendemain matin, Kevin fonça chez ses parents. Il les savait matinaux, Victor ayant du mal à rester très longtemps au lit. Il avait proposé de conduire son frère à la piscine de Jacou.

Victor adorait l'eau. S'il était toujours réticent à y entrer, il fallait ensuite déployer des trésors de diplomatie pour l'en faire sortir. Au bout d'une heure de jeux, de cris et d'empoignades, il était épuisé, et Kevin aussi. Mais il était heureux, ça se lisait sur son visage. Et cet instant de bonheur, fragile, était largement partagé.

Normand conduisait régulièrement son frère dans ce bassin, la pratique d'un sport, et tout particulièrement la natation, étant recommandée par son médecin traitant.

Après leur session à la piscine, Kevin reconduisit Victor à Baillargues et supporta stoïquement les remarques de sa mère.

— Tu as vu ton oeil ? Faire du karaté, franchement... ne prends-tu pas déjà assez de risques avec ton métier ?! Et tu as maigri, me semble-t-il, tu te nourris correctement au moins ?

Il coupa court à la litanie d'observations et de prescriptions égrenées en l'embrassant.

Avant de regagner le SRPJ, il s'arrêta à l'évêché. Ce serait bien le diable si le père Turgot ne savait rien sur l'éventuel achat d'une cloche. Qu'elle soit payée par une association, soit, mais il fallait de toute façon obtenir l'aval de monseigneur pour l'installer.

— Tout à fait, fut sa réponse. La confrérie du denier de Dieu a proposé, et cela a été accepté, d'en offrir une nouvelle d'une dimension plus en rapport avec importance historique de Maguelone. L'actuelle présente, il est vrai, quelques fêlures.

Et, comme Kevin s'apprêtait à se retirer, le prêtre le questionna, indiquant son oeil du menton :

— Ce n'est pas trop douloureux ?

Normand jugea bon de s'expliquer.

— Voilà une activité bien peu chrétienne, non ? demanda-t-il avec sévérité, avant qu'un large sourire ne vienne illuminer son visage.

Normand se contenta de secouer la tête, afin de manifester son désaccord, mais n'épilogua pas sur le sujet. Il remercia et s'éloigna, quand le prêtre l'interpella de nouveau :

— Kevin ?

Il se retourna.

— Oui ?

— Je n'ai pas oublié votre proposition de nous aider à numériser nos archives. On a besoin de bras.

L'officier de police promit une nouvelle fois de se libérer du temps à cette fin, puis il prit congé du père Turgot.

Une fois arrivé au service, l'officier fonça vers le bureau de sa collègue.

— Alors, Patricia, du nouveau avec le fichier ?

— Quatre ou cinq cas pourraient correspondre, mais aucun gaucher…

Et elle referma le journal qu'elle venait de lire, se demandant comment Charlotte Dumoulin avait pu être informée dans le détail des opérations de morphing. La rédaction avait peut-être le reportage sous le coude et ils avaient trouvé judicieux de le publier maintenant. Pourquoi pas…

— Ah ! Bernard, vous tombez bien. On file à Maguelone. On va représenter les clichés à tous les employés, puis on fera de même à Lattes. Au fait, que sait-on exactement sur Quentin Martial ?

— Vous avez le dossier sur votre bureau, chef.

Normand lut rapidement à haute voix les mentions relatives au secrétaire général des Compagnons de Maguelone, et président – aux dires des statuts déposés en préfecture – de la confrérie du denier de Dieu. Soixante-neuf ans, ancien P-DG d'une usine d'import-export revendue pour une somme plus que confortable deux ans auparavant, sans enfant, demeurant au centre-ville, il s'occupait, bénévolement semblait-il, de diverses associations. Aucune condamnation. Sa femme, un peu plus jeune que lui, était professeur des collèges, à la retraite. Ses comptes bancaires faisaient apparaître d'importants moyens financiers. TRACFIN[13] avait été interrogé, mais aucun mouvement suspect n'avait jamais attiré l'attention de ces spécialistes.

Quentin Martial relisait pour la énième fois l'article consacré au squelette. Il avait été stupéfié à la vue du portrait-robot. Oui, il était ressemblant. La science faisait donc, elle aussi, des miracles. Alors qu'ils devraient être exclusivement du domaine de la foi ! Il était inquiet. Le contrôle dont il avait été l'objet la veille ne lui disait rien qui vaille. Était-il visé ? Il savait que les policiers pratiquaient ce genre de technique, celle consistant à noyer une vérification précise dans une vaste opération destinée à tromper celui qui en était la véritable cible. Mais d'un autre côté, il était confiant. Il avait tout prévu. Enfin, presque. La découverte du corps ne rentrait pas dans ses projets. Pourtant, ils l'avaient bien enfoncé au plus profond du boyau, avant de provoquer un effondrement !

On frappa à la porte. Il rangea le quotidien dans un tiroir et cria :

— Entrez !

13. Tracfin est une cellule de lutte contre le blanchiment d'argent et le financement du terrorisme.

Les trois policiers firent leur apparition.

Tout en faisant un effort sur lui-même, Quentin Martial leur proposa fort civilement un siège et s'enquit du motif de leur présence.

— Avez-vous lu le journal ?

— Pas encore, mentit d'un air navré le secrétaire général. J'avais pas mal de retard. Vous comprenez, hier je suis allé à Annecy et... enfin, vous savez ce que c'est.

Normand lui présenta une succession de six clichés photo.

Il les accepta, à son corps défendant, et chercha à gagner du temps. Était-il judicieux de feindre ne reconnaître personne ? Et d'un autre côté, il ne souhaitait quand même pas être à l'origine de la découverte de l'identité du défunt. Coopératif, oui, ridicule, non ! Patricia le tira de l'embarras.

— De toute façon, nous allons les représenter à de nombreuses personnes.

— Ce matin on a déjà eu quatre appels, renchérit Bernard.

Quentin Martial fit la moue en regardant à nouveau les diverses photos, secoua la tête de droite à gauche et se lança.

— Ça me fait penser... mais, c'est impossible...

— Dites toujours, proposa Kevin.

— Je me rappelais d'un de nos étudiants chercheurs. Il a travaillé pendant trois années ici même, pendant l'été, mais a mis fin à sa collaboration. Il avait fini sa thèse, j'imagine. Il est parti en Amérique du Sud, je crois, mais je n'en sais pas plus. Non, sinon je ne vois personne.

— Il était gaucher ? s'enquit le lieutenant.

Le secrétaire général dut faire appel à toute sa maîtrise pour ne pas sursauter. Comment pouvaient-ils savoir cela sans avoir identifié le corps ?

— Vous m'en demandez trop, mentit-il à nouveau, avec aplomb. Mais regardez, et il désigna, se trouvant dans le couloir, plusieurs chercheurs arrivant aux côtés de Capucine Vitulin. Posez-leur la question…

Les enquêteurs virent bien à l'accueil réservé qu'ils n'étaient pas les bienvenus. Les archéologues n'avaient toujours pas digéré leur dernière intervention et les soupçons portés sur une des leurs. Personne ne leur souhaita le bonjour. Mais ils y étaient habitués.

Normand s'avança et remit directement les clichés photo entre des paires de mains qui ne se pressèrent pas pour les examiner. Il s'attendait à une réponse du style : « Non, je ne connais pas », aussi fut-il surpris quand Capucine, la première, réagit. Elle écarquilla les yeux et se tournant vers ses camarades, lança :

— Le portrait ressemble à Henri, vous ne croyez pas ?

— Oui, tu as raison, firent chorus ses amis.

Un seul mit un bémol à leur excitation en déclarant avec une moue dubitative :

— Cela pourrait correspondre à beaucoup de monde. Trop vague.

— Était-il gaucher ? s'enquit le lieutenant.

Ses interlocuteurs se regardèrent un instant, hésitant à se prononcer.

— Je suis formel, il était droitier, avança l'un d'eux.

Une majorité se dégagea pour avouer… ne pas savoir.

L'archéologue en chef fut la première à reprendre ses esprits.

— Raisonnons un peu. Le portrait nous fait effectivement penser à lui, mais il ne peut s'agir du squelette d'Henri Labranche. Il est reparti au Québec il y a deux ans. Il avait presque terminé sa thèse et nous a même écrit de là-bas. Martial ne vous l'a pas dit ? Ils travaillaient souvent ensemble pour autant que je me souvienne. Ils partageaient la même passion pour Jean de Montlaur.

Le brigadier Roset, que cette succession de « oui, non, peut-être… » énervait, jeta abruptement :

— On peut l'interroger, ce gars ? Où se trouve-t-il ?

Moment de silence. Les regards de commisération échangés par les archéologues étaient éloquents.

— Jean de Montlaur était évêque de Maguelone à la fin du XII$^{e}$ siècle, intervint rapidement Kevin, désireux de changer de sujet.

Heureusement, il avait commencé à parcourir certains des ouvrages empruntés. Il enchaîna immédiatement :

— Il a écrit du Québec ?

— Oui, je m'en rappelle. Il nous parlait de sa thèse, publiée, je crois, à l'université Laval. Interrogez Quentin. Il archive toutes les correspondances.

Patricia prenait des notes. Elle demanda à l'archéologue en chef :

— Vous avez son adresse ?

— Non, mais après ses recherches en France, il projetait d'aller en Amérique du Sud. C'est un grand voyageur, vous savez.

Le secrétaire général des Compagnons de Maguelone n'avait pas quitté son bureau, mais avait tout entendu par l'entrebâillement de la porte. Il feignit la surprise et après quelques instants de réflexion déclara :

— Effectivement, je me souviens vaguement de cette lettre. Elle doit être archivée, encore que… réfléchit-il en se grattant le front, je n'en suis pas sûr, elle n'offrait pas un véritable intérêt. C'était un courrier pour nous remercier de notre accueil. Nous avions travaillé ensemble quelque temps. Vous voulez vraiment le lire ?

Bernard hocha la tête en signe d'assentiment.

— Oui, cela permettrait de fermer une porte, ou de mettre un point final à une hypothèse.

Les enquêteurs suivirent Martial.

— Cela ne va pas être une mince affaire. Toutes

les archives ont été déplacées pour faire de la place aux instruments de musique. Nous y voilà.

Une trentaine de cartons étiquetés étaient empilés dans un réduit sans aucune ouverture. Une simple ampoule pendait au plafond. Quentin Martial en enleva deux puis indiqua de la main celui se trouvant tout au fond.

— Regardez la date ! C'est le bon.

Et il porta son regard en direction de Bernard. Ce dernier fixa son supérieur vêtu d'un ensemble beige. Il avait compris. Il payait le prix de sa tenue : jean et baskets. Il prit les caisses une à une, soulevant des volutes de poussière, et serra dans ses bras celle montrée du doigt. Son étiquette indiquait : « Septembre-Octobre 2007 ». Il la déposa à terre, s'accroupit, utilisa la clef de son véhicule pour fendre le scotch de couleur marron unissant les deux rabats et en extirpa, en toussant, plusieurs chemises.

Quentin Martial s'approcha alors et délicatement en saisit une pour la remettre à Normand.

— Normalement une bénévole l'a archivée dans ce dossier.

Bernard, qui avait peu apprécié son comportement, lui demanda :

— Ce n'est pas vous qui l'aviez rangée ?

Mortifié, le secrétaire général le fusilla du regard sans lui répondre. S'il n'était pas conscient qu'il y avait une différence fondamentale entre son rôle et celui d'une secrétaire, c'était à désespérer.

Normand avait sous les yeux une lettre, manuscrite, datée du 20 novembre 2007 et son enveloppe portant le timbre de la ville de Québec. Il la parcourut, Patricia penchée sur son épaule. Le chercheur remerciait toute l'équipe d'archéologues avec qui il avait travaillé, indiquait la future parution de sa thèse et un prochain déplacement en Amérique latine pour y effectuer d'autres fouilles. Une dizaine de lignes, sans plus. Il se tourna vers Martial et demanda :

— Vous conservez également les enveloppes ?

Monsieur Martial eut un geste de surprise.

— Il faudrait poser la question à la secrétaire. C'était une bénévole, elle a cru bien faire. Vous savez je ne m'occupe pas de l'intendance. Vous en voulez une copie ?

Le lieutenant réfléchit un instant.

— Non, je garde l'original, faites-en une pour vous si vous le souhaitez.

— C'est ce que vous appelez un élément de preuve ?

— Qui sait ! Peut-être. Le juge souhaitera s'assurer de la qualité des investigations entreprises dans le cadre de sa commission rogatoire, et une copie, ce n'est pas sérieux.

Les policiers abandonnèrent les lieux. Bernard se garda bien de proposer son aide pour remettre tout en ordre. Ils se dirigèrent vers le site de Lattes où les mêmes questions furent posées. Le passage du Québécois remontant à deux ans, peu de gens se souvenaient avec précision de lui. Le turn-over des étudiants était très important et Henri Labranche avait effectué l'essentiel de ses recherches à Maguelone. Les policiers comprirent qu'il était inutile d'insister.

Après avoir rangé les cartons Quentin Martial se lava les mains. Seul dans son bureau il ne put réprimer un sourire de satisfaction. Il avait fait preuve de clairvoyance en s'envoyant la lettre depuis le Québec. Cette faculté d'anticipation avait largement contribué au succès de la société dont il était naguère le P-DG. Il secoua la tête. Mauvais prêtre et piètre policier, déplora-t-il en pensant à Kevin. Il fait le travail à moitié.

Dès son arrivée au service Patricia contacta l'université Laval au Québec. On ne put lui préciser où se trouvait exactement Henri Labranche.

— Vraisemblablement quelque part en Amérique du Sud, lui précisa une secrétaire. Vous savez, avec les chercheurs il ne faut s'étonner de rien ! En opérant du classement, je viens de relire un courrier dans lequel il nous informait de son départ, il y a… deux ans environ !

Patricia insista.

— Mais, et ses parents ? Il a bien des parents ?

Elle entendit la femme manipuler des feuillets, avant que la réponse ne fuse :

— Non, sa fiche indique qu'ils sont morts. Il n'a pas d'autre famille, semble-t-il. Désolée, je ne peux rien vous dire de plus. Ah ! au fait, la seule chose dont je dispose est une copie de sa thèse sur Maguelone. On attend toujours son feu vert pour la publier. Je peux vous l'adresser par courriel si cela vous intéresse ?

Patricia haussa les épaules et secoua la tête. Cela n'avait aucun rapport. Elle s'apprêtait à le dire à son interlocutrice lorsqu'elle en réalisa l'intérêt pour son diacre, comme elle aimait à se le répéter. Bonne idée. Elle l'imprimerait et lui offrirait. En espérant qu'il apprécie le geste.

— Merci. Je vous communique mon adresse mail.

Informé du résultat le lieutenant décida de mettre un terme à cette piste même si elle lui paraissait au départ séduisante. Il restait persuadé que la victime était de la région. Mais peut-être se trompait-il. Il était temps maintenant de vérifier les divers témoignages. Depuis la parution de l'article de Charlotte, pas moins de quinze coups de fil avaient été reçus. La publication de son papier sur Internet n'y était pas pour rien, s'avisa le policier en notant que certains provenaient de la banlieue parisienne. Des vérifs en perspective. Il décida d'envoyer à Écully les documents récupérés à Maguelone. Alors qu'il refermait la chemise, il interrompit son geste. Décidément, il bâclait son boulot. Pour réaliser une expertise, le graphologue aurait besoin d'un exemplaire de la même écriture. Il appela Bernard et lui demanda de retourner à Maguelone.

En regardant s'éloigner le brigadier avec un rapport libellé deux ans plus tôt par Henri, Quentin Martial souriait toujours. Le lieutenant Normand remontait quelque peu dans son estime, mais il n'irait pas loin en les comparant. Il était à l'origine des deux documents. Il ne put se retenir de jubiler. Il était vraiment le meilleur.

Mais l'heure n'était pas au triomphalisme. Le grand maître de la confrérie du denier de Dieu, s'il avait pensé deux ans auparavant à s'adresser un courrier signé « Henri » depuis le Québec, avait dû le matin même en rédiger un autre in extremis. Celui qu'il venait de remettre à l'instant au policier. Et cela il ne l'avait pas anticipé. Une faute à ne pas renouveler, se reprocha-t-il. Il avait maintenant besoin de se rassurer. Il ferma son bureau et quitta Maguelone.

Après avoir coupé l'alarme et ouvert la porte blindée de l'appartement de deux cent vingt mètres carrés situé au centre de Montpellier – en réalité, il s'agissait de deux logements transformés en un seul –, il réalisa que son épouse était absente. Tant mieux, se dit-il. Il se dirigea vers l'immense salle réservée à son cabinet de travail puis fit pivoter la dernière colonne placée à l'extrême droite de la bibliothèque. Une ouverture apparut. Il s'y faufila et actionna un interrupteur. La lumière jaillit, inondant une petite pièce aveugle tapissée de livres. Il avait besoin de se ressourcer. Chaque fois qu'il doutait, qu'il était inquiet, il venait ici. Il roula en partie le tapis sur lequel se trouvait un modeste bureau, dégagea un anneau scellé dans le carrelage et tira dessus, dévoilant une cache d'un mètre sur cinquante centimètres. Il regarda successivement la bourse et les deux étuis qui s'y trouvaient. Il se saisit de la première et fit le bilan.

La particularité de son contenu avait été à l'origine de la mort d'Henri Labranche. Mais comment aurait-il pu faire autrement ? Le malheureux étudiant québécois ne voyait que l'intérêt historique de leur découverte. Évidemment, une pareille révélation à la face du monde aurait été de nature à propulser sa jeune carrière au firmament de l'archéologie.

Alors que lui faisait une tout autre analyse. Tout d'abord, il avait honte. Honte de reconnaître, ou de rappeler, à la face du monde chrétien que Maguelone n'avait pas toujours été sous la domination de l'Église, de son Église. Port Sarrazin ! Ce n'était pas possible ! Il en frémit d'indignation, tout en secouant la tête comme si cette simple dénégation pouvait modifier l'histoire. Et puis, il y voyait une opportunité. Celle de pouvoir monnayer sa découverte, au prix fort, avec ceux qui, tout comme lui, n'avaient aucun intérêt à sa divulgation. Il avait hésité un temps, car braver l'interdiction épiscopale lui apparaissait comme un acte d'impiété grave, mais il s'était ravisé. Il était des cas où nécessité avait force de loi. Et puis la portée de cette bulle de l'évêque Bérenger n'était-elle pas limitée dans le temps ?

Heureusement, sa fonction de dirigeant d'une société d'import-export lui avait ouvert des horizons bien au-delà de la seule Europe. Ce n'était pas la première fois qu'il commerçait avec des représentants des pays du proche ou moyen orient, voire même beaucoup plus loin, mais cette fois-ci il était particulièrement satisfait de lui.

S'il avait dû, comme le souhaitait le Québécois qui ne voyait pas plus loin que le bout de son nez, révéler aux yeux de tous son extraordinaire contenu, l'Église n'aurait bénéficié que de cinquante pour cent de sa valeur marchande, la véritable propriété en revenant à l'État. Et sur la perception de cette somme, combien l'évêché aurait-il consacré à la restauration de Maguelone ? Rien, il en était sûr et certain. Monseigneur avait d'autres chats à fouetter.

Non, il avait fait ce qu'il fallait. Il serra les poings. Tout l'argent obtenu des transactions serait voué jusqu'au dernier euro à sa cathédrale. Il en avait fait le serment.

Il soupira et se contenta de jeter un simple coup d'oeil au plus petit des deux parchemins. Une bulle épiscopale interdisant formellement l'utilisation de ce qui venait d'être mis au jour. Il réfléchit un instant. Il n'avait jamais cru que le corps serait découvert aussi vite et qu'une enquête serait ordonnée. Heureusement, là aussi son ancienne profession lui avait appris à parer tous les mauvais coups du sort. Il avait anticipé. Même si les policiers arrivaient à identifier le squelette, il avait pris toutes les précautions nécessaires, se rengorgea-t-il. On ne pourrait pas remonter jusqu'à lui.

Il remit la bourse, avec le peu qu'elle renfermait maintenant, au fond de la cache. Suivant les règles du commerce, il en avait négocié petit à petit le contenu. Une mise sur le marché de sa totalité aurait sans nul doute minoré la valeur du bien à la vente. Plus qu'une seule transaction à réaliser. Il le déplorait presque maintenant. Une source de revenus – et quelle source ! – allait se tarir.

Il respecta un long silence, pour mieux apprécier l'instant à venir.

Il souleva avec la plus grande prudence le deuxième étui, le plus grand, l'ouvrit et en extirpa un parchemin qu'il déroula avec d'infinies précautions.

Comme d'habitude, avant même de le relire, il tomba à genoux et pria. La peau animale utilisée par le souverain pontife comme support à sa décision avait un avantage. Elle était imputrescible. Cela expliquait qu'il puisse être en train de l'admirer aujourd'hui, après plus de sept siècles.

Pour apprécier pleinement le document historique étalé sous ses yeux, il avait pris contact avec un conservateur au département des manuscrits de la Bibliothèque nationale de France. Pour sa thèse à l'École des chartes – qu'il avait un temps lui-même ambitionné d'intégrer, avant de se consacrer, sur l'injonction de ses parents, à des études de commerce – le spécialiste avait longtemps pratiqué les archives pontificales et la Bibliothèque vaticane. Il avait été une véritable mine de renseignements.

Quentin Martial avait appris que les caractéristiques graphiques du document du souverain pontife qu'il avait sous les yeux en ce moment même, « une lettre bullée sur lacs de soie », lui conféraient une valeur perpétuelle. Il se répéta le mot, une énième fois, tant il avait de l'importance à ses yeux. Celles « sur fil de chanvre » n'avaient, a contrario, qu'une simple valeur transitoire. Fébrile, n'en croyant pas ses oreilles et ses yeux, il avait foncé aux archives départementales de l'Hérault et constaté que ce dernier cas de figure s'appliquait bien à la bulle présentée à la curiosité du public. Oui, le sceau de cire de ce document était attaché à la bulle par des fils de chanvre, et non par des fils de soie !

Il admirait maintenant l'allure générale qui se dégageait du texte : régularité, soin, précision. Fort heureusement il parlait le latin et n'avait pas eu besoin d'avoir recours à l'aide de qui que ce soit. La confidentialité en eût été réduite à néant. Le nom du souverain était écrit tout entier en lettres agrandies et son initiale était filigranée. Il caressa très légèrement, en tremblant, le parchemin, établissant une union parfaite avec celui qui en était à l'origine. De sa main gauche, gantée, il essuya quelques larmes qui perlaient sur sa joue. L'une d'elles tacha le bas du précieux document. Il se recula brusquement, ému à l'idée qu'elle rejoignait les traces apposées par Sa Sainteté des siècles auparavant. Une fois encore la communion était parfaite, biologique même.

Il devait prendre des précautions pour ne pas contribuer à sa détérioration. Il y avait plusieurs critères à respecter, lui avait dit le spécialiste. Pas d'exposition à une lumière trop forte – et il tourna, rassuré, la tête vers sa lampe de bureau dont le variateur permettait de baisser au maximum l'intensité de la luminosité, qui devait rester inférieure à cinquante lux, avait précisé l'expert ; pas d'environnement trop humide – il venait d'installer des humidificateurs ; déposer le document sur un support neutre, non acide – le nécessaire avait été fait. Il ne restait qu'une opération délicate. Celle de la manipulation.

Plusieurs écoles professaient des idées différentes : l'usage des gants, et il contempla les siens, enlevait légèrement les pigments du parchemin, mais l'utilisation de la main, même très propre, à cause des acides aminés le détériorait également.

Si d'une manière générale ce type de matière résistait bien mieux que le papier contemporain, l'idéal était donc de ne le toucher qu'avec les yeux. Il le déplorait, mais s'y résoudrait. Plus tard.

Pour l'instant, il éprouvait un impérieux besoin de vérifier et de revérifier encore la teneur du contenu de la bulle promulguée le 28 juin 1096 par Sa Sainteté Urbain II. Il ne s'en lassait pas. Non qu'il doutait de la justesse de ses actions, mais sa simple relecture le rassérénait. C'était fondamental pour lui. Il y puisait une force nouvelle qui le régénérait. Et puis son contenu réduisait à néant celui de la décision épiscopale.

Ce pape grand admirateur de l'église de Maguelone déclarée « seconde après Rome » avait béni l'île et accordé l'indulgence plénière de tous ses péchés à quiconque, après avoir fait un don conséquent, s'y ferait inhumer. C'était historique. Mais cette bulle déposée aux archives départementales de l'Hérault, dont la chrétienté avait connaissance, présentait un caractère transitoire.

Personne n'avait connaissance de celle-ci. Rien d'étonnant. Elle était le fruit d'une toute récente découverte avec Laurent. Sans parler de la deuxième bourse, en simple tissu cette fois-ci – il s'en était débarrassé – renfermant un contenu identique, même si moins important en volume, à celui mis au jour deux ans auparavant avec le Québécois. Corrado voulait crier également à la face du monde la particularité des deux découvertes. Folie ! Les mêmes causes produisaient les mêmes effets, se dit-il. Deux morts, mais à son corps défendant. Il ne pouvait vraiment pas faire autrement, se justifia-t-il, une fois de plus.

Il songea brièvement au légat du pape, Arnaud Amaury, dont il ferait bientôt sienne la célèbre phrase, prononcée lors du sac de Béziers en 1209. Lui aussi n'avait pas eu d'alternative.

Il regardait, plongé dans l'extase, le parchemin signé par Urbain II. Il n'en revenait toujours pas. Il était le premier à avoir mis au jour un écrit de cette importance. Il y voyait un signe du ciel. Il ne pouvait en aller autrement.

Exactement la même bulle que la première, celle déposée aux archives départementales, avec une seule différence – mais quelle différence ! : ses effets n'étaient pas limités dans le temps ! Oui, et il avait lu et relu maintes fois ce passage en latin, afin de s'en assurer. En général, la portée des décisions du pape ou des dignitaires religieux avait un point de départ, la date de leur signature, et une fin. Là, ce n'était pas le cas. Il pouvait, il comptait donc, en bénéficier. Qui, plus que lui, le méritait ?

Il avait dépensé une partie de sa fortune personnelle dans la restauration de l'actuelle bâtisse, avait acheté une nouvelle cloche qui serait acheminée sur place très bientôt – il venait d'en obtenir l'assurance – et avait demandé à un célèbre cabinet d'architectes parisien de lui présenter des plans visant à la reconstitution des bâtiments conventuels de l'époque, de la tour de l'Évêque et de…

La tête lui tourna devant l'importance des projets à venir. Il imaginait sans peine la stupéfaction de l'évêché et de tous les croyants lorsqu'il dévoilerait ses intentions. Très prochainement. Mais tous ses avoirs n'y suffiraient pas. Heureusement, il avait pu compter sur l'aide providentielle de mécréants. Il se signa.

Oui, ce qu'il avait fait, ce qu'il venait de faire, et ce qu'il allait bientôt faire pour parachever son grand oeuvre était justifié. C'était son chemin de croix. Il avait agi pour la gloire de Dieu et personne, pas même un policier ou un ersatz de prêtre, ne serait un obstacle à ses projets.

Quentin n'était pas mécontent d'avoir utilisé une hostie empoisonnée. Il aimait faire des parallèles avec l'histoire, ayant ainsi l'impression de ne faire qu'un avec elle. On se souviendrait de son nom. Il passerait, lui aussi, à la postérité.

Il se leva et tout en refermant la pièce songea à sa toute prochaine rencontre avec l'évêque de Montpellier. Dès le lendemain de la découverte de la bulle, il lui avait demandé une audience au cours de laquelle il avait planté son premier jalon. Il devait à tout prix obtenir la permission de construire un caveau afin d'être inhumé à Maguelone. Ce n'était pas une mince affaire. Mais tout à fait envisageable pour deux raisons.

La première : personne n'avait connaissance de la nouvelle bulle papale. D'où l'absolue nécessité de la garder secrète, car dans le cas contraire le nombre de postulants aurait réduit à néant sa demande. Une dérogation était concevable, plusieurs, non.

La deuxième tenait à sa contribution, à l'importance de ses dons aux finances du diocèse. Il ne doutait pas d'arriver à ses fins. Il n'envisageait même pas l'échec. Un échec serait terrible pour lui. Impensable. Il signifierait la damnation éternelle !

# 14

13 heures. Kevin, Patricia et Bernard se rendirent à la cafétéria de l'hôtel de police. Les policiers s'y retrouvaient, tous services et grades confondus. C'était un moment important de convivialité qu'il convenait de cultiver. On en apprenait parfois bien plus ici que dans une réunion officielle.

Ils prirent le café sur la terrasse dominant le vaste parking abritant les véhicules sérigraphiés et ceux de tous les fonctionnaires. Plusieurs membres de la sous-direction de l'information générale vinrent spontanément vers les enquêteurs de la PJ. Ils n'auraient pas eu le même réflexe ailleurs. Les collègues du contre-espionnage avaient pris contact avec eux et avaient puisé largement dans le dossier réalisé autour de la confrérie du denier de Dieu. D'autant plus largement et avec d'autant moins de scrupules que Robin, son concepteur à l'époque où il était en charge du secteur « sectes », était maintenant affecté à la DCRI. Avec la refonte et la fusion de ces deux importants services – RG et DST[14] – il avait opté, lui, pour changer de direction et d'étage au sein de l'hôtel de police.

Les limiers de la PJ apprirent donc que c'étaient les membres de l'ancienne brigade de recherche des RG qui effectueraient les filoches et surveillances.

Les requêtes en provenance de tout le territoire se multipliaient. Pas moins de vingt-six demandes de personnes, affolées, terrorisées à l'idée que leur conjoint, leur enfant ou leur ami puisse être celui découvert à l'état de squelette. C'était toujours le même problème lors des appels à la presse. Les fausses pistes augmentaient de façon exponentielle. Et pas question de les ignorer. Il fallait les explorer toutes. Au demeurant, l'expérience prouvait que l'une d'entre elles pouvait parfois être la bonne.

Les trois enquêteurs y passèrent tout l'après-midi, de façon à ne garder que les sujets de race blanche, âgés d'une trentaine d'années, d'une taille avoisinant les un mètre quatre-vingts, et qui n'avaient pas disparu depuis plus de trois ans. Mieux valait dans ce domaine prendre une marge de sécurité. Seuls cinq dossiers se révélèrent intéressants.

Mais le lieutenant Normand ne devait pas pour autant oublier l'enquête sur l'empoisonnement de l'hostie. Le directeur du SRPJ lui avait déjà demandé

14. Renseignements généraux et direction de la surveillance du territoire.

à plusieurs reprises si les investigations avançaient. Il avait obtenu l'aide de plusieurs collègues d'un autre groupe. Ils étaient chargés de contacter tous les laboratoires ou officines diverses amenés à fournir du cyanure à leurs clients. Il compulsait maintenant les réponses.

Normand était assis sur sa chaise, les pieds sur son bureau, une position qu'il affectionnait lorsqu'il était seul. Il avait déposé sa veste sur une patère et le bout de sa cravate était rejeté sur son épaule gauche. La pointe ne devait pas être tachée par l'encre des imprimantes. Il affectionnait les cravates, en soie, griffées – le seul luxe qu'il pouvait se permettre – et leur nettoyage était onéreux. Il en avait déjà fait l'expérience. Il examinait le document qu'il avait sous les yeux et sa surprise fut telle qu'il faillit en tomber de sa chaise. Il changea de position, les pieds bien à plat sur le sol cette fois-ci, déposa un des listings sur son bureau et le relut attentivement.

Non, il ne rêvait pas. Une usine, spécialisée dans l'industrie chimique, avait établi une liste de tous ses clients au cours des douze derniers mois. Et il avait sous les yeux un nom qu'il reconnaissait. Capucine Vitulin avait commandé une cinquantaine de grammes de cyanure de potassium… quatre jours avant le décès de Laurent Corrado.

Kevin releva la tête en écarquillant les yeux de surprise. Une simple coïncidence ? Peut-être. Il se leva et la main droite sous le menton réfléchit en arpentant les quelques mètres carrés de son bureau.

Les policiers n'aimaient pas les coïncidences de ce genre, mais d'un autre côté il avait du mal à imaginer l'archéologue, avec son franc-parler, sa nature rebelle, son impulsivité, utiliser le poison. Non, elle était capable d'envoyer quelqu'un promener, de l'insulter, oui, de le tuer sous le coup de la colère, oui pourquoi pas, peut-être, tout le monde l'était, mais l'empoisonnement résultait d'un cheminement bien particulier. En l'occurrence, le procédé mis au point demandait un calcul sournois, une traque de longue haleine. Pas dans son style.

Mais les faits étaient les faits. Il récapitula. Laurent Corrado était venu ce jour-là à sa demande expresse, il avait reçu de nombreux appels de Capucine, du harcèlement en fait, c'était son ancien copain, il l'avait abandonnée ou quittée pour Mélanie, et il lui avait prêté de l'argent qu'elle était manifestement dans l'incapacité de lui restituer. Voilà maintenant qu'elle disposait chez elle de cyanure ! Il n'avait plus le choix. Ces éléments justifiaient, rendaient même obligatoire, son interpellation.

19 heures. Bernard se faufilait dans la circulation pour sortir du centre-ville. Direction Malbosc. Il fallait y arriver avant 21 heures. Heureusement ils circulaient sur les voies du tram ; formellement interdit par décision du grand chef, mais bien pratique !

Le logement de l'archéologue en chef était dans

les nouveaux quartiers, au nord-ouest de la ville, à proximité du parc Euromédecine, rue Adolphe Alphand. Bernard pila, se gara et suivit ses deux coéquipiers. L'appartement était situé en rez-de-chaussée, ce qui le ravit. Peu sportif, il déplorait régulièrement le fait que tous les gens à interpeller se trouvaient habiter, comme par un fait exprès, au dernier étage d'un immeuble sans ascenseur.

Les enquêteurs n'eurent pas besoin de se présenter. Capucine Vitulin leur ouvrit la porte. Elle était seule et occupait un trois-pièces bien lumineux, avec une hauteur sous plafond inhabituelle.

Sarcastique, elle s'enquit :

— Vous ne venez pas pour l'apéritif, je suppose ?

Normand ne releva pas l'ironie.

— Vous avez chez vous du cyanure ?

Après un moment d'hésitation, elle répondit non sans une certaine agressivité.

— Oui, pourquoi, c'est interdit ?

Patricia, adepte des formules à l'emporte-pièce, se manifesta :

— Interdit pour empoisonner les gens, oui.

L'archéologue en ouvrit la bouche toute grande d'émotion. Elle resta sans voix un instant, tira sur son tee-shirt, reprit ses esprits et lâcha :

— Vous voulez dire que Laurent a été tué par du cyanure ?

Patricia se mordit la langue en coulant un regard inquiet vers son supérieur.

— À quoi vous sert le cyanure ? demanda le lieutenant, se gardant bien de répondre.

— Suivez-moi.

Capucine Vitulin emprunta un couloir qui desservait une chambre, la sienne, et une autre pièce, son bureau apparemment. De dix mètres carrés au maximum, il était tapissé de rayonnages. Sur des étagères se trouvaient plusieurs bocaux renfermant des papillons. De nombreux plans de travail supportaient des ouvrages d'archéologie, des revues scientifiques, des fascicules sur l'histoire de l'art et diverses publications et magazines. Le tout dans un joyeux désordre, pour ne pas dire plus.

— Voilà, lança-t-elle. Je dépose au fond du flacon un morceau de cyanure de potassium gros comme une noix, approchez-vous, venez voir, et les vapeurs d'acide prussique les foudroient, sans les endommager.

— Vous vous intéressez à l'entomologie depuis longtemps ? interrogea Bernard.

— Depuis toujours. Et depuis toujours, j'utilise ce poison violent pour endormir les papillons, comme tous les entomologistes. Je ne me singularise pas dans ce domaine, vous savez.

— Nous allons faire une perquisition, nous saisirons votre réserve de cyanure. Vous êtes en GAV à compter de cet instant.

— En GAV ?

— Oui, en garde à vue, si vous préférez.

Et Kevin lui notifia ses droits.

Capucine jeta un regard décomposé à son interlocuteur.

— Mais vous m'arrêtez pour quel motif ? Pour le meurtre de Laurent ? C'est de la folie !

Elle s'approcha du policier, mais Bernard s'interposa.

— On discutera plus longuement au service, assena-t-il d'un ton ferme ne supportant aucune contradiction en la prenant par le bras.

La perquisition fut rondement menée et les enquêteurs se retrouvèrent bientôt dans leur bureau. Bernard transporta l'unité centrale de l'ordinateur ainsi que son PC à ses collègues de l'identité judiciaire.

Les yeux de Capucine flamboyaient d'une colère difficilement contenue et elle répondait par monosyllabes aux questions de Patricia sur son état civil, Les dialogues étaient brefs, et secs. Manifestement elle n'avait pas l'habitude de se trouver en position d'infériorité. Cela tombait mal, car Patricia n'était pas du genre à se laisser impressionner par qui que ce soit.

L'archéologue se tourna vers le lieutenant qui assistait sans intervenir aux échanges.

— Vous me croyez assez bête pour empoisonner quelqu'un avec du cyanure alors que j'en ai à mon domicile ? Réfléchissez un peu, lança-t-elle un petit rire forcé aux lèvres. Je ne suis pas débile.

— Vous en avez commandé il y a quelques jours...

— Pas du tout, je n'ai rien fait de tel. J'en ai acheté il y a deux ans et comme je ne m'en sers qu'avec parcimonie, il m'en reste. D'ailleurs, vous avez saisi ma réserve.

Normand ne releva pas. Le vendeur n'avait sûrement pas inventé une commande. Il le lui prouverait en temps voulu.

— Et cette histoire de harcèlement téléphonique, vous niez aussi ? intervint Patricia.

Capucine haussa les épaules, un sourire fatigué se dessinant sur son visage.

— Je vous l'ai déjà dit. Mon téléphone est dans mon sac, à proximité du lieu des fouilles. N'importe qui peut l'utiliser sans que je m'en rende compte. Ce n'est pas compliqué à comprendre quand même, non ?

La silhouette de Bernard apparut dans l'entrebâillement de la porte restée ouverte. Il fit un signe de tête à son supérieur qui le rejoignit dans le couloir.

— J'ai téléphoné au labo. L'achat a été passé à partir de l'ordinateur portable de Vitulin. Je viens de vérifier. Et regardez…

Bernard lui fit lire, directement sur l'écran du PC, la liste des mails envoyés, obtenant ainsi confirmation de la commande. Il prit l'appareil, retourna dans le bureau de Patricia et le présenta à l'archéologue en chef.

— Ça ne sert à rien de nier, constatez-le vous-même !

Capucine Vitulin arracha littéralement l'ordinateur des mains du policier. Kevin crut un instant qu'elle allait le précipiter à terre pour en effacer la preuve. Elle se contenta de lire le contenu du message. Elle était maintenant pétrifiée d'effroi.

— Ce n'est pas possible, non pas possible ! parvint-elle tout juste à dire. Ses mots restèrent un long moment suspendus dans l'air.

— Déjà entendu ça, lança sarcastique Patricia.

Les bras croisés, elle attendait la prochaine déclaration.

— C'est un coup monté de la police !

— Soyez raisonnable. Regardez !

Kevin lui montra une nouvelle fois la liste des courriels envoyés.

— Vous êtes bien l'auteur des autres messages, n'est-ce pas ? Ceux passés avant ou après ? Pourquoi vous obstiner ?

L'archéologue en chef se leva d'un bond, puis se rassit tout aussi vite et parla avec véhémence.

— Réfléchissez. Je ne nie pas utiliser le cyanure, tout mon entourage le sait, ce n'est un mystère pour personne ! Vous en avez trouvé chez moi, très bien. Mais je n'ai pas envoyé ce mail. Ma dernière commande remonte à plus de deux ans.

— Qui a pu adresser ce message ? C'est bien de votre ordinateur ?

Pendant quelques secondes le limier de la PJ ne la quitta pas du regard. Une tactique employée pour analyser la façon dont les gens réagissaient pendant la seconde qui suivait une révélation.

Madame Vitulin s'en sortit pas mal. Dans un premier temps, sa tête plongea en avant, puis ses yeux s'écarquillèrent en même temps que sa bouche s'ouvrait. Ensuite, elle gigota sur sa chaise avant de répondre, ayant recouvré ses esprits.

— Je ne sais pas, je prends mon PC dans une sacoche que je laisse à proximité du lieu des fouilles…

— À côté de votre téléphone, sûrement ? demanda, goguenarde, Patricia.

Son interlocutrice serra les lèvres, et l'officier de la PJ vit qu'elle serrait par la même occasion les poings. Mais elle répondit d'une voix à peine énervée.

— C'est exactement ça. On est futé dans la police !

Bernard toussota pour attirer l'attention de son supérieur.

— Le directeur veut vous parler. Kevin se leva.

— Lieutenant ! Je vous en prie ! Vous croyez vraiment que je suis pour quelque chose dans cette mort ?

— Il y a des preuves à charge contre vous. Le téléphone, la possession de cyanure, la dette d'argent, son départ avec votre élève, cela fait beaucoup de choses, non ?

— C'est un coup monté contre moi. Réfléchissez un peu, bon sang ! Quel serait mon intérêt de nier cette commande !

— Qui avait intérêt à la passer à votre place ?

Et devant son mutisme, il quitta les lieux.

Monsieur Rességuier avait déjà été avisé, on ne sait comment, de l'interpellation. Sûrement quelqu'un de bien intentionné désireux de se faire mousser.

— Alors, elle a avoué ? Le juge m'a déjà téléphoné deux fois depuis la délivrance de sa CR[15]. Le rédacteur en chef du journal aussi. Il ne va pas pouvoir garder l'info sous le coude trop longtemps. Au fait, comment sait-il à propos de l'hostie ? Ou en êtes-vous… ?

Kevin n'écoutait plus. Monsieur cent mille volts était un habitué de ce genre de feu roulant de questions qui ne nécessitaient pas toujours de réponses. Il laissa passer l'orage et s'expliqua. Sur les faits reprochés à Capucine Vitulin.

Le divisionnaire se radoucit.

— Maintenez-la en garde à vue, j'en informe le juge. Que le labo effectue des analyses comparatives entre le cyanure récupéré à son domicile et celui utilisé sur l'hostie. Je demande à Degas une ordonnance en ce sens.

Et il prit le téléphone tout en se balançant sur son fauteuil en cuir. Kevin se retira.

Patricia le retrouva dans son antre. Elle lui tendit les feuillets de son interrogatoire, en précisant :

15. Commission rogatoire.

— Je l'ai fouillée et Bernard l'a conduite dans les cages en compagnie du gars de l'IJ. Ils la palucheront[16] et feront les prélèvements d'ADN dans la foulée.

Normand ne répondit pas. Debout face à la fenêtre donnant sur le parking, il lisait les déclarations ou les dénégations, le mot était plus exact, de Capucine Vitulin. Il était perplexe. La littérature regorgeait de criminels ingénieux, mais il était bien placé pour savoir qu'ils commettaient tous des erreurs, par orgueil ou stupidité, par manque d'expérience ou excès d'émotion.

Capucine était une scientifique, froide, d'une intelligence qui comptait sur la science et tout ce qu'elle apportait. Pouvait-elle avoir imaginé ne fût-ce qu'un instant que les policiers ne feraient pas appel à l'arsenal technologique dont ils disposaient ? Toutes les émissions TV parlaient des téléphones portables, des ordinateurs, etc. Et elle, chercheuse au CNRS, n'y aurait pas pensé ! Il soupira, dubitatif.

Patricia se taisait. Sans comprendre tout à fait les méthodes de son supérieur, elle les avait acceptées. Les résultats étaient là pour attester de leur pertinence. Elle savait d'instinct qu'il ne s'agissait pas de la part de Kevin d'intuition ou de simple expérience, mais d'un authentique talent. Sa réputation n'était pas usurpée. Il s'en fallait. En silence,

16. Action consistant à relever les empreintes digitales.

elle attendait. Lorsqu'il se tourna, elle se hasarda à proposer :

— Elle a déclaré être à Marseille le jour de l'empoisonnement. Elle ne serait revenue qu'après sa mort.

— Elle a des témoins ?

La brigadière-chef se contenta de secouer négativement la tête de droite à gauche.

— On pourrait vérifier sa localisation à partir de son téléphone portable ?

Normand sourit. Ce serait un comble. Ne pas croire à la pertinence de l'analyse de ses relevés téléphoniques et de son ordinateur lorsqu'ils servaient de preuves à charge mais en tenir compte pour la dédouaner. Patricia avait suivi le raisonnement de son supérieur.

— Oui, c'est vrai, elle a très bien pu le laisser à quelqu'un qui soit allé à Marseille. Et si on s'intéressait à sa CB ?

Le lieutenant ne dit mot. Peu pertinent également. C'était une technique éprouvée des truands. Après avoir compris que la géolocalisation des portables était un élément en leur défaveur, ils l'utilisaient maintenant à leur avantage. Même chose pour la carte bancaire. Il suffisait de communiquer son numéro de code à un tiers qui effectuerait un retrait très loin – risqué, mais parfois le jeu en valait la chandelle – et le tour était joué.

— Non, il nous faut un témoignage ou mieux, il

hésita un instant, une bande vidéo qui nous prouve qu'elle était bien là-bas. Interrogez-la de façon à connaître avec le maximum de précision les lieux où elle se trouvait, les commerces fréquentés, etc. Si elle a retiré de l'argent on devrait l'apercevoir sur la caméra associée au distributeur automatique de billets (DAB), s'il y en a une. Enfin, vous voyez ce que je veux dire ! Bon, je vous laisse, mais épluchez-moi tout ça.

Kevin regagna son domicile. Il se doucha et se changea rapidement.

Il avait invité Charlotte Dumoulin à une pièce de théâtre donnée par la compagnie du Mélo, au Crès. Il avait déjà eu la chance d'y aller avec des amis, qu'ils retrouveraient sur place, et n'avait pas été déçu du spectacle.

Installés dans un domaine viticole à vingt minutes de Montpellier les représentations se plaçaient résolument sous le signe de l'humour. C'est ce qu'il appréciait le plus. Ses journées de travail lui donnaient plus souvent l'occasion de côtoyer la misère, le sordide ou la mort, il goûtait d'autant plus le côté léger, satirique du spectacle.

Il finissait juste de se changer quand la sonnerie de la porte d'entrée retentit. Charlotte n'était pas en retard. Il l'accueillit en l'embrassant sur les joues. Elle avait quitté son jean, pratique lorsqu'on chevauchait une moto, pour une robe d'été lui remontant au-dessus du genou et enfilé un tee-shirt

Désigual aux couleurs multicolores. Kevin apprécia. Il préférait les femmes qui ne rejetaient pas leur féminité au vestiaire, et un effort d'élégance et de coquetterie n'était pas fait pour lui déplaire. D'une taille nettement plus petite que la sienne, elle portait avec classe son mètre soixante. Ses yeux d'un vert diaphane étaient mis en valeur par des pommettes saillantes. Ses cheveux mi-longs, bruns avec quelques reflets roux, contribuaient à son charme.

Il avait pour sa part enfilé un pantalon en toile et opté pour une chemisette couverte de très légères lignes de couleur. À l'issue du spectacle, ils dîneraient sur place.

Une fois arrivés au Crès, le policier présenta son invitée à ses amis. Gilbert, ingénieur et patron d'une start-up, sa femme Cécile qui travaillait dans un établissement bancaire, Christian son homologue du groupe de répression du banditisme à la PJ et son épouse Dominique, enseignante.

La pièce, « Du rififoin dans les labours », était drôle et les artistes performants. Normand était sans voix. Il lui avait fallu un long moment, il ne s'en vanta pas, pour réaliser que tous les protagonistes jouaient chacun plusieurs rôles, avec des accoutrements différents, des façons de se comporter et de s'exprimer différentes. Plus que le contenu de l'oeuvre, leur capacité à endosser diverses casquettes était époustouflante. Leur habileté à changer de peau, de fonction, incroyable. Il s'inquiéta même de son incapacité à discerner plus rapidement le double jeu des acteurs. Embêtant quand on se veut un limier de la PJ.

Ils dînèrent ensemble dans une salle, rustique, jouxtant l'entrée du théâtre. La convivialité et la bonne humeur qui régnaient valaient tous les décors.

Ils passèrent une excellente soirée. Normand ramena Charlotte et lui offrit un dernier verre dans son appartement. Elle hésita un instant, mais juste un instant. Après tout, personne ne l'attendait.

Elle quitta le domicile de Kevin le lendemain à 7 heures. Juste le temps de retourner chez elle pour se changer, avant de foncer à son journal.

# 15

Le lieutenant Normand examinait le résultat de l'étude graphologique ordonnée par le juge Degas. L'expert concluait que les deux écritures étaient identiques et provenaient bien de la même personne. C'était donc effectivement le Québécois qui avait adressé le courrier aux compagnons de Maguelone. Cela mettait un point final à cette piste.

Bernard, le cheveu ébouriffé et l'air hagard, se présenta, son ordinateur portable à la main. Remarquant la surprise de son supérieur, il se justifia immédiatement.

— Je n'ai pas fermé l'oeil de la nuit, le petit dernier nous a fait une peur bleue. Enfin, bon... Je suis en train de visualiser le déplacement de la C5 de Martial. Il est allé faire un tour au Crès et n'est pas rentré avant minuit.

— Au Crès ?

Le brigadier déposa le PC sur le bureau de son chef de groupe.

— Regardez vous-même !

Surpris, le lieutenant se pencha longuement sur le plan de la région figurant sur l'ordinateur. Le récapitulatif des mouvements de la voiture était effectivement sans appel. Il précisait quand, pendant combien de temps et où se trouvait la Citroën depuis l'installation de la balise. Les informations étaient « rafraîchies » chaque cinq secondes. Quasiment du suivi en direct.

Pendant un long moment il ne réagit pas, d'un air absent il tripota une règle déposée sur son sous-main puis jeta un regard déconcerté à son collègue.

— Regardez, le véhicule était stationné au Mas du Pont.

Bernard fronça les sourcils. Il ne voyait pas l'intérêt de la remarque.

— Oui, et alors ?

— J'y étais hier soir ! L'adresse est celle d'un théâtre. Et l'heure de départ correspond à l'heure de fermeture ! Or, je suis formel, il n'y était pas. Ni dans la salle de spectacle ni au restaurant !

Les deux enquêteurs eurent la même pensée. Martial avait découvert la balise et l'avait placée sous un autre véhicule. Cela arrivait parfois, mais dénotait une méfiance rencontrée en règle générale dans le milieu. C'était une façon comme une autre de montrer aux flics qu'ils étaient retapissés. Pas très malin d'ailleurs, il aurait été plus judicieux de feindre l'ignorance et d'utiliser un moyen de locomotion différent.

Il se souvint d'une affaire. Une balise avait été détectée par les truands et plaquée sous un car de police secours. On pouvait être voyous et avoir le sens de l'humour. Cela avait fait le tour du service.

— Regardez l'écran, chef, la voiture est actuellement stationnée à Maguelone. Non, il ne l'a pas découverte.

— Ou alors, il l'a positionnée sur un autre véhicule simplement pour la nuit écoulée, afin de pouvoir aller ailleurs en toute discrétion. Maintenant que vous l'avez vu faire, rien n'est impossible ! Mais c'est un peu tiré par les cheveux, reconnut Kevin qui ne donnait pas véritablement foi à cette hypothèse.

— On en aura le coeur net, lança le brigadier Roset. Un seul espoir… commença-t-il en regardant fixement son collègue.

L'officier de la PJ avait suivi le raisonnement de Bernard et termina sa phrase :

— Que les gars de la DCRI l'aient pris en filoche ?

Bernard se contenta d'un hochement de tête.

C'était tout à fait possible. Crédible même. Normand déglutit. Maintenant, connaître les résultats de leur « suite » allait être une autre paire de manches. Inutile de leur téléphoner, leurs communications étaient enregistrées et personne ne donnerait le moindre tuyau à l'imbécile ayant la bêtise de poser la question par téléphone. De toute façon, il ne pouvait pas se contenter d'une précision orale, le magistrat instructeur exigerait un procès-verbal de renseignements en bonne et due forme.

Les services secrets pouvaient se permettre quelques fantaisies avec la procédure. Ils ne faisaient que peu d'interpellations, se limitant à des filatures aboutissant bien souvent à des mesures d'expulsion prises par le Quai d'Orsay. Pas la PJ. Ce qui n'était pas acté n'existait pas aux yeux du juge et il ne voudrait même pas en entendre parler. Il ne restait plus qu'une solution.

— Attendez-moi.

Dix minutes s'écoulèrent avant que le lieutenant ne revienne.

— Je reviens d'en discuter avec le directeur. Il va essayer d'en savoir plus et m'appellera.

Patricia fit irruption.

— Capucine Vitulin a effectué un retrait à un distributeur automatique de billets de la Cannebière et elle est tout à fait reconnaissable sur le CD de la caméra. Les collègues l'ont saisi et m'ont envoyé un lien informatique. J'ai pu m'en assurer. Comme d'habitude l'image n'est pas top, mais suffisante pour l'innocenter.

Une seule question s'imposait.

— À quelle heure ?

— La bonne heure, chef. J'ai vérifié, vous vous en doutez, dit-elle avec humeur. Elle était à Marseille entre le moment où les hosties ont été déposées à Maguelone et celui où vous les avez eues entre les mains. On part bien évidemment du principe que rien n'a pu être commis à l'évêché, glissa-t-elle, dans un sourire mi-figue mi-raisin.

Kevin ne releva pas. Même si un suspect potentiel lui échappait il n'était pas mécontent de l'innocence de l'archéologue. Les caméras, pour aussi attentatoires à la liberté qu'elles soient, étaient neutres. Leurs images témoignaient à charge comme à décharge. Certaines personnes l'oubliaient souvent. Et puis la responsabilité de Capucine Vitulin aurait mis à mal sa propre intuition.

Mais il y avait un revers à la médaille. Il fallait repartir de zéro. Et il ne devait pas oublier les menaces, à peine voilées, du juge Degas.

— Passez un coup de fil au magistrat instructeur et demandez-lui l'autorisation de la relâcher, décida l'officier.

Quentin Martial fit bon coeur contre mauvaise fortune. Il se félicita de la libération de Capucine, avec tous les membres, au sens le plus large du terme, de la grande famille constituée par les archéologues : professionnels, étudiants, amateurs éclairés, etc. Lors de son arrivée au centre de fouilles de Lattes, elle avait été littéralement acclamée.

Il se retira toutefois rapidement pour réfléchir. Comment cela se faisait-il ? Vraiment des bons à rien ces policiers ! Ils avaient mis un temps fou à retrouver le dernier courriel qu'il avait lui-même adressé, profitant d'un moment d'absence de la chercheuse, à partir de son PC ! Ils auraient pu découvrir qu'elle utilisait, comme nul ne l'ignorait, du cyanure pour sa passion d'entomologiste amateur, mais encore eût-il fallu qu'ils poussent la recherche sur plusieurs années. Il avait juste donné un petit coup de pouce au destin. En envoyant, peu de temps avant l'empoisonnement, un mail à son fournisseur, il leur offrait un suspect sur un plateau ! Il ne pouvait tout de même pas en faire plus. Les appels effectués à partir de son portable, la commande adressée à partir de son PC… Bon sang, que leur fallait-il de plus ?! Qu'elle se présente mains jointes pour qu'ils puissent y passer les menottes ?!

Le secrétaire général de la confrérie de Maguelone trépignait sur place.

La veille au soir, il avait laissé son propre véhicule à sa femme et emprunté le sien. Une précaution simple à ne pas négliger. Cela était parfois utile de regarder certaines séries à la télé.

Grâce à ses anciennes connaissances dans le milieu des affaires, il avait pu récupérer, certes moyennant un prix exorbitant réglé en espèces, une bonbonne d'un poison particulièrement violent, le gaz sarin[17], de triste mémoire. Il avait tremblé tout le long du trajet retour depuis Marseille et n'avait pas utilisé l'autoroute. Il craignait les douaniers autant

17. Le sarin est une substance, mortelle, inodore, incolore et volatile environ 500 fois plus toxique que le cyanure.

que les policiers. Il avait multiplié, à l'aller notamment, tous les systèmes permettant de repérer une filature et d'y mettre fin. Les sommes obtenues à La Grande-Motte avaient été utilisées à bon escient. Il s'en réjouissait.

Il respira profondément. Il ne devait pas perdre son sang-froid et ne pas prêter plus d'intelligence que nécessaire à des flics pas capables, lorsqu'on leur fournissait une coupable, preuves à l'appui, de la garder. Mais prudence était mère de sûreté.

Il avait déposé la bouteille avec son détenteur dans la cache, à son domicile. Elle y rentrait juste, mais n'y resterait que quelques jours. L'heure tant attendue arrivait maintenant. Il se sentait fébrile.

Kevin avait donné rendez-vous à Charlotte à Lattes. Ils voulaient chacun de leur côté retourner visiter l'église de Maguelone et avaient simplement décidé d'y aller ensemble. C'était en fait une simple balade historique. Chacun s'était bien promis de garder sa liberté. Le lieutenant avait réfléchi, si ses rapports avec la journaliste avaient pris un nouveau tour, dans la mesure du possible ils ne devaient pas empiéter sur ses activités professionnelles. De son côté, Charlotte était déterminée à préserver son indépendance. Ils étaient tombés d'accord pour ne pas ébruiter, plus qu'il ne le fallait, leur relation. Relation dont le caractère épisodique était si évident qu'ils n'avaient pas jugé utile de l'aborder.

Si d'habitude l'enquêteur de la PJ arrivait à Maguelone en petites foulées, par le chemin suivant la plage – au départ de Palavas –, il avait décidé de modifier son itinéraire d'accès. Ils accéderaient à la presqu'île à pied, à partir de la commune de Villeneuve-lès-Maguelone, en suivant la bande de terre qui bordait l'étang du Méjean. C'était un cadre de promenade très prisé. Une arche symbolisait, il l'avait appris récemment en travaillant son sujet, le départ du pont de plus d'un kilomètre rejoignant des siècles auparavant ce qui était alors une île. Frédéric Fabrège, à qui on devait d'importants travaux de recherches et de restauration, ancien propriétaire des lieux, était à l'origine de cette construction.

La journée était ensoleillée et le chemin agréable. Si, pour sa part, il avait fait des études de droit, Charlotte s'était intéressée à l'histoire. Aussi l'enquêteur en fut-il pour ses frais. Il pensait pouvoir en remontrer à la journaliste. Ce fut le contraire. Titulaire d'un master, d'un ton passionné elle brossa à Kevin un panorama de ce qu'avait représenté Maguelone depuis le VIIIe siècle jusqu'au transfert au milieu du XVIe de l'évêché à Montpellier.

Ils pénétrèrent ensemble dans l'ancienne cathédrale. Plusieurs touristes y étaient déjà. Kevin utilisa une clef, remise par le père Turgot, ouvrit une porte non accessible au public et ils s'engagèrent dans un étroit escalier en colimaçon. Une deuxième ouverture donnait sur une terrasse. De là ils dominaient les fouilles. À leurs pieds, dix mètres plus bas, ignorant tout de leur présence, Capucine Vitulin en compagnie de cinq de ses collègues, accroupie, creusait. Pas moins d'une quinzaine de magnifiques paons déambulaient à proximité.

— Leur présence ici même est signalée depuis plus de dix siècles, lui susurra à l'oreille Charlotte, peu désireuse d'attirer l'attention.

Elle n'oubliait pas que si elle pouvait retirer certains avantages professionnels de ses relations avec le policier – sa vie privée n'entrait pas en ligne de compte – cette proximité ainsi affichée pouvait lui jouer des tours.

Ils grimpèrent à nouveau, l'un derrière l'autre, la pente abrupte d'un escalier encore plus étroit. Les marches étaient particulièrement usées et souffraient du délitement de la pierre. Les deux visiteurs se taisaient, comme s'ils ressentaient sous leurs pieds le poids de l'histoire. Normand ouvrit enfin une ultime porte et ils se trouvèrent sur la toiture de l'église. Elle était constituée de sortes de lauzes rectangulaires. On pouvait marcher dessus, mais la présence de mousse rendait toute progression périlleuse. Charlotte prit la main de Kevin et ils accédèrent au faîte du toit. Le spectacle était à couper le souffle.

— Là, regarde, tu avais ce qu'on dénommait Port Sarrazin au VIII^e^ siècle.

Charlotte tendit le bras vers le sud et la plage toute

proche. Elle fit un demi-tour avec précaution et n'évita la chute que grâce à l'aide de Kevin.

— Ici, ce qu'on appelait l'île d'Esclavon.

Ce n'était plus maintenant qu'une petite plate-forme herbeuse sans aucune habitation.

La vue était magnifique. Le regard portait en direction de Montpellier, bien plus loin, jusqu'au pic Saint-Loup dressant sa silhouette à l'horizon, jusqu'à La Grande-Motte, et même jusqu'au mont Saint-Clair cher aux habitants de Sète.

Un seul bémol, réalisa Kevin en regardant la cloche qui se trouvait à quelques pas d'eux.

— Elle est vraiment ridicule, notamment en regard de l'importance de cette église, ne penses-tu pas ?

Il évita soigneusement toute allusion à la visite de Martial à Annecy. De toute façon, cela n'offrait aucun intérêt journalistique, avait-il décidé.

— Oui. Je me demande ce qu'on attend pour la changer.

Elle ne croit pas si bien dire, songea le policier qui ne pouvait que comprendre, voire apprécier, le souhait du secrétaire général des Compagnons de Maguelone d'en installer une de dimension plus imposante.

Ils redescendirent et firent le tour de la bâtisse.

Charlotte, décidément intarissable, évoqua successivement l'enceinte dite des portes de bois et celle dite des portes de fer. Ainsi que la position géographique des divers bâtiments de l'époque : aumônerie, buanderie, etc.

Pour ne pas être en reste, Kevin, qui avait quand même potassé lui aussi le sujet, lui présenta la chapelle Saint-Blaise qui jouxtait le cimetière. Du moins ce qu'il en restait. C'est-à-dire rien. De magnifiques paons se promenaient en liberté dans les hautes herbes. Toutefois, il réalisa qu'un rectangle d'une dizaine de mètres carrés avait été mis à nu. Des fouilles en perspective, peut-être.

— Il est tard, s'exclama tout à coup la journaliste en consultant sa montre. Il faut que je rentre.

Kevin pour sa part avait promis à l'archiviste diocésain de lui donner un coup de main. Ils se séparèrent.

Il retrouva au siège de l'évêché son ami André. Diacre comme lui, ancien enseignant, il avait proposé ses services. Le père Turgot les accueillit avec sa bonhomie habituelle et les conduisit dans une salle contiguë à son bureau.

L'archevêché de Paris avait mis au point un logiciel de numérisation et il ne restait plus qu'à l'utiliser. La tâche, digne d'un bénédictin, concernant des dizaines de milliers de documents dont certains avaient une valeur historique ou confidentielle, ne pouvait être confiée à une société privée. Les finances du diocèse n'y auraient d'ailleurs pas suffi.

Normand releva tout de suite que quelle que soit la confiance accordée l'archiviste ne s'éloignait pas de son bureau. La proximité aidant, il questionna le prêtre sur un sujet lui tenant à coeur.

— La cloche sur le toit est effectivement de petite dimension. Elle sera remplacée bientôt ?

— Oui, répondit l'ecclésiastique. Vraisemblablement dans quelques jours, juste avant le concert donné au sein de l'église. D'ailleurs, Martial a exigé qu'elle soit prête pour cette occasion, déclara-t-il en se tournant vers son interlocuteur.

Le policier laissa passer quelques minutes avant de revenir à la charge.

— Je me suis promené cet après-midi à Maguelone, et j'ai vu qu'à côté de la chapelle Saint-Blaise un espace avait été nettoyé. De nouvelles fouilles en perspective peut-être. Il s'agissait bien de l'ancien cimetière ?

Le père Turgot était occupé à séparer délicatement deux feuillets que la pression et le poids des ans avaient pratiquement collés entre eux. Tout à son exercice, tirant la langue comme si cela pouvait lui être d'un quelconque secours, il ne répondit pas tout de suite. Enfin satisfait, il fixa son interlocuteur et à voix basse lui confia :

— C'est curieux que vous me posiez cette question. Quentin Martial a sollicité une dérogation exceptionnelle.

Et il sourit avant de se remettre au travail. L'officier de police n'insista pas dans un premier temps. Mais tout ce qui concernait le responsable de la confrérie du denier de Dieu l'intéressait. Il s'interrogeait. Comment en savoir plus, sans intriguer l'archiviste. Il fut interrompu dans ses pensées par ce dernier :

— Il a demandé à être enterré dans le cimetière de Maguelone. Je parle de l'ancien, celui qui n'existe plus. Il souhaite édifier un caveau, pour lui et sa femme, précisa-t-il toujours en souriant.

Normand était surpris. Nul ne pouvait se faire inhumer à sa convenance.

— Il obtiendra gain de cause ?

Le père Turgot balança la tête de droite à gauche, en signe de perplexité et, croisant le regard du policier, lui donna son avis :

— Le code général des collectivités territoriales est très strict là-dessus. Nul ne peut être porté en terre à sa guise et surtout où bon lui semble. Mais, et il baissa la voix d'un ton, je crois savoir que notre évêque est intervenu auprès du préfet pour qu'il n'y ait aucun problème.

— Tout le monde peut obtenir une dérogation ?

L'archiviste termina le récolement de divers documents, apposa sur le listing le tampon de l'évêché et esquissa un sourire amusé.

— Non, bien sûr que non !

— C'est en rapport avec... les dons de la confrérie du denier de Dieu ?

Le père Turgot lui fit un clin d'oeil.

— Décidément, elle vous intéresse cette confrérie ! Oui, évidemment, cela a un rapport. Mais je suis surpris qu'il ait osé anticiper la réponse de monseigneur en dégageant un emplacement !

— Il est si attaché que cela à Maguelone ?

— Plus que cela. Il y consacre son temps, son énergie et son argent. Mais savez-vous pourquoi il souhaite être enseveli là-bas ?

Le policier écarta les bras en signe de négation.

— En juin 1096, Sa Sainteté le pape Urbain II avait promulgué une bulle par laquelle il accordait l'indulgence plénière de tous leurs péchés à ceux qui seraient enterrés dans le cimetière de Maguelone.

Après un temps d'hésitation, surpris, le lieutenant prit une grande inspiration avant de demander :

— Tous les gens en bénéficiaient ?

— Presque ! Seuls ceux qui faisaient un don conséquent à l'église pouvaient être mis en terre à côté de la cathédrale.

— Très peu, donc, résuma le policier.

Il y eut un nouveau silence comme s'il évaluait l'intérêt de cette découverte. Il fut troublé par le père Turgot.

— De toute façon, il y a bien longtemps que les effets de cette bulle ne prêtent plus à conséquence. Ils étaient limités à une stricte période. Quentin Martial devrait savoir que la meilleure façon d'obtenir le pardon de ses fautes, si tant est qu'il soit dans cette tournure d'esprit, c'est, et il se tourna vers son interlocuteur comme pour quêter son approbation, de ne pas en commettre.

Normand ne put s'empêcher de sourire plus franchement. Tout à coup il tomba sur un document intitulé : « Analecta Gallicana, revue d'histoire de l'Église de France : Jean-Guillaume de Vezay, évêque de Maguelone, a-t-il été empoisonné par le chapitre ? » D'émotion il rapprocha une chaise et s'y assit. L'article, daté de 1911, de la plume de J. Rouquette, mettait à mal l'hypothèse d'un empoisonnement du prélat nommé par le pape au moyen d'une hostie contenant du poison. Kevin en souffla de bouleversement et le relut à plusieurs reprises. Il blêmissait au fur et à mesure de sa lecture.

— Que se passe-t-il ? l'interrogea le père Turgot, surpris de sa soudaine immobilité. Vous vous sentez mal ? Vous êtes tout pâle…

Et il se pencha sur les feuillets tenus par le diacre, tout en dodelinant du chef.

— Ah, je vois ! Vous lisez l'article consacré à ce soi-disant empoisonnement. Rouquette a bien démontré qu'il s'agissait d'une légende, sans aucun fondement. Empoisonner un évêque au seul motif qu'il avait été nommé par le pape et non par le chapitre de Maguelone. Quelle hérésie !

Normand se taisait, mais son imagination faisait du chemin.

— Ce Rouquette n'était-il pas…

— Oui, c'était un prêtre. Et alors ? Sa démonstration ne vous paraît-elle pas pertinente et convaincante ?

Kevin voyait déjà la tête du juge Degas s'il lui présentait une argumentation visant à innocenter un policier ou à discréditer un fait qu'il aurait commis, développée par un autre policier. C'est un plaidoyer pro domo ! s'écrierait-il. Aucune valeur.

Devant le silence de son aide, l'archiviste revint à la charge.

— Il s'agit d'une simple légende, je vous l'assure. Tous les historiens sérieux en conviennent.

— Pour une légende, elle doit avoir l'âme chevillée au corps pour qu'on y consacre un article, certes destiné à la réduire à néant, mais sept siècles plus tard ! Ne croyez-vous pas ?

— Pensez ce que vous voulez, abdiqua le père Turgot.

— Et si, à ce motif, il s'en était ajouté un autre, voire plusieurs autres, insista le policier, peu convaincu par la bonne foi de son interlocuteur !

Le père Turgot sans laisser de côté son occupation tourna son buste en direction de son interlocuteur et ironisa.

— Vous voulez refaire l'histoire ? demanda-t-il goguenard.

Normand préféra éviter toute polémique. Une fois de plus il y avait un lien étroit avec l'histoire. Se répétait-elle ? Qui y était à ce point attaché pour reproduire des siècles après le même stratagème visant à éliminer un gêneur ? La réponse était évidente. Trop évidente, peut-être, s'inquiéta-t-il.

Après deux heures consacrées à la numérisation des archives diocésaines, le policier quitta la villa Maguelone.

— On vous a appelé à deux reprises, lieutenant, l'apostropha la secrétaire de la PJ. Tenez, voilà le numéro à rappeler.

L'officier avait demandé à ce que le chirurgien dentiste, expert en odontologie légale, membre de l'équipe d'anthropologie judiciaire d'identification du docteur Rousseau, et qu'il n'avait pu rencontrer lors de sa dernière visite, veuille bien le contacter dès la fin de son expertise. Apparemment elle était terminée.

Il décrocha son téléphone. Une voix féminine lui répondit. Il se présenta.

— Oui, j'ai essayé de vous joindre dans l'après-midi. J'ai mené à bien mon examen et j'adresse mon rapport au juge Degas.

La voix était agréable, dynamique, et le débit de son interlocutrice, rapide. Manifestement elle était pressée.

— Si vous le souhaitez, je peux vous rappeler par la suite ? lui proposa-t-il.

— Non, répondit Martine Duroc. J'ai un patient qui s'est désisté et j'ai un moment à vous accorder.

L'officier de la PJ fut surpris. Il pensait que l'experte se consacrait exclusivement à son art. Il le lui dit.

— Hélas, déplora-t-elle. Aucun spécialiste dans mon domaine ne peut vivre sans exercer une activité de cabinet. Nous manquons cruellement de fonds pour la recherche. Pas d'autoclave, de microscope à balayage électronique, difficulté de se former régulièrement ou de participer souvent à des congrès. Tout est à notre charge.

Elle soupira et changea de sujet.

— Que souhaitiez-vous savoir ?

— Avez-vous pu mettre en évidence, grâce à l'examen de la couronne, un coup de patte particulier, un alliage spécifique qui nous indique une région ou une manière de procéder ?

Petit rire de son interlocutrice.

— Vous regardez trop les séries TV, lâcha-t-elle. C'est quasiment impossible d'être précis à cause de l'uniformisation des techniques et des matériaux.

Kevin fit la grimace. Décidément, l'affaire partait mal.

— Quand je suis allée au labo avec ma trousse, j'ai pu examiner les dents…

— Vous ne les avez pas arrachées ?

— On l'évite à tout prix lorsque ce n'est pas absolument nécessaire, vous savez. Il ne faut pas mutiler les mâchoires, cela ne fait que rendre plus délicate la reconstitution faciale opérée par mes collègues. Les dents sont indispensables au maintien des tissus de la face et à la hauteur de l'étage inférieur. Par exemple, leur extraction entraîne des rides qui défigurent le visage et modifient les traits en creusant les joues, approfondissant les sillons, projetant la mandibule en avant…

— Comme lorsqu'une personne ôte son dentier et qu'elle présente une tout autre apparence ?

— Tout à fait.

— Et que pouvez-vous me dire sur son âge, son sexe ?

Dans une diction impeccable, de professionnelle qui maîtrise parfaitement les termes employés – au grand désespoir de celui qui doit les comprendre aussi vite qu'ils sont prononcés – elle expliqua :

— La diagnose de l'âge n'est pas toujours pertinente.

Elle marqua un temps d'hésitation, comme si son interlocuteur risquait de se méprendre et précisa :

— Je parle de l'âge dentaire. Qui peut être différent de l'âge tout court. Vous me suivez ?

— Un peu comme la différence entre l'âge réel et l'âge apparent.

— Oui, c'est cela, mais dans ce cas d'espèce, mon évaluation est une fourchette de vingt-cinq à trente-cinq ans.

Et elle poursuivit :

— La diagnose du morphophénotype, pas toujours significative au niveau dentaire mais davantage en examinant le massif facial et la forme du palais, me fait penser à un sujet type leucoderme…

— De race blanche, vous voulez-dire ?

— Oui, quant à déterminer son sexe, je pencherais vers un individu de sexe masculin, toujours en examinant, en plus des dents, le crâne et la mandibule…

— Vous n'en êtes pas sûre ? questionna Normand.

— Vous savez, dans mon domaine, comme dans le vôtre je crois, nous travaillons à partir d'un faisceau d'indices. Il faut faire preuve de beaucoup d'humilité, ajouta-t-elle, sentant une certaine déception poindre chez son interlocuteur.

Normand observa un moment de silence.

— Donc, rien d'intéressant ? déplora-t-il.

— Si, mais vous m'avez interrompue lorsque je vous parlais des dents.

L'enquêteur de la PJ se redressa sur son siège, le crayon à la main.

— J'ai découvert sur la couronne de la molaire du fond, la 16, la présence d'un tatouage…

— Un tatouage ?

Il entendit son interlocutrice soupirer.

— Laissez-moi terminer. D'un tatouage représentant une baleine. Il s'agit d'un procédé qui devient assez courant dans les milieux branchés, ou underground, notamment en Israël ou aux USA. Mais…

Et elle continua encore plus rapidement, si tant est que son débit, qui faisait déjà penser au policier au staccato d'un pistolet-mitrailleur, le permette.

— Je reviens d'un congrès au Québec et j'ai fait la connaissance de confrères. C'est la mode chez certains membres du WWF (World Wildlife Fund), l'organisme qui s'occupe de la protection de ces mammifères... Vous connaissez ?

— J'en ai entendu parler.

— D'avoir recours à ce genre de pratique. J'en connais un, de la ville de Québec, il travaille avec un prothésiste qui s'est justement taillé une petite réputation là-dessus. Vous voulez son numéro ?

Et sans attendre son avis, elle le lui communiqua.

— Pouvez-vous m'adresser par fax ou mail copie ou photo du tatouage ?

— Pas de problème, je fais des photos numériques, donnez-moi votre adresse mail.

Normand s'exécuta, puis devinant que son interlocutrice avait dans sa salle d'attente un nouveau patient, remercia et raccrocha.

Il se leva, s'étira et fit quelques pas. Se pouvait-il que l'affaire bifurque à nouveau vers le Québec et l'étudiant de l'université Laval ? Contre toute attente et surtout contre toute logique. À moins qu'il soit revenu sur place sans en informer ses amis ? Juste pour y mourir ? Peu crédible.

Il se déplaça vers le bureau partagé par ses deux collègues. Patricia raccrochait rageusement.

— Non, non et non ! Chou blanc sur toute la ligne. Je viens d'effectuer les dernières vérifs. Que dalle ! Plusieurs jours perdus pour des prunes !

Normand la briefa sur l'appel de l'odontologue.

— D'accord, concéda-t-elle, manifestement peu

convaincue, notamment après que son supérieur lui eut fait valoir toutes les incertitudes mises en évidence par l'experte. Mais il n'y a pas qu'à l'étranger que l'on peut obtenir des tatouages. J'y ai moi-même songé.

— Je parle des tatouages dentaires, objecta Kevin.

— Oui, j'ai pensé à une sorte de prothèse de couleur, sur une de mes incisives. Qu'en dites-vous ?

Normand se contenta de hausser les sourcils en signe de surprise. Il savait que le directeur appréciait parfois modérément les excentricités vestimentaires de sa collègue.

— C'est pour mieux me fondre dans la masse, répondait-elle systématiquement. En me voyant, personne ne songe à un flic !

— Faute de mieux, il faut se pencher plus attentivement sur cette piste. La reprendre. OK ?

Perplexe, Patricia le regarda.

— On a le rapport de l'expert en graphologie ! Il est formel ! Que faire de plus ? Suggérer au juge une contre-expertise ?

— Passez un coup de fil à Martial et à Vitulin. Demandez-leur si Labranche s'intéressait à la protection de la nature.

La brigadière secoua la tête en maugréant.

— Sympa de penser à moi ! On n'est pas dans leurs petits papiers en ce moment.

Et elle s'empara de son téléphone.

Une fois dans son bureau Normand récupéra les

deux lettres adressées par l'étudiant. Il n'y avait pas besoin d'être expert pour réaliser qu'elles étaient semblables. Il les examina longuement, les soupesa, les retourna. Une chose le surprit. Elles étaient toutes les deux rédigées exactement sur le même papier, portant l'en-tête des Compagnons de Maguelone. Mais rien de vraiment étonnant. Même si l'une avait été écrite sur le lieu des fouilles et l'autre au Québec. L'étudiant avait pu emporter un lot de feuilles préimprimées. Pour son usage personnel ou son imprimante. Tout le monde faisait pareil.

Toutefois quelque chose, il n'arrivait pas à l'identifier, intriguait le policier. Il respira profondément et se leva, tenant dans chaque main une lettre. Il se savait depuis longtemps doté d'une capacité d'observation et de déduction hors du commun. Au cours de ses tests d'aptitude à l'école supérieure des officiers, la psychologue chargée de son évaluation en avait été impressionnée. Il positionna contre les vitres de son bureau les deux courriers et les observa, par transparence. La trame du papier était identique.

Patricia le perturba dans ses cogitations lorsqu'elle entra et déclama :

— Banco. Vous aviez raison. Il se passionnait pour ces mammifères.

Puis tout aussi vite, elle s'exclama, intriguée :

— Que faites-vous ?

N'obtenant aucune réponse, mortifiée, elle referma la porte et s'en alla.

Le policier était comme en transe. Son regard scannait littéralement les deux feuilles de papier. Depuis le haut jusqu'au bas. Mêmes intitulés, même police de caractères, même dessin en filigrane qui reprenait le titre : « Compagnons de Maguelone ». Non, décidément son don s'était évanoui ou évaporé. Il décida de se concentrer à nouveau avant de jeter l'éponge. Rien, rien, rien d'anormal. C'en était désespérant.

Il baissa les bras et s'apprêtait à remettre les deux lettres dans leur chemise, lorsqu'il se ravisa. Son cerveau l'interpellait. Il avait diagnostiqué un fait que Normand n'arrivait pas encore à identifier. Par acquit de conscience, il reprit sa position initiale, plaquant une nouvelle fois d'un geste rageur les documents sur la vitre. Il retint sa respiration et la relâcha brusquement, étouffant un cri de satisfaction.

Se pouvait-il que… ?

## 16

*An de grâce 1282, île de Maguelone*

Eude de la Jugie poursuivait ses investigations au sein même de l'île de Maguelone avec la même obstination et persévérance à l'origine de son dernier succès. Il était conscient que le chiffre de ses ennemis augmentait avec la pression et la surveillance qu'il exerçait sur tous.

Ce matin, il se trouvait tapi dans un recoin de la cour de l'aumônier face à l'hospice des pauvres clercs. Un nombre très important de pauvres et de pèlerins en tous genres y arrivaient et repartaient sans cesse. En une incessante noria. Il n'avait pas choisi par hasard ce poste-là. La foule qui s'y pressait du matin jusqu'au soir était propice à tromperies et tractations de toutes natures.

Eude était rasséréné par ce qu'il voyait. La cité de Maguelone méritait bien, de par son régime de large hospitalité, sa réputation. Loin de la vie fastueuse et dissipée de certains prélats, d'autres chanoines portaient haut les couleurs de la règle de saint Augustin : pauvreté, charité, prière et aide à son prochain étaient leur lot quotidien. Il remarqua l'activité de l'infirmier aidé de son bayle : ils soignaient les malades, donnaient des bains et venaient au secours des plus âgés. L'aumônier, tenu de fournir trente lits de sangles avec des matelas remplis de bonne laine, un drap et une couverture, recevait les pauvres clercs et ne chômait pas. Après leur départ, au terme d'une nuit réparatrice, interdiction leur était faite de revenir avant huit jours.

Un mouvement se produisit. Guilhem de Conques arriva. Il était connu de tous pour sa bonté et sa piété. Il allait procéder au lavement des pieds de quelques pauvres. Un frère convers déposa un petit tapis vers lequel le chanoine se dirigea pour s'y agenouiller. L'archidiacre – lorsque par extraordinaire, et en grande pompe, il se prêtait à cette opération – exigeait lui un « agenouilloir » avec son carreau, réalisa Eude.

Le temps s'écoula sans que l'officier du prévôt puisse relever le moindre geste équivoque. Il décida de ne pas perdre une journée supplémentaire.

La nuit venue, alors que le Gacha égrenait les heures du haut de son perchoir et après s'être assuré que nul ne vagabondait, Eude traversa la cour et se dirigea dans le plus grand silence vers les sous-sols conduisant à l'atelier du forgeron. Il voulait s'assurer qu'il était digne de l'estime de son maître.

Il n'avait pas dit son dernier mot et était persuadé que quel que soit le sentiment de Tancrède de la Roche envers son artisan il ne pourrait que le féliciter si d'aventure il découvrait que sa confiance avait été trompée.

Bien que peu rassuré à l'idée de s'aventurer seul en des lieux si peu familiers, en des lieux dont l'accès était généralement réservé, il s'arma de courage et d'une torche. Le grincement de la porte conduisant au premier sous-sol le fit sursauter. Il s'immobilisa un instant, persuadé que ce bruit avait retenti dans toute l'île. Puis il s'enhardit, n'ayant constaté aucune fâcheuse conséquence. La flamme grésillait au fur et à mesure de son avancée dans l'étroit et humide couloir qui serpentait dans les entrailles de la cathédrale. Bien que peu impressionnable par nature, sa progression sans autorisation aucune au sein du coeur des fondations de la bâtisse l'oppressait. Il frissonnait maintenant, sa respiration se fit plus courte et il passa à plusieurs reprises sa langue sur ses lèvres.

Par souci d'économie, les quelques flambeaux qui balisaient le chemin emprunté quelque temps auparavant avaient été éteints. Tout à coup la flamme qui lui permettait de se guider oscilla. Une vague d'air frais lui balaya le visage. Elle fut suivie d'un murmure qui alla crescendo jusqu'à ce qu'Eude comprenne que quelqu'un arrivait dans sa direction. Il paniqua. Où se cacher ? Il avisa un recoin non loin de l'endroit où il se trouvait, s'y précipita et se plaqua contre le mur, essayant de ne faire qu'un avec lui. La lumière de sa torche aussi faible soit elle le trahirait. Non sans crainte, il la moucha. Le grognement qui avait attiré son attention prit la consistance d'un flot de paroles prononcées, il le reconnut de loin à sa silhouette massive, par le forgeron.

Perdu dans ses pensées ce dernier passa tout près de lui sans l'apercevoir. Eude de la Jugie attendit un long moment afin de s'assurer qu'il ne rencontrerait pas l'âme damnée du prévôt. Il s'était renseigné sur son compte et nul n'en parlait sans se signer aussitôt. Il hésita. Devait-il rebrousser chemin ? Il se reprocha immédiatement son manque de courage et d'obstination et décida de continuer. Ses yeux s'habituèrent bientôt à la pénombre et il se guida en laissant sa main droite glisser à tâtons le long des parois humides du souterrain dans lequel il évoluait.

Tout à coup une mince lueur apparut. Il réalisa qu'elle provenait de la porte de l'atelier du forgeron. Il pria le ciel pour qu'il n'y ait personne à l'intérieur. Il fut exaucé. Un feu ronflait au sein de l'âtre ; il s'en approcha. Les murs et le sol étaient recouverts d'une épaisse couche de poussière noirâtre. Manifestement, malgré l'importance de la cheminée et des conduits d'évacuation, l'air frais ne pénétrait que difficilement dans l'antre du disciple de Vulcain. De nombreux outils jonchaient çà et là le pavé et les tables de travail. Une entêtante odeur de brûlé dominait.

Le 2e officier distingua plusieurs moules dans lesquels le maître de forges faisait naître sous ses doigts la monnaie épiscopale : le sol melgorien. Eude n'ignorait pas que, frappé avec l'argent extrait des mines de Villemagne, il était largement utilisé bien au-delà des possessions du diocèse. Il contribuait à asseoir la richesse du comte-évêque. Il n'en avait jamais vu autant. La tentation fut plus forte que lui et il tendit la main pour s'emparer d'une pièce. De surprise il la lâcha. Elle venait juste de sortir de la forge et était brûlante. En lui échappant, elle tomba sur un chaudron, rebondit et roula sur une table en fer avant de choir, dans un grand vacarme lui sembla-t-il tant les lieux étaient silencieux, sous un tabouret. Il se précipita pour la ramasser et sa hâte et sa peur furent telles qu'il fit s'écrouler un ensemble de récipients en bronze. Le tintamarre de fin du monde qui s'ensuivit le laissa pétrifié. Il entreprit donc de mettre un semblant d'ordre au chaos. Tout cela pour ce sol qu'il tenait malgré tout encore entre ses doigts tremblants. Il le regarda longuement. Il semblait en tout point semblable à ceux qu'il utilisait. Il fut toutefois intrigué et tout en s'approchant du feu porta le revers de la pièce à la hauteur de ses yeux. Il ne put retenir une exclamation tant fut grande sa surprise. Rêvait-il ? Son imagination lui jouait-elle des tours ? Il se signa à deux reprises. Cela suffirait-il à éloigner de lui une possible excommunication ? Il n'en était pas certain. Il avait eu raison de continuer ses investigations jusque dans des lieux si secrets. Tancrède de la Roche le féliciterait de sa perspicacité. Son forgeron le trompait, n'hésitant pas à mettre son âme en péril.

Eude de la Jugie réalisa alors que si la porte de l'atelier était restée ouverte c'est que son occupant n'allait pas tarder à revenir. Il se reprocha de ne pas s'en être rendu compte plus tôt. Serrant dans sa main gauche la pièce, il quitta rapidement les lieux et toujours à tâtons rebroussa chemin.

La lumière dégagée par le feu brûlant dans l'âtre de la cheminée de la forge l'avait aveuglé et lui interdisait pour l'instant de voir quoi que ce soit dans le corridor obscur parcouru maintenant à grandes enjambées. C'est ainsi que l'officier du prévôt, dont les yeux n'avaient toujours pas eu le temps de s'accoutumer à la pénombre, n'aperçut pas la silhouette qui arrivait vers lui, torche éteinte.

Eude se heurta à une véritable montagne de chair et de muscles qui obstruait la totalité du passage. Les grognements poussés, la sueur exhalée par le corps de celui qui passait le plus clair de son temps tout près des flammes et des braises incandescentes lui permirent d'identifier le forgeron. Ce dernier le saisit à bras-le-corps comme pour l'enserrer dans une sorte d'étau. Eude en gémit de douleur et porta de nombreux coups de poing sur le visage de son agresseur en se débattant. Son pied droit heurta douloureusement la paroi du souterrain et il en profita pour y prendre appui et tenter de déséquilibrer son adversaire. Le simple dallage qui pavait le couloir étant particulièrement humide, ils glissèrent tous les deux. Le géant essaya de mordre le visage de l'officier du prévôt, qui reçut l'haleine fétide et avinée de son assaillant en pleine face. Heureusement pour lui, son agresseur avait l'esprit embrumé par l'alcool, ce qui ralentissait ses réflexes. Eude fut le premier à se relever et il s'enfuit en courant. Il entendait le halètement de son poursuivant, mais parvint à le distancer rapidement. Il grimpa les escaliers qui le conduisirent en plein air et poussa un véritable soupir de soulagement. Si le royaume d'Hadès était celui de son assaillant, maintenant il avait rejoint le royaume des vivants.

Il adressa une brève prière au Seigneur. Il fit quelques pas. L'air frais chargé d'embruns lui permit de recouvrer promptement ses esprits. Que faire ? La découverte était d'importance et justifiait le réveil du prévôt. Il se dirigea vers la tour de l'évêque, sous l'oeil intrigué du Bada dont il avait totalement oublié la présence, ouvrit la porte et grimpa les escaliers. D'un coup de pied, il tira d'un profond sommeil un de ses serviteurs. Ce dernier dormait sur une simple paillasse de foin à proximité de la chambre de son maître.

— Va dire au prévôt que je veux l'entretenir au plus vite, lança l'officier.

Tout en se frottant les côtes, le domestique darda un regard chargé de haine vers celui qui le réveillait.

— Il n'est pas dans l'île, parvint-il à articuler après quelques secondes. Il ne revient pas céans avant deux jours, ajouta-t-il.

Désarçonné Eude recula, puis fit demi-tour. Alors qu'il descendait les escaliers, il fut pris de crainte. Et si ses soupçons s'avéraient sans fondement ? Et s'il s'était trompé ? Il serra dans sa main la pièce de monnaie, preuve du forfait inexpiable commis par le forgeron, et ralentit sa descente. Il n'avait pas le choix. Il devait vérifier l'existence d'une des bulles émises par le précédent évêque. Seule sa lecture serait à même de répondre à ses interrogations. Comment faire ? Aller voir directement monseigneur de Vezay ? Le prévôt ne goûterait sûrement pas qu'il s'affranchisse de sa tutelle pour évoquer sans son aval avec monseigneur les turpitudes de son âme damnée. Il fallait agir prudemment. Oui, la prudence était de mise. Tout compte fait heureusement qu'il n'avait pu le rencontrer, se dit-il. Ce contretemps lui permettrait de s'assurer de la valeur de cette bulle épiscopale et d'en apprécier l'exacte portée. Mais comment opérer ? L'accès à des documents d'une telle importance, sous la garde du chanoine bibliothécaire, n'était pas donné à tous. Lui demander audience ? Il se rappelait comment il avait été accueilli et surtout comment il avait été congédié. Sans compter que le dignitaire se ferait un plaisir de rapporter sa visite !

Eude était maintenant descendu au pied de la tour et faisait les cent pas dehors. La lune brillait au sein du firmament et sa silhouette se découpait parfaitement à la vue du Bada toujours intrigué par son comportement.

Brusquement le 2e officier se décida, il fit demi-tour et grimpa à nouveau les marches. Il ferait une entorse au règlement. Il gagnerait la bibliothèque en utilisant l'escalier à vis permettant à monseigneur de Vezay de joindre directement depuis son logement ce lieu d'étude et de réflexion où il aimait s'immerger de temps à autre. Eude retint son souffle quand il passa devant l'entrée des appartements épiscopaux. Personne. Il obliqua sur la droite et descendit l'escalier. Il bloqua sa respiration lorsqu'il posa la main sur la poignée de la porte donnant accès à la bibliothèque. Et si elle était fermée, et si monseigneur y était, ou Lothaire de Canillac ? Il redressa le buste et d'un geste mesuré repoussa lentement le vantail qui glissa silencieusement sur ses gonds.

Eude passa la tête par l'entrebâillement et respira un grand coup. Personne. Il se détendit et se dirigea directement vers les armoires contenant toutes les archives du diocèse. Seraientelles verrouillées ? Non, constata-t-il en remarquant que toutes les clefs pendaient sur les serrures. L'officier avait du mal à lire les titres présents sur les divers registres. Il se résolut à allumer une chandelle.

Il ne lui fallut pas moins de deux heures pour découvrir la mise en garde du pape Clément IV réprimandant durement le prédécesseur de monseigneur de Vezay. À la suite d'une telle réprimande Bérenger de Frédol avait immédiatement émis une bulle dont les termes étaient sans équivoque aucune. Eude la relut posément à deux reprises. Il en était sûr. Il avait raison. Il contempla une nouvelle fois le sol melgorien dont la présence lui brûlait maintenant la paume de la main. Mais il devait le garder pardevers lui pour convaincre le prévôt. C'était une preuve irréfragable.

Eude remit tous les documents déplacés à leur place en espérant que personne ne noterait une modification quelconque, souffla la bougie et s'en alla.

Du haut de sa tour le Bada et le Gacha, appelé à la rescousse, remarquèrent la petite lueur de la chandelle s'éteindre. Ils virent de même Eude de la Jugie, le dos courbé, les mains sur la poitrine, quitter en silence l'enceinte canoniale.

L'officier se coucha anxieux. Il espérait surtout que le maître forgeron ne l'avait pas reconnu et ne s'était pas rendu compte de l'emprunt effectué sur la cassette épiscopale.

C'était sans compter que la monnaie ainsi frappée était comptabilisée jusqu'au moindre sol. Après l'empoignade, le maître des lieux avait tout de suite pensé avoir affaire à un voleur. Après avoir compté et recompté cent fois, il s'était aperçu de la disparition d'une pièce. Il devait en informer sans délai son maître, ce dernier étant particulièrement suspicieux. Surtout compte tenu de la particularité de ces sols-là et du secret dont Tancrède de la Roche entourait cette activité. Le forgeron gardait en mémoire le souvenir du sort réservé à l'un de ses aides qui avait oublié que rien ne lui appartenait. Il en frémit.

Le prévôt vérifiait scrupuleusement le poids des divers métaux entrant dans la fabrication de la monnaie et rien ne pouvait échapper à son attention. Tout géant qu'il était le malheureux artisan en frissonna d'effroi. Il connaissait les colères de son maître et était bien placé pour juger de l'efficacité des instruments de torture qu'il avait lui-même confectionnés. Il saisit le pichet de vin qui se trouvait non loin du soufflet de forge et en avala une longue rasade pour se donner du courage.

# 17

Oui. Il n'y avait pas l'ombre d'un doute. Une légère différence notamment en ce qui concernait la calligraphie de la première majuscule, le C du mot Compagnons, était visible. Mais que signifiait-elle ? Une seule façon d'en avoir le coeur net. Normand appela Patricia et il décida de se rendre en sa compagnie à l'imprimerie Presse People. Elle était située à Baillargues, en zone artisanale, près de l'autoroute.

— Effectivement. Vous avez raison, annonça le patron de l'entreprise. À titre commercial nous avions sollicité, il y a plusieurs années de cela, notre fabricant de papier – car pour notre part nous nous contentons d'imprimer le nom et l'adresse de la raison sociale – pour faire apparaître en filigrane les termes « Compagnons de Maguelone ». Notre fournisseur a changé et le graphisme du C du mot Compagnons a été légèrement modifié. C'est tout à fait visible. Mais la qualité du produit et son grammage restent le même, assura-t-il.

Et le responsable remit entre les mains de l'enquêteur du SRPJ le document en l'invitant à le palper.

Kevin prit à nouveau la feuille, mais ce qui l'intéressait n'était pas ce qui était identique, mais différent.

— Les compagnons de Maguelone sont informés de cette nouveauté ?

— Pas du tout. Ils n'ont jamais demandé à avoir un filigrane, car c'est plus onéreux, et la différence est tellement minime…

— Donc ce document, et il présenta la lettre que lui avait remise Quentin Martial, n'a pu être rédigée à cette époque.

— Impossible. Je suis formel. La particularité que vous avez relevée n'existait pas alors. Nous fournissons ce papier exclusivement depuis deux mois.

Normand jeta un regard à Patricia comme pour lui laisser l'opportunité de poser une question, mais elle y répondit par une mimique négative, avant de suggérer :

— On file interroger Martial ?

Surpris, le lieutenant écarquilla les yeux.

— Vous plaisantez, je suppose ?! Les ramettes sont commandées par dizaines et tout le monde peut emprunter des feuilles. Compte tenu de ce que nous savons sur lui… prudence.

La problématique était simple : comment un document prétendument rédigé il y a deux ans par une personne n'ayant pas remis les pieds en France depuis avait-il pu être écrit sur un support fabriqué tout récemment ?

La brigadière-chef hasarda une hypothèse :

— Et si on lui avait adressé le feuillet pour qu'il y rédige sa lettre ?

— Impossible le cachet de la poste fait foi. Et même en dissociant l'enveloppe de son contenu, quel intérêt de remercier, maintenant, les compagnons pour leur accueil, d'il y a deux ans ?

Patricia resta sans voix, mais revint à la charge.

— Et si le graphologue s'était planté dans son analyse ?

L'officier fit la moue. Décidément elle avait de la suite dans les idées et s'obstinait.

— Encore ! Je ne suis pas expert, mais de toute évidence c'est bien la même écriture. Regardez !

— Je suis d'accord, concéda Patricia, mais alors, quelle est votre déduction ?

— Premièrement, nous ne disposons que de deux lettres écrites par Henri Labranche nous servant d'éléments de comparaison, deuxièmement on n'arrive pas à le joindre. Nous devons en avoir le coeur net. Conclusion, il faut aller sur place, avec une CRI.

— Je suis partante, s'exclama-t-elle, une lueur d'espoir dans la voix, à l'idée de se rendre au Québec en compagnie de Kevin. Je me débrouille en anglais, alors que Bernard est nul. Il parle mieux l'espagnol, affirma-t-elle en réponse à une question qui ne lui était pas posée.

Normand réfléchissait. Il demanderait une commission rogatoire internationale au juge, mais auparavant il fallait en discuter avec le directeur du SRPJ. Ce type de mission coûtait cher et privait le service d'un ou deux enquêteurs pendant un certain temps. Mais, régulièrement des collègues partaient à l'étranger. Depuis les accords de Schengen, applicables à la seule Union Européenne, les truands se jouaient des frontières devenues de véritables passoires. Les policiers s'adaptaient.

Normand abandonna sa collègue au siège du SRPJ et regagna dare-dare son domicile. Il devait se changer rapidement et se rendre à l'église Saint-Matthieu pour assister son ami Grégory Fabre.

Dès qu'il avait appris, par l'intermédiaire de l'archiviste diocésain, que les membres de la confrérie du denier de Dieu fréquentaient ce lieu de prière, il avait décidé d'y aller pour assister à une cérémonie religieuse ne serait-ce qu'en qualité de simple fidèle. En fait, le hasard faisait bien les choses, il allait y participer mais en qualité de diacre. Après tout, même s'il ne souhaitait pas, en règle générale, mélanger ses deux activités, autant faire en sorte qu'il en tire profit de temps à autre.

Cela lui rappela des souvenirs, notamment ceux accumulés lors de sa première et seule année passée au séminaire de Toulouse alors que Grégory était son tuteur. Ce dernier, une fois la prêtrise obtenue, grand sportif devant l'éternel, avait choisi l'armée, mieux à même de lui offrir une vie plus active, forte en émotions et en voyages. Ils s'étaient rencontrés tout à fait fortuitement à l'école de police de Nîmes et depuis ils se téléphonaient régulièrement. Mais aujourd'hui Grégory remplaçait l'aumônier titulaire de l'École d'application de l'infanterie. La présence des militaires à Montpellier touchait à sa fin et c'était une des dernières fois que les jeunes officiers de cette arme participaient à l'office religieux dispensé au sein de ce lieu de culte peu connu des Montpelliérains.

Il est vrai que l'Institut du Christ-Roi Souverain Prêtre, société apostolique d'origine italienne, partisane d'un catholicisme intégral, célébrait la messe en latin. Ces traditionalistes avaient obtenu de pouvoir se recueillir dans cette église. Avec bien entendu l'aval de l'évêché. Ils n'avaient rien à voir avec les fondamentalistes de monseigneur Lefebvre, comme l'avait déjà souligné le père Turgot.

C'était toujours avec le même plaisir que les deux amis se retrouvaient. Ils s'étaient promis lors de leur brève rencontre au séminaire de concélébrer des messes, mais n'avaient pas eu la chance de le faire souvent. Grégory suivait les troupes et était couramment à l'étranger et Kevin, à cause de ses occupations, peinait à établir un planning sûr et fiable. Aussi, lorsque l'opportunité le permettait, au pied levé, ils célébraient un office ensemble. « L'occasion fait le larron », comme le lui avait dit, non sans humour, le prêtre.

Les retrouvailles furent source de joie et de souvenirs. Mais le policier étant arrivé peu de temps avant la cérémonie ils durent abréger leurs discussions pour se présenter devant les fidèles.

Si le diacre était habitué à une fréquentation parfois clairsemée des lieux où il officiait, une fois n'est pas coutume, toutes les travées étaient ici occupées. Kevin en fut surpris. Les ouailles de Grégory se reconnaissaient aisément au milieu de cette foule : moins de trente ans, de stature athlétique, le visage glabre, le cheveu court et le maintien raide. Kevin se sentait proche des jeunes officiers. Ils nourrissaient le même engagement. Celui de servir. Mais, nouveauté pour lui, toutes les tranches d'âge se trouvaient représentées ici. On entendait même ici et là des pleurs de bébés. La future relève. Cela lui fit chaud au coeur. La plupart des autres pratiquants étaient membres de la bonne société montpelliéraine et constituaient les piliers de cette famille chrétienne et, une fois les militaires disparus, il ne resterait plus qu'eux.

Conformément à leur tradition, la cérémonie se déroula en latin et le prêtre officia le dos tourné à ses ouailles. Une quinzaine d'acolytes, âgés de huit à dix-sept ans, assistaient Grégory. Cela ramena Normand à l'époque où lui aussi, mais au sein de l'église de Baillargues, secondait le curé de son village.

Normand, revêtu de son aube diaconale, écoutait d'une oreille l'homélie de son ami Grégory monté en chaire, et de son regard acéré fouillait la soixantaine de fidèles.

Il salua tout d'abord d'un simple geste de la tête ses parents. Ils encadraient et essayaient, non sans mal, d'endiguer Victor. Ce dernier l'ayant reconnu gesticulait avec force et lui faisait des signes de la main. C'était devenu une tradition dans la famille. Lorsque Kevin prenait part à une cérémonie religieuse, ils se faisaient un plaisir d'y participer quand ils le pouvaient.

Il avisa également, installé dans les premiers rangs, Quentin Martial. À sa droite se tenait une femme, la sienne vraisemblablement. Le lieutenant, qui avait eu l'occasion de consulter longuement les clichés photo des membres de la confrérie du denier de Dieu récupérés en préfecture, en identifia pas moins d'une dizaine. Ils étaient assis tout autour de leur responsable. Aucun ne présentait une physionomie d'illuminé ou de dangereux malfaiteur. Bien au contraire. De quoi rassurer le diacre. Mais son expérience professionnelle lui avait permis de vérifier que l'habit ne faisait pas le moine. De quoi inquiéter le policier.

Quentin Martial avait également reconnu dans l'assistant du père Fabre l'enquêteur de la PJ. Il en avait été interloqué. Même ici, il fallait qu'un…

ersatz de curé, un flic plus exactement, vienne le provoquer ! Il n'était pas tombé de la dernière pluie et avait du mal à imaginer que Normand, jamais rencontré jusqu'alors, puisse être présent devant lui dans un but exclusivement pastoral. Ça, personne ne le lui ferait avaler.

Le sang martelait ses tempes. Il avait par moments l'impression d'avoir la tête dans un étau et que sous la pression croissante des mâchoires de l'instrument de torture elle allait éclater. Parfois, au contraire, il reprenait le dessus. Il se calma et maîtrisa les battements de son coeur. Jusqu'à présent il avait fait un sans-faute. Mieux, il avait ridiculisé le policier de la PJ en faisant de lui son complice, son messager de la mort. N'était-ce pas Normand qui avait remis, de ses propres mains, l'hostie empoisonnée ? Mais l'idée de sa présence ici, au milieu des siens, de sa femme, de ce qu'il avait de plus cher, lui était intolérable. Il le payera, se promit-il. D'une façon ou d'une autre.

Lorsque les fidèles se répartirent en deux colonnes pour recevoir, qui des mains du prêtre, qui de celles du diacre, le corps du Christ, Quentin Martial fit tout son possible pour se faufiler dans la file du père Fabre. Il avait été pris tout d'un coup une sorte d'angoisse. Incontrôlable. Et si le policier voulait l'empoisonner ! Pour se venger. Était-ce une prémonition ? Perdait-il la tête ?! Il se rasséréna. C'était impossible, il ne pouvait savoir, il l'aurait déjà arrêté. Sa vie comptait peu, il était prêt à la donner pour l'accomplissement de son grand oeuvre. Mais pas encore. Bientôt. Oui.

Normand remit l'hostie à ses parents, à son frère, ainsi qu'à certains membres de la confrérie du denier de Dieu ; non pas dans la main, comme cela se faisait maintenant, mais comme il la recevait dans sa jeunesse, sur la langue. Tradition oblige.

La participation aux chants liturgiques était là aussi inhabituelle, rare, exceptionnelle, réalisa Kevin. Il y avait vraiment ici une communion très particulière qui unissait le coeur des fidèles. Cela le toucha et il se promit de revenir, fusse en qualité de simple croyant.

Du haut de la chaire, Grégory n'hésita pas à rappeler que questions ou demandes diverses pouvaient lui être adressées par courriel. Ainsi, même en ces lieux où l'on professait le plus grand respect pour les traditions, la révolution Internet bouleversait, par petites touches, les habitudes. Normand en sourit.

Une fois la cérémonie terminée, en compagnie de son ami Grégory, il resta quelques instants à bavarder au sein de l'église avec les fidèles. Par habitude, le prêtre saluait un à un les fidèles. Contraint et forcé Quentin Martial, le sourire aux lèvres, serra la main du lieutenant de police et lui présenta sa femme.

Normand la fixa un moment comme si sa physionomie lui rappelait quelqu'un. Mais en vain. Montpellier était une grande ville même si le monde des chrétiens pratiquants se restreignait chaque année comme peau de chagrin. Il avait pu l'apercevoir au cours d'une cérémonie…

De haute taille, les traits tirés, le nez aquilin, peu fardée, ses cheveux chocolat étaient ramenés derrière les oreilles, elle se tenait légèrement en arrière de son mari comme pour bénéficier de sa protection. Ils n'échangèrent que quelques phrases, mais le policier remarqua tout de suite qu'elle soupesait le moindre mot, ne s'engageant jamais. Elle croyait, pensait que… mais pouvait se tromper. En bref, au terme des quelques banalités prononcées, il n'avait pas réussi à comprendre ce qu'elle voulait dire. Si tant est qu'elle ait eu quelque chose à dire. Écrasée par la personnalité de son mari, fut sa conclusion.

D'ailleurs, estimant que l'entretien n'avait que trop duré, Quentin Martial la prit soudain par le bras et sans autre forme de procès l'éloigna de l'enquêteur comme s'il avait peur d'une contamination quelconque. Il avait une autre idée en tête. Il venait d'entendre ses voisins de droite évoquer les parents du diacre. Il se dirigea vers eux la main tendue et se présenta. Il se permit même le luxe de les féliciter d'avoir un tel fils. Puis, alors que son épouse s'entretenait avec madame Normand, il saisit son mari par l'épaule et au terme de leur conversation lui remit discrètement une enveloppe.

Quelques instants plus tard la foule des croyants s'était dispersée.

L'esprit rasséréné, le grand maître de la confrérie du denier de Dieu arpentait, sa femme à son bras, les rues de la ville. Il passa tout près de l'église Notre-Dame-des-Tables, qu'il salua de la pensée. Le nom de son association ne provenait-il pas de ces lieux chargés d'histoire ? Un sourire illuminait son visage. Il s'était servi, certes bien involontairement, de Kevin une première fois, pourquoi pas une seconde ? Et pourquoi ne pas y associer ses parents ? Pour l'éternité, gloussa-t-il.

Il venait de réagir avec pertinence. Le temps lui faisait défaut. Plus que quelques jours avant le premier concert de musique sacrée.

Pour leur part, les deux officiants dînèrent ensemble non loin de la place Jean-Jaurès, au Cerdan. Ils appréciaient, outre sa cuisine, ses voûtes en pierres apparentes et la relative quiétude qui y régnait. Ils se quittèrent fort tard après s'être promis de se rencontrer plus souvent.

Le lieutenant Normand venait de faire le bilan de ses investigations suite à la découverte du squelette. Il avait démontré à son directeur l'intérêt de se rendre au Québec pour avoir plus d'informations. Il avait même avancé que, à son avis, la résolution de cette énigme conditionnait celle de l'hostie empoisonnée.

Le directeur de la PJ faisait les cent pas dans son

bureau, tournant autour de la chaise sur laquelle son officier se tenait. Situation qui mettait mal à l'aise celui momentanément au centre des circonvolutions directoriales. Elle obligeait le visiteur, s'il voulait suivre le regard du big boss, à se contorsionner en permanence. S'il restait immobile, peu concerné par ce que les policiers nommaient la « danse du scalp », gare à lui. C'était dans l'esprit du divisionnaire une marque d'indifférence. Normand avait trouvé la parade.

Il se leva et prit position près de la porte. Il évitait ainsi tout risque de torticolis.

Monsieur Rességuier se rassit et appela le magistrat instructeur. En quelques minutes il emporta sa conviction. Une commission rogatoire internationale serait délivrée.

— Vous avez entendu ? Vous partez, seul, au Québec. Prenez contact avec notre attaché de sécurité intérieure au Canada, il facilitera votre installation et vous mettra en communication avec les services de la sûreté du Québec.

— Et en ce qui concerne les collègues de la DCRI, vous avez du nouveau ?

Le chef du SRPJ prit son temps avant de répondre. Manifestement les tractations avec son homologue de la direction centrale du Renseignement intérieur avaient dû être orageuses. Il s'éclaircit la voix.

— Ils ont bien pris en filature Martial, qui s'est rendu à Marseille, mais, et il ponctua sa phrase d'un solide coup de poing sur sa table, ils n'ont rien voulu me dire de plus. Je ne sais pas qui il a vu. Secret défense ! m'a-t-on opposé.

Normand n'insista pas. Cela ne servait à rien. Il pouvait toutefois en déduire que la rencontre, si rencontre il y avait eu, rentrait effectivement dans le cadre du contre-espionnage. Y avait-il un lien direct avec les gens des Émirats arabes unis ? Vraisemblablement. Lequel ? Impossible de répondre. Un seul espoir. Que ses collègues n'attendent pas l'irréparable pour lui communiquer des infos.

En quittant le bureau de son directeur, le lieutenant se rendit dans la salle réservée aux écoutes téléphoniques. Patricia et Bernard s'y trouvaient. D'un signe de tête, il leur demanda ce qu'il en était.

— Beaucoup d'effervescence après notre perquise chez Vitulin. Les archéologues ne savent pas quoi en penser. Ils se doutent que nous avons des billes mais ne connaissant pas lesquelles, ils se perdent en conjectures. Pas un seul d'entre eux ne la croit coupable toutefois

Patricia finissait de retranscrire sur un procès-verbal le résultat des communications. Elle haussa les épaules, s'étira et annonça :

— Premièrement, Quentin Martial se fait appeler le grand maître et son adjoint le grand commandeur, etc. À leur âge ! lâcha-t-elle, en hochant la tête. Deuxièmement, ils manigancent une manifestation, qu'ils veulent d'importance, devant l'église de Maguelone, lors des concerts de musique…

Bernard manifesta sa surprise en interrompant sa collègue :

— Tiens ? Je croyais qu'elle adoucissait les moeurs ?

— D'après ce que j'ai entendu, ou compris, ils sont contre l'utilisation des lieux de culte dans un but différent de celui pour lequel ils sont prévus.

Le brigadier revint à la charge.

— Pourtant, c'est de la musique sacrée, non ?

Et il tourna la tête vers son supérieur, plus qualifié que lui dans cet univers.

Normand avait eu l'occasion d'en discuter une fois avec son évêque. Certains redoutaient que cette possibilité, de mettre à disposition des laïcs des enceintes religieuses, ne préfigure d'autres demandes, ou exigences, de nature beaucoup plus profane. Pourquoi pas, demain, un concert de rock ?! Ou une rave partie ?! Il avait même entendu dire, de la bouche de l'archiviste, que les compagnons du denier de Dieu déploraient non seulement la tenue de ce type d'activités, mais également qu'elles soient accessibles aux non-croyants !

Il s'en ouvrit à ses deux collègues.

Leur mine et leur mutisme reflétèrent toute leur incompréhension. Manifestement il n'était pas utile de s'engager plus loin dans ce domaine.

— OK, passez l'info à la sous-direction de l'information générale. Au moins qu'ils ne puissent prétendre que la PJ ne joue pas le jeu. Les manifs c'est leur domaine. Rien de plus important ? demanda l'officier. Rien de plus intéressant sur les écoutes de Martial ?

— Pas pour l'instant, mais…

— Oui ? s'enquit Kevin qui faisait mine de partir.

— J'ai comparé le nombre d'heures de conversation enregistrées depuis que nous l'avons branché par rapport à ses relevés téléphoniques d'avant, et cela dénote une très nette diminution de ses appels.

L'officier fit silence. Il comprenait le sous-entendu de Patricia. Rien d'étonnant qu'il pense être sous surveillance, dans la mesure où il se livrait déjà à de multiples manoeuvres pour casser les filatures.

— On a bien les numéros de toutes ses lignes ?

Patricia ne répondit pas tout de suite, ouvrit une chemise dans laquelle se trouvaient les réquisitions judiciaires adressées à tous les opérateurs du territoire et les présenta à son supérieur, en écartant les bras.

— Sauf s'il a acheté un portable avec une carte, à l'étranger, on est bons, conclut-elle.

Normand se retira. Il devait se préparer au départ, mais était inquiet. Devait-il faire partager au juge Degas son inquiétude ? Il réfléchit un instant. Il connaissait la réponse du magistrat. Elle tiendrait en deux mots : des preuves. Avezvous des preuves ? Or, que pouvait-il lui apprendre de plus que les propos échangés la dernière fois ? L'arrivée du contre-espionnage ! Et alors, dirait-il, cela relève de mon homologue en charge de ce domaine.

L'officier était pris de malaise. L'absence de preuve ne signifiait pas la preuve de l'absence, d'intentions coupables en l'occurrence. Il décida d'en parler à nouveau à son directeur.

Le commissaire divisionnaire était au téléphone, mais l'ayant aperçu par l'entrebâillement de sa porte, rarement fermée à clef, il l'invita de la main à s'approcher.

— Quoi, encore ?

— Je suis inquiet. Le comportement de Martial est plus que suspect, mais nous n'avons aucune preuve, ajouta-t-il rapidement, sachant que c'était la question à venir.

M. Rességuier se leva, fixa son jeune subordonné et lui dit :

— J'étais en ligne avec la DCRI. Ils entendent Martial parler à demi-mot du concert de musique sacrée. Apparemment il est obnubilé par sa prochaine tenue.

— Oui, nous aussi, on a le même son de cloche aux écoutes.

Le directeur toussota.

— Mais là, il paraîtrait que Martial évoque avec son adjoint une opération d'un type différent, dans la mesure où, semble-t-il, les autres membres en sont exclus. Oh ! On n'a pas plus de précisions, ils parlent par ellipse, sous-entendu ou allusion.

Normand était surpris. Ses collègues n'avaient pas du tout fait état de cette particularité. Se pouvait-il que la DCRI ait connaissance d'un autre numéro de téléphone, inconnu de la PJ ? Non, même le contre-espionnage ne pouvait inventer ce qui n'existait pas. Il ne restait plus qu'une explication. Ils avaient sonorisé l'appartement et le bureau de Martial. L'opération, particulièrement attentatoire aux libertés individuelles, n'était que très exceptionnellement du domaine de la PJ. Par contre, en matière de terrorisme, ou de sûreté de l'État, tout était possible. Il voulut savoir.

— La Siat ?

Le lieutenant faisait allusion au service interministériel d'assistance technique. La police française devait beaucoup à l'expérience de son homologue canadienne, dans ce domaine. Créée quelques années auparavant, suite à la loi Perben II, c'était l'unité la plus confidentielle de la PJ ayant en charge les agents infiltrés dans les réseaux criminels ou terroristes. Ces policiers un peu particuliers bénéficiaient d'une habilitation spéciale délivrée par le procureur général de Paris. Un décret d'application encadrait strictement leurs missions qui, tout en faisant courir d'énormes risques aux fonctionnaires, les conduisaient parfois à accepter certains arrangements avec la rigueur prévue par le code de procédure pénale.

Un des rôles de cette équipe était la sonorisation de certains lieux. La cellule d'intervention était composée d'un serrurier, expert dans l'art d'ouvrir les portes sans laisser de traces, et de spécialistes en communication chargés de planquer des micros.

Mutisme, mais pas de dénégation véhémente de son vis-à-vis, constata Kevin.

Il s'enhardit.

— Opération « Ouf » ?

Par là, l'officier évoquait la possibilité d'écoutes effectuées hors tout cadre judiciaire. En clair, qui n'avaient aucune existence officielle, qui donc n'existaient pas.

Après un long instant de silence, plus révélateur qu'un aveu aux yeux du lieutenant, le divisionnaire s'énerva :

— Peu importe comment elle le sait ! Je partage toutefois votre inquiétude. Mais pour l'instant, je ne peux rien faire de plus. Vous ne m'apportez aucune bille, et il regarda sévèrement son enquêteur, pour emporter la conviction du magistrat instructeur. Oui, on peut toujours boucler Martial, pendant vingt-quatre ou quarante-huit heures, le temps d'une garde à vue, et après ? Il faudra le remettre dehors. Le bénéfice ? Il sera informé de nos soupçons et se méfiera davantage.

Le directeur continuait son soliloque comme s'il cherchait à se convaincre.

— Annuler le concert ?

Kevin leva brusquement les yeux vers son directeur, il n'avait rien formulé de tel, même si cette idée l'avait effleuré.

— Ce n'est pas de mon domaine de compétence, mais nous assurer qu'il n'y aura pas de bombe, oui. Je ferai venir de Marseille les chiens spécialisés dans la recherche des explosifs, on passera au peigne fin l'église et s'il le faut elle sera gardée, nuit et jour.

Et il frappa son poing sur la paume gauche de sa main. Il regarda une dernière fois son officier et se fit menaçant.

— Ne me faites pas regretter de vous avoir confié ces deux affaires, c'est clair ! Les prochaines promotions vont se décider bientôt et si vous voulez être accroché au tableau…

Normand en avait assez entendu. Il évita de manifester sa lassitude face aux sempiternelles menaces ou propositions d'avancement et se retira.

Charlotte Dumoulin venait de passer un sale moment à ferrailler avec son rédacteur en chef.

— Vous rendez-vous compte de ce que vous demandez ?! J'ai appris, et votre… ami ou relation, ne vous avait même pas informée que l'archéologue avait été placée en garde à vue ! Elle raconte maintenant partout que l'empoisonnement de son ex-copain est dû au cyanure. Un de nos concurrents va en entendre parler, fera le lien avec une hostie et nous soufflera la primeur de l'info. Avez-vous une idée de la notoriété conférée par la publication de ce scoop ? La moindre idée ? Oh, bien sûr que non. On ne peut attendre davantage. Si votre père était de ce monde…

Charlotte soupira. Son paternel avait été le supérieur de Michel Zerbaud, il y a fort longtemps de cela, et quand il voulait la moucher, où lorsqu'il était à bout d'arguments, il utilisait cet artifice : « Votre père, lui… » Elle leva les yeux au ciel.

— Je vous accorde encore un délai, un petit délai, mais si j'apprends qu'un de nos confrères est en passe de sortir l'info, je publie. C'est clair !

Et d'un geste rageur, alors que son téléphone sonnait, il la chassa de la main.

Si Kevin ne lui avait pas tout dit, elle n'avait pas tout avoué à son boss non plus. Notamment les mots incompréhensibles, car dissociés de leur phrase d'origine, découverts sur l'ordinateur de Laurent Corrado : Tuez… Dieu… siens, tout comme elle avait tu l'appel passé par un membre du contre-espionnage. Son frère en l'occurrence. L'enquête risquait de prendre donc une tout autre tournure. Son rédac chef avait raison sur un point. Elle devait faire vite, sinon son papier, lorsqu'elle le sortirait, sentirait le réchauffé. Une petite idée germait dans sa tête et pour en avoir le coeur net elle devait au préalable effectuer diverses vérifications.

Elle gara sa moto sur le parking face à la médiathèque Émile Zola, évita adroitement les deux trams circulant sur les voies et se dirigea vers le département Occitanie. Elle se présenta, demanda à parler à Guy et lui fit part de sa requête. Il la conseilla.

— Vous pourriez obtenir des informations en parcourant le Petit Thalamus.

Il s'éloigna quelques instants puis revint vers elle.

— Tenez. Le voici. Vous connaissez ?

Même si elle n'était à Montpellier que depuis quelques années, passionnée d'histoire, elle n'ignorait pas que cette appellation était celle d'une sorte de journal, de chronique, le mot était plus exact, d'actes et de documents publics en rapport avec les anciennes législations de la ville de Montpellier.

— Depuis le XIIIe siècle jusqu'au XVIIIe, lui précisa le responsable du département à son interrogation muette. Mais savez-vous d'où le nom tire son origine ?

Elle se contenta d'esquisser une moue d'ignorance.

— Comme pour toutes les questions historiques, les avis sont partagés. Pour certains, il viendrait du nom donné par les juifs au livre qui conserve leurs coutumes, leurs lois et leurs traditions sur presque toutes les matières, c'est-à-dire le Talmud ; pour d'autres, qui refusent d'admettre que ce nom, très connu, mais méprisé et haï, ait pu être assigné par les chrétiens des siècles les plus catholiques, il découle du mot latin thalamus, signifiant, « le lit », « la couche », appellation dont ils se servaient pour indiquer le lieu le plus secret de leurs temples.

Charlotte écoutait tout en feuilletant les pages. Elle réalisa rapidement que la compréhension des cahiers lui poserait de nombreux problèmes. La chronique était écrite, pour la partie la plus ancienne et la plus importante, en langue vulgaire c'est-à-dire en roman du Midi, une autre partie en latin et enfin pour les faits les plus récents, évoquant le XVIII^e, en français. La partie en langue romane avait été publiée en son temps par un certain Desmazes, archiviste de la mairie. Le nom lui disait quelque chose sans qu'elle n'arrive à identifier quoi exactement. Elle usa de son charme et obtint rapidement le concours, comme traducteur, de son interlocuteur.

Ne pouvant monopoliser son aide trop longtemps, elle eut recours à la table des matières et se concentra sur les privilèges des chanoines du chapitre, et l'affinage de l'argent, notamment au travers des sols melgoriens dont elle avait pu noter l'importance dans les finances du diocèse de Maguelone.

Lorsqu'elle quitta la grande salle, après avoir remercié Guy, elle enfourcha sa moto et fonça vers l'Arc de triomphe. Elle avait une idée. Et si les fouilles avaient permis la mise au jour de quelque chose de valeur ? De sols melgoriens, par exemple ! À proximité de la rue Foch se trouvaient les boutiques de plusieurs numismates de réputation.

Elle en ressortit abattue dix minutes après. Hélas, son hypothèse avait fait long feu.

— La valeur de sols melgoriens ?! s'était écrié

l'expert. Égale à zéro, avait-il répondu avec un grand sourire tout en dessinant de deux doigts le chiffre énoncé, de façon à être le plus explicite possible. On en découvre encore tous les jours. Ils n'ont vraiment aucune valeur, je vous l'assure.

Et devant la mine déconfite de sa visiteuse, il ironisa.

— Mais gardez les pièces que vous avez. Qui sait, dans un siècle ou deux elles en auront peut-être.

Elle retourna à son bureau. Il en fallait plus pour l'abattre. Elle était sûre de suivre une bonne piste. Celle de l'histoire, une fois de plus. Elle se plongea dans les divers ouvrages dont elle n'avait pu terminer la lecture. Tout d'un coup, elle fit un bond sur sa chaise.

Elle se leva, fit quelques pas, et lut à haute voix comme pour mieux s'assurer qu'elle ne rêvait pas : « Tuez-les tous, Dieu reconnaîtra les siens. » Elle répéta les quelques mots à plusieurs reprises comme pour en apprécier toute la portée. Il s'agissait d'une phrase prononcée par Arnaud Amaury, le légat du pape. Elle la connaissait parfaitement. Il avait ordonné, en pleine période d'hérésie cathare, de tuer tous les habitants de Béziers, Dieu faisant son affaire des bons chrétiens. Elle en tremblait maintenant. Comment n'avait-elle pas eu la présence d'esprit de faire déjà le lien ! La joie d'avoir découvert le sens des quelques mots, avoués sous le sceau de la confidence par Kevin, le disputait à l'horreur de la signification de la phrase. Et surtout de ses conséquences.

Elle s'empara de son téléphone et composa le numéro du portable du policier. Elle tomba sur la messagerie et rageuse rabattit le couvercle pour couper la communication. Elle essaya son poste direct au SRPJ.

— Oui, bonjour, répondit la brigadière-chef Patricia Bonnaud.

N'obtenant aucune réponse elle répéta, agacée :

— Oui, allô ! allô !

À l'autre bout du fil, Charlotte se taisait. Elle s'aventura toutefois à demander à s'entretenir avec monsieur Normand.

Patricia avait immédiatement identifié la voix honnie de la journaliste.

— C'est de la part de qui ?

Et ne recueillant pas de réaction, elle poursuivit :

— C'est pour quoi ?

— C'est très important, je souhaiterais lui parler. De la part de Charlotte Dumoulin.

Patricia Bonnaud, se mordit les lèvres de colère. Que voulait-elle ? Ne savait-elle pas que les gens de son espèce devaient s'adresser directement au directeur pour obtenir des infos ? Elle se contint et parvint à prononcer d'une voix où ne transparaissait aucune animosité :

— Il est absent pour plusieurs jours. Vous désirez quelque chose ?

— Pouvez-vous lui dire que j'ai appelé ?

— Je n'y manquerai pas, répondit la policière en raccrochant.

Elle se paya même le luxe de faire un bras d'honneur en direction du malheureux téléphone. Attitude peu féminine, certes, mais le soulagement obtenu la justifiait largement. Du moins à ses yeux.

Normand fit alors son apparition, la faisant sursauter comme prise en faute.

— Un problème ?

Patricia secoua la tête.

— Non, pas du tout.

— Je pars au Québec et j'ai basculé mon numéro sur votre poste. D'accord ?

— Pas de problème, lieutenant. À partir de maintenant je prendrai scrupuleusement tous vos messages. Bonne enquête. Dommage que je n'ai pu vous accompagner.

L'officier acquiesça, tout en réprimant un certain soulagement. Alors qu'il quittait les locaux du SRPJ, il s'avisa ne pas avoir salué une dernière fois ses parents. Depuis le bureau d'un de ses collègues, il les appela.

Claire Normand souhaita bon voyage à son fils, multipliant les recommandations, puis raccrocha.

— As-tu pensé à lui dire que monsieur Martial nous a donné des invitations pour assister au concert de musique sacrée au sein de l'église de Maguelone ? lui demanda son mari.

— Zut, j'ai oublié !

Elle réfléchit un instant, hésitant à le rappeler, puis sachant que son fils y assisterait elle y renonça.

— Tant pis, on lui fera la surprise, conclut la mère du lieutenant Normand.

Kevin récupéra ses billets d'avion auprès du secrétariat du directeur. L'apercevant, monsieur Rességuier sortit de son antre.

— La représentation musicale a lieu dans quatre jours. Je ne sais pas si vous serez de retour. Dès aujourd'hui, je place un dispositif de surveillance autour de l'église. J'ai fait appel à un chien spécialisé dans la recherche des explosifs. Il arrive de Marseille demain matin. La bâtisse sera passée au peigne fin et les accès contrôlés jusqu'au concert.

Charlotte tournait en rond dans son bureau. Impossible d'avertir Kevin. Impossible non plus d'aviser sa collègue ou sa hiérarchie sans dévoiler que Kevin l'avait mise dans la confidence et lui porter gravement préjudice ! Devait-elle en parler à son rédacteur en chef ? Il ne différerait pas d'un instant la publication de son reportage alors qu'elle avait promis au policier de garder le silence. Mais d'un autre côté, pouvait-elle assister sans réagir à un véritable massacre et avouer par la suite qu'elle avait des infos lui permettant de l'éviter !

Cruel dilemme.

Il n'y en allait plus de sa seule conscience de journaliste, mais de sa responsabilité morale personnelle. Voire de sa responsabilité juridique. La non-dénonciation de crime était bien punie par la justice. Non, elle n'avait plus le choix. Et elle fila vers le bureau de son rédacteur en chef. En voilà un qui serait content.

## 18

*An de grâce 1282, île de Maguelone*

Lorsqu'il se leva, Eude de la Jugie apprit que Jean-Guillaume de Vezay ainsi que son prévôt se trouvaient en visite dans les prieurés dépendant du diocèse. En leur absence, l'archidiacre Théobald de Verdale avait tout pouvoir. Mais l'officier n'avait aucune confiance en lui et savait que l'inimitié ressentie envers le chanoine était largement partagée. Il ne se voyait pas lui avouant le vol d'un sol melgorien dans les ateliers du forgeron. Même pour une bonne cause. La seule chose à faire était de poursuivre ses investigations. Le comportement du forgeron n'avait pas un véritable lien avec les vols qui se perpétraient régulièrement au détriment des biens du chapitre. Il était simplement révélateur du climat délétère qui régnait à Maguelone.

Eude s'enquit auprès du 5^e^ officier qui se trouvait à ses côtés, un personnage falot et sans aucune envergure, du remue-ménage entrevu du côté du cimetière.

— Un des chanoines de l'église Notre-Dame-des-Tables de Montpellier vient de décéder. Il voulait être enterré au sein de notre cimetière, mais...

— Mais ? questionna le 2e officier d'un ton coupant, ne comprenant pas pourquoi tant d'hésitation.

— L'archidiacre ne l'entend pas ainsi et a ordonné son renvoi à Montpellier.

Et avant que son homologue ne lui demande des précisions, il s'approcha et lui confia à voix basse :

— Il ne peut laisser aucune offrande d'importance qui justifierait aux yeux de Théobald de Verdale le repos de sa dépouille ici même.

Eude ne fit aucun commentaire. Il reconnaissait bien là l'esprit de lucre présidant à toutes les actions de l'archidiacre.

Béranger Pellicier, qui se dandinait d'un pied sur l'autre, ironisa :

— En guise de consolation, l'office des morts sera prononcé par Théobald de Verdale lui-même.

Le 2e officier en fut surpris. Cette charité-là n'était pas familière à celui dont tous les actes étaient calculés au plus juste. Quant à penser qu'à titre de compensation il présiderait lui-même la messe, seul un niais comme Béranger pouvait y porter le moindre crédit. Intrigué, Eude décida d'assister à la cérémonie religieuse et au départ du corps du malheureux chanoine de Notre-Dame-des-Tables.

Comme il s'y attendait, la célébration fut rapidement expédiée. Il ne nota aucune piété particulière dans l'homélie de l'archidiacre, pressé semblait-il de retrouver des occupations plus en rapport avec son rang et ses privilèges. Sa surprise monta toutefois d'un cran en réalisant qu'une fois le cercueil de simples planches posé sur un chariot, le prélat suivait le cortège. On passait là de l'étrange à l'impensable. Après le passage des portes de bois, le convoi se dirigea vers le pont reliant l'île à la terre ferme. La présence de l'archidiacre à la tête de la procession allait sans nul doute interdire tout contrôle à ses aides, jugea l'enquêteur. Il réalisa alors que toutes les conditions étaient à nouveau réunies pour permettre le départ de la cathédrale d'un nouveau butin. Surtout en l'absence de monseigneur et de son prévôt. Il secoua le 5e officier qui le suivait, toujours bayant aux corneilles.

— Filez me chercher deux robes de pèlerins, lui ordonna-t-il.

— Deux ? s'enquit Béranger Pellicier, l'air ahuri.

— Oui, rétorqua Eude. Une pour moi, l'autre pour vous. Faites vite.

Et d'une bourrade, il l'expédia.

Ainsi déguisés ils accompagnèrent le cortège qui se dirigeait maintenant vers le centre de Montpellier. Une sépulture au sein du domaine de la prestigieuse cathédrale lui ayant été refusée le défunt chanoine en serait quitte pour se contenter du cimetière jouxtant Notre-Dame-des-Tables.

Eude n'avait pas l'intention de perdre de vue le

convoi funèbre dans le dédale des ruelles du centre-ville. C'était très difficile compte tenu de l'affluence. La douceur du temps permettait aux manants, domestiques sans maître et étrangers de tous ordres, de dormir dans l'encoignure des portes sans aucun souci du lendemain. Au fur et à mesure que le cortège se rapprochait de l'église, l'accès à l'entrelacs des venelles devenait plus malaisé. Les mendiants alléchés par les aumônes étaient de plus en plus nombreux, leur audace de plus en plus pressante et les bagarres entre coupe-jarrets, tire-laine et vide-goussets de tous poils n'étaient pas rares. Chacun espérait recevoir ne serait-ce qu'une simple obole distraite du « Denier de Dieu ». Cette contribution volontairement fournie – en certaines occasions prélevée – auprès des marchands et banquiers de tous acabits était en fait un impôt en faveur des oeuvres pies. Ces offrandes généreusement versées contribuaient à l'embellissement de l'église ainsi qu'à atténuer, parfois, la misère du petit peuple.

La notoriété de Notre-Dame expliquait l'affluence et l'intérêt qu'elle suscitait. Construite au début du IXe siècle suite à l'afflux massif des Espagnols chassés de leur pays par l'invasion des Maures, elle avait été érigée en l'honneur de la bienheureuse Vierge Marie, mère de Dieu. Théâtre de multiples miracles elle faisait l'objet d'une vénération particulière. Elle rassemblait autour d'elle la fine fleur du commerce, des marchandises et des hommes venus du bassin méditerranéen, du Levant ou de plus loin encore. Ce qui n'empêchait pas qu'entre négociants et changeurs rivaux, nombreux à s'installer aux alentours de l'édifice religieux, les discussions s'achevaient plus souvent par un coup de poignard que par une bénédiction. Quant aux malandrins et rufians de tous poils à l'affût d'une proie facile, qu'ils viennent se frotter à lui, ils seraient servis. Et il flatta de la paume de la main la dague dont il avait pris soin de se munir. Ce seul contact le rasséréna.

Cette dimension commerciale ramena immédiatement Eude à la découverte des caractéristiques si particulières du sol melgorien. Il comprenait mieux maintenant.

Le convoi se dirigea directement vers le portail donnant accès au cimetière, sur la partie nord de l'église. Eude hésita. Devait-il le suivre ? Il regarda son compagnon comme pour quêter un conseil.

Béranger Pellicier connaissait la mission de son supérieur et avait réalisé qu'il risquait d'être le témoin, bien involontaire, d'une dangereuse aventure susceptible de lui occasionner plus de désagréments que d'avantages. Aussi se cantonna-t-il dans un rôle d'accompagnateur, peu désireux de prendre la moindre initiative. Il n'avait d'ailleurs pas saisi pourquoi Eude – d'habitude il ne lui adressait même pas la parole – avait sollicité son concours.

Ayant compris qu'il n'avait rien à attendre de son homologue, de la Jugie le tira par la manche et ils s'engagèrent à la suite du cortège d'une dizaine de personnes entre les pierres tombales. Le cercueil fut descendu du chariot. Allait-il être mis en terre immédiatement ? Si tel était le cas, le 2e officier aurait la preuve de son erreur de jugement. La tension était telle qu'il en arrivait à douter de la légitimité de ses soupçons. Mais jusque-là il n'avait pas commis l'irréparable et pouvait s'en retourner sans aucun dommage. Son coeur fit un bond lorsqu'il réalisa que le cercueil était conduit vers une porte donnant accès à l'arrière de l'église. Les fossoyeurs attendaient, leurs instruments à la main, le bon vouloir des ecclésiastiques. Eude s'avança la tête baissée et couverte par son capuchon. Alors qu'ils s'approchaient de l'entrée, le gros vantail bardé de fer fut violemment refermé sur leur nez, leur interdisant toute progression. L'officier s'immobilisa.

Instinctivement il se retourna vers Béranger Pellicier, sans obtenir la moindre réaction, le moindre soutien, la moindre remarque de sa part. Que devait-il faire ? Que pouvait-il faire ? De multiples pensées s'entrechoquaient dans son esprit. Son subconscient le lui affirmait : il allait se passer quelque chose d'important en rapport direct avec sa mission. Il devait se faire violence. Tirant par le bras le 5e officier, remontant les longs pans de sa pèlerine qui entravaient sa course, il fit le tour de l'église et arriva devant une porte grande ouverte vite franchie au pas de charge. Il avait décidé que l'heure n'était plus aux atermoiements mais à l'action. Il tenait là, il en était sûr maintenant, quelque chose de concret, quelque chose de nature à orienter de façon décisive et positive sa carrière. L'enjeu était à la hauteur de ses espérances. Il devait se saisir de cette opportunité.

Devant des ouailles stupéfaites de voir s'engouffrer de la sorte deux pèlerins, ils se signèrent rapidement, contournèrent l'autel et pénétrèrent dans ce qu'Eude devinait être la sacristie. Par un heureux coup du sort, l'ouverture de la première porte s'avéra la bonne. Le cercueil venait d'être ouvert. Au pied du corps du défunt chanoine se trouvait un coffret richement décoré d'or et de pierres précieuses qu'il identifia immédiatement. Il s'agissait d'un don effectué à Maguelone par le pape Urbain II en 1096 en remerciement de l'accueil qui lui avait été réservé. Le Saint-Père avait déclaré ce jour-là après avoir béni l'île que l'église de Maguelone était « la seconde après celle de Rome ». Personne n'ignorait donc la valeur, pécuniaire certes, mais chargée de symbole et d'histoire, de ce petit coffre présenté chaque année à la vue des pèlerins. Sa disparition aurait sonné, sans nul doute aucun, le glas de la fonction du prévôt et de la sienne par voie de conséquence.

De la Jugie, tout au bonheur de sa réussite, ne prit pas la juste mesure de la multiplication des coups d'oeil entendus et effarés échangés par les divers protagonistes. Béranger Pellicier, pour aussi benêt qu'il fût, en était le témoin effrayé. Terrifié, même. Terrifié par ce qu'il venait de découvrir, par le lien qu'il établissait avec Théobald de Verdale dont le seul regard le plongeait dans des abîmes de peur, terrifié enfin par les répercussions qu'il pressentait. S'il avait pu disparaître dans un trou de souris, alors que son homologue paradait déjà, il l'aurait fait.

Eude, d'un ample mouvement du bras se débarrassa de sa cape de pèlerin et apparurent aux yeux de tous les symboles de sa fonction. Pour plus de sécurité, il s'écria :

— Je me nomme Eude de la Jugie et je suis le 2e officier du prévôt de la cathédrale de Maguelone.

Puis, il s'avança vers le cercueil, mit la main sur l'objet détourné et cria à haute voix :

— Cet objet a été volé au détriment de notre évêque, monseigneur de Vezay.

Les quatre personnes se trouvant autour du catafalque, dont le curé de la paroisse, étaient tétanisées.

Tancrède de la Roche, mécontent de ce retour précipité, s'entretenait avec son forgeron. Ils avaient trouvé refuge dans la tribune désertée à cette heure de la journée. Le maître de forges, tête baissée, la mine contrite, contait l'agression et le vol dont il avait été victime. Le prévôt donna libre cours à sa colère. Il fixa son artisan qui se mettait à genoux devant lui, essayant de se justifier.

— Avez-vous reconnu votre agresseur ? aboya-t-il.

— Je suis sûr et certain qu'il s'agissait de votre 2e officier. Il était déjà venu la veille rôder dans les couloirs. Mais j'étais là et il n'avait rien pu faire.

Tancrède de la Roche enrageait. Non seulement il était en butte aux persécutions quotidiennes de monseigneur, l'usurpateur, de certains chanoines, et non des moindres, qui conspiraient à l'instigation de Théobald de Verdale, lequel estimait avoir toute chance d'être élu en cas de vacance du siège épiscopal, mais en plus il fallait qu'il soit poignardé dans le dos par un de ses officiers ! Un de ses propres officiers !

Le Bada et le Gacha étaient venus ensemble lui faire part de sa visite nocturne au sein de la bibliothèque. Il en comprenait l'objet. Eude était allé vérifier l'existence de la bulle du précédent évêque. Elle était sans équivoque aucune. Si jamais Jean-Guillaume de Vezay, sans parler de l'archidiacre, avait vent de sa découverte, c'en était fait de son poste et de ses espérances. Il serait même excommunié. Comment faire pour neutraliser cet importun ?

Il fallait à tout prix tuer dans l'oeuf ou discréditer les éventuelles accusations à venir. Il était maintenant convaincu qu'en échange de son aide l'évêque nommerait de la Jugie à sa place afin d'avoir un valet à sa botte. Il ne voyait pas d'autre explication au comportement de son subordonné. Il bouillait d'indignation et de rage.

Le 2e officier, de retour à Maguelone, était encore une fois dans les sous-sols de la cathédrale lorsque son attention fut attirée par ce qu'il prit tout d'abord pour une sorte de murmure. Il pensa à de l'eau qui suintait sur les parois. Cela n'avait rien d'étonnant dans la mesure où régulièrement certaines parties des soubassements étaient envahies par la mer. Il s'approcha de l'endroit d'où provenaient ces bruits et en ouvrant une porte qui donnait dans une espèce de petit réduit réalisa son erreur. Il avisa une peau de mouton recouvrant un objet. Il la retira avec précaution et découvrit un tabouret. Il n'eut pas le temps de se demander quelle pouvait être son utilité dans un tel lieu ou personne n'aurait envisagé de venir se reposer, qu'il entendit assez distinctement une voix. Il leva la tête vers le plafond et remarqua un conduit. Il en ouvrit la bouche d'émotion. Les paroles perçues étaient prononcées par… oui, par le prévôt, en train de vitupérer après… il fut encore plus stupéfait en reconnaissant la diction très caractéristique – elle s'apparentait plus à une succession de grognements qu'à un langage humain – du forgeron. Eude grimpa sur le tabouret. Ainsi, il entendait mieux les propos échangés. Ils le pétrifièrent d'effroi. Au bout de quelques instants il lui apparut clairement que non seulement Tancrède de la Roche n'ignorait rien des agissements de son artisan, mais qu'il en était à l'origine. Eude en était paralysé d'épouvante maintenant.

Puis, les éclats de voix s'estompèrent.

Redescendant de l'escabeau improvisé, Eude comprit que quelqu'un se rendait de temps à autre en ces lieux pour surprendre les conversations des membres du chapitre réunis au sein de la tribune dont l'usage leur était réservé. C'était un endroit idéal pour espionner les uns et les autres discrètement. Tétanisé par la peur, il se retira.

Habitué des lieux que venait de quitter l'officier du prévôt, ce n'était pas Théobald de Verdale qui aurait commis l'erreur d'organiser une entrevue discrète pour ne pas dire secrète au niveau de l'église haute. L'archidiacre tenait une réunion en présence de sa cour, formée pour la circonstance de cinq chanoines, dans ses propres appartements. Il avait revêtu une jacque de soie, des braies ainsi que des chausses de la même matière et s'apprêtait à sortir lui aussi. Il devait toutes affaires cessantes se rendre à Notre-Dame-des-Tables. Informé de l'intervention intempestive d'Eude de la Jugie, il devait prendre des mesures. Et tout d'abord, s'entourer de l'avis de ses pairs qui comme lui risquaient de pâtir de la chose. Il fallait maintenant mettre hors d'état de nuire et définitivement le fâcheux. Il imaginait avec un brin de terreur l'officier faire son rapport au prévôt. Celui-ci se précipiterait pour se saisir de sa personne. Tout cela au grand contentement de monseigneur. L'imposteur, comme ils l'appelaient tous.

Les conversations menées bon train aboutirent rapidement à une stratégie guerrière. Chaque dignitaire avait une mission bien précise. L'avenir de tous était maintenant en jeu.

Alors qu'il descendait les marches de la tour de l'évêque, l'archidiacre croisa le prévôt. Ils s'immobilisèrent dans l'escalier et, tels deux serpents qui cherchent la faille avant de frapper, se firent face. Ils se jaugèrent du regard, n'hésitant pas à afficher leur animosité réciproque. Chacun craignant que l'autre vienne l'appréhender. Personne ne se décidait à engager la conversation. Ce fut le prévôt qui décida de croiser le fer le premier – en l'absence de l'évêque, il avait le pas sur tous les membres du chapitre. Il partit du principe que la meilleure défense était l'attaque.

— Il semblerait que mon 2e officier… lança-t-il, à voix haute.

Tancrède de la Roche n'eut pas le temps de terminer sa phrase, lourde des accusations peut-être déjà formulées contre lui-même et son forgeron, qu'elle fut reprise à la volée par l'archidiacre. Drapé dans sa dignité, celui ainsi apostrophé rétorqua devant un prévôt stupéfait :

— Votre officier outrepasse ses prérogatives et compromet gravement la solennité de nos cérémonies.

Face au silence médusé de son vis-à-vis, Théobald de Verdale profita de ce qu'il estimait être un avantage pour conforter sa position.

— Son comportement sera dénoncé par plusieurs membres du chapitre dès le retour de monseigneur, ajouta-t-il, un rictus au coin des lèvres.

Sonné par cette attitude dont il ne comprenait pas les motivations – il ignorait tout des derniers rebondissements survenus au sein de l'église Notre-Dame-des-Tables – Tancrède décida d'abonder dans le sens de l'archidiacre. Ils devaient offrir un front commun aux attaques d'Eude de la Jugie, même si leurs mobiles étaient différents. Pour une fois ils feraient cause commune.

De la Roche mit sa main sur l'épaule de Théobald de Verdale, qui le dominait d'une tête, et d'une voix radoucie l'invita à le suivre.

— Nous devons parler. Je suis de votre avis, il lui arrive de dépasser les bornes. Venez avec moi.

Si l'archidiacre partageait la surprise de son interlocuteur, il le cacha bien. Il ne voyait qu'une chose : la menace qui pesait sur lui semblait s'éloigner. Il se doutait que le prévôt devait y trouver son compte. Mais il importait peu, la vie était faite de compromis.

# 19

Kevin appréciait peu les voyages en avion. Non qu'il les redoutât par peur du mal de l'air ou crainte de quitter le plancher des vaches, mais tout simplement parce que, à cause de son mètre quatre-vingts, il était toujours coincé entre deux sièges de façon particulièrement inconfortable.

Après le passage en douane à l'aéroport Jean-Lesage, il fut accueilli par un de ses collègues – il l'apprendrait par la suite, membre de la Sûreté du Québec – Nicolas Bouchard. D'assez forte corpulence, il avait le visage taillé à la serpe et le regard franc. Manifestement quelqu'un habitué à endurer les célèbres hivers québécois, songea le lieutenant en se présentant. Son homologue devait l'assister aussi bien pour l'enquête à l'université Laval que chez le dentiste ayant posé la couronne avec le tatouage représentant un motif de baleine.

— Tu préfères déposer tes bagages à l'hôtel ou nous fonçons directement à la fac ?

Normand choisit de commencer immédiatement

par les investigations. Le vol de nuit avait au moins un avantage, il permettait de se reposer, en partie du moins. Il ne disposait que de peu de temps. Il était également curieux de connaître le mode de fonctionnement de ses cousins québécois.

— Tu as reçu la commission rogatoire directement à ton service ?

— Hum, pas exactement. Tout d'abord, ta demande d'entraide est arrivée à Interpol Ottawa. C'est notre officier de liaison, un lieutenant d'ailleurs, qui l'a analysée. Il avait deux choix. Soit celui de transférer ta requête à la sûreté municipale de la ville de Québec, soit estimer que les investigations à venir s'étendraient en dehors de cette zone et dans ce cas-là privilégier un service avec une compétence territoriale accrue, comme la Sûreté du Québec. Grâce à son mandat national, elle peut exercer sur tout le Québec. C'est le choix qui a été fait, puisque je suis là.

— Je comprends. Tu dépends d'Ottawa ?

— Non, pas du tout. L'officier de cette ville a décidé de confier le dossier à notre direction des crimes contre l'intégrité de la personne, basée à Montréal. Le responsable, du grade d'inspecteur, je te signale que c'est un grade très important chez nous, a décidé de transmettre la requête à notre escouade de la même direction, mais à Québec. Ici, je dépends donc d'un capitaine. Pour ma part je suis sergent détective de niveau 2.

Normand remercia son collègue. Il l'aurait presque laissé parler plus longtemps pour le seul plaisir d'entendre son accent chantant, même s'il rencontrait de temps en temps quelques difficultés à le comprendre. Heureusement, Nicolas faisait en sorte de parler lentement.

Il lui était arrivé d'avoir à enquêter en Espagne, en Italie et même une fois en Allemagne, et chaque fois l'organisation des services de police était, à ses yeux du moins, d'une réelle complexité : un véritable dédale de services, de directions, etc. Mais il se doutait bien que ses homologues étrangers devaient partager la même analyse lorsqu'ils venaient en France.

En chemin son assistant lui parla de la faculté, une des plus anciennes et prestigieuses du Québec et du Canada, fondée à la fin du XVII^e par le premier évêque de la Nouvelle-France, François de Montmorency-Laval.

Normand remarqua tout de suite qu'elle s'apparentait aux universités américaines occupant d'immenses étendues. Ici l'espace ne manquait pas. Le campus était composé d'une trentaine de pavillons disséminés sur une surface totale de plusieurs kilomètres carrés. C'était une véritable ville dans la ville. Pour faire face aux intempéries de l'hiver plusieurs souterrains reliaient entre eux les diverses constructions.

— Vous avez une délinquance importante ? interrogea le policier français.

Nicolas plissa le front, renifla et répondit.

— Pas vraiment. Des dégradations essentiellement. Pas de crimes de sang, de vols avec violence ou d'agressions.

Il se retint d'ajouter, par courtoisie, « comme dans ton pays », mais tout dans son regard le lui fit comprendre. Il est vrai que la criminalité au Québec et même au Canada n'était pas comparable à celle sévissant en France. Beaucoup plus faible et cela malgré une présence policière moins forte. Question de mentalités et de respect de l'autre, songea Normand.

Ils se dirigèrent vers le pavillon Charles-de-Koninck, dévolu au département d'histoire, où Henri Labranche était inscrit. Il était situé tout au centre de la cité universitaire dans un environnement végétal à couper le souffle au plus irréductible des écologistes français.

Nicolas demanda à voir le dossier individuel du chercheur.

— Le voilà. Je vous préviens il n'y a pas grand-chose, leur répondit l'employée.

Les deux policiers parcoururent les quelques feuillets qui s'y trouvaient et prirent des notes, notamment son adresse personnelle et celle de sa banque.

— Vous n'avez pas de ses nouvelles ?

— Pas depuis deux ans environ. Mais vous savez cela n'a rien d'exceptionnel. D'ailleurs, il nous a écrit pour nous informer de son départ au Pérou. C'est le pli que vous tenez entre vos mains.

Normand l'examina avec attention. C'était bien la même écriture que celle figurant sur les deux exemplaires en sa possession en France. Il s'approcha de la fenêtre du bureau et y apposa le feuillet. Non, apparemment la lettre C du mot Compagnons s'y trouvant en filigrane correspondait à un papier utilisé à cette époque. Il se retourna juste à temps pour remarquer le regard de surprise échangé par les deux Québécois, aussi estima-t-il judicieux de s'expliquer.

Nicolas tendit la main et la récupéra. Elle ferait l'objet d'une expédition par voie officielle directement au juge Degas, si besoin était.

— Il avait des amis ici ?

— Informée de votre venue je me suis déjà renseignée, mais non. Vous savez les chercheurs ne séjournent chez nous que de façon très épisodique, surtout à ce niveau d'études et dans cette discipline. Tous les travaux sont effectués à l'étranger.

— Et ses parents ?

— Voyez vous-même. Sa fiche indique qu'ils sont décédés depuis longtemps des suites d'un accident de voiture à Montréal.

— Quel type de recherches effectuait-il ?

La secrétaire, en réalité une étudiante préparant un doctorat d'histoire de l'art, se fit un plaisir de lui répondre.

— Henri Labranche s'est spécialisé dans l'archéologie médiéviste. Il était venu en France dans le but de croiser les données contenues dans les chroniques de Maguelone avec les résultats de l'analyse du bâti sur le terrain. Sa thèse, je l'ai déjà adressée à une de vos collègues, paraîtra bientôt dans les Cahiers de la civilisation médiévale, il y relève de nombreuses distorsions. Des polémiques en perspective entre les historiens, les historiens de l'art et les archéologues, précisa-t-elle, d'un air gourmand, en fronçant les sourcils.

Normand releva qu'elle parlait de l'étudiant au présent.

— Il vous a déposé sa thèse lors de sa dernière venue ?

— Pas tout à fait. Il nous l'a adressée par courriel, depuis la France, nous demandant de l'envoyer à la frappe. Elle a été validée, très tardivement il est vrai, par son directeur de recherche juste avant sa publication.

— Si je comprends bien vous ne l'avez pas revu depuis son départ de Montpellier.

— En ce qui me concerne, c'est normal, je n'étais pas affectée à ce service, mais apparemment, personne ne l'a aperçu depuis. Il a expliqué dans un courrier avoir une opportunité pour aller en Amérique du Sud et que faute de réagir tout de suite il en perdrait le bénéfice.

Il la remercia et se rappela avoir remis à Charlotte

la copie offerte par Patricia. Il en ferait don par la suite au père Turgot. Un document de plus à classer, pensa-t-il.

Après un temps d'hésitation, Nicolas s'enquit.

— Souhaites-tu faire un tour à sa banque ?

La Banque nationale du Canada était l'un des plus importants établissements du pays et, policiers ou pas, ils durent montrer patte blanche avant d'être reçus par un attaché de direction.

— Que voulez-vous savoir ? demanda-t-il au détective québécois qui se retourna vers son homologue français.

— Quels sont les derniers retraits ou mouvements figurant sur le compte ?

Les doigts du banquier volèrent au-dessus de son clavier.

— Holà ! Ils remontent à deux ans à peu près.

Normand n'était pas surpris. Si l'étudiant était bien celui à qui il pensait, il y avait peu de chance qu'il ait besoin de sa carte bancaire là où il se trouvait.

— De quand date le dernier retrait ?

L'employé de banque manipula la molette de sa souris et demanda :

— Je vous l'imprime ?

Le lieutenant acquiesça d'un simple geste de la tête, puis s'empara du document.

— Depuis deux ans, répéta-t-il tout en sortant de la sacoche emmenée avec lui une pochette.

Il en extirpa l'enveloppe récupérée dans les archives des Compagnons de Maguelone et compara les dates. Les mêmes.

— Le dernier retrait a été effectué à notre agence de la rue d'Aiguillon, tout près de son domicile, si je ne m'abuse, reprit le représentant de la banque.

— Le même jour que l'envoi de la lettre, constata également l'enquêteur québécois. Tu veux faire un tour là-bas, je suppose ?

— Bien sûr, mais auparavant je souhaiterais vérifier à partir du compte bancaire si des paiements ou remboursements en lien avec de la chirurgie dentaire ont été enregistrés. Et au bénéfice de qui. Est-ce faisable ?

— Tout est possible, mais cela prendra un certain temps. Je fais une recherche multicritères. Je vous propose d'aller boire un café.

Vingt minutes s'écoulèrent avant que le banquier ne revienne vers eux.

— Voilà, il y a eu plusieurs règlements au bénéfice d'un chirurgien dentiste. Son cabinet se trouve en ville.

Il se tourna vers le policier québécois pour lui donner l'adresse exacte. Ce dernier récupéra les listings, remercia et ils se rendirent immédiatement chez le docteur Fontaine.

Le cabinet était moderne. Une secrétaire les accueillit et les fit patienter. Puis, sur la demande de Nicolas, le maître des lieux accepta de répondre à leurs questions.

— Avez-vous l'habitude de poser des couronnes dentaires portant des tatouages ?

— Bien sûr, cela m'arrive, les tatouages représentent des dauphins, des instruments de musique et...

— Des baleines ?

Le chirurgien marqua un temps d'hésitation en regardant le policier français.

— Effectivement, j'ai dû poser quelques couronnes à des adeptes de la protection des mammifères marins. Vous savez, pour notre pays la nature est une véritable richesse.

Normand acquiesça. Il gardait à l'esprit la feuille d'érable se trouvant sur le drapeau du Canada.

— Henri Labranche, cela vous dit-il quelque chose ?

Le praticien se retourna vers sa secrétaire qui interrogea sa base de données. Elle fit un signe de tête positif en direction de son patron. Il s'approcha de l'écran et fit défiler le menu déroulant.

— Effectivement. D'ailleurs, je lui ai bien posé une couronne avec un tatouage représentant une baleine. Si ce n'est pas indiscret, je souhaiterais savoir pourquoi toutes ces questions. On ne badine pas dans notre pays avec le principe de confidentialité et je ne voudrais pas que mon patient me reproche...

Normand l'interrompit et lui expliqua ce qui justifiait son déplacement. Perplexe, le dentiste consulta du regard le policier québécois avant de répondre :

— Je dispose effectivement de plusieurs radiographies effectuées, et avant de poursuivre il se pencha quelques instants sur la fiche individuelle de son ancien patient, il y a un peu plus de deux ans. Les informations contenues seront pertinentes pour une comparaison par un expert judiciaire.

Profitant de la bonne volonté apparente du praticien, le lieutenant s'enquit :

— Est-ce que cela ne vous dérangerait pas de communiquer, par téléphone, avec la spécialiste en odontologie légale commise par le juge d'instruction de Montpellier ?

Moment d'hésitation du chirurgien dentiste.

— Cela peut évidemment se faire par courrier, mais vous vous doutez bien qu'il me faudra plusieurs semaines avant d'avoir une réponse officielle qui transitera par nos ministères de la Justice respectifs. Cela nous aiderait vraiment.

— D'accord, donnez-moi le numéro de téléphone de ma consoeur.

Kevin poussa un ouf de soulagement. Coup de chance Martine Duroc put se libérer. Grâce à leurs échanges, il comprit que cette dernière avait mis en évidence, lors de son identification évaluative, non seulement le schéma dentaire du squelette, mais également un ensemble de particularités allant bien au-delà de la simple anecdote du tatouage.

Elle est prudente, réalisa l'enquêteur de la PJ.

Une comparaison basée sur la seule existence d'un tatouage n'aurait pas paru pertinente au juge Degas. Un avocat de la défense aurait pu alléguer que plusieurs personnes présentaient cette particularité et mettre à mal l'accusation. Si l'on n'était pas sûr de l'identité du cadavre, comment en effet accuser quelqu'un du meurtre d'un inconnu ? Ce genre de coup de théâtre, sans être fréquent devant les tribunaux, était redouté à la fois des policiers, mais également des magistrats et des experts. Il entendit les deux dentistes parler de bridge, de particularités de forme, de position de certaines dents, en bref de ce qu'on appelle, il le comprit en les écoutant, une fiche dentaire post-mortem.

Après simplement quelques minutes de conversation, le praticien québécois mit fin à son entretien et se tourna vers les deux policiers en concluant :

— Aucun doute. Compte tenu du nombre de points similaires, de certaines particularités, l'identification est pour moi positive. Ma consoeur partage également mon avis, mais c'est à elle qu'il reviendra de la formuler en fonction de votre législation.

— C'est du béton donc ? revint à la charge Normand, désireux de certitudes absolues.

— Oui, répondit de façon catégorique le dentiste. Mais je ne peux vous remettre mes radios. Question de confidentialité. Je transmettrai le tout à la justice de mon pays, sur demande officielle.

L'officier français remercia chaudement monsieur

Fontaine et se retira.

La fatigue se faisait sentir maintenant et Normand refusa l'invitation à prendre un verre de son collègue, qui le raccompagna devant son hôtel.

Épuisé, le policier tomba rapidement dans les bras de Morphée.

Dès le lendemain matin, la réception l'informa de la présence de Nicolas. Ils filèrent immédiatement sur les lieux du dernier retrait d'argent, effectué deux ans auparavant par Henri Labranche. C'était également à proximité de son ultime domicile connu, en plein centre de la ville de Québec

Nicolas conduisait prudemment en respectant la réglementation. Il expliqua à son homologue qu'en cas d'infraction, même pour un simple stationnement, il y serait de sa poche. Aucune faveur ou indulgence n'était tolérée. Il stationna son véhicule non loin d'une agence de la Banque nationale du Canada.

Après s'être assuré qu'il s'agissait de la bonne, le sergent détective Bouchard déclara :

— D'après le listing, c'est ici qu'a été effectué le dernier prélèvement en espèces. Cent dollars. Remarque, Labranche ne pouvait guère espérer retirer davantage. Son compte était toujours à la limite du découvert. Aucun autre mouvement n'a été enregistré depuis lors.

Les investigations furent rapides.

Si l'agence disposait bien d'une caméra à l'intérieur des locaux, ce n'était malheureusement pas le cas à proximité du distributeur extérieur. Lorsqu'ils présentèrent les clichés photo ramenés par Kevin de France, les employés précisèrent n'avoir aucun souvenir de ce visage.

Ils se dirigèrent ensuite vers un immeuble de trois étages situé à proximité.

C'était le dernier lieu d'habitation connu d'Henri Labranche. Le propriétaire du studio autrefois occupé par l'étudiant leur annonça que son locataire louait à l'époque un petit meublé.

— Quand il n'a plus donné de ses nouvelles, j'ai attendu trois mois, car il avait réglé à l'avance, puis j'ai reloué. Je ne pouvais faire autrement, précisa-t-il en quêtant l'approbation de Bouchard. Mais j'ai gardé, chez moi, quelques-uns de ses effets personnels. Des vêtements. Ne partez pas, je vais vous les remettre.

Normand sortit à nouveau les clichés photo du visage d'Henri Labranche, reconstitué grâce au morphing.

— Est-ce que ces photos vous rappellent quelqu'un ?

Le propriétaire regarda successivement les six tirages couleur, se dandina d'un pied sur l'autre, se gratta le front et déclara :

— Ça lui ressemble un peu, mais je ne peux être formel. Là, on dirait qu'il est mort.

Puis réalisant la portée de son hypothèse, il interrogea :

— Il est mort ?

— Avait-il des amis, recevait-il une copine ? s'enquit Nicolas.

— Vous savez, rétorqua le logeur, un brin agacé de ne pas avoir eu de réponse à sa question, je ne m'occupe pas de la vie privée de mes locataires. Les étudiants ne sont ici que de passage. Demandez à l'université.

Le policier québécois regarda son homologue.

— Tu veux faire quoi, maintenant ?

Normand cogita.

Le premier point positif était d'avoir récupéré rapidement les radios des mâchoires d'Henri Labranche et d'avoir ainsi obtenu une quasi-certitude. Le deuxième provenait du logeur qui n'avait plus revu son locataire. Enfin, le troisième était l'absence de toute opération bancaire depuis deux ans. Ultime espoir, qu'il se trouve à l'étranger. Peu de chance. De toute façon, l'experte en odontologie se prononcerait officiellement très bientôt et lèverait tous les doutes.

— Terminé pour moi, décida-t-il. On peut regagner mon hôtel, j'ai un avion qui décolle ce soir.

— Si tu permets, j'ai une adresse à vérifier, pour une affaire en cours. Tu m'accordes une petite heure. Tu peux vernailler en attendant.

— Pardon ?

— C'est une expression québécoise. Je voulais dire tu peux te promener.

— Pas de problème, vas-y.

Normand entreprit de flâner dans les rues avoisinantes. Il fut attiré par le clocher d'une église et s'y dirigea. L'église Saint-Jean-Baptiste était une bâtisse enchâssée au milieu des habitations de la ville. La construction était en maçonnerie revêtue de pierre de taille. Il y pénétra. La structure intérieure, notamment les piliers et la charpente, était en bois. C'était tout à fait révélateur de la tradition québécoise de marier ces deux matériaux, comme il avait appris en consultant Internet. L'intérieur était de dimension imposante. Après avoir admiré un magnifique orgue, profitant de l'absence de fidèles, il se mit à genoux et se recueillit. C'était bien le moins qu'il puisse faire pour le disparu.

Un bruit le fit sursauter.

— Je ne vous avais pas vu, s'excusa le prêtre. Normand se releva, assurant qu'il s'en allait.

— Vous êtes Français ? lui demanda le religieux.

Plus qu'un long discours son accent parlait pour lui. La conversation s'engagea. Normand confessa sa double appartenance à la PJ et à l'évêché, en qualité de diacre. Le courant passa immédiatement avec son vis-à-vis qui l'invita à prendre un café dans le presbytère attenant à la sacristie. La discussion roula sur les difficultés rencontrées par l'Église, sur les diacres permanents, comme Kevin, c'est-à-dire dont l'état ne conduisait pas à la prêtrise, et bien d'autres sujets.

— Mais, maintenant que j'y pense, vous m'avez dit que vous étiez de Montpellier ?

— Oui, pourquoi ? Vous y êtes allé ?

— Non, mais je me rappelle d'une anecdote. J'ai eu l'occasion de discuter avec quelqu'un de votre ville. Il se tenait à votre place et comme vous je l'ai surpris en train de prier.

— Il y a pas mal de Français qui viennent au Québec, certains attirés par les beautés de la nature, d'autres à la recherche d'un emploi. La publicité faite par vos services consulaires auprès de nos jeunes est très importante. Inimaginable même.

— Oui, je sais, mais la personne à qui je fais allusion était simplement de passage. Pour une visite touristique tout au plus. Un passionné de fouilles, je crois. Maguelone, ce mot vous dit-il quelque chose ?

L'officier de police en resta coi quelques instants, avant de répondre :

— Bien sûr, je m'y intéresse, mais…

Le prêtre ne l'écoutait plus, il s'était levé et farfouillait dans sa bibliothèque.

— Moi aussi je suis féru d'archéologie et je suis abonné à une revue française appelée Archéologia. Je vous disais avoir discuté avec ce touriste il y a plusieurs années de cela…

— D'archéologie ?

— Non, laissez-moi terminer. J'ai rencontré un fidèle et nous avons engagé la conversation sur la vie en général. Le lendemain, en récupérant les deniers du culte, ceux déposés dans le tronc situé sous la statue de la Vierge Marie, j'ai trouvé une importante somme d'argent en espèces, des euros. Il s'était montré très généreux...

— Comment saviez-vous que le don provenait de lui ?

— Parce que notre église ne bénéficie pas d'une fréquentation importante en semaine et que personne ne laisse une telle somme sans un mot d'explication. Quant aux euros, ils sont très rares. Le plus rigolo c'est que quelques jours après je l'ai revu, non pas ici même, mais en photo dans la revue Archéologia. Le cliché était pris devant l'église de Maguelone, à proximité de Montpellier. Tenez.

Le prêtre feuilleta la publication et la tendit au policier.

— Regardez, c'est cette personne, et il l'indiqua du doigt. Je regrette n'avoir pas deviné qu'il s'agissait d'un archéologue, nous aurions pu aborder ce sujet.

Le lieutenant de police en était abasourdi. Il en tremblait d'émotion, reconnaissant celui qui était donc venu, ici même, lieu d'habitation d'Henri Labranche, lieu où le tout dernier retrait au moyen de sa carte bancaire avait été effectué, lieu d'où était parti le courrier en direction de la France. Ce jour où l'ultime acte de sa vie avait été enregistré. Enfin, il détenait La preuve.

Le curé de la paroisse dut se rendre compte de

son émoi car il s'inquiéta :

— Vous vous sentez mal ?

Il le rassura.

— Non, un simple effet du décalage horaire, mentit Kevin. Je n'ai pas dormi très longtemps et je n'ai pas déjeuné.

— Voulez-vous un donut ? C'est une sorte de beignet.

Normand remercia. Il réfléchissait. Des présomptions, des suppositions, c'était bien mais pas suffisant, il lui fallait des faits plus concrets encore seuls susceptibles d'emporter la conviction de la justice et pas uniquement la sienne.

— Comment pouvez-vous être absolument sûr et certain du lien que vous faites entre l'argent déposé et la visite de cette personne ?

— C'est simple, répondit l'ecclésiastique. Je note avec précision sur un cahier le relevé quotidien des sommes versées dans les troncs de l'église. Accordez-moi un instant.

Le prêtre s'en alla de sa démarche sautillante. Il revint tout fier de prouver que sa mémoire ne lui faisait pas défaut.

— Regardez la date ! C'était il y a deux ans. Cent dollars canadiens ont été déposés ce jour-là et, je me rappelle parfaitement présentement qu'il s'agissait de billets pratiquement neufs, une sorte de liasse, ainsi que quarante-cinq euros et… ah ! oui, il y avait également dans le réceptacle une vieille pièce que j'ai gardée car sans aucune valeur. C'est une de vos anciennes monnaies.

Les idées se télescopaient maintenant à toute vitesse dans la tête du policier. La date et le montant des sommes correspondaient en tous points aux opérations soi-disant réalisées par l'archéologue. Se pouvait-il que le coupable ait jugé judicieux de prouver qu'Henri Labranche était en vie en effectuant un retrait sur son compte, tout en refusant de conserver l'argent par-devers lui ? Puis qu'il soit venu prier ! Pour se faire pardonner ! Cela correspondait bien au personnage. Il se remémora tout à coup la dernière phrase du prêtre.

— Vous m'avez parlé d'une pièce, puis-je la voir ?

Le père Laguiole la tendit à Normand. Ce dernier la regarda attentivement. Elle était oxydée et de nombreux sédiments s'étaient amalgamés sur le revers. Mais, sans prétendre être un expert, il reconnut aisément, à la présence sur l'avers d'une croix fortement pattée en haut et en bas, un sol melgorien. Il devina tout de suite qui pourrait la nettoyer et lui rendre un aspect présentable en ôtant le vert-de-gris.

Il se sentait pris de vertige comme c'était le cas chaque fois qu'il mettait le doigt sur un élément décisif d'une enquête. Le dénouement approchait. Il en était sûr maintenant.

— C'est un sol melgorien, vous savez. Mais il n'a aucune valeur. Je me suis renseigné.

— Me remettriez-vous cette pièce-là ? Je pourrais vous en faire passer une autre, si vous le souhaitez ?

— Vous pouvez la garder si elle est utile à vos investigations.

Normand retrouva son collègue québécois qui faisait les cent pas. Il lui relata les derniers rebondissements. Nicolas le félicita de sa clairvoyance et l'assura qu'il entendrait le prêtre et saisirait, pour l'envoyer au magistrat français, le registre indiquant les sommes déposées ainsi que la revue d'archéologie.

Maintenant, Kevin ne tenait plus en place. Il demanda à être raccompagné immédiatement à son hôtel pour pouvoir prendre son avion. Il avait songé un instant à passer un coup de fil à son directeur, mais se ravisa. Auparavant, il devait éclaircir le mystère de cette pièce. Il n'ignorait pas que l'argent était bien souvent au centre des affaires criminelles.

# 20

*An de grâce 1282, île de Maguelone*

Terrassé, Eude de la Jugie, ne sachant plus à quel saint se vouer, décida d'attendre l'arrivée de monseigneur prévue pour le lendemain matin. Il lui confesserait tout.

Son retour triomphal prenait des allures de désastre. Il n'avait toujours pas rendu compte de son intervention au sein de l'église de Notre-Dame-des-Tables et savait que cela constituait une grave faute, mais il avait une peur panique d'affronter son supérieur dont il n'ignorait rien de la violence des réactions. Surtout après avoir surpris ses propos avec le forgeron.

— Messire le prévôt veut vous rencontrer immédiatement. Suivez-moi, déclama le cellérier d'une voix de stentor comme pour rendre l'annonce plus officielle.

C'était un homme adipeux et d'aspect vulgaire, petit mais véloce. Et voyant l'hésitation d'Eude de la Jugie, qui en avait sursauté de surprise, l'adjoint direct de Tancrède de la Roche revint à la charge.

— Cette convocation ne souffre aucun délai.

Le 2e officier sentit une chape de plomb lui enserrer les côtes. Elle l'empêchait de respirer. Son coeur battait follement la mesure. La même intuition, à l'origine alors de ses investigations, lui annonçait maintenant le début d'un drame dont il risquait d'être la victime expiatoire. Le cellérier le poussa devant lui. Ils se rendirent de concert vers la tour de l'évêque et grimpèrent les escaliers jusqu'à la grande pièce occupée par l'adjoint de monseigneur.

Le premier assistant laissa de la Jugie sur l'embrasure de la porte et rejoignit à la hâte sa place à la droite du prévôt comme s'il ne voulait rien manquer du spectacle. À la gauche de Tancrède de la Roche, assis en formation collégiale, se trouvaient l'archidiacre, le sous-prieur, le sacristain et Guilhem de Conques.

Eude avait du mal à respirer. Il réalisa tout de suite être en présence d'une sorte de tribunal réuni pour statuer sur son sort. Mais qu'avait-il fait de répréhensible, à part obéir aux ordres de Jean-Guillaume de Vezay ?! À l'invitation muette de son supérieur, qui lui fit signe d'approcher d'un mouvement brusque de la main, il avança vers lui. Il passa ainsi devant ses homologues, les autres officiers du prévôt, et fut saisi d'étonnement. Béranger Pellicier, dont il avait requis l'assistance, conscient que des accusations formulées par deux témoins pèseraient d'un poids plus important, se trouvait assis en deuxième position, à sa place même et non plus à la place qui était la sienne, en l'occurrence la toute dernière du rang des officiers. Eude s'arrêta un instant devant lui. Pellicier leva la tête. Il n'avait plus rien du benêt qu'il avait dû traîner à ses côtés. Son regard était même plein de morgue maintenant. De la Jugie sentit ses jambes lui faire défaut et il aurait chu par terre si par un effort de volonté extrême il n'avait avancé plus avant vers celui qui présidait, il en était sûr maintenant, un tribunal.

Tancrède de la Roche le regarda fixement avant d'annoncer à haute voix :

— Vous étiez chargé par monseigneur et moi-même d'enquêter sur les vols commis au détriment de notre cathédrale. Non seulement vous avez failli à votre mission, à part la découverte d'un modeste crucifix de peu de valeur – et il se tourna vers l'archidiacre qui opina du bonnet – mais il semblerait que vous soyez vous-même à l'origine de ces disparitions. Qu'avez-vous à dire ?

La terre se fût ouverte sous ses pieds qu'Eude de la Jugie n'en aurait pas été plus stupéfait. Il s'attendait à beaucoup de choses, mais pas à cela.

— Répondez, quelles sont vos explications ?

De la Jugie trouva le courage d'affronter son supérieur et déclara d'une voix qui se voulait forte et pleine d'indignation :

— J'ai découvert d'autres faits graves que je réserve à notre évêque, réagit-il avec l'énergie du désespoir en vrillant son regard dans celui de Guilhem de Conques, espérant obtenir chez ce chanoine l'appui qu'il ne pouvait escompter des autres.

— Vous êtes accusé d'avoir dérobé un parchemin enluminé, rare, dans la bibliothèque de monseigneur. Qu'avez-vous à dire ?

— Je n'ai jamais volé quoi que ce soit, déglutit Eude.

Le prévôt haussa le ton et indigné demanda :

— Essayez-vous de nous convaincre que vous ne vous êtes pas introduit, de nuit, dans cette bibliothèque ?

Personne n'a pu me voir, je n'ai rien pris, songea l'accusé avant de répondre sur le même ton, tant il était sûr de son innocence :

— Je n'ai rien volé et je n'y suis jamais allé de nuit, s'entêta avec toute la conviction voulue le 2e officier.

Il regretta aussitôt cette affirmation en percevant dans la prunelle du prévôt un éclair de satisfaction. Ce dernier se tourna vers l'archidiacre, lequel se contenta de hocher la tête.

— Faites entrer le Bada et le Gacha, commanda Tancrède de la Roche.

Le veilleur et le sonneur, peu habitués à comparaître devant un tel aréopage de dignitaires, approchèrent le dos voûté, les deux mains jointes sur la poitrine, tant ils tremblaient. Ils attestèrent tous les deux avoir aperçu Eude de la Jugie visiter, tout dernièrement, de nuit, la bibliothèque, avant d'être renvoyés à leurs occupations.

Le prévôt s'agita sur son siège. Il était manifestement content de lui et soulagé. L'affaire, son affaire, leur affaire, et il regarda de biais l'archidiacre, s'annonçait sous les meilleurs auspices. Il arrêta son regard sur Guilhem de Conques comme pour s'assurer que le chanoine avait bien compris la portée des deux témoignages. Puis, il reprit :

— Le cellérier a découvert, caché sous votre lit, un parchemin.

Et il présenta le document que Lothaire de Canillac – il venait de faire son entrée – lui remettait. Il demanda ensuite au bibliothécaire, sur un tout autre ton, de préciser pour l'assemblée où se trouvait à l'origine ce précieux document.

— Je suis formel : dans une armoire du scriptorium ; or, après la visite nocturne d'Eude de la Jugie ce parchemin avait disparu.

Et l'archiviste tendit la main pour récupérer un bien qu'il ne tenait pas à voir saccagé par d'incessantes manipulations.

Eude se rendit compte à quel point son mensonge se retournait maintenant contre lui. Dans la mesure où il avait nié être allé de nuit dans le scriptorium, il ne pouvait plus se déjuger.

L'archidiacre, désireux de voir l'affaire rondement menée, rompit le silence en toussotant. Le prévôt reprit la parole aussitôt.

— Qu'avez-vous fait avant-hier en l'église Notre-Dame-des-Tables ? interrogea-t-il.

L'accusé regarda Théobald de Verdale. Ce dernier restait impassible. Le 2e officier tenta le tout pour le tout.

— J'ai découvert, dissimulé dans un cercueil contenant le corps d'un défunt chanoine, un coffret de valeur dérobé au sein même de la cathédrale. La bière arrivait en droite ligne de Maguelone, précisa-t-il, en haussant le ton.

Il n'osa pas faire état de ses soupçons à l'encontre de l'archidiacre.

— Béranger Pellicier peut témoigner, ajouta-t-il.

Et il désigna du doigt celui dont il sentait confusément qu'il le renierait. Il n'eut pas à attendre le chant du coq.

Le prévôt tonna.

— Tiens, et comment se fait-il que vous ne m'en ayez pas parlé ?

Il était difficile à Eude de répondre à cette question.

Le prévôt chassa de la main l'argument de son subordonné comme s'il était dénué de toute valeur, se tourna vers son autre subordonné et lui intima l'ordre de dire la vérité.

Béranger Pellicier expliqua avoir accompagné le 2e officier, sur sa demande, avoir assisté à l'ouverture d'un cercueil, mais nia, avec toute la rouerie dont il était capable, y avoir découvert le moindre objet dérobé à la cathédrale.

Eude de la Jugie était livide maintenant. Il osa demander :

— Et où se trouve le coffret dans ce cas-là ? Celui offert par notre pape Urbain II ?

Le prévôt lança un regard en biais vers l'archidiacre puis se tourna vers le sacristain responsable du mobilier liturgique. Ce dernier feignit la plus grande surprise et déclara sur un ton patelin :

— Juste avant que je ne rejoigne cette auguste assemblée, il était à sa place, assura-t-il.

— Vous mentez ! assena Eude avec l'énergie du désespoir.

Un silence absolu suivit cette terrible accusation. Tancrède de la Roche crut utile de venir à la rescousse du chanoine.

— Misérable, vous osez mettre en doute la parole d'un membre de ce chapitre ? menaça-t-il, en redressant le buste.

Une nouvelle chape de silence s'abattit sur ce tribunal improvisé. Il fut troublé par Guilhem de Conques qui de sa voix chevrotante s'exprima.

— Le plus simple est de nous le présenter.

Et il se tourna vers le prévôt à qui la décision incombait.

Tancrède de la Roche regarda rapidement l'archidiacre, qui ne se prononça pas. Il soupira et annonça :

— La sagesse parle toujours par la bouche de notre aîné. Qu'il en soit fait conformément à sa demande.

Et, d'un geste, il commanda au sacristain d'aller quérir l'objet du débat.

Cinq minutes s'écoulèrent au terme desquelles tous eurent la confirmation du mensonge du 2e officier. Le précieux coffret n'avait jamais quitté les murs de la cathédrale.

Le prévôt ordonna l'arrestation immédiate d'Eude de la Jugie et sa mise au secret, dans un cachot. Jean-Guillaume de Vezay, comte et évêque de Maguelone, statuerait sur le sort de celui qui, non content de trahir la confiance du chapitre, en accusait ses membres.

Les participants à ce simulacre de procès une fois éloignés, Tancrède de la Roche resta en tête à tête avec Théobald de Verdale. Sans l'énoncer de vive voix, ils suivaient le même raisonnement. Bien que satisfaits de la tournure des événements, ils nourrissaient toutefois une inquiétude. Eude de la Jugie avait menacé de tout dire à monseigneur. Et si ce dernier décidait de lui prêter une oreille attentive ? Il ferait d'une pierre deux coups, se débarrassant de son adjoint et de l'archidiacre. Nul doute que les chanoines feraient alors amende honorable et que personne ne contesterait plus la décision du Saint-Père de nommer, pour présider aux destinées d'un diocèse, un étranger à son chapitre. L'affaire était lourde de conséquences. Elle modifierait les règles de promotion jusqu'alors respectées par les prédécesseurs du pontife.

Ils estimèrent opportun, une fois de plus, de taire leurs divergences et de mettre leurs forces en commun. Ils ne devaient pas baisser leur garde. L'heure avait sonné.

Au sortir de sa rêverie, toujours dans sa cellule, Eude de la Jugie fut informé rapidement de ce qui venait d'arriver à monseigneur de Vezay. Il fut accusé d'avoir, la veille, empoisonné les hosties qui se trouvaient dans le ciboire utilisé par son confesseur. Comment, pourquoi ? Personne ne jugea utile de le lui demander. Malgré ses véhémentes dénégations et après avoir subi la petite et la grande question par un forgeron qui ne ménagea pas sa peine, il fut condamné à mort et remis entre les mains séculières du bourreau.

Le nouvel évêque fut choisi cette fois-ci par les membres du chapitre et en son sein.

Quant au sol melgorien, si... particulier, Eude n'en souffla mot à âme qui vive et personne ne jugea utile de lui en parler.

## 21

Lorsque le quotidien le Midi libre sortit l'article signé par Charlotte, cela fit l'effet d'une bombe. La journaliste évoquait l'empoisonnement d'un étudiant au moyen d'une hostie, en soulignant le parallèle pouvant exister avec des faits commis des siècles plus tôt. L'affaire de la découverte du squelette qui avait fait l'objet d'un appel à témoins fut reprise également, et un lien avec la précédente enquête, suggéré. Tant de morts dans une enceinte religieuse avait de quoi séduire tous les médias y compris ceux d'envergure nationale. Charlotte fut assaillie de questions par ses confrères. Jamais elle n'avait été autant sollicitée, courtisée et flattée. Mais il en fallait plus pour lui faire tourner la tête.

Si elle avait droit à son heure de gloire, elle était malgré tout inquiète. Qu'allait en penser Kevin ? Elle lui avait donné sa parole. Elle avait toutefois réussi à ne pas divulguer, privilège exceptionnel obtenu de haute lutte, le nom et la qualité de celui qui avait remis l'hostie.

Elle avait été surprise toutefois par la réaction de son rédacteur en chef. Il n'avait pas voulu évoquer directement la menace liée à la célèbre phrase du légat Arnaud Amaury, « Tuez-les tous, Dieu reconnaîtra les siens ». Du mauvais polar, avait-il jugé, balayant d'un geste de la main les objections de sa consoeur. Tout au plus Charlotte avait-elle pu relever dans son reportage qu'en des périodes troubles les assassinats pouvant être imputés à des gens d'Église avaient été légion et elle avait parlé du massacre commis à Béziers. Elle y tenait, c'était sa justification d'avoir profité de l'absence de l'enquêteur de la PJ pour sortir son papier. Elle en restait persuadée. Si elle avait pu le joindre et lui faire part de sa brillante déduction, elle n'aurait pas eu besoin de publier son article si vite. Maintenant si les pouvoirs publics ne prenaient pas en compte la pertinence des propos contenus dans son article, elle s'en lavait les mains.

Elle venait de terminer la lecture de la thèse d'Henri Labranche et avait été interpellée par le caractère ironique d'un passage de l'étudiant. Insolite, avait-elle réalisé. Il s'était livré jusque-là à une analyse froide, méthodique et scientifique des faits, ne se permettant pas le moindre commentaire fantaisiste ou personnel. Elle devait en avoir le coeur net.

Elle relut une nouvelle fois les annotations portées au chapitre des inscriptions funéraires : « En descendant de la tribune, l'amateur curieux d'épigraphie antique et médiévale s'arrêtera un instant devant les inscriptions funéraires, portées sur le mur sud de la deuxième travée. Depuis l'indulgence accordée par Urbain II en 1097, nombreux étaient les fidèles, clercs et laïcs, nobles, bourgeois ou simples manants, qui se faisaient enterrer à Maguelone, en laissant une offrande. Ce sont leurs modestes ou pompeuses épitaphes qui tapissent la partie médiane de la paroi. Avec l'une d'elles, l'immodestie le dispute au ridicule. »

Il s'en suivait une phrase écrite en latin dont elle ne comprenait pas le sens. Elle la ferait traduire. Dans les documents annexés à la thèse, il y avait de nombreux clichés de l'église de Maguelone et également une photo représentant l'avers et le revers d'un étrange sol melgorien. Étrange, façon de parler, mais depuis qu'elle parcourait les écrits sur cette époque elle n'en avait jamais vu. Mais comme elle ne prétendait pas être une spécialiste, rien d'étonnant à cela.

Elle devait s'assurer de la présence de cette phrase sur les murs de l'église. Elle récupéra son casque et chevaucha sa moto, quinze minutes après elle se trouvait à Maguelone.

Elle sortit de la sacoche une puissante lampe, l'éclairage dont bénéficiait l'intérieur de la nef ne permettant pas toujours une lecture aisée des inscriptions, elle avait pu s'en rendre compte, et prit son appareil photo numérique.

Personne. Tant mieux. Elle mit dix minutes à retrouver l'épigraphe qui avait suscité l'ironie, ou l'ire, du thésard. Elle l'éclaira et la photographia. Elle se ferait aider pour la retranscription en langue vulgaire, sourit-elle, puisqu'elle ne parlait pas latin.

— Que faites-vous là ?

Le ton, incisif, agressif même, la fit sursauter. Elle se releva.

— Bonjour monsieur Martial. Vous me reconnaissez ?

Le secrétaire général des Compagnons de Maguelone fit un effort pour dissimuler son mécontentement. Il serra les poings, gardés au fond de ses poches, de peur d'être tenté de s'en servir. Non, il ne devait pas tomber dans de tels errements et compromettre son projet. Après les flics qui depuis deux jours tournaient toute la journée autour de sa cathédrale, de son jardin et piétinaient avec leurs grosses chaussures sa tombe, voici maintenant une journaliste ! Flics et journalistes, la même engeance, conclut-il.

— Je suppose que le policier de faction vous a permis d'entrer ?

En guise de réponse Charlotte agita sa carte de presse devant le nez de son interlocuteur.

— Vous pourriez m'aider, peut-être ? Connaissez-vous le latin ?

Et elle montra du doigt la mention en question.

Le grand maître de la confrérie du denier de Dieu

affecta de s'intéresser un temps à l'inscription, puis déplora :

— Hélas, non. Mes études ont pris une orientation plutôt commerciale, vous savez ! Mais, vous vous passionnez pour notre cathédrale ?

— Bien sûr. Pour ma part j'ai suivi un cursus en histoire de l'art.

Quentin Martial farfouilla dans sa poche et remit un billet à la journaliste.

— C'est une invitation pour le prochain concert de musique sacrée.

Charlotte regarda attentivement son interlocuteur. Elle ressentait comme une vague menace dans les propos du secrétaire général, mais elle fit face et le remercia.

— Je ne manquerai pas de venir.

Et elle sortit de l'église, gratifiant d'un geste de la tête le gardien de la paix qui l'ayant reconnue l'avait laissée entrer.

Quentin Martial regarda s'éloigner, dans un bruit d'enfer, songea-t-il, la journaliste. Que se passait-il ? Que lui arrivait-il ? Pourquoi s'intéressait-elle à l'inscription gravée de ses propres mains sur les murs ? Qui l'avait mise au courant ? Où était le policier ? Il s'était renseigné discrètement à l'évêché et avait appris que Normand se trouvait au Québec. Pourquoi ? Il avait pourtant pris toutes les précautions possibles. Les lettres, le retrait d'argent sur place !

Non, il ne devait pas s'inquiéter, il ne pourrait pas remonter jusqu'à lui et l'accuser de quoi que ce soit. De toute façon, avec ce qui allait se passer les policiers du SRPJ auraient d'autres chats à fouetter que de s'intéresser à un squelette. Il se dirigea vers son caveau. Il venait d'être terminé et il avait demandé à ce que la pierre tombale soit légèrement recouverte de terre. Point n'était besoin d'attirer l'attention.

Lorsque le directeur de la PJ lut l'article, il eut immédiatement des soupçons sur son subordonné. Toutefois, non seulement ce dernier était absent, mais en plus il ne lui avait jamais avoué avoir élucidé la signification des quelques mots récupérés sur le disque dur de Laurent Corrado. S'il en avait percé le mystère, nul doute qu'il l'en aurait informé. Cela le disculpait à ses yeux. Certes, il y avait eu des fuites pour que la journaliste en ait eu connaissance, mais aucune preuve qu'elles proviennent de son officier.

Il appela le commissaire Ballotin, chef de la division criminelle.

— La fouille de l'église, qu'a-t-elle donné ?

— Rien. Aucun objet suspect, et les chiens spécialisés dans la recherche des explosifs ont fait chou blanc. En accord avec l'évêché un policier en civil, par souci de discrétion, reste sur place la journée.

— Le plus simple eût été d'annuler le concert de musique sacrée, releva le divisionnaire.

— Je l'ai suggéré, mais il est programmé de longue date et l'évêque ne veut pas donner foi à des soupçons, ridicules à ses yeux. Il attend que nous fassions notre travail pour assurer la sécurité des spectateurs.

Monsieur Rességuier soupira. Un seul espoir, non deux en réalité. Que Normand parvienne à résoudre cette affaire, hypothèse peu crédible le concert ayant lieu dans deux jours, ou que le battage médiatique effraye le public et que les musiciens n'en soient réduits à se produire devant une salle vide, voire renoncent à leur représentation. Cette hypothèse-là lui paraissait la plus séduisante.

Son téléphone sonna. Il décrocha et écouta longuement le directeur départemental de la sécurité publique de l'Hérault l'informer de la présence d'une cinquantaine de manifestants près de la préfecture. Ils protestaient contre l'utilisation de la cathédrale par des laïcs.

Le chef du SRPJ se leva. Il ne voyait pas l'intérêt de manifester à cet endroit, le préfet n'ayant en aucune façon à intervenir dans cette affaire-là. Non, le seul but des contestataires était d'attirer l'attention. Celle des médias notamment, profitant de l'émoi crée par l'article de la journaliste. À longueur de journée les radios, et pas seulement les radios locales, évoquaient les deux crimes, tirant des plans sur la comète. Plus c'était gros, plus ça intéressait ! Mais il avait l'habitude.

Le lieutenant Normand arriva à l'aéroport de Fréjorgues la veille du concert. Bien que fatigué, il avait demandé à ses deux collègues de venir le chercher. Seul Bernard se présenta. Patricia épaulait un autre groupe.

Kevin briefa rapidement le brigadier.

— Le directeur exige que vous passiez le voir, immédiatement.

L'officier acquiesça, il fallait toujours acquiescer aux ordres du chef du SRPJ, et lui indiqua en même temps de prendre la route du laboratoire de Lattes.

Coup de chance, la chimiste était présente. Capucine Vitulin aussi, d'ailleurs. Elle regarda les policiers du coin de l'oeil, mais ne fit pas mine de venir les saluer. Ou de s'approcher d'eux. Les enquêteurs comprenaient.

Ils se positionnèrent à côté de Julie Auriol qui les yeux rivés sur ses binoculaires ne semblait pas les avoir entendus arriver. Après plusieurs minutes d'attente, comme il était évident qu'elle y mettait de la mauvaise volonté, Normand toussota, puis, n'obtenant pas plus de résultats, lui toucha l'épaule.

La chimiste daigna enfin les regarder.

— Oui ? soupira-t-elle, l'air ennuyé de celui qui s'estime dérangé par des importuns. Que voulez-vous ? M'arrêter ?

Le limier du SRPJ ne releva pas et lui tendit le sol donné par le prêtre québécois. Elle mit un certain temps avant de s'en emparer, l'examina et demanda d'un ton las :

— Oui, et alors ?

— C'est bien un sol melgorien ?

— Oui, et alors ? répéta-t-elle.

Manifestement, elle ne faisait pas d'efforts de conversation.

— Il a de la valeur ?

La chimiste coula un regard excédé vers Capucine Vitulin qui ne faisait pas mine de s'approcher, mais prêtait une oreille attentive aux propos échangés. Sans commentaire superflu, elle se leva, s'avança près d'un tiroir, l'ouvrit et prit une poignée de monnaie qu'elle déposa sous les yeux du policier.

— La même que ceux-là.

Et de la main, elle désigna la trentaine de pièces.

L'officier réfléchit. Il n'était pas possible d'en rester là. Ou alors cela signifiait que son intuition, sa fameuse intuition, prenait l'eau de toute part. Il devait insister.

— Pourriez-vous nettoyer l'autre côté ?

Surprise, la chimiste retourna la monnaie. Une lueur d'intérêt apparut enfin dans son regard. Elle se leva et plongea la pièce dans un bain.

— Il faut attendre que la solution agisse, expliqua-t-elle aux enquêteurs dont elle mesurait l'impatience. La monnaie est restée dans la terre pendant des siècles, alors nous ne sommes pas à…

— Vous ne pouvez pas utiliser la petite brosse à dents, à côté de vous ? suggéra Bernard dont la patience n'avait jamais été le point fort.

Julie jeta à nouveau un regard en direction de l'archéologue en chef, qui s'était rapprochée. Cette dernière, comme excédée, esquissa un geste de la main. Après tout, pensa la chimiste, plus vite ce sera terminé, plus vite ils déguerpiront. De toute façon, des pièces on en ramassait plusieurs chaque mois.

Réprimant un soupir, la conservatrice-restauratrice, Kevin n'avait pas oublié sa qualification, plongea son avant-bras dans le bac renfermant de l'eau déminéralisée. Elle prit la pièce entre ses doigts gantés et la trempa dans un bain d'éthanol pour enlever les divers sédiments. Elle utilisa, ce qu'elle ne faisait jamais de prime abord, la petite brosse à dents que Bernard avait aperçue, posa la monnaie sous les binoculaires et entreprit, en s'aidant d'un complexant, d'ôter les oxydes de cuivre. Exaspérée par les policiers qui ne la lâchaient pas du regard, et dont elle sentait l'impatience grandissante, elle lança la brosse et s'empara carrément d'un scalpel. Ce n'était pas là un procédé très catholique – tout excès de précipitation pouvant causer des dégâts irréparables – mais elle pensa que personne ne lui en ferait le reproche. Du moins l'espérait-elle.

Au fur et à mesure qu'elle extirpait une à une les impuretés, son travail se faisait plus lent, plus doux. Insensiblement le geste professionnel reprenait le dessus. Sans lever les yeux de ses lunettes, elle tâtonna en direction de la brosse à dents jetée sans ménagement. Bernard l'attrapa et sans dire un mot la lui glissa dans la paume de la main.

Il sembla aux policiers que la chimiste retenait son souffle. Sa tête ne faisait maintenant plus qu'un avec les binoculaires. Carrément incrustés dans ses orbites ils s'apparentaient à des appendices naturels de son corps. Capucine Vitulin, elle-même gagnée par la surprise et l'intérêt, s'était rapprochée. Ils virent tous le bras de Julie Auriol trembler. Était-ce de la peur, de l'émotion ? Elle releva la tête et leva les yeux vers ceux qui l'entouraient. Elle pleurait.

Sans dire un mot, elle se retourna vers l'archéologue en chef et lui tendit la pièce de monnaie.

Capucine Vitulin en ouvrit la bouche toute grande de bouleversement et des larmes de joie lui inondèrent le visage. Elle poussa enfin un cri libérateur.

— Mon Dieu !

Les deux policiers se regardaient. Ils devinaient être les témoins d'une découverte extraordinaire, mais auraient apprécié être mis dans la confidence.

— C'est quoi ? demanda Kevin alors que la chimiste et l'archéologue tombaient dans les bras l'une de l'autre, en dansant de joie maintenant.

N'obtenant pas de réponse, Bernard intervint également d'une voix de stentor :

— Merde, c'est quoi ?!

Capucine Vitulin, le regard mouillé, mais le visage en extase lui répondit :

— Mais regardez, vous ne voyez pas, c'est…

Quentin Martial avait décidé de regagner son domicile. Sa femme avait été invitée par une amie et il pourrait tout à loisir se régénérer en contemplant le parchemin et récupérer les quelques sols melgoriens dont il faudrait bientôt songer à se séparer. Pour cette ultime transaction, il ferait monter les enchères au plus haut et nul doute que leur négociation permettrait, pour le moins, de construire un bâtiment. Mais avant de partir, il se dirigea une nouvelle fois vers la cathédrale. Le policier de faction le laissa passer. Il était chez lui et avait assisté toute la journée les employés et techniciens venus préparer le concert. Le rez-de-chaussée était maintenant méconnaissable. Des bancs et des chaises remplissaient l'espace, des tables de mixage avaient trouvé place non loin du choeur, près de l'autel, et des projecteurs prêts à inonder la scène d'une lumière tout artificielle se tenaient à proximité. Quentin fit attention à ne pas se prendre les pieds dans les nombreux fils et câbles électriques qui tels autant de serpents rampaient à même le sol. Il y vit là la présence du malin et se signa. Vivement que tout cela finisse.

C'est à son corps défendant, mais avec l'accord de l'évêché, que dans un souci de rentabilité, comme si cette notion devait entrer en ligne de compte, ces spectacles avaient lieu. Et dire qu'en sa qualité de secrétaire général des Compagnons de Maguelone il se devait d'y prêter main-forte, ce qu'il faisait, alors qu'en sa qualité de grand maître de la confrérie du denier de Dieu, il luttait contre cette même exploitation commerciale, de toutes ses forces ! Cruel dilemme ! Son âme était prise dans un étau, mais il savait que le jour du jugement dernier la balance pencherait en sa faveur.

Il avait bien songé à abandonner ses fonctions mais ne se résolvait pas à quitter des yeux, ne serait-ce qu'un jour, sa cathédrale. Sans compter qu'il n'était pas homme à fuir ses ennemis. Bien au contraire. En les côtoyant, en les fréquentant, même du bout des lèvres, il se trouvait mieux à même de contrecarrer leurs desseins.

Il grimpa les escaliers et se rendit dans la tribune. Même là, autour du couvercle du tombeau de son cher Jean de Montlaur, il y avait de nombreux bancs destinés à recevoir les mécréants avides de se repaître de ce qui avait été un joyau de la chrétienté. Il se mit à genoux et pria. Puis il se releva, ses yeux se portèrent sur la voûte en pierre située au-dessus de sa tête. C'était elle qui était en contact avec le Seigneur, c'est d'elle que viendrait la vengeance. Très bientôt son grand projet se réaliserait. Et ce n'était pas la piètre présence des forces de l'ordre, avec leurs chiens et leur technologie, qui y ferait obstacle.

D'un mouvement symbolique de la main, il balaya l'espace devant lui, comme si ce geste lui permettait de s'affranchir de tous les avatars pouvant se dresser encore sur son chemin. Il devait maintenant regagner son domicile pour les tout derniers préparatifs. L'apothéose était pour bientôt.

À son tour Kevin fut gagné par l'impatience.

— Si vous pouviez expliquer à de simples profanes...

Capucine Vitulin, qui avait séché ses larmes de joie, regarda Julie, secoua la tête et s'adressa avec véhémence au policier, lui tendant la pièce de monnaie.

— Non, mais, vous êtes obtus ou quoi ! Vous ne voyez pas, là, d'un côté la croix pattée et de l'autre la tête de Mahomet !

L'officier de police était vexé. S'il y avait quelque chose qu'il n'aimait pas, c'est qu'on le prenne pour un béotien. Il serra les dents et se remémora ses toutes dernières lectures.

— Vous parlez des sols melgoriens à tête de Maure dont la légende indique qu'ils auraient été utilisés comme monnaie dans le diocèse ?

— Ah quand même ! Oui, s'exclama avec fougue Capucine Vitulin. Mais ce n'est pas une légende. L'histoire nous apprend que dans le but de fluidifier les échanges commerciaux avec les marchands musulmans, n'oubliez pas que le port de Maguelone fut appelé en son temps port Sarrazin, l'évêque Béranger de Frédol fit frapper des pièces à l'effigie de Mahomet. C'est cette monnaie-là.

Et elle brandit fièrement la pièce au bout de sa main.

Comme le policier ouvrait la bouche pour lui poser une question, elle reprit, tout aussi rapidement, toujours en proie à la plus grande excitation.

— Il a été vertement tancé par une bulle émise le 16 septembre 1266 par le pape Clément IV. Je peux même vous réciter par coeur une partie du texte de la réprimande : « Nous nous demandons avec stupeur dans quel dessein vous agissez, non pas que vous causiez un préjudice au roi de France, mais vous en causez au Roi de Gloire hors du domaine duquel vous ne pouvez rien faire. Quel catholique peut se permettre de frapper de la monnaie au nom de Mahomet ? »

— Mais cette monnaie n'avait jamais été découverte jusqu'à présent ?

L'archéologue secoua la tête.

— Non, jamais. Il faut dire que, pour preuve de son obéissance et prouver qu'il suivait à la lettre les injonctions du souverain pontife, Bérenger de Frédol a émis une bulle portant interdiction formelle d'utiliser les sols ainsi frappés au sein des forges de son diocèse et interdisant toutes nouvelles émissions.

Bernard, qui voyait les choses de façon très concrète, demanda :

— Et la valeur de ces sols ? Elle est importante ?

— Inestimable, c'est l'histoire qui passe, c'est l'histoire que vous teniez entre vos mains, avec un grand « h », c'est…

— Je parle de leur valeur marchande, bafouilla le

brigadier désireux d'endiguer les envolées lyriques de la scientifique.

La question arrêta net l'archéologue. Elle regarda sa voisine, comme frappée d'incompréhension. Qu'on puisse réduire une découverte historique à sa simple valeur marchande dépassait son entendement. Hargneuse maintenant, elle lui répliqua :

— C'est une dé-cou-verte sci-en-ti-fi-que et his-to-ri-que majeure, martela-t-elle, et...

Kevin venait, assez brusquement il est vrai, de récupérer sa pièce à conviction fort imprudemment brandie sous son nez. Il se recula immédiatement, prit son collègue par le bras et se dirigea vers la sortie.

— Où allez-vous ? s'écria l'archéologue. Vous n'avez pas le droit ! Mais dites-nous au moins à quel endroit vous l'avez découverte ?

Le lieutenant estima utile de laisser mijoter un peu les scientifiques. Puisqu'elles étaient si calées, si intelligentes, qu'elles se creusent les méninges. Devant les objurgations de Capucine, il capitula toutefois et, alors qu'il refermait la porte de son véhicule, jeta négligemment :

— C'est simple. L'histoire ne vous l'enseigne-t-elle pas ? Au Québec.

Et Bernard démarra sur les chapeaux de roues, abandonnant leurs deux interlocutrices, pantoises.

Sur son bureau se trouvait en bonne place l'article de Charlotte. Normand le parcourut en se mordant les lèvres. Il nota tout de suite, avec soulagement, que son nom ou sa fonction n'était pas associés au reportage. Ouf ! Il en pâlit d'émotion. Il devait toutefois crever l'abcès et l'appela.

Sur un ton incisif, il lui demanda des explications. Sur le même registre, Charlotte, pas décidée du tout à s'en laisser compter – avec un rédacteur en chef sur le dos cela lui suffisait largement – objecta n'avoir pu faire mieux que ne pas l'avoir cité. Elle enfonça le clou en précisant que cela avait relevé de l'exploit et que si monsieur l'enquêteur avait daigné l'informer de son départ ou lui avait communiqué un numéro où le joindre, elle n'aurait pas été réduite à de telles extrémités. Surtout compte tenu de l'importance de l'information qu'elle avait souhaité lui donner et qui se trouvait maintenant dans son article. Et elle attendit. La balle était dans le camp du limier du SRPJ.

Il se calma et reprit la lecture de l'article.

Impatiente, la journaliste intervint :

— J'ai décrypté les mots Tuez… Dieu… siens : « Tuez-les tous, Dieu reconnaîtra les siens. » Il s'agit d'une phrase prononcée par Arnaud Amaury, le légat du pape…

— Je connais, lança le lieutenant, agacé.

Qu'on le prenne pour un ignare une fois lui suffisait pour la journée.

La journaliste tint tout de suite à mettre les choses au point. Du tac au tac, elle répondit :

— Moi aussi, mais personne n'a fait le lien, avant moi.

Et elle laissa à son interlocuteur le temps de se pénétrer de cette évidence. Elle savait les policiers un peu obtus de ce côté-là. Avec deux frères dans la police, elle était à bonne école. Puis elle reprit :

— Je ne pouvais garder cette information pour moi toute seule, et comme tu n'étais pas là. Sérieusement Kevin, je suis inquiète. Il y a eu un véritable massacre à Béziers…

— Oui, je connais cet épisode peu glorieux. Tu penses à quelque chose de particulier ?

— Il y a un concert de musique sacrée à Maguelone, il ne faudrait pas que… tu vois ce que je veux dire ?

Normand voyait tout à fait. Il n'avait pas de temps à perdre.

— Bon, je te remercie, je dois y aller…

Il s'apprêtait à raccrocher lorsqu'il entendit le hurlement de Charlotte.

— Attends, attends ! Avec les infos que je te balance, tu pourrais avoir au moins la décence de me communiquer ce que tu as trouvé au Québec ! C'est donnant, donnant, rappelle-toi !

Pour l'officier l'heure n'était plus aux interminables discussions.

— J'ai identifié formellement le cadavre. Il s'agit

d'un étudiant québécois du nom d'Henri Labranche. Il avait participé aux fouilles à Maguelone.

Charlotte revint à la charge, sentant bien qu'il était sur le point de mettre un terme à leur conversation.

— Mais qui l'a tué et pourquoi ?

— C'est trop tôt pour le dire, mais maintenant avec une identité on remontera la piste rapidement.

— C'est tout ?

Le lieutenant sentit poindre un soupçon de déception voire d'incrédulité dans l'interrogation. Après tout, il pouvait lui parler de la découverte des sols melgoriens ornés de la tête de Mahomet. Les archéologues allaient s'empresser de le proclamer urbi et orbi, sans aucun doute. Et il la briefa, ajoutant avant de raccrocher :

— Tu m'excuses, mais mon directeur m'attend.

Donnant, donnant, oui, mais jusqu'à certaines limites, sinon le magistrat instructeur apprendrait le nom du coupable en lisant son journal.

Normand craignait également les réactions du divisionnaire et de l'évêque. Par chance, il était à l'étranger au moment de la parution de l'article. Quoique, à bien y réfléchir, son absence pouvait se retourner contre lui. « Il a balancé l'info et a pris la poudre d'escampette », avaient déjà pu susurrer certains esprits chagrins à l'oreille du grand chef. Il savait qu'on n'était jamais si bien trahi que par ses collègues.

Bon, trêve de cogitations, il s'agissait d'affronter

maintenant M. Rességuier. Heureusement il ne revenait pas les mains vides. Il se redressa, décidé à ne pas se laisser faire, et alla frapper à sa porte, pour une fois fermée.

Après y avoir été invité, il pénétra dans le bureau directorial. À sa vue, le big boss raccrocha rageusement le combiné du téléphone tenu à la main et se leva d'un bond.

— Qu'est-ce que c'est que cette histoire de sol melgorien à tête de Mahomet ? Il a une valeur historique, pourquoi l'avez-vous récupéré ? Et comment se fait-il que je ne sois pas informé ? Pourquoi n'êtes-vous pas venu me voir dès votre arrivée ?...

Normand laissa passer l'orage. Quand son supérieur eut terminé la litanie de ses imprécations, il lui assena :

— J'ai identifié la victime, l'experte en odontologie légale est formelle et je connais le nom du coupable.

Bien que quelque peu intrigué, il préféra ne pas lui demander comment il était déjà informé de l'importance de la pièce de monnaie. Seul Bernard était au courant, et il ne l'avait pas quitté d'une semelle. D'ailleurs, il lui faisait entièrement confiance.

Rasséréné et pragmatique, monsieur Rességuier se contenta d'un laconique :

— Qui ?

— Quentin Martial, secrétaire général des Compagnons de Maguelone, responsable de la confrérie du denier de Dieu, et intégriste.

— Des preuves, exigea le divisionnaire, tout d'un coup avare de ses mots.

— Il est allé sur place au Québec, a retiré de l'argent au moyen de la carte bancaire de Labranche pour faire croire qu'il était encore en vie à ce moment-là, et chez lui, puis a déposé l'intégralité de la somme dans le tronc d'une église.

Le lieutenant s'arrêta un instant, afin de laisser à son supérieur le temps d'enregistrer les informations.

— Et ?

— Il a formellement été identifié par le prêtre d'une église proche du domicile de Labranche. Il aura du mal à justifier sa présence là-bas. Il a dû rédiger lui-même les deux courriers, il faudra faire appel à un graphologue, on recueillera un spécimen de son écriture.

— Bon, déclara le chef du SRPJ en se frottant les mains après avoir écouté religieusement le rapport de son subordonné. Je vais au moins pouvoir clouer le bec au directeur régional des affaires culturelles. Il vient de me faire un petit vélo, sur votre comportement, sur… bref, il est bon que le sol melgorien ait été trouvé au Québec et non sur le territoire français. Ça le calmera. J'informe le juge Degas, puis le préfet. Depuis l'article de la journaliste, il ne me lâche pas d'une semelle. Il vous faut interpeller Martial.

— Tout de suite, mais il faudra être prudents. Il

habite au centre-ville, c'est un extrémiste, il est capable de se faire sauter avec tout le pâté de maisons.

Le directeur du SRPJ se leva d'un bond.

— Je prends l'affaire en main. J'appelle en renfort les effectifs de la BRI et j'informe le DDSP, il mettra des bleus dans la rue pour boucler le quartier. Foncez !

Normand se félicita de l'appui de ses collègues de la brigade de recherche et d'intervention. Leur apparition, en cagoule, était un élément psychologiquement important. Il allait par la même occasion rappeler le chien spécialiste des explosifs qui avait déjà officié à Maguelone. Mais auparavant il devait passer un coup de fil.

— Oui ? répondit le numismate.

— Un sol melgorien dont le revers représenterait une tête de Maure ou de Mahomet aurait-il une valeur marchande exceptionnelle ?

Petit rire de gorge de son correspondant.

— Décidément, en ce moment beaucoup de gens semblent s'intéresser à cette monnaie. Pour répondre à votre question, cette pièce n'existe pas, mais si quelqu'un en détenait une elle aurait effectivement une cote considérable.

— Et s'il y en avait plusieurs ?

Silence du spécialiste.

— Tout dépend de leur état de conservation et de la loi de l'offre et de la demande. Plus une chose est offerte en quantité sur le marché, plus elle perd de sa valeur. Mais, vous en avez déniché une ? interrogea le numismate. Cela peut m'intéresser.

— Non, mais j'ai lu quelque part qu'elles avaient existé.

— Vous me rassurez. Mais d'un autre côté, je vais vous donner un tuyau. Si pour ma part j'en trouvais, au lieu de les vendre sur les places financières j'essayerais de les négocier auprès d'émirs des pays arabes.

L'officier de police en écarquilla les yeux de surprise.

— Quel intérêt ?

— Réfléchissez. Pour les musulmans, toute représentation de la physionomie du prophète est interdite. Je suis persuadé qu'ils les paieraient un très bon prix, ne serait-ce que pour éviter leur mise en circulation.

En raccrochant, l'enquêteur commençait à comprendre. Notamment la dernière visite de Martial à La Grande-Motte.

## 22

La police avait fait évacuer un large périmètre entre la préfecture et la place Jean-Jaurès. Les deux directeurs, celui de la PJ et celui de la sécurité publique, n'avaient voulu courir aucun risque. Surtout que le préfet était aux premières loges. En cas de déflagration, il ne serait pas utile de le prévenir par téléphone. D'ailleurs, son chef de cabinet était attendu. La foule s'agglutinait elle aussi et certains médias venaient de faire leur apparition. Une fuite de gaz avait été prétextée, pour justifier l'évacuation des riverains. Mais le prétexte ne tiendrait pas devant les journalistes, le directeur de la PJ n'étant pas un spécialiste reconnu en ce domaine.

Dès le départ de Charlotte Dumoulin, Quentin Martial avait contacté Capucine Vitulin. Il voulait savoir s'il y avait du nouveau. Il eut du mal à saisir le sens de ce qu'elle lui disait tellement elle baignait dans un état d'euphorie. Il arriva à comprendre toutefois qu'elle avait eu entre les mains un sol melgorien dont le revers présentait une tête de Mahomet et que le lieutenant Normand avait eu le toupet de prétendre qu'elle avait été découverte au Québec. L'archéologue précisa au secrétaire général qu'elle avait immédiatement téléphoné aux affaires culturelles pour se plaindre et comptait absolument sur lui pour intervenir. Elle eut même l'outrecuidance, dans son accès d'enthousiasme, de le tutoyer.

Il l'assura de son intervention et raccrocha brutalement.

Mon Dieu, que se passait-il ? Le grand maître de la confrérie du denier de Dieu réfléchissait. Après avoir retiré l'argent au distributeur, il avait abandonné la somme ainsi obtenue, il n'était pas un vulgaire voleur, dans le tronc d'une église, puis y avait également vidé le contenu du portefeuille d'Henri Labranche récupéré sur son corps.

Se pouvait-il que ce dernier ait gardé par-devers lui un exemplaire des pièces découvertes ensemble ? Il n'y avait pas d'autre explication. Après leur altercation, puis sa mort, il lui avait fait les poches et déniché deux sols melgoriens, volés, car pour lui il s'agissait bien d'un vol, sans le moindre complexe. Mais il n'avait pas pensé à examiner le maigre contenu de son portefeuille. Une erreur ? Non une faute, réalisa-t-il.

Terrifié, il envisageait maintenant la suite des opérations.

Le policier avait mis un nom sur le corps, il comprendrait rapidement la valeur de cette pièce et identifierait le coupable, si ce n'était déjà fait. Il regrettait, mais un peu tard, sa conversation avec le prêtre de l'église. Mais pouvait-il deviner, anticiper à ce point, ce malheureux coup du sort ?

Que faire ? Trouver refuge auprès de l'un des membres de la confrérie ? Il ne fallait pas y compter. Il avait même dû renoncer à mettre dans la confidence le commandeur. Il s'agissait de bourgeois, tout en paroles et en pensées, qui ne lui seraient d'aucun secours. Des mous, capables de le trahir et d'aviser la police. Rentrer chez lui... Il hésita un instant, la PJ pouvait l'y attendre. Il décida toutefois de regagner la ville, ne serait-ce que pour récupérer le contenu de sa cache et pour s'assurer qu'un piège ne lui était pas tendu.

Quentin Martial n'eut pas besoin de prendre moult précautions pour vérifier si des policiers n'étaient pas cachés dans le but de le surprendre et de s'emparer de sa personne. La présence de la foule et des cordons de police fut suffisamment éloquente. Il reflua, se promettant de revenir plus tard reprendre ce qui lui tenait à coeur. Plus que quelques heures à attendre, mais sa vengeance serait terrible. À la hauteur de ses espérances, cette fois-ci.

Le lieutenant Normand était à côté du maître-chien. Les collègues de la BRI avaient essayé de prendre contact avec monsieur ou madame Martial peut-être encore à l'intérieur de leur appartement. Personne n'avait répondu. Pas plus aux appels téléphoniques qu'aux coups portés sur la porte d'entrée. Kevin avait téléphoné à l'association des compagnons.

— Monsieur Martial est sorti. Rappelez plus tard.

On ne pouvait plus attendre.

En présence de deux témoins, les policiers de la BRI enfoncèrent la porte au moyen d'un bélier. Non sans mal, car il s'agissait d'une porte blindée, puis foncèrent visiter toutes les pièces. Ils ressortirent au bout de quelques minutes.

Ils respectaient ainsi les consignes, strictes, du conducteur cynophile.

— Ne restez pas trop longtemps sur place et interdiction d'ouvrir les fenêtres cela affecterait l'emplacement des odeurs. Ne polluez pas ma scène de crime.

Jim, le malinois qui jouait jusqu'à présent avec son maître sur le palier, changea tout à coup d'attitude lorsque ce dernier lui enfila son harnais. Il comprenait à présent qu'il était là pour travailler.

Le maître-chien pénétra dans les lieux, précédé par Jim et suivi du lieutenant. Son seul rôle, et en silence lui avait-on rappelé, serait de noter les endroits où l'animal avait « marqué » pour les communiquer ensuite aux démineurs.

— Il pompe, lui glissa à l'oreille le gardien de la paix, qui encourageait son compagnon par d'incessants « Vas-y pépère, vas-y, c'est bien ».

Une ou deux fois Jim s'arrêta, perplexe. Le conducteur cynophile lui caressa les flancs, la tête et le rassura de la voix, lui répétant :

— Vas-y, encore pépère, cherche, cherche !

Les nombreuses pièces de la maison furent rapidement visitées.

— Il ne peut pomper plus de trente minutes, lui avait avoué le gardien de la paix. Après, il est trop épuisé.

Malgré quelques arrêts prometteurs, les enquêteurs firent chou blanc.

Une fois sur le palier, tout en flattant de la main Jim, son collègue lui confia :

— Jim n'a jamais « marqué ». Pour moi, il n'y a pas d'explosif. Vous pouvez effectuer votre perquisition maintenant.

Et, après lui avoir ôté le harnais, il balança un « boudin » à l'animal, puis joua avec lui. Le malinois essaya de lutter avec son maître pour récupérer l'engin en forme de boudin qu'il tenait des deux mains.

— Il doit comprendre que son travail est terminé.

Normand savait que le dressage du chien avait consisté à lui faire mémoriser l'odeur d'un explosif en y associant un objet en tissu appelé « poupée ». En cas de découverte d'un élément suspect, on le lui redonnait un instant avant de le lui reprendre. Ainsi, Jim recherchait simplement son jouet.

Le directeur du SRPJ s'approcha.

— Négatif, déplora son officier.

— Ouf ! soupira monsieur Rességuier. Bien, je vous laisse. Vous…

— D'abord l'identité judiciaire, puis la perquise complète, le rassura le lieutenant.

Claire Fonola attendait son tour. Elle pénétra dans les lieux en compagnie de cinq spécialistes de son groupe. Normand la suivit, accompagné de Patricia et de Bernard. Ils s'immobilisèrent dans le hall d'entrée sur un regard comminatoire et courroucé de la chef d'équipe.

Les enquêteurs se consultèrent du regard en haussant les épaules. Il fallait patienter encore et se contenter de les regarder faire. En silence si possible. Là aussi, les experts profitaient généralement de l'occasion pour jouer les prima donna.

Pendant que l'un d'entre eux filmait toutes les pièces, les autres, revêtus également de leurs combinaisons blanches, relevaient les empreintes digitales, le contenu des poubelles, toute trace suspecte de sang, etc. Mis à part la présence d'explosifs, ils ne savaient pas trop quoi chercher.

Enfin, Kevin, ses deux collègues ainsi que cinq autres policiers venus en renfort purent pénétrer dans le logement pour s'y livrer à une minutieuse perquisition.

L'appartement était immense. Il y avait un salon de plus de soixante mètres carrés, trois chambres, dont une seule semblait être occupée régulièrement, une grande cuisine, une bibliothèque aux murs lambrissés et un bureau. Sans compter évidemment la salle de bain et les toilettes.

Les experts de la police scientifique enlevèrent immédiatement l'ordinateur se trouvant sur la table de travail. Unité centrale, moniteur, imprimante scanneur, tout serait étudié et examiné avec attention.

Normand contemplait pour sa part la collection de livres offrant une liste assez variée d'ouvrages. La plus grande partie traitait d'histoire, notamment de celle de la région et de ses bâtiments, d'autres de théologie. À sa surprise, il découvrit plusieurs romans policiers. Il s'empara d'un carnet contenant les numéros de téléphone des époux Martial et, dans un petit secrétaire, récupéra plusieurs liasses de relevés bancaires.

— Il n'est pas dans le besoin, constata Bernard, après avoir émis un long sifflement, en consultant les nombreux comptes.

Une heure s'écoula.

— Rien de vraiment intéressant, n'est-ce pas lieutenant ?

Kevin regarda Patricia. Il partageait son avis. Mais d'un autre côté, que cherchaient-ils en dehors des explosifs ? Du cyanure, des hosties, des sols melgoriens, une preuve de sa culpabilité dans le meurtre d'Henri Labranche, survenu deux ans auparavant – il ne fallait tout de même pas trop y croire – ou de l'empoisonnement, beaucoup plus récent, de Laurent Corrado ?

Normand réfléchissait. Plus il se creusait les méninges, plus il réalisait le caractère insolite… d'une absence. Oui, il était nécessaire de raisonner d'une autre façon. Faute de découvrir quelque chose de suspect, il devait, pour le moins, noter la présence de ce qui allait de soi ! Où se trouvaient les archives de la confrérie du denier de Dieu ? Association déclarée en préfecture et donc tout à fait légale, lui avait vertement rappelé le juge Degas.

Or, malgré de minutieuses recherches, il n'y en avait aucune trace. Certes, tout pouvait avoir été numérisé et répertorié sur le disque dur de l'ordinateur. Mais l'expérience prouvait à l'enquêteur de la PJ que cela n'entrait pas dans la démarche ou les habitudes de quelqu'un de l'âge de Martial. Il devait y avoir quelque part des dossiers, des supports papier. Il n'en démordrait pas.

— Stop ! lança Kevin. On arrête tout.

Puis il s'adressa à Claire Fonola :

— Je voudrais que tu utilises le crimescope. Le but, repérer des traces indiquant une cache ou un endroit tout particulièrement fréquenté.

La responsable de l'équipe de la PTS acquiesça de la tête. Elle fit signe à tout le monde de reculer pendant que ses collaborateurs fermaient les volets et tiraient les rideaux.

L'obscurité ayant été faite, les spécialistes de la police technique et scientifique chaussèrent des lunettes spéciales les protégeant du faisceau de lumière bleutée du rayon laser. Son utilisation permettait de faire apparaître les traces non visibles à l'oeil nu, du sang, de la salive, du sperme et des éraflures ou griffures en nombre.

Toutes les pièces furent examinées une par une. La cuisine était toujours l'endroit le plus riche en indices de ce type. Rien d'anormal compte tenu des nombreuses projections en tout genre. Lorsque les enquêteurs arrivèrent à la bibliothèque, Claire poussa une exclamation. Le plancher, en bois, vers la partie la plus à droite des rayonnages, supportait la présence d'une multitude de petites rayures. Comme celles faites par les pieds d'un fauteuil par exemple ou un meuble que l'on déplace souvent.

Les volets furent réouverts et la lumière pénétra à nouveau à flots dans la magnifique pièce lambrissée. Claire et Kevin, à quatre pattes, suivaient du doigt les rainures invisibles. Invisibles, mais dont ils pouvaient néanmoins sentir les aspérités.

— Elles conduisent au pied de la bibliothèque, conclurent-ils.

Ils se reculèrent en se redressant. Les membres du SRPJ entreprirent alors de la vider de tout contenu. Au terme de dix minutes Bernard, qui avait soulevé, baissé et levé toutes les étagères vides, poussa un cri de joie. Un pan venait de se déplacer. Il le tira vers lui. Tous les policiers dégainèrent. Normand s'avança, arme au poing. Il découvrit ainsi un espace de neuf mètres carrés environ démuni de toute fenêtre renfermant quelques rayonnages, un tapis et une petite table de travail.

— Stop, ordonna le lieutenant Fonola. On ne va pas se faire avoir deux fois.

Les enquêteurs se retirèrent sans pénétrer plus avant dans l'antre de monsieur Martial. Elle fut plongée dans le noir. Immédiatement le crimescope mit en évidence que le tapis camouflait une cache. Rien d'autre. La lumière fut allumée. Kevin et Bernard après avoir roulé l'élément de décoration virent un anneau scellé dans le sol. Il permettait de soulever une dalle d'un demi-mètre carré. Tout le monde attendait maintenant le top du chef de groupe de la crim.

— Et s'il est piégé ? demanda Kevin à la cantonade.

Il était désireux de recueillir les avis de ses collègues.

Le silence se fit. Chacun cogitait. Devait-il encore faire appel au chien, puis rappeler à nouveau les démineurs? Il prit sa décision.

— Écartez-vous, lança-t-il.

— Je reste avec vous, décida d'un ton péremptoire Patricia en s'agenouillant à ses côtés.

Normand n'osa pas la rabrouer. D'autant plus qu'il ne pensait pas courir le moindre risque. Néanmoins, il attendit que les autres membres de la PJ se soient éloignés et, aidé de la brigadière-chef, il souleva avec précaution la plaque.

— Vous pouvez revenir, cria-t-il.

Sous les yeux de tous les enquêteurs se trouvaient deux étuis, dont le chef de groupe vit tout de suite qu'ils renfermaient des parchemins – il en avait suffisamment manipulé à l'évêché pour les classer – ainsi qu'une bourse en peau. Claire la récupéra de sa main gantée, défit le simple cordon en condamnant l'ouverture et fit glisser avec précaution son contenu.

Un « Oh ! » de déception sortit de toutes les bouches. Les policiers s'attendaient à des diamants, des pierres précieuses, mais sûrement pas à huit pièces couvertes de vert-de-gris. Seul le lieutenant Normand en connaissait l'importance.

Il confia la totalité de la découverte à sa collègue Fonola, le temps pour son équipe de procéder aux recherches d'empreintes ou traces d'ADN. Il lui recommanda d'agir prudemment s'agissant sans nul doute de parchemins de grande valeur.

La perquisition permit de mettre la main sur plusieurs caisses de documents signés par Quentin Martial, grand maître de la confrérie du denier de Dieu.

— Un grand maître de plus, ricana Bernard.

Une aube noire portant les lettres rouge sang « CDD », identique en tous points à celle découverte dans l'armoire de Laurent Corrado, fut également récupérée.

— Elle vous irait bien, chef, se gaussa le brigadier.

Normand rétorqua du tac au tac :

— Regardez, elle est plutôt à votre taille.

Et il passa à autre chose.

Nul doute que l'exploitation minutieuse de toutes ces archives donnerait un éclairage nouveau sur les activités, licites et celles qui l'étaient moins, du grand maître.

L'enquête de voisinage permit d'apprendre que madame Martial était en déplacement du côté de Nice, mais sans qu'on puisse identifier avec exactitude son lieu de villégiature.

Normand se retira, laissant en planque deux enquêteurs de la BRI. Si Quentin Martial montrait le bout de son nez, il serait bien reçu.

Place Jean-Jaurès, les barrières de sécurité avaient été ôtées et les badauds déambulaient librement. À la vue des limiers de la PJ – les membres de la police scientifique portaient leurs chasubles indiquant leurs qualités – les journalistes se précipitèrent vers eux. Normand réussit à s'esquiver. La presse, il avait déjà donné !

Il était maintenant littéralement épuisé. Les décalages horaires, les émotions l'avaient vidé de son énergie. Il regagna, à pied, son domicile situé à proximité et passa un coup de fil à ses parents pour leur apprendre son retour. En leur absence, il laissa un message sur le répondeur.

Il se réveilla vers 1 heure du matin. Sa courte nuit avait été peuplée de cauchemars, d'explosions, de gens qui criaient le visage ensanglanté, lui reprochant son inaction et son incompétence. Que faire ?!

Quentin Martial n'était pas chez lui et compte tenu du battage médiatique il y avait peu de chance qu'il y revienne, il n'était pas non plus dans ses bureaux à Maguelone. Où pouvait-il se terrer ? Il n'avait qu'une alternative : la fuite et le renoncement à ses sinistres projets ou la persévérance. Ce n'était pas un homme à renoncer, ça non, le policier en était sûr ! Dans quelques heures se déroulerait le concert de musique sacrée et Kevin était plus qu'inquiet, malgré la multiplication des précautions.

Il se leva de son lit et pria. Cela l'aiderait. Cela l'aidait en règle générale.

Il eut soudain une idée. Il se releva, s'habilla à la hâte, prit son Sig Sauer, boucla son étui à la ceinture et sauta dans sa voiture. Le policier venait de réaliser que la véritable demeure de Martial, du moins à ses yeux, était celle qu'il s'obstinait à dénommer la cathédrale. Il traversa la ville endormie et fonça dans sa direction. La lune éclairait la voûte céleste, mais disparaissait régulièrement derrière d'épais nuages.

Moins de quinze minutes s'étaient écoulées lorsqu'il stationna son véhicule assez loin du parking d'accueil. Point n'était besoin que Martial, s'il s'y trouvait, l'entende arriver. Il n'y avait pas de policier de faction la nuit. De toute façon, avait déclaré le directeur, le chien passera quelques heures avant le début des festivités et tout le site sera alors gardé en permanence.

La lune jouait toujours avec les nuages, ne dispensant qu'une maigre lumière sur le paysage.

Devant la porte d'entrée de l'église, Kevin hésita. Une fois à l'intérieur il serait plongé dans un trou noir. Certes, il n'ignorait rien de la disposition générale des lieux, mais sûrement pas aussi bien que Quentin Martial. Le grand maître nourrissait pour ce lieu une véritable adoration et en connaissait les moindres recoins. De toute manière, il n'avait pas fait ce chemin pour rien.

Il saisit à deux mains la porte d'entrée et, centimètres par centimètre, en retenant sa respiration, la fit pivoter légèrement la poussant juste assez pour se faufiler. Heureusement, elle était parfaitement entretenue et aucun son, aucun grincement de charnière ne se fit entendre. Une fois à l'intérieur, le policier s'immobilisa. Il devait laisser ses yeux s'accoutumer à l'obscurité car même s'il n'était pas nyctalope, à l'image des chats qui se repéraient sans problème la nuit, il ne doutait pas d'arriver à se mouvoir sans encombre. Il songea que le secrétaire général pouvait avoir trouvé refuge tout près de la pierre tombale de Jean de Montlaur, située au premier étage, dans la tribune. Il lui fallait donc se diriger tout droit et prendre sur la gauche pour accéder à l'escalier.

Au terme de quelques minutes, malgré toute sa

bonne volonté, il avait beau écarquiller les yeux, il n'y voyait absolument rien. Il fut obligé d'avancer en se fondant simplement sur sa mémoire. Rien devant lui jusqu'aux marches conduisant au premier niveau.

Aussi fut-ce avec la plus grande surprise qu'il broncha sur le premier banc lui arrivant au niveau des chevilles. Déséquilibré il fut projeté brutalement la tête la première sur le deuxième qui se renversa à son tour. Le tout dans un tumulte de fin du monde. Il se releva, alors que l'écho de sa chute se propageait d'abord sous la voûte de la tribune puis vers le choeur de l'église.

Même un sourd n'aurait pu être insensible au bruit et aux ondes qui se répercutaient maintenant entre les murs. Pour une entrée discrète, c'était réussi, tempêta-t-il. Il avait omis quelque chose : l'église pendant son absence avait été équipée de bancs et de chaises pour le spectacle. Il ignorait tout de leur position exacte et allait devoir avancer à tâtons. Il resta accroupi quelques secondes.

Bien lui en prit, car une détonation retentit. Une balle se ficha, dans un claquement sec, dans le banc sur lequel il se trouvait allongé quelques instants auparavant, la face contre terre. Il retint sa respiration. Ayant aperçu la lueur du coup de feu, il dégaina, arma la culasse de son Sig et dans le même mouvement appuya sur la queue de détente. Il profita du tonnerre qui se propageait pour se déplacer rapidement non sans heurter deux autres banquettes. Mais l'explosion avait couvert sa bruyante avancée. Du moins l'espérait-il.

Une nouvelle déflagration, en partance de ce qu'il estima être la chapelle du Saint-Sépulcre, lui fit baisser la tête. Le projectile s'écrasa non loin de lui sur le mur et de multiples petits éclats de pierre le blessèrent très légèrement au visage. Il songea un instant qu'ils résonnaient comme autant de mises en garde contre les hérétiques en train de souiller un refuge de quiétude et de paix. Était-ce un avertissement ? Une manifestation de mécontentement des architectes bâtisseurs ? Il serra les poings, se reprit et décida que l'heure n'était pas aux lamentations, aux mortifications ou aux incantations, mais à l'action.

Comment fait-il pour se déplacer aussi vite, dans le plus grand silence ? se demanda l'enquêteur. Le premier projectile provient de la chapelle Sainte-Marie, le deuxième, de celle de l'autre côté de la nef, pas loin des escaliers conduisant à la tribune. Normand évita de riposter. Non seulement il était vain d'espérer traverser le mur derrière lequel Quentin Martial avait dû trouver refuge, mais c'était lui donner une indication très précise sur sa position.

Il mit à profit son entraînement au karaté pour calmer puis maîtriser les battements de son coeur. D'interminables minutes s'écoulèrent. Le temps semblait suspendu. Dans le plus grand silence, toujours accroupi, marchant en canard, il avança vers l'autel. Il devait maintenant se trouver dans les premiers rangs, au niveau des places les plus chères, car de confortables fauteuils remplaçaient les bancs. Il se redressa derrière l'un d'eux et risqua un regard par-dessus le dossier en bois. À ce moment-là, une pâle lueur apparut au travers des vitraux. La lune avait dû faire une timide et momentanée apparition entre deux nuages. Ses yeux accoutumés à l'obscurité ne lui permirent malgré tout pas d'apercevoir son agresseur. Se pouvait-il que Martial ait pris la poudre d'escampette ? Il en doutait. Il réalisa ne pas l'avoir sommé de se rendre. Risqué, ridicule même, mais il devait le faire. Toujours à genoux, il s'écria :

— Monsieur Martial, c'est la police, rendez-vous !

Un nouveau coup de feu retentit en guise de réponse. Au moins, c'était sans ambiguïté.

Le seul problème, c'est que la déflagration était cette fois-ci partie du haut de la tribune. Dans son dos. Une fois de plus le grand maître avait totalement changé d'angle de tir sans faire le moindre bruit. Heureusement, ses paroles s'étaient envolées dans l'immensité du choeur de l'église, rendant difficile l'identification précise de l'endroit d'où elles étaient proférées.

Le lieutenant se déplaçait maintenant à quatre pattes. Tout à coup il mit la main sur un objet dont il discerna mal, dans un premier temps, la nature. Puis, il réalisa qu'il s'agissait d'une chaussure. Martial s'était déchaussé ! Voilà pourquoi il évoluait aussi silencieusement !

Normand faisait face à la tribune. Il avait trouvé refuge derrière l'autel situé en plein centre du choeur et du transept. S'il bougeait, il se ferait tirer comme un lapin par un ennemi bénéficiant d'une position dominante. À moins que ? Il réfléchit. Son prof de karaté répétait toujours qu'il fallait tirer parti des armes de l'adversaire. En guise d'arme, il ne disposait que de la sienne et… d'une chaussure. Mais elle avait peut-être un rôle à jouer, décida-t-il.

Le précédent coup de feu était parti du premier étage, juste en face de lui. Peu de chance que Martial descende les escaliers. Il resterait dans la tribune, à moins qu'il ne prenne la fuite en utilisant une porte donnant sur l'extérieur. Le lieutenant positionna sa main droite, fermement serrée sur son arme, sur la table de l'autel, s'excusant par avance du sacrilège commis, et de la gauche lança la chaussure très haut dans la nef, à l'opposé de l'endroit où il se trouvait. À la grâce de Dieu ! pensa-t-il. Cela lui laissait largement le temps, avant qu'elle ne retombe, désignant à son agresseur sa position supposée, de tenir son Sig à deux mains et de répliquer sans délai avec la plus grande précision possible.

Le bruit de la chute du soulier fut peu important. Tant mieux, il n'en était que plus crédible. Le grand maître fit feu immédiatement dans cette direction. Kevin, aux aguets, perçut parfaitement la lueur propre au départ du projectile et riposta dans la foulée. Un cri de douleur retentit.

Il se leva et fonça dans les escaliers conduisant à la tribune. Arrivé à l'angle des marches et du premier étage, il s'accroupit. Et si le gémissement était simulé ? S'il s'agissait d'un stratagème comme le sien ? Il attendit.

Non, manifestement les lamentations poussées maintenant par le grand maître n'étaient pas feintes ! Elles persistaient. En silence, son Sig pointé devant lui, il s'approcha du corps de son adversaire. Il le devina. Quentin Martial était allongé, il gémissait. Normand s'assura en se penchant vers lui qu'il ne tenait pas une arme entre les mains. Il découvrit le révolver aux pieds du blessé et s'en empara. Il alluma son téléphone portable, appela des renforts, et grâce à la lumière de l'écran aperçut la blessure de sa victime. Son épaule droite rougissait déjà, maculée de sang. Il s'en était fallu de peu que la balle ne l'atteigne en pleine figure.

La proximité de la pierre tombale de Jean de Montlaur lui avait-elle évité la mort ? Le grand maître le fixa un instant et le policier se demanda si ce regard était motivé par la douleur ou la haine.

— À partir de maintenant et jusqu'à la fin du concert, l'église est bouclée et sous haute surveillance, lui annonça par téléphone le directeur tiré de son sommeil.

Normand regagna son domicile. Même si le coupable était arrêté, l'enquête était loin d'être terminée. Il allait s'en suivre des auditions, perquisitions, vérifications en tous genres, de quoi occuper les limiers de la PJ pendant plusieurs semaines encore.

Après quelques heures de repos, Kevin décida de rendre visite à son évêque. Il lui devait bien ça.

Monseigneur Roncevot accepta d'entendre son diacre en confession. Il s'agissait d'un stratagème mis au point par le policier et admis, tacitement au moins, par son confesseur. Il lui permettait de tout avouer à son supérieur sans courir le risque de voir ses aveux répétés à qui que ce soit. Tout au plus pouvaient-ils être utilisés. Mais il s'agissait alors d'un débat entre le prélat et sa conscience.

Le dignitaire du diocèse apprécia la teneur de la confession, même s'il sembla à Kevin qu'il n'en goûtait que peu la forme. « Digne d'un jésuite », lui avait dit une fois le père Turgot.

En le raccompagnant à la porte de l'évêché, monseigneur Roncevot crut bon de s'expliquer. Il avait relevé les remarques émises par le policier, indiquant qu'il aurait été plus sage d'annuler la cérémonie. Par ailleurs, ses allusions à l'autorisation donnée pour la transformation de l'église en salle de spectacles méritaient quelques explications.

Il mit la main sur l'épaule du jeune diacre et riva ses yeux dans les siens.

— L'église doit vivre avec son temps, articula-t-il

un petit sourire aux lèvres.

Celle-là je l'ai méritée, se dit le policier. Il reprochait sans cesse aux ecclésiastiques leur passéisme et leur manque d'implication dans le monde moderne.

— D'autre part, n'oubliez pas que l'obéissance, et cela, quel que soit son niveau dans la hiérarchie, n'est pas le propre de votre administration.

Normand ne dit rien, il avait eu largement le temps de s'en rendre compte.

— Eh bien, sachez qu'un décret d'application tiré d'un texte adopté par le Conseil permanent de l'épiscopat français me fait obligation de faciliter les concerts d'oeuvres faisant partie de la tradition musicale de l'Église universelle. À la condition bien évidemment que l'église ne puisse jamais être considérée comme une salle de spectacles ordinaire. Comprenez-vous cela, mon fils ?

Kevin comprenait. Il n'ignorait pas non plus qu'il n'entrait pas dans les habitudes de l'évêque de se justifier, aussi apprécia-t-il à leur juste valeur les éclaircissements.

La Peugeot 207 du lieutenant qu'elle venait de voir arriver, puis grimper les étages en direction des appartements de monseigneur, était stationnée dans la cour de l'évêché. Une pareille occasion ne se reproduirait plus.

Elle maîtrisa les battements de son coeur et se dirigea vers son véhicule personnel qu'elle gara tout contre celui du policier. Elle manipula le système d'ouverture du coffre de la 207. Par bonheur, il n'était pas fermé à clef. Elle extirpa avec difficulté la bonbonne, camouflée sous une épaisse couverture, de la banquette arrière de son Opel et la glissa dans la Peugeot de Normand. Puis, elle referma silencieusement le tout et s'en alla.

Quelques minutes après, depuis la bibliothèque située au rez-de-chaussée de l'évêché, elle voyait le lieutenant vider les lieux.

Si les policiers, directeur en tête, avaient espéré que la publicité autour de l'affaire aurait pour effet de minorer l'affluence au festival, ils en furent pour leurs frais. Aux dires des habitués, il n'y avait jamais eu une telle cohue. Était-ce dû à la présence, en nombre, des médias ? Au frisson du danger ? Plusieurs dizaines de chaises durent être rajoutées au tout dernier moment dans l'église.

Avant de pouvoir rejoindre le parking situé à une centaine de mètres du lieu de culte, toutes les voitures des musiciens, des journalistes, des techniciens et des spectateurs, etc., furent soigneusement fouillées, au grand mécontentement des représentants de la presse.

Lorsque Normand arriva, il franchit sans encombre les barrages et put se garer au plus près. Anxieux, il salua ses collègues et attendit le début de concert.

Il pénétra, très peu de temps après que les premières notes se soient envolées, dans la cathédrale. Il fut immédiatement subjugué. La beauté singulière du cadre, le dépouillement de l'architecture romane caractérisée par une assise puissante, massive, donnait un écrin singulier au concert. Alors qu'en règle générale il se sentait écrasé par la présence de la tribune, juste au-dessus de sa tête, l'acoustique exceptionnelle de la bâtisse donnait une dimension intemporelle et sacrée à la musique, transportant coeurs et âmes dans un univers magique. Sans frontière aucune. Profondément bouleversé par ce qu'il entendait, il en oublia un instant son quotidien. Les vibrations musicales éveillèrent en lui une émotion à la fois physique et spirituelle. Un moment de grâce. Il en eut les larmes aux yeux tant la richesse émotionnelle était grande. Il comprenait mieux l'intérêt de permettre, plus souvent, ce type de manifestations. La cathédrale, édifice né de la foi, de l'art et de la passion, retrouvait maintenant pleinement son atmosphère de beauté et de méditation.

Kevin était tétanisé, comme envoûté, pris au piège de la musique. Ce bouleversement profond l'empêchait maintenant de recouvrer ses esprits et les devoirs de sa fonction. Heureusement, le toussotement discret d'un spectateur assis dans les derniers rangs lui permit de redescendre sur terre. Il fit un grand effort sur lui-même et, engourdi, les sonorités merveilleuses résonnant encore dans sa tête, il quitta les lieux.

Il fit de nombreuses et incessantes allées et venues tout autour de la bâtisse, discutant avec ses collègues de la BRI, maintenus sur place par ordre du directeur, ainsi qu'avec le maître-chien, en grande conversation avec deux démineurs de la sécurité civile. C'était sa façon à lui de rompre le charme qui l'attirait insidieusement vers l'intérieur de la cathédrale. Il ne consacra plus que peu de temps, et de façon très épisodique, aux cantates de Bach et au Magnificat. Trop dangereux, notamment s'il voulait rester concentré.

Il sentait inexorablement monter l'angoisse au plus profond de lui-même. Elle avait atteint maintenant son paroxysme. Le moindre problème, il n'osait pas évoquer le mot d'attentat, et il y aurait plusieurs centaines de victimes à déplorer.

De l'avis de tous, les interprétations furent de haut niveau. La longue ovation qui ponctua le concert fut plus que méritée. Ce ne fut que lorsque le dernier spectateur puis le dernier représentant des médias puis le dernier technicien eurent disparu, que Kevin put souffler. Il avait eu l'occasion, entre-temps, de discuter avec plusieurs membres des Compagnons de Maguelone dont le président. Il s'était même longuement entretenu avec lui, le rassurant. Personne ne ferait l'amalgame entre le comportement d'un homme et celui de l'association à laquelle il appartenait. Il avait également entr'aperçu Capucine Vitulin, elle lui battait froid et n'avait pas fait mine de venir le saluer. Manifestement elle gardait en travers de la gorge la dernière avanie qui lui avait été infligée. Julie Auriol, la chimiste, avait condescendu à faire un petit signe de tête dans sa direction.

Elle avait réussi, profitant de la cohue générée par la sortie en masse des spectateurs, à extraire son précieux colis du véhicule du policier. Maintenant déposé en lieu sûr, il ne lui restait plus qu'à se fondre dans le nombre. Avec son foulard tombant sur ses épaules, elle passerait inaperçue.

Après avoir regagné son service, il savait que le directeur l'y attendait pour faire le bilan de la soirée, Kevin donna un coup de fil à Charlotte et lui confia pêle-mêle les derniers rebondissements.

— Tu as regardé ce que je t'ai envoyé, par mail ?

Tout en répondant par la négative le policier consulta ses messages. Il ouvrit le dossier en provenance de la journaliste et le parcourut.

— Oui, et alors ? C'est le mémoire de Labranche, celui que je t'ai remis.

— Tout à fait, mais as-tu compris l'épigraphie dont il fait état ?

Le lieutenant fut tenté de mentir en répondant par l'affirmative mais se doutait que Charlotte ne se contenterait pas d'une simple affirmation. Si elle posait la question c'est qu'elle avait une idée bien précise.

— Euh ! non.

Assise devant l'écran de son ordinateur, son interlocutrice leva les yeux au ciel.

— La toute dernière mention, celle qui a motivé la surprise de Labranche, est ainsi libellée : « Le grand maître Q. Martial, à l'image de Jean de Montlaur, contribua à la renaissance de ces lieux. »

Moment de silence.

— Je suppose qu'il a voulu laisser, lui aussi, une trace de son action en faveur de la cathédrale.

— Il l'a même anticipé, si tu veux mon avis. Mais ce n'est pas à toi que je vais apprendre que graver ce genre de mention sur les murs de l'église est constitutif d'un délit, non ? Et as-tu regardé les toutes dernières photos présentées à la fin de la thèse ?

Normand fit dérouler les dernières pages. Grande fut sa surprise de reconnaître un sol melgorien à tête de Mahomet. Avant même qu'il ne fasse part de ses commentaires Charlotte revint à la charge.

— J'avais déjà noté la particularité de cette pièce notamment par rapport à toutes celles que j'avais déjà pu voir.

Toujours muet, tout en zoomant sur le sol, Normand se pencha vers son écran. Il se rappela les propos de l'étudiante de l'université Laval : « Il nous a adressé des photos effectuées à partir de son téléphone portable, pour qu'on les joigne à sa thèse. » Ainsi, il avait réussi, avant d'être tué, à prendre quelques clichés à l'insu de Martial.

— Oui, tu as raison. Comment as-tu fait le rapport ?

Petit rire de Charlotte.

— J'ai lu avec le plus grand intérêt le mémoire. Lors de sa rédaction, il s'était moqué de Martial qui avait gravé sa propre épigraphe à côté de celles plus anciennes laissées par les généreux donateurs du Moyen Âge. Et en prime il y avait inséré les deux clichés. À ses yeux, sa trouvaille n'allait sûrement pas tarder à être officielle.

— C'est en fait un message d'outre-tombe.

Nouveau petit rire de gorge de Charlotte.

— Si tu veux, ou alors une vengeance posthume ! Il entrera lui aussi dans l'histoire comme inventeur de la pièce.

Kevin exultait. Il y avait de quoi. Quel bilan ! L'auteur arrêté – il ne doutait pas de ses futurs aveux sur les deux crimes –, sa contribution à une découverte archéologique d'importance – peut-être pas pour tout le monde, car il lui avait semblé comprendre que monseigneur Roncevot se serait dispensé de la mise au jour d'une telle monnaie évocatrice de turpitudes passées –, et un concert qui s'était déroulé sous les yeux de la presse, sans la moindre anicroche. Que demander de plus ? C'était un sans-faute, une victoire sur toute la ligne ! Il savait qu'un peu plus de modestie serait de rigueur, mais le péché d'orgueil n'était-il pas un péché véniel ?

Charlotte n'avait pas voulu discuter longuement avec Kevin, tout occupée qu'elle était à prendre des notes. Son rédacteur en chef rouspéterait une fois de plus, car il fallait chambouler la une au dernier moment, mais cela en valait la peine. Elle l'appellerait, lui seul pouvait décider. Aussi ne lui fit-elle pas part de sa surprise. Qu'il soit content, satisfait, elle comprenait, mais elle avait l'impression que pour lui l'affaire était terminée. Elle fut prise d'un doute, tira le tiroir de son bureau et regarda son invitation. Non, pas d'erreur, elle était bien pour demain. Elle mit la main sur le combiné du téléphone pour le contacter, puis se ravisa. Après tout, il devait savoir ce qu'il faisait.

Le lieutenant Normand fut accueilli à bras ouverts par son directeur et ses collaborateurs directs, le directeur adjoint, le responsable de la division criminelle, etc. Le préfet venait de l'appeler pour le féliciter. Il entrevoyait déjà un futur poste, non plus comme chef d'un SRPJ, mais à la tête d'une DIPJ, division interrégionale de police judiciaire qui chapeautait plusieurs services comme le sien. Les agapes furent malgré tout de courte durée, le commissaire était économe des deniers de l'État.

## 23

Normand avait hésité. Il le regrettait maintenant. Il n'arrivait pas à trouver le sommeil. Il aurait dû, pour décompresser et se vider totalement l'esprit, aller courir une petite heure. Mais il était vraiment vanné et n'en avait pas eu le courage. La journée avait été riche en émotions.

Il faisait le bilan et se projetait déjà dans les jours suivants. Quentin Martial n'avait qu'une blessure superficielle. Beaucoup de sang, mais peu de dégâts, avait diagnostiqué le chirurgien chargé de l'opérer. Il serait transféré ce matin à l'infirmerie de la maison d'arrêt, mais il lui serait désormais impossible de l'interroger. Une fois mis en examen seul le juge Degas pourrait le faire. Certes, le magistrat communiquerait à la PJ le résultat de ses déclarations pour leur demander de les vérifier, mais c'était différent.

Dommage, il y avait tant de précisions qu'il aurait voulu apprendre de sa bouche. Passerait-il des aveux complets ? Tout à fait envisageable. Il devait être fier de ce qu'il avait fait et n'hésiterait pas à le confesser. Une seule chose chagrinait le policier et l'empêchait de s'endormir. On n'avait trouvé aucune trace de bombe. Où était-elle ? Et en même temps une autre question le taraudait. Pourquoi utiliser des explosifs ? Certes, c'était la meilleure façon de provoquer un bain de sang et de permettre à Dieu de reconnaître les siens. Mais à quel prix ? Le risque de détruire une cathédrale si chère à son coeur, au centre de toutes ses pensées et de ses actions ? C'est sur cette interrogation que Normand réussit à s'endormir, au petit matin.

Lorsqu'il se réveilla, assez tard, ce dimanche, il prit le chemin du SRPJ. Trop de boulot pour perdre du temps, jour férié ou pas. Patricia et Bernard étaient déjà à l'ouvrage et le service bruissait d'une joyeuse rumeur. Celle d'une affaire conduite à son terme. La masse de travail restait malgré tout considérable. Pour l'instant ses deux coéquipiers étaient en train de trier la totalité des documents récupérés dans la cache du grand maître, puisque tout le monde s'amusait à l'appeler ainsi. Ce mot fleurait bon la franc-maçonnerie, l'ésotérisme, mais se rapportait aussi à tous les illuminés qui revendiquaient une initiation particulière ou une filiation… satanique.

Normand mit la main sur une sorte de journal relatant par le menu les thèmes débattus par les membres de la confrérie du denier de Dieu. La liste de tous les adhérents se complétait et des noms, certains très connus sur la place de Montpellier, faisaient leur apparition. Mais que leur reprocher ? Rien dans leurs débats, rien dans leur appartenance à une association déclarée en préfecture et dont l'objectif premier était la collecte de fonds, rien n'apparaissait comme entaché d'illégalité ! Ou sujet à caution. Certes, ils avaient été manipulés par leur chef, mais à leur corps défendant. D'ailleurs, ce dernier n'avait pas jugé utile de leur confier ses noirs desseins, les disculpant ainsi de toute complicité.

Plus le lieutenant avançait dans la lecture des documents, plus il en était persuadé. Et soulagé par la même occasion. Il avait très bien compris la gêne et l'inquiétude de l'évêque. L'aide des compagnons du denier de Dieu au bénéfice des finances du diocèse était conséquente. Leur implication aux divers rituels religieux était connue et respectée. Il était donc très important de dissocier les errements ou folies de leur responsable des actions quotidiennes des membres.

Il se rendit dans les locaux de l'identité judiciaire. Les experts projetaient sur écran les images prises dans l'appartement perquisitionné la veille. Normand resta avec eux. Il fallait que le procès-verbal rédigé par la suite relate ce qui avait été découvert, et où, avec précision. Rien de tel que de pouvoir visionner à sa guise le DVD. Cela éviterait aux enquêteurs de retourner sur place pour s'assurer que leur narration correspondait parfaitement à la réalité. L'objectif de l'appareil s'était, un temps, arrêté sur un cadre photo représentant monsieur et madame Martial. Pas d'enfant avec eux.

Puis, Claire changea de DVD et ils regardèrent les vidéos réalisées à Maguelone. Deux caméras avaient été discrètement planquées. La première permettait de surveiller et d'identifier les arrivants. Tous ceux pénétrant dans l'église. La deuxième avait filmé le concert dans son intégralité.

— Et les rouleaux ? Tu les as examinés ?

— Oui, il y a deux parchemins. Nous les avons dépliés et pris en photo. Mais je n'ai pas osé les traiter à la poudre d'alumine pour les recherches d'empreintes. Ils semblent très anciens et je crains de les détériorer. On verra par la suite avec le labo d'Écully. Tiens, regarde !

L'officier de l'IJ tendit à son collègue deux clichés agrandis. L'écriture, en latin, était magnifique et la calligraphie impressionnante. Les couleurs, bien que défraîchies par le temps, révélaient un document aux riches enluminures.

Claire se tourna vers Kevin.

— C'est du latin, tu peux traduire ?

Normand fit la grimace.

— Moi, non, mais je connais quelqu'un qui le fera volontiers. Je t'emprunte les photos.

Le lieutenant prit son véhicule et se rendit directement dans le bureau de l'archiviste diocésain. Faute de pouvoir déchiffrer le latin il ne pouvait se prononcer, pas plus sur leur contenu que sur leur valeur, mais se doutait bien qu'elle devait être grande s'agissant d'écrits récemment mis au jour. Il avait gardé également avec lui le sol melgorien à tête de Mahomet nettoyé par la chimiste.

Le père Turgot chaussa ses lunettes et s'empara des deux clichés que lui présentait le diacre. S'il manifesta un intérêt certain à la lecture de la décision de Bérenger de Frédol, il ne fit aucun commentaire. Il n'en fut pas de même lorsqu'il prit connaissance de la bulle du souverain pontife. Au fur et à mesure de sa lecture il perdit des couleurs.

— Mon Dieu ! s'exclama-t-il en se signant. Mon Dieu ! répéta-t-il en se signant à nouveau.

Normand s'impatientait. Il pourrait au moins les traduire à haute voix, pensa-t-il.

— S'agit-il de documents importants ?

— Restez ici, je fais juste un aller-retour.

Moins de cinq minutes s'étaient écoulées et monseigneur Roncevot apparut avec son archiviste. Il se plongea lui aussi dans la lecture des deux parchemins. Lui aussi se signa à plusieurs reprises, sans toutefois prononcer un mot.

— Allez me chercher…

Il n'eut pas besoin de poursuivre. Avec toute l'énergie dont il était capable, le responsable des archives s'engouffra dans la bibliothèque et revint au bout de quelques instants, remettant un document à son supérieur. Bien que n'ayant pas été invité à le consulter, le policier, grâce à sa haute taille, put le lire par-dessus l'épaule des deux ecclésiastiques. Heureusement, une traduction en français accompagnait le libellé en latin. Il s'agissait d'une bulle papale accordant l'indulgence plénière de tous ses péchés à quiconque se ferait enterrer dans le cimetière de Maguelone. Il se rappelait maintenant que le père Turgot lui en avait parlé. Où était donc le problème ? Le regard de l'évêque se déplaçait successivement de la copie de la décision du souverain pontife d'alors vers la photo. Il comprit qu'il y avait une corrélation entre les deux. Une nouvelle interprétation, peut-être ?

Le prélat s'adressa ensuite au policier et lui demanda :

— Il faut que je puisse consulter l'original. Pouvez-vous l'apporter ici même ?

Kevin déglutit. Impossible. C'était une pièce à conviction et si jamais son directeur apprenait qu'il l'avait soustraite, fut-ce un instant… Il réfléchit.

— Non, mon père, mais si vous le souhaitez je peux vous accompagner à mon bureau. Le père Turgot peut venir également.

Les deux ecclésiastiques se consultèrent du regard. L'enjeu en valait bien la chandelle.

— Oui, nous vous suivons.

Pendant qu'ils se préparaient, le lieutenant appela son grand patron. Il lui fallait tout de même son autorisation. Pour convaincre son supérieur – dont il présumait une certaine réticence – il lui fit remarquer qu'il s'agissait d'experts en latin et en histoire religieuse, officiant à titre gratuit. Cette précision emporta la conviction de monsieur cent mille volts, économe également des deniers de la justice.

Alors que monseigneur s'apprêtait à monter dans sa propre voiture, Kevin se dirigea vers lui.

— J'avais amené également ceci.

Et il lui présenta le sol melgorien. Marie-Pierre Roncevot coula un regard entendu vers son assistant et s'empara un instant avec précaution de la pièce. Devant la mine perplexe de l'enquêteur, il lui confia :

— Elle a un lien étroit avec la bulle.

— Ah oui ! la bulle papale ?

— Non, l'autre, la bulle épiscopale.

Et il enclencha une vitesse, obligeant le policier à regagner son propre véhicule.

Si le lieutenant était inquiet quant à l'accueil réservé au prélat, il fut vite rassuré. Monsieur Rességuier, en homme du monde, fit les honneurs de son service à ses deux visiteurs. Claire Fonola avait déposé dans son bureau les deux parchemins et, sans perdre plus de temps, les deux latinistes se penchèrent sur les documents. Il suffisait de voir le visage rayonnant des deux ecclésiastiques pour comprendre que la découverte était vraiment d'importance.

— Nous sommes dans l'histoire... et quelle histoire ! lança l'évêque. Voici une bulle, dont on ignorait l'existence, promettant une indulgence plénière de tous leurs péchés à ceux qui se feront enterrés au cimetière de Maguelone.

Puis, devançant la remarque du lieutenant qui s'apprêtait à lui poser une question, il précisa :

— On connaissait celle ayant une portée limitée dans le temps, mais cette lettre bullée sur lacs de soie s'applique, elle, ad vitam aeternam. Éternellement, si vous préférez.

De la pointe de son doigt ganté, le prélat invita ses interlocuteurs à apprécier la finesse des enluminures.

— Regardez ces miniatures et ces lettres embellies qui émaillent le texte ! Savez-vous que ces décorations avaient également un tout autre objet ? Un rôle pratique de repère visuel des différentes parties des commentaires ou décisions et un rôle social, car elles n'étaient pas accessibles à tous et dénotaient un signe de puissance et de richesse.

— Et l'autre ? s'enquit le directeur qui bien qu'apparemment très intéressé par les propos de son auguste visiteur tenait à aller à l'essentiel.

— C'est une bulle, mais délivrée par l'évêque de Maguelone, Bérenger de Frédol, portant interdiction d'utiliser les sols melgoriens à face de Mahomet, fort imprudemment frappés, à sa propre demande, pour faciliter les échanges commerciaux. Sa réaction fait suite à une sévère réprimande du pape Clément IV. Nous sommes toujours dans l'histoire, celle du bas Moyen Âge. Et vous avez ici même, déclara-t-il en se penchant vers son diacre qui lui présenta le sol melgorien, une de ces célèbres monnaies dont l'histoire nous parle mais que nous n'avions jamais eu l'occasion d'apercevoir.

Puis il se tourna vers son archiviste comme pour solliciter son avis. Ce dernier hocha la tête en signe d'assentiment.

— Jamais vu, mon père, je puis vous l'assurer.

— Ce sont là des pièces maîtresses de notre patrimoine, je ne puis que vous féliciter de les avoir mises au jour, continua le religieux.

— Vous prendrez bien un café ? demanda le directeur.

Et sans attendre de réponse il appela sa secrétaire et commanda trois tasses. Le message était explicite. Le lieutenant argua de tâches importantes et se retira.

Depuis son bureau, l'officier de police passa un coup de fil au domicile de ses parents. Ils revenaient d'un bref séjour en Espagne, Victor adorant la mer, surtout quand l'eau était chaude, et n'avaient sans doute pas eu l'occasion de lire les journaux. Il leur promit de venir le lendemain prendre un repas avec eux et leur conter ses péripéties québécoises.

Monsieur Normand n'avoua pas à son fils qu'ils se verraient bien avant. Le soir même. Ce serait une surprise.

L'après-midi toucha à son terme et Kevin regagna son domicile. Il avait pas mal d'heures de sommeil à rattraper et prévu de se coucher tôt. Une chose toutefois le turlupinait, mais il n'arrivait pas à l'identifier précisément. Une photo l'intriguait. Il se concentra et chercha à comprendre.

Tout d'un coup la lumière jaillit dans son esprit. Bon sang ! Les images enregistrées par les spécialistes de l'IJ lors de l'arrivée des spectateurs montraient… Et il réfléchit encore. Oui, c'était bien elle qui tenait le rôle, les rôles pouvait-on dire, de deux protagonistes différents lorsqu'il était allé voir la pièce de théâtre au Crès avec ses amis. Sacré rôle de composition qui jurait totalement avec son attitude au quotidien. Inquiétant de pouvoir avec une telle facilité changer de personnage. Effacée le lundi et maîtresse femme le mardi. Il fut brusquement interrompu dans ses cogitations par un appel sur son portable. Il regarda l'écran et le nom de son collègue Stéphane Liquet apparut.

— Kevin, c'est moi. Dis-moi, je suis dans mon bureau à Paris. On vient d'obtenir du nouveau, une super info d'un de nos infiltrés. Quentin Martial n'a pas acheté des explosifs, mais un gaz mortel, tu m'entends. Un gaz mortel de la même eau que le sarin utilisé par le gourou de la secte Aum dans les couloirs du métro au Japon en 1995. Tu me suis ?

La foudre tombée à ses pieds n'aurait pas produit plus d'effet sur l'enquêteur du SRPJ.

— Allô ! allô ! Bon sang, tu m'écoutes ?

Normand arriva à s'extirper du cauchemar dans lequel il se sentait glisser maintenant.

— Oui, je t'entends.

— L'info va vous parvenir, le temps que mon patron signe le message ou appelle le tien, mais j'ai préféré t'en faire part immédiatement.

Normand referma le clapet de son portable et réfléchit. Il faudrait battre le rappel des troupes et retourner sur place dès le lendemain matin. Il ne savait pas s'il existait un chien spécialisé dans les produits toxiques, mais pourquoi pas. Bon, tout cela ne devait pas lui faire oublier sa toute dernière découverte. Que devait-il en déduire ? Il n'eut pas le temps de pousser plus loin sa réflexion que son téléphone sonna le dérangeant à nouveau. Craignant que son ami ait oublié de lui communiquer une autre information d'importance, il décrocha en lançant un « Oui ! », sur un ton quelque peu hargneux.

— Monsieur Normand ?

L'évêque ! réalisa le policier soudain inquiet. Jamais monsieur Roncevot ne l'avait appelé personnellement.

— Oui, monseigneur.

— Dites-moi, je me trompe peut-être mais vous m'avez précisé qu'en ce qui concernait la police l'opération était terminée, c'est bien cela ?

— Terminée en ce qui concerne notre intervention à Maguelone, bien sûr, puisque le concert de musique est fini, mais l'enquête…

— Je me permets d'insister parce que les représentations ne sont pas achevées. Je viens de me remémorer vos paroles en voyant la chimiste qui travaille à Lattes et nous aide bénévolement à la bibliothèque de l'évêché me déclarer qu'elle se rendait à Maguelone. Vous la connaissez sûrement, c'est une artiste dans son genre.

Normand ne releva pas. Il ne mettait pas du tout en doute les talents de Julie Auriol. Mais l'heure n'était pas aux explications.

— Je vous rappelle que ce soir il y en a une autre représentation, pour laquelle il y a eu moins de publicité car toutes les places étaient déjà vendues…

Normand était suffoqué. Il sentit son sang se glacer dans ses veines. Il bredouilla :

— Comment ça une autre ?

— Nous n'avons pas fait de battage, c'est un concert interculturel, il se joue à guichets fermés. Il réunit des instrumentistes de toutes confessions, musulmans, juifs et catholiques, avec bien évidemment leur public.

Normand n'écoutait plus. On disait que la foudre ne tombait jamais deux fois au même endroit, il n'en était plus convaincu. Comment l'évêque ne réalisait-il pas l'importance de cette information ! Il consulta sa montre. Elle indiquait 20 h 30.

— À quelle heure commence-t-il ?

— À 21 heures.

Au risque de passer pour un grossier personnage, mais il mettrait cela sur le compte d'un réseau défaillant, il raccrocha. Il n'avait plus le temps ni d'appeler ses collègues, ni d'expliquer au directeur de quoi il retournait. Il se saisit de son arme de service qu'il jeta dans la poche de sa veste. Trop long d'enlever sa ceinture et de glisser son étui dans les passants. Il dévala les escaliers et fonça vers sa voiture. Heureusement, le dimanche soir la circulation était fluide, mais il lui faudrait bien vingt minutes pied au plancher pour arriver sur place.

Monsieur, madame Normand et leur fils Victor faisaient sagement la queue devant le guichetier. Puis, une fois obtenu le fameux sésame ils pénétrèrent dans l'église et rejoignirent la tribune. Ce concert se tenait exclusivement au premier étage. Ils étaient suivis par Charlotte qui, si elle avait reconnu les parents de son ami, ne jugea pas utile de se manifester. À quel titre l'aurait-elle fait ?

Tout en conduisant, Kevin se demandait comment du poison avait pu être introduit dans le lieu de culte au nez et à la barbe du service d'ordre. Les lieux, scène de crime, étaient encore sous la surveillance d'un policier. Il se reprochait un manque de clairvoyance. Il était archi-évident que Quentin Martial ne pouvait pas détruire sa cathédrale. Il lui fallait un moyen plus subtil. Agissant exclusivement sur les personnes et non sur les objets. Mais comment sa complice allait-elle opérer ? Au vu et au su de tout le monde ? Peu probable.

Il fut interrompu dans ses pensées par un motard qui le doubla en trombe en lui faisant un bras d'honneur. Il ne s'était pas rangé assez vite sur le côté. Et pourtant, l'aiguille de son compteur indiquait cent quarante kilomètres-heure.

Lorsqu'il effectua un dérapage contrôlé sur le parking avant de se garer, il n'y avait plus personne dehors. Il se précipita à l'intérieur de l'église. Les premières notes de musique s'envolaient de la tribune. Il parcourut au pas de course le rez-de-chaussée et se rendit successivement à la chapelle Saint-Augustin, puis à la chapelle Sainte-Marie, puis à la chapelle du Saint-Sépulcre. Personne dans les coins ou recoins n'avait profité de l'obscurité pour se cacher. Il grimpa à toute vitesse mais silencieusement les marches conduisant à l'étage. Les participants écoutaient une interprétation du Messie de Händel. Il leur faisait face. Difficile de passer inaperçu. Immobile, il fut rapidement le point de mire de toutes les paires d'yeux. Il hésita un instant. Devait-il faire évacuer ? Et si jamais il se trompait ? Et si jamais en le reconnaissant elle décidait de mettre immédiatement à exécution son projet criminel ? Son coeur battait la chamade. Il balaya du regard les spectateurs dans le but de l'identifier et faillit défaillir. Son père, sa mère et Victor, qui lui faisait de grands gestes, se trouvaient au milieu de l'assemblée. Comment cela se pouvait-il ? Rêvait-il ? Il apercevait maintenant Charlotte, assise derrière eux. Surprise, elle le fixait. Il fit un effort sur lui-même pour prendre du recul et réfléchir à toute vitesse.

Si la femme était là, elle se condamnait. Or, le suicide était interdit pour les croyants. Donc, elle avait déniché un autre moyen, un moyen d'utiliser le poison en toute sécurité. Mais lequel ? Il n'y avait aucune autre issue en dehors de l'escalier sur lequel il se trouvait. En fait, il y avait bien une porte conduisant sur l'extérieur, mais il avait pu vérifier la veille que son accès était impossible à cause de larges panneaux de bois cloués sur le chambranle. Non, il lui fallait quelque chose de discret. Les futures victimes ne devaient se douter de rien, sinon elles prendraient la fuite. Il avait beau gamberger, il ne voyait pas. Il fit un gros effort sur lui-même pour éviter de paniquer. Il leva les yeux au ciel en demandant l'aide de l'inspiration divine.

Tout à coup son regard se porta sur les nombreux trous qui constellaient la voûte au-dessus de la tribune. Les avis des spécialistes étaient partagés. Vases acoustiques pour certains, conduits d'aération pour d'autres, voire vases en céramique poreuse pour faire office de drains d'assainissement Les experts se perdaient en conjectures.

Il redescendit quatre à quatre les marches. Au fil de ses lectures, il avait appris qu'au Moyen Âge le sous-sol de la cathédrale était parcouru de plusieurs souterrains renfermant des entrepôts, des cellules et diverses autres salles. Se pouvait-il que l'une d'elles communique avec la tribune ?

Il sortit de la bâtisse et l'arme au poing se dirigea vers le périmètre interdit au public. Au lieu d'aller tout droit vers les fouilles en cours, il obliqua immédiatement sur sa droite et passa en équilibre sur deux lattes de bois posées côte à côte. Elles permettaient d'accéder à la partie souterraine de l'église. Déjà explorée, elle avait apparemment été abandonnée. Il poussa doucement la grosse porte qui couina en pivotant, puis avança à tâtons. J'aurais dû me munir d'une lampe torche, pesta-t-il. Première porte à droite, personne, deuxième, personne non plus. Le couloir sombre s'enfonçait maintenant profondément dans les entrailles de la cathédrale. À l'époque au moins il y avait des flambeaux accrochés sur les murs. Il n'en restait plus que quelques scellements. La terre était humide, sursaturée d'eau saumâtre. Sur sa droite et sur sa gauche partaient des sortes de galeries, fruits vraisemblablement de fouilles avortées. Il ouvrit deux portes supplémentaires. Plus qu'une seule maintenant.

Il avait dû faire fausse route. Autant de temps de perdu alors que ses parents et son frère risquaient leur vie à cause de son incompétence. Il enrageait et les larmes lui montèrent presque aux yeux. Il pénétra dans la dernière pièce son arme pointée vers l'obscurité lorsqu'il reçut un violent coup sur le bras l'obligeant à lâcher son Sig Sauer, tout en poussant un cri de douleur. La porte se referma et il encaissa de nombreux coups de bâton ponctués par autant de « han ! » de bûcheron.

Très rapidement il réalisa que malgré la grêle de coups qui pleuvait sur lui, ils n'étaient pas portés avec une extrême violence. Celle qui tenait cette arme improvisée, même si elle y mettait tout son coeur, n'avait pas la force d'un homme. Les coups, en sa qualité de karatéka, il savait les endurer, les parer, puis les contrer. En deux mae geri puissants orientés à l'aveuglette, mais en la direction de la main armée du bâton, il coupa le souffle à son assaillante. Elle tomba à terre en gémissant.

Il se précipita vers elle, extirpa sa paire de menottes et l'immobilisa. Impossible de distinguer encore son visage, même s'il savait qui se trouvait maintenant, silencieuse et immobile, à ses pieds. Comment allait-il faire ? Il n'y voyait goutte. Où se cachait la lampe qu'elle avait dû apporter ? Où se trouvait le gaz ? Il ne pouvait pas la lâcher pour chercher à tâtons, elle en profiterait pour s'enfuir. À ce moment-là, il entendit comme un frôlement derrière la porte qui s'était refermée sur eux. Il reprit son arme à la main, laissa le battant s'entrouvrir et y donna un très violent coup de pied. Il heurta dans un bruit sec la face de celui qui voulait entrer. Un complice vraisemblablement. Un hurlement suivi d'une série d'imprécations retentirent.

Ayant reconnu le timbre de la voix, il s'écria :

— Charlotte, c'est toi ? Charlotte ?

Bon sang, il l'avait assommée.

Dans le couloir la silhouette étendue par terre se releva péniblement et alluma une Maglite.

— Je ne t'ai pas fait trop mal ?

Charlotte grogna.

— Si. On m'y reprendra à vouloir t'aider.

Normand récupéra de sa main la lampe torche et dirigea son faisceau vers sa prisonnière. Les yeux d'Évelyne Martial brillaient de fureur. En balayant le local où ils se trouvaient l'officier repéra tout de suite une gaine en caoutchouc descendant d'un orifice situé au plafond. L'embout était relié à une bonbonne présentant un pictogramme signalant un produit toxique à manipuler avec soin. La femme du grand maître était en train, au moyen d'une pince multiprise, de déverrouiller la molette permettant de libérer le gaz mortel. Par un heureux hasard, attaquée par la rouille, son ouverture ne s'était pas faite aisément. La libération des gaz en avait été différée.

Normand ne put s'empêcher de penser que cette fois Dieu avait reconnu les siens. Tous les siens.

Il tira vers lui le conduit en caoutchouc. Il lui dégringola sur la tête. La pièce s'emplit alors de musique, la musique qui, quelques dizaines de mètres plus haut, réchauffait les coeurs et enchantait les âmes.

Il réalisa se trouver dans un réduit dévolu « aux écoutes » d'alors. De nos jours les conversations étaient enregistrées sur CD-Rom. À l'époque, rien de si sophistiqué, mais les principes étaient les mêmes. Entendre, écouter, sans être vu.

Une fois dehors, Normand appela l'officier de permanence nuit au SRPJ et demanda du renfort.

Les spectateurs de ce concert de musique interculturelle ne connurent pas, sur le coup, le péril auquel ils avaient échappé. Normand attendit ses parents et son frère. Il se montra réservé lorsque son père lui parla de la bonne surprise qu'ils voulaient lui faire.

Kevin raccompagna Charlotte. Elle avait laissé sa moto sur place ne se sentant pas en état de conduire.

Elle avait le nez très douloureux. Heureusement, la porte en bois massif sur laquelle avait cogné le policier n'avait pas glissé aisément sur ses gonds, minorant le résultat de l'impact.

— Tu savais que c'était la femme de Martial ?

— Je l'ai deviné. Je l'avais rencontrée à une cérémonie religieuse. Sa physionomie m'avait rappelé celle de quelqu'un, mais je n'arrivais pas à y mettre un nom. Puis je me suis souvenu que le soir où nous sommes allés au Grand Mélo au Crès, le véhicule de son mari avait été localisé à proximité. C'était elle qui l'avait utilisé. J'ai alors réalisé que quelqu'un de capable de jouer autant de personnages à la perfection ne pouvait se contenter d'être l'épouse du grand maître et de vivre dans son ombre. Manifestement ce rôle n'était pas à la hauteur de ses capacités. Et puis, qui mieux que sa femme pouvait l'aider ?

Charlotte esquissa un pauvre et douloureux sourire.

— Comme quoi, l'habit ne fait pas le moine, n'est-ce pas ?

Kevin acquiesça de la tête.

— Je te raccompagne à ton domicile ? À moins que tu ne préfères venir chez moi ? Je te soignerai, je te dois bien ça.

Charlotte opta pour la seconde proposition.

Très tôt le matin, le lieutenant se retrouva en présence d'Évelyne Martial. Il devait faire vite. Le directeur l'avait félicité et avait avisé le juge Degas. La presse allait fondre sur eux et le magistrat risquait d'exiger la présentation à son cabinet de celle qui n'était pour l'instant que placée en garde à vue, pour lui notifier sa mise en examen.

Si son mari s'était, jusqu'à présent tout au moins, cantonné dans un mutisme à toute épreuve, Évelyne Martial n'était pas dans les mêmes dispositions. Elle expliqua dans quelles circonstances son époux avait découvert les sols melgoriens à face de Mahomet en compagnie d'Henri Labranche, parla de la discussion qui s'en était suivie, puis de la dispute au cours de laquelle il avait trouvé la mort, malencontreusement, tintelle à préciser.

Oui, elle l'avait aidé à l'enterrer et il avait eu l'idée de se rendre au Québec pour accréditer le départ et surtout l'arrivée, en vie, dans son pays, de l'étudiant. Mais c'était elle qui avait eu l'idée d'écrire les diverses lettres, revendiqua-t-elle.

Oui, Laurent Corrado avait bien été empoisonné, c'était elle-même qui avait déposé le cyanure sur l'hostie, car il venait de déterrer avec son mari de nouveaux sols ainsi que deux fantastiques rouleaux renfermant deux bulles, une papale, portant indulgence plénière de tous les péchés, sans aucune limite dans le temps, et une deuxième épiscopale, condamnant toute utilisation des sols melgoriens à face de Maure.

Non, elle ne regrettait rien. Elle avait joué et gagné, la bulle du souverain pontife s'appliquant parfaitement à eux. Toute leur vie, toutes leurs actions, tout leur argent avaient été consacrés à Maguelone. Ils en avaient respecté à la lettre les principes et personne, sur terre, ne les empêcherait d'en bénéficier.

Plus tard, interrogée par un expert psychiatre commis par le juge – c'était une obligation pour un futur procès aux assises – elle préciserait ses motivations. Suite à une erreur de jeunesse et pour répondre aux objurgations de ses parents, elle avait avorté et ayant eu recours à une faiseuse d'anges, elle ne pouvait plus avoir d'enfant. Profondément croyante, elle y avait vu une punition divine et avait tout mis en oeuvre pour échapper au purgatoire.

Depuis sa cellule à la maison d'arrêt de Villeneuve-lès-Maguelone, Quentin Martial regardait en direction de sa cathédrale. Il écoutait une émission de radio Maguelone, la radio du diocèse. Elle contenait des messages destinés aux prisonniers. Il n'y en avait eu aucun pour lui.

Inquiet, il caressait maintenant la lettre que le surveillant venait de lui apporter. Il avait aperçu sur l'enveloppe le cachet de l'évêché et il hésitait. Il prit son courage à deux mains et l'ouvrit. Monseigneur lui faisait part de l'impossibilité de lui accorder une sépulture au sein du cimetière de Maguelone.

Il poussa un véritable cri de douleur. Un hurlement s'échappa de sa modeste cellule et fut repris en choeur par d'autres détenus.

Il était condamné à la damnation éternelle ! Il s'écroula à terre.

Par le vasistas légèrement entrouvert, le vent violent en provenance de l'est lui apporta tout d'un coup une bouffée d'espoir. Oui, oui, il entendait la cloche, sa cloche scellée quelques jours auparavant au sommet de la cathédrale. Le vent lui amenait par-dessus la plaine, par-dessus les étangs, comme un bruissement d'ailes angéliques. Il écouta, à genoux dans un état proche de l'extase. Mais il lui sembla que son joyeux tintement se transformait peu à peu en pleurs. Une sorte de plainte lui arrivait maintenant.

Oui, nul doute. Faute de réponse de sa part, faute de sa présence, les notes se métamorphosaient lentement en autant de larmes. Celles de Maguelone. Elle, elle était prisonnière des sables. Lui, il était prisonnier de Maguelone.

# Remerciements

Mes remerciements vont à l'Abbé Alain Hées, archiviste-bibliothécaire diocésain de Montpellier, à Alexandrine Garnotel, archéologue, à Bernard Vialatte, secrétaire de l'Association des Compagnons de Maguelone, à Clément Pieyre, archiviste paléographe, conservateur au département des Manuscrits de la Bibliothèque nationale de France, à Daniel Le Blévec, Professeur émérite d'histoire du Moyen Âge à l'Université Paul-Valéry de Montpellier, au Dr Raoul Perrot, directeur du Laboratoire d'Anthropologie Anatomique et de Paléopathologie (L2AP) de LYON, à Yvonne Desbois, chirurgien-dentiste, expert près la Cour d'Appel, membre du L2AP et enfin à Christian Siatka, généticien, docteur en biologie moléculaire, directeur recherche et développement de l'école de l'ADN de Nîmes. Tous, à titre divers et chacun dans leur domaine de compétence m'ont été d'un grand secours. Qu'ils en soient remerciés.

**T.D.O Éditions, SARL**

Composition, mise en page : TDO Éditions
ISBN : 978-2-36652-140-5

Dépôt légal octobre 2015
Achevé d'imprimer en octobre 2015
Sur les presses de CPI Bussière (2019073)